영원한

귀향

엮은이

고봉준 高奉準, Ko Bong-jun
1970년 부산에서 태어나 충렬고등학교를 졸업하고 1989년 부산외국어대학교 국어국문학과에 입학했다. 1995년 같은 학교 대학원 국어국문학과에 입학해 「해방기 전위시의 양식 선택과 세계 인식」으로 석사 학위를 받았고, 2005년 경희대학교 대학원 국어국문학과에서 「한국 모더니즘 문학의 미적 근대성 연구」로 박사 학위를 받았다. 2000년 『서울신문』 신춘문예에 문학평론이 당선되어 등단했으며, 2006년 제12회 고석규비평문학상을, 2015년 제16회 젊은평론가상을, 2017년 제21회 시와시학상 평론상을 수상했다. 지은 책으로는 『반대자의 윤리』, 『다른 목소리들』, 『모더니티의 이면』, 『유령들』, 『비인칭적인 것』, 『근대시의 이념들』, 『문학 이후의 문학』 등이 있다. 현재 경희대학교 후마니타스칼리지 부교수로 재직하고 있다.

김지윤 金智允, Kim Ji-yoon
2011년 이화여자대학교 국어국문학과를 졸업하고 서울대학교 국어국문학과 석사(2016)·박사(2022) 학위를 받았다. 현재 포항공과대학교 인문사회학부에서 대우조교수로 재직 중이다. 주요 논문으로 「1980년대 동아시아 고대사 논쟁과 최인호의 역사소설-『잃어버린 왕국』과 몇 개의 '이본(異本)'들」, 「해방 이후 한국문학과 관동대진재의 기억」, 「유미리의 언어 의식과 '다공성'의 글쓰기」 등이 있다.

영원한 귀향
이호철 중·단편선집

초판발행 2024년 11월 5일

지은이 이호철
엮은이 고봉준·김지윤

펴낸이 박성모
펴낸곳 소명출판
출판등록 제1998-000017호
주소 서울시 서초구 사임당로14길 15 서광빌딩 2층
전화 02-585-7840
팩스 02-585-7848
이메일 somyungbooks@daum.net
홈페이지 www.somyong.co.kr

ISBN 979-11-5905-995-7 03810
정가 19,000원

李浩哲

영원한

選集

귀향

이호철 지음 | 고봉준 · 김지윤 엮음

'탈향' 이후의 정향定向

김지윤(포항공과대학교 대우조교수)

1. '탈향'과 그 이후

이호철은 1955년 『문학예술』에 단편 「탈향」을 발표하며 등단한 이후 반세기 넘게 문단 안팎에서 정력적인 활동을 이어 온 한국문학의 대표적인 인물이다. '분단문학의 거장'이라는 수식어는 등단작에서부터 지속적으로 한국전쟁과 분단이라는 주제를 중요하게 다뤄 온 이호철의 문학적 위치를 압축적으로 나타내는 표현일 것이다. 그러나 이것만으로는 자신이 서 있던 '지금, 여기'의 시공간에 대해 치열하게 사유하고, 다양한 주제와 형식을 통해 개인과 사회의 관계를 오랜 시간 깊이 있게 천착해 온 작가의 넓은 문학세계를 충분히 조명하지 못한다는 아쉬움이 남는다. 이번 선집에서는 이호철의 등단작인 「탈향」을 비롯해 작가의 문학 세계를 압축적이면서도 입체적으로 보여줄 수 있는 단편 14편을 묶어 선보이고자 했다.

이호철 문학에서 가장 먼저 주목할 부분은 작가의 초기작부터 후기작에 이르기까지 꾸준히 등장하며 소설 세계의 배음을 이뤄 온 분단과 실향의식이라는 주제를 다룬 작품들이다. 그러나 특기할 만한 점은, 이 주제를 다루는 작가의 의식과 기법이 시간의 흐름에 따라 변화해 왔다는 것이다. 작가의 등단작인 「탈향」1955과 4년 후 발표된 「탈각」1959의 등장인물은 모두 한국전쟁으로 인해 고향인 원산에서 월남해 온 인물들이다. 두 편의 소설에서 이호철은 이들의 신산한 생활을 사실적으로 묘사하는 동시에, 언젠가는 고향으로 돌아갈 것을 전제로 한 월남민들의 생활방식과 (무)의식을 형상화한다.

「탈향」의 초점 화자인 '나'와 '광석', '두찬', '하원'은 피난길에서 우연히 만난 이후 피난지인 부산에서까지 함께 의지하며 생활한다. 그러나 성격과 생활방식의 차이로 넷의 사이는 점차 소원해진다. 그러던 어느 날 이들이 달리는 화차에서 내리던 도중, 뛰어내릴 시기를 잘못 맞춘 광석이 피를 흘리고 쓰러진다. 평소 부산 사람들과 잘 어울리며 이곳 생활에 빠르게 적응해 가던 광석을 못마땅하게 여긴 두찬은 광석을 두고 가자고 하지만, '나'는 광석이 죽을 때까지 옆을 지키려고 한다. 그런데 이런 '나'의 행동은 광석을 진심으로 걱정해서라기보다는 그래야만 다시 고향에 갔을 때 떳떳할 수 있으리라는 생각 때문이다. 광석의 죽음 이후 점차 무리에서 멀어진 두찬은 어느 날 술에 취해 '나'를 원망하는 말을 쏟아낸다. 이어 쓰러진 광석을 부축하지 않았던 자신이 "이제 무슨 낯짝으로 동네에 갈" 수 있겠냐며 울부짖는다. 이들에게 부산은 아직 임시적 거처에 지나지 않으며, 윤리적인 판단과 행동의 기준은 떠나온 고향에 있음을 확인할 수 있는 장면이다.

「탈각」 역시 월남해 서울에 정착한 '동연' 모녀와 '형석' 일가, 그리고 '필구'를 주인공으로 한다. 이들은 우연한 계기로 한 집안에 기거하면서 유사 가족과 같은 유대감을 느끼고 이 집을 셋이서 귀하게 가꿔 온 '성지聖地'로 간주한다. 그러나 필구와 동연이 결혼해 새롭게 별도의 가족을 꾸리려고 하자 형석은 그것을 고향에 대한 배신으로 간주한다. "나는 타향 나와서 완전한 타향사람 되어버리구, 니들 둘만 나랑히 고향 돌아가는 턱"이라고 소리치며 필구와 동연이 완전히 남쪽에 정착할 것을 불안해하는 형석의 한탄은 그의 심정을 잘 나타내는 대목이다. 동연 역시 혼자 남한에서 딸을 키우면서도 "아버지, 엄마 채신 깎일 일"은 하지 않고 살아왔다고 자부한다. 이처럼 1950년대에 발표된 초기작에서 이호철은 고향을 떠나온 월남민의 애환을 그리면서도, 이들의 행동과 의식의 근거는 북의 고향에 있음을 강조한다.

1960년대에 발표된 「닳아지는 살들」[1962], 「무너앉는 소리」[1963], 「마지막 향연」[1963] 연작은 역시 분단과 이산을 주제로 한다는 점에서 앞선 작품들과 공통적이지만, 주제의 형상화 방식에서는 다소 차이를 보이고 있어 주목된다. 「닳아지는 살들」은 이북에 있는 언니를 매일 밤 기다리는 가족의 모습으로 시작된다. 가장으로서의 역할을 제대로 하지 못하는 노쇠한 아버지는 딸을 기다리는 일에서만큼은 권위를 발휘해 밤마다 온 가족을 모이게 한다. 그렇지만 언니를 기다릴 때마다 어딘지 모를 곳에서 들려오는 "쨍 당 쨍 당" 소리는 가족의 불안감을 고조시키고, 가족들은 아무것도 하지 못한 채 무기력하게 언니를 기다릴 수밖에 없다. 딸 '영희'는 이북의 언니 대신 올케와 함께 집을 나가 새로운 가족을 꾸리려고 하지만 그것 역시 여의치 않다. 「큰 산」1970은 어느 날 집 마당에 모르는 사람의 고무신 한 짝이 불길하게 버려져 있는 장면으로 시작한다. 초점 화자는 이런 불길한 일이 일어난 까닭이 고향에서는 늘 보이던 '큰 산'이라는 구심점이 없기 때문이라고 생각하며 그로 인한 상실감을 토로한다. 이제 고향은 현실적으로 가 닿지 못할 근원적인 부재의 공간으로 그려지는 것이다. 이 소설들은 이전 시기의 소설에 비해 구체적인 시대적 정황이나 장소에 대한 묘사가 생략된 대신, 남한 사회에 정착해 점차 적응해 가는 실향민을 그리면서 그들의 상실감을 다양한 상징과 암시를 통해 전달한다.

한편 「이단자(4)」1973에서 작가는 다시 1971년의 남북적십자회담이라는 구체적인 사건을 소설의 제재로 가져온다. 이를 통해 해빙과 경색이 반복되던 1970년대 초 남북관계의 현실을 세밀한 필치로 묘사하는 동시에 분단을 바라보는 시각에도 변화가 필요함을 역설한다. 1·4후퇴 때 월남한 '현우'는 이산가족인 동생에 대한 감상을 절절한 문장으로 기고해 유명세를 얻은 문사다. 그는 어느 날 동향 출신인 '송가'라는 인물을 만나 몇 년 간 인연을 이어오지만, 그가 남한에서 정착해 살고 있는 사람들의 현실을 무시한 채 통일에 대해 지나치게 비현실적이고 완고한 태도로 접근하고 있다고 생각한다. 그러나 그 역시 남한에 책임질 가족이 있었다는 것을 알게 되면서 자신의 집안이 "근근히 안정된 생활을 영위"하는 데 급급하며 "바깥 세상과 차단된 온상"을 유지하려고 애썼음을 깨닫는다. 이어 그는 송가처럼 가정과 사회를 굵고 깊은 통로로 연결한, 바깥으로 정향된 삶을 살 것을 다짐한다. 분단 문제를 바라보는 작가의 시선의 범위가 사회 전체로 확장되는 것은 바로 이 지점에서부터다.

2. 시대를 반영하는 형식으로서의 풍자

이호철이 분단 현실로부터 비롯한 문제의식을 다양한 형식의 변주를 통해 형상화했다는 사실에 주목할 때 새삼 간과할 수 없는 것은 작가가 즐겨 사용한 형식으로서의 풍자다. 특히 이호철은 1960년대에 발표한 소설에서 군부독재와 반공 체제에 대한 비판을 수행하면서 그 형식으로 '우화소설'이나 '세태 풍자'를 선택한다.

「부시장 부임지로 안가다」1965는 1961년 5·16군사정변 이후의 상황을 퇴역 육군중위 출신의 교사를 주인공으로 내세워 풍자적으로 비판한 단편이다. 학교 교사이자 상이군인 출신인 '규호'는 어느 날 군인 셋이 규호를 잡으러 온 것 같다는 아내의 전화를 받고 긴급히 피신한다. 그동안 규호의 동료 교사들 중 "혁명 깨나 하게 생긴 사람"들이 불온한 언행을 했다는 이유로 차례로 붙잡혀 가고 있었으므로, 규호의 피신은 갑작스러운 것이긴 했으나 크게 놀라운 것은 아니었다. 그러나 기약 없는 도피 생활은 쉽지 않다. 규호는 길가에서 들리는 "반공을 국시의 제일의로 삼"는다는 라디오 소리에 "옳은 소리"라고 대꾸하면서도 놀라 골목길로 도망치기를 반복하고, 며칠의 도피 끝에 초췌한 몰골로 발견된다. 군인 트럭으로 연행되어 간 규호는 실은 자신이 마산시 부시장으로 내정되었다는 사실을 알게 된다. 혁명 직후 많은 인사들이 연행된 탓에 공석이 된 부시장직을 맡기려고 규호의 전 동료였던 육군중령이 찾아 왔던 것이다. 최 중령에게 자초지종을 들은 규호는 웃음이 비어져 나오고, 그 웃음은 차츰 실성한 사람의 웃음으로 바뀐다. 속이 뒤틀린 규호는 "내 양심으로는 못 하겠"다며 부시장직을 거절한다. 소설은 우스꽝스러운 차림으로 도망 다니는 규호의 모습을 통해 일차적으로 독자의 웃음을 의도한다. 그러나 이는 동시에 5·16 이후 심화된 반공주의와, 부시장직을 마음대로 임명하고 바꾸는 군부의 자의성을 풍자의 형식으로 비판한 작업이기도 하다.

「1965년, 어느 이발소에서」1966는 이발소라는 작은 공간에서 벌어진 에피소드를 다룬 짧은 단편이다. 어느 날 한 이발소에 낯선 청년이 들어와 고압적인 태도로 모두에게 소리를 지른다. 그의 요지는 "당장 빨갱이들이 나오면 어쩔려구" 이렇게 정신을 바짝 차리지 못하고 있느냐는 것인데, 계속해서 "틀려먹었"다는 말을 반복하는 청년의 고함에 이발소의 사람들은 겁을 먹으며 조용히 수긍하기 시작한다. 그 청년에 이어 몇 명의 청년이 더 들어오면서 이발소 안의 분위기는 급속히 냉각된다. 소설의 결말부에서 그 청년들은 단지 "일개 시민"이라는 것이 밝혀진다. 이들은 연행되었지만, 특별히 월권을 한 일이 없고 단지 사회 기강 확립을 요구한 것일 뿐이라며 곧 풀려난다. 소설은 반공주의적인 기호들이 사회의 구성원을 폭력적으로 통제하는 상황을 풍자한다. 특히 시민의 삶에 밀착해 있는 '이발소'라는 장소를 소설의 무대로 선택함으로써, 반공이라는 추상화된 기호가 어떻게 개인의 구체적인 삶을 경화시키는지를 효과적으로 전달한다.

「탈사육자회의」1966는 돼지를 주인공으로 한 우화소설로, 돼지의 대립을 통해 남북 관계를 암시한 글이다. 소설에서 집돼지와 멧돼지는 서로 오랜 기간 대립을 이어 온 관계로, 집돼지는 남쪽의 사람들을, 멧돼지는 북쪽의 사람들을 각각 의미한다. 소설은 각 편의 지도자를 모두 비판하는 동시에 오랜 기간 이념과 이데올로기가 실제의 삶과 생활을 압도하게 되면서 양측 사이에 진실한 대화의 가능성이 막힌 상황을 지적한다. 소설의 결말은 이러한 상황을 극복하고 공동의 성찰과 진지한 사유를 시도할 필요가 있음을 주장하는 것으로 끝난다. 이 소설은 우화라는 실험적인 기법을 사용하면서 남북 분단 체제에 대한 작가의 문제의식과도 결합한다. 이러한 점에서 이호철이 시도한 풍자나 우화의 기법을 단순히 그의 전체 소설 세계에서 이례적인 것으로 치부하기는 어렵다. 오히려 이처럼 소설의 주제와 조화롭게 공명하는 형식적 실험은 이호철 소설의 개성과 특수성을 구현하는 중요한 요소 중 하나로 평가할 수 있을 것이다.

3. '지금, 여기'에 대한 관심   서울에 대한 감각과 비판적 의식

1960년대 중반 이후 이호철 소설의 주된 경향 중 하나로 '지금, 여기'를 살아가는 사람들에 대한 구체적인 관심을 지적할 수 있을 것이다. 특히 『서울은 만원이다』1966는 『동아일보』에 연재되며 소설이 연재되던 1960년대 당시 서울의 세태를 현실적으로 그려냈다는 점에서 평단의 주목을 받았다. 그런데 구체적인 장소성의 묘사와 도시를 살아가는 사람들에 대한 현실적인 기록은 비단 이호철의 장편에서만 시도된 것은 아니다. 오히려 단편에서 먼저 서울에 대한 스케치가 짧게나마 시도되었으며, 이후 1970년대와 1980년대에도 도시 공간에 대한 주목과 성찰의 작업이 지속적으로 이루어졌다는 점에서 그의 단편은 새롭게 주의를 요한다.

「먼지속 서정」1959은 버스 차장인 '광석'과 '순발', 그리고 버스 기사를 중심으로 전개되는 짧은 단편이다. 어느 날 광석과 순발이 버스에서 승객을 내리고는 다시 올라타지 못한 상태에서 버스 기사는 어디론가 버스를 몰고 달려가 버린다. 광석과 순발은 이 김에 자장면이나 한 그릇 하자며 중국집으로 가 각자 버스 차장이 된 내력을 이야기한다. 기실 전쟁으로 인한 트라우마를 겪고 있는 버스 기사, 그리고 광석과 순발은 모두 쓸쓸함과 함께 앞으로 어떻게 흘러갈지 알 수 없는 미래에 대한 불안을 공유한다는 점에서 공통적이다. 소설에서 버스는 신설동, 안암동, 성동역 앞, 청량리 등 구체적인 서울의 장소를 거쳐가지만 정작 인물들은 "돌아가야 한다"는 의식만 있을 뿐 어디로, 어떻게 돌아가야 할지 확실히 알 수 없다. 그리고 이런 마음을 부채질하는 것이 바로 서울이라는 공간이기도 하다.

「여벌집」1972에서는 1970년대 초에 시행된 도시계획이라는 제재를 통해 도시의 개발과 생활의 문제가 구체적이고 실감 있게 묘사된다. 소설에서 '나'와 아내는 전세를 놓고 있는 C동의 집 한 채를 "여벌 재산"으로 생각한다. 부부의 직접적인 생활 공간이 아니기 때문에 이 집은 평소에는 실체적인 것으로 감각되지 않는다. 그러나 재산세를 납부할 때가 될 때마다, 혹은 전세입자가 연락을 해 올 때마다 집은 새삼스럽게 부부에게 생활에 다소간 안정을 주는 재산으로서 새삼스럽게 안도감을 주는 존재이기도 하다. 소설에서 '나'의 아내는 이 집의 한 귀퉁이가 도시계획에 들어갔다는 사실을 확인하고 더 높은 건물을 세울 꿈에 부푼다. 말죽거리와 제3한강교 역시 이런 과정을 통해 지금의 가격이 되었다는 것을 아내는 나에게 상기시킨다. 세입자에게 이 집이 도시계획에 들었다고 말하는 아내의 모습에서 '나'는 아내에게서는 집주인으로서의 오기를, 세입자에게는 전세 들어 있는 사람의 비굴을 읽어낸다. 그러나 소설의 결말부에서 '나'는 이 집을 포함한 도시 계획이 백지화되었다는 사실을 알게 된다. 소설에서 집주인 부부가 집을 경유해 갖는 안도감은 추상적이고 관념적이다. 그러나 실제로 C동 집은 부부와는 관계 없이 집의 베란다를 부수고 밥을 해먹을 부엌을 들이기 위해 타일과 벽을 들어낸 날품팔이 세입자에 의해 변용되면서 이들의 "생활의 한가운데 들어앉아 있"는 것이다. 「여벌집」은 이처럼 집주인과 세입자 사이의 괴리감을 도시발전행정에 대한 비판적 감각과 함께 그려내고 있다. 한편, 소설에서 아내가 광주대단지가 조성되었다는 이야기를 스치듯 '나'에게 건네는 장면은, 1960년대 후반부터 정부가 무계획적으로 시행한 서울 철거민 이주 정책이 1971년 대규모 시위로 폭발한 '광주대단지 사건'을 작가가 의식한 것으로 해석할 수 있다.

「밀려나는 사람들」[1985]은 글 쓰는 사람인 '나'를 초점 화자로 내세워 서울이라는 도시 공간을 관찰자적 시선으로 기록한다. 소설은 1980년대의 서울 도시개발계획을 설명한다. 서울은 1986년과 1988년에 연이어 계획된 아시안게임과 올림픽을 계기로 대대적인 재개발과 정비가 계획된다. 그리고 이 재개발 과정에서 강제적인 행정으로 인해 수많은 철거민이 양산된다. '나'는 복잡하고 인정 없는 서울에 살기에 적합하지 않은 충청도 출신 '순구씨네'를 관찰하면서 1960년대부터 1985년 현재 진행 중인 목동 재개발까지 이어진 강제 철거와 이주민의 역사를 길게 서술한다. 그리고 순구씨의 내력을 통해 권력의 강제 집행으로 인한 비자발적인 이산과 이동의 문제를 소설화한다. 이호철은 이처럼 다양한 시간대를 통과하며 분단 문제에 대한 인식을 심화해 간 동시에, 자신이 발 딛고 있는 공간에서 새롭게 생겨난 생활의 곤경과 이산의 문제에 대해서도 세심한 눈길을 보내며 진지하게 사유하고 기록한 작가였다고 할 수 있을 것이다.

1부
————
닳아지는
　　　　살들

탈향

하룻밤 신세를 진 화찻간은 이튿날 밤엔 곧잘 어디론가 없어지곤 했다. 하루저녁에
도 몇 번씩 이 화차 저 화차 자리를 옮겨 잡아야 했다. 자리를 잡고 누우면 그나마 흐뭇했
다. 나 어린 나와 하원이가 가운데, 두찬이와 광석이가 양가생이에 눕곤 했다.

중밤에 눈을 떠보면, 또 화통에 매달려 달리는 것이었다.

"야아 깨 깨 화차가…… 빨릿……."

뛰어내려야 했다. 광석이는 번번히 실수를 했다. 화차 가는 쪽으로가 아니라, 반대쪽
으로 뛰곤 했다. 내리고 보면 제 사부두 앞이기도 했고, 부산진 역 앞이기도 했다. 허기적
거리며 또 다른 화차를 찾아들어야 했다.

"야하 이 노릇이라구야 이거 견디간……."

"……."

"에－이 망할 놈의 거……."

광석이는 누구에라 없이 짜증을 부리곤 했다.

그러나 이튿날 아침이 되면, 넷은 가지런히 제 삼부두를 찾아나가는 것이었다. 가지
런히 밥장수 아주머니 앞에 앉아 조반을 사먹었다.

"더 먹어라."

"응."

"너 더 먹으렴."

좋은 반찬은 서로 양보들을 했다.

어두운 화찻간 속에서나마, 막걸리 사발이나 받아다 마시면서, 넷이 글어안고 괏다 치곤 했다.

그 중 어린 하원이는, 확 무언가 풀어헤치듯,

"야하 부산은 눈두 안 온다. 잉? …… 어잉 야야 벌써 자니? 이 새끼, 벌써 자니? …… 원산은 굉장헌데.눈 올땐 그냥 막− 막−, 야햐 …… 진짜, 잉? 광석이 아저씨네 움물말이다. 눈 오문 말이다. 뒤에 상나무 있잖니? 하−얀 양산처럼 되는…… 잉? 한번엔, 이른 새벽이댔는데, 장자골 집 형수, 물을 막 첫 바가지 푸는데, 픗뜩 눈뭉치가 떨어졌다. 그 형수 뒷머리를 덮었다. 어떻게나 우습던지 내가 막 웃으니까, 그 형수두 눈 떨 생각은 않구, 하하하 웃는단 말이다. 원래가 그 형수 잘 웃쟎……"

광석이는 히득히득 웃으면서,

"토백이 반원새끼덜, 우릴 사촌끼리냐구 묻드라 그렇다구 그러니까, 그러냐아구 어찌구 …… 그 꼬락서니라구야, 이 새끼 벌써 취핸?"

조금 사이를 두어,

"야하 언제나 고향 가니?"

두찬이는 혀 꼬부라진 소리로,

"이제 가게 되쟎으리"

"이것두 다아 좋은 경험이야 잉"

"암! 그렇구 말구"

"우리 동네 갈젠, 꼭 같이 가야 된다 알겐?"

"아−무렴, 두말 여부 있니. 우리 넷이 여기서 떨어지다니 …… 어디 ……. 그럴 수가 …… 함부루 …… 벼락을 맞을 소리지. 허허허 …… 기분 좋−다. 우리 더 마시까 …… 한 사발씩만 더 …… 딱 한 사발씩 ……"

광석이는 쨍한 소리로 노래를 불렀고, 두찬이는 화차 벽을 두드리며, 둔하게스리 장단을 맞추었다. 하원이는 자잘구레한 심부름을 했다. 술을 한 병 더 받아온다, 담배를 사온다……. 나는 골아 떨어져 잠이 들어버리곤 했다.

어느 날 저녁, 광석이는 일판 반장을 끌고 왔다. 두찬이는 화찻간에 벌렁 누운 채, 아
는 체도 안했다. 광석이는 술 사발 값이나 내놨다. 하원이는 곧 술을 받으러 갔다. 겸해서
초 한 자루도 사왔다. 그제서야 두찬이는 마지못해 일어나 앉았다.

"이러구 어째 사노?"

반장이 지껄였다.

"이것두 다아 경험임네다."

광석이는 공손이 대답했다. 그러자 두찬이는 벌컥 성 난 소리로,

"참예 마소"

"그러니 어떻게 해야잖냐. 밤낮 이러구 있을라나"

"참예 말라는데, 참예 할 꺼 더 있어 남의 일에 ……"

"……"

반장은 조금 후에 곧 자리를 떴다. 광석이는 배웅까지 하고 돌아왔다.

"두찬이 넌 그리 고집을 부리니?"

"머이 고집이야"

"에-이 참 딱해서 ……"

"……"

"타향에 나와선 첫째 주변이 있어야 하는건데-"

광석이는 혼자소리처럼 지껄였다.

두찬이와 광석이는 스물넷이었다. 그러나 두찬이 편이 한 너덧 살은 더 나보였다. 훤
칠하니 큰 키에 알맞게 뚱뚱한 것이며 검은 얼굴에 디룩디룩한 눈, 두터운 입술, 술사발이
나 들어가면 둔하게스리 왁짝거리지만 여니때는 통 말이라곤 없었다. 광석이도 키는 큰

편이나 좀 여위었고 흰 바탕에 웃뚝 선 콧대, 가무잡잡하니 작은 눈, 엷은 입술에 쉴 새 없이 날름거리는 혓바닥, 홀가분한 걸음걸이, 진득한 데라곤 통 찾아볼 수 없었다. 하원이는 나보다 한 살 밑이어서 열여덟이었다. 어디서나 입을 헤- 벌리고 있었다.

중공군이 밀려나온다는 바람에, 허턱 배 위에 올라타긴 했으나 도시 막연한 판 바다 위에서 우리 넷이 만났을 땐, 사실 미칠 것처럼 반가웠다. 야하 너두 탔구나, 너두, 너두……

뱃간에서 하루 저녁을 지나, 이튿날 아침엔 부산 거리에 더럭 부리어졌다. 넷이 다 타향 땅은 처음이라, 마주 건너다보며 그저 어리둥절했다. 마을 안에 있을 땐, 이십촌 안팎으로나마 서로 아접조차 지안끼렸다는 것이, 이 부산 하늘 밑에선 새삼스러웠던 것이다.

"야하 이제 우리 넷이 떨어지는 날은 죽는 날이다. 죽는 날이야"

광석이는 몇 번이고 되풀이 지껄이곤 했다.

…… 이럭저럭 한 달쯤 무사히 지났다. 그러나 고향으로 돌아갈 날은 갈수록 아득했다.

이 한 달 사이에, 두찬이는 두찬이대로 광석이는 광석이대로, 남 모르게 제 가끔의 배포가 서게 된 것은, (배포랄 것까지는 없지만) 그들은 탓할 수만 없는 일이었다. 쉽사리 고향으로 못 돌아 갈 바엔, 늘쌍 이러구만 있을 수는 없다. 문에 패니 얽어 매여 있는 것처럼 스스로들 생각하게 된 것이었다. 우리 사이는 솔직해지지 않고, 힐끔힐끔 서로의 눈치를 살피게끔 됐다.

광석이는 애당초가 주책이 없다 할까 주변이 있다 할까 엄병점병하니 토백이 반원들과 얼려 막걸리 사발이나 얻어 마시곤 했고, 야단법석스리 보탬을 해 북쪽얘기를 해싸 왔고, 이렇게 며칠이 지났을 땐 어느덧 반원들은 나나 두찬이나 하원이와는 달리, 광석이만은 오래쩍부터 사귀어온 친구나처럼 손은 맞잡곤,

"나왔나!"

"오-냐 느 형님 여전하시다"

"버르장머리 몬쓰겠다. 누구 보꼬 형님이라……"

"자네 언제부터 말버르장머리…… 허- 요새 세상이 원래 이래놓니……."

농담조로 쉰사가 오락가락 했으나, 나나 두찬이나 하원이는 광석이의 이런 꼴을 멀끔히 남 바라보듯 바라다 봐야 했다. 광석이는 차츰 반원들과 얼려 왁짜지껄하는데, 더 재미를 느끼는가부였고 패니스리 자신만만이었다.

그 꼴사나움은 이루 말할 수 없어 더더구나 주변없고 무뚝뚝하고 외양보다 실속만 자란 두찬이는, 저대로 뒤틀리는 심사를 지닌 채, 다른 궁리를 차리는 모양이었다.

사실 이즈음부터 두찬이는 얌생이를 해도, 다문 밥 두 끼 값이나 골고루 나누어 주는 법이 없이, 일판만 나오면 혼자 부두 앞 틈자구 샛길을 허청허청 돌아다녔다. 이런 두찬이는 으레 술이 듬뿍 취해, 화찻간으로 돌아오곤 하는 것이었다.

하원이는 그저 울먹거리기만 했다.

"야하 부산은 눈도 안 온다 잉."

애스럽게 지껄이곤 했다.

되잖은 청으로 타령같은 것을 부르는 두찬이의 취한 목소리가 바람결에 가까워오면 화찻간은 무엇인가 덮어씌우듯 조용해졌다.

"문 열어라"

드르르 문을 열면, 싸느다란 부두 불빛이 푸르무레하니 화찻간에 찼다. 두찬이는 문간에 막아서서, 비트적거리며 한창을 허허허 웃어댔다. 하원이는 한쪽 구석에서 또 울먹울먹거렸다. 화찻간으로 기어올라온 두찬이는, 헉헉대며 광석이부터 찾았다.

"야, 광석아, 이 새끼…… 이 새끼 어디 간?"

누운 채 광석이는 귀찮은 듯 쨍한 소리로,

"왜 … 왜 기래 왜……"

"나…… 술 마셨다. 나…… 오늘 얌생이 했다. 사-지 두벌 근사하드라…… 나 혼자 가지구 나혼자 마셨다. 왜…… 못마땅허니?…… 허허허 …… 이 새끼 허허허 못마땅허니? 못마땅할 거 없어? 잉? 이 새끼야"

광석이는 발끈 일어나며,

"취했음 자빠져 잘꺼지 ……. 누구까 지랄이야 …… 어디 가서 혼자만 처마시군……"

"말 잘-헌다. 그래. 난 혼자만 마셨다이까…… 넌 부산내기덜과 왁짝 고-멘서 마시구……. 난 내 돈 내구 먹지만, 넌 술 사주는 사람두 많두나. 잉? 원래 잘났으이까…… 일심이 좋아서 …… 난 못났구…… 그렇지만, 무서울 건 죄-꼼두 요마침두 없다. 두구 보렴. 두구 봐. 보잔 말야……"

하원이는 일어나 앉아 소리내어 쿨적거리며 시작했다. 광석이는 부러 악을 쓰듯 목대를 짜서,

"남쪽나라, 십자성은, 어머님 얼골,"

두찬이도 광석이에지지 않고 온 화찻간이 떠나갈 듯 왈각왈각한 소리로,

"아, 신라의 밤이여, 아 신라의 밤이여 타-향살이 십 년에 … 썹할, 어떻게 되나 보자꾸나. 될대루 돼라. 이 새끼야, 이 새끼야, 이 쥐길 새끼야."

발길로 화차 벽을 탁탁 내찼다.

하원이는 어느새 엉엉 소리내어 울었다.

초저녁엔 화착 지붕에 성깃성깃 빗방울이 들었다. 밤이 깊었는데도, 두찬이는 아직 돌아오지 않았다. 화찻간에 누운 채, 광석이는 또 하원이를 향해 수다스리 지껄였다.

길을 다녀두 점잖게 다녀라, 뭘 거리 음식점 안을 끼웃끼웃하는거냐, 고구마를 사먹으면 고구마만 먹을 거지 손가락까지 빨아먹는 건 무슨 식이냐, 신식이냐 구식이냐, 일판에선 좀 똑똑히 놀지 밤낮 토백이 반원들에게 놀림감만 되는거냐, 오바 호주머니에 두 손

은 노상 찌르고, 털모자도 뭘 그리 꽉 눌러쓰고, 주둥아리에다가는 잔뜩 노끈까지 졸라매느냐, 부산서 그렇게 추워서야 원산선 어떻게 견뎠느냐. 너 혼자라면 모르지만 패니 너 때문에 우리 셋까지 창피하지 않느냐, 그렇잖두 반원들은 우리 넷을 사촌끼리처럼이나 여기는 판인데……

하원이는 통 말대답이라곤 없고 어느새 나는 잠이 들었다……

"…… 야야 깨 깨 화차가…… 빨릿"

화차 문을 드르륵 열었을 땐, 낮은 바락크 지붕 넘어로 환히 널려져 있는 부두 불빛이, 획- 모로 움직였다. 벌써 제 사부두 앞이었다. 차 가는 쪽으로 훌쩍 내리 뛰었다. 차거운 축축한 자갈돌이 손에 닿았다. 엉거주춤하니 일어날 땐, 저만침 앞에 누가 뛰어내리는 소리를 들을 수 있었다. 정신을 차리고 몸을 바로 잡았을 때는, 어기정 어기정 앞 사람이 일어났다. 그보다 더 앞에 그 누가 또 뛰어 내렸다. 어느새 차는 삐거덕거리며, 카-부를 돌고 있었다. 그러자 분명히 저만침 훌쩍 뛰어내리는 소리가 또 났다. 무엇엔가 획 부딪드리는 소리 같다. 오싹 잔등에 찬 기운이 지나갔을 땐,

"야야야- 야야- 야- 내 팔이야 내 팔이 야- 아이구- 아야-!"

광석이 소리다. 앞으로 골려가는 소리다. 쉭쉭 치크덕 치크덕-.

시뻘건 불빛이 까만 하늘에 차머리 끝을 선명히 내솟구었다가 다시 어둠 속에 묻혀 버렸다.

"아야야- 아야- 아-"

칠흑의 어둠 속에서 누가 내 허리를 움켜잡았다. 두찬이었다. 어두무레한 저 쪽에서 펑덩한 오바가 너펄거리며, 비트적비트적 하원이가 달려왔다. 곁에 와서는 포켙 속에 두 손을 찌른 채 멍하니 서 있었다.

나는 후다닥 그 쪽으로 내닫기 시작했다.

"야!"

홈칫 돌아 섰을 땐, 두찬이는 오바 포켙에 두 손을 찌른 채 외면을 하며,

"어디 가?"

"……?"

"어디 가냐 말야, 가문 뭐한?"

"머이 어째!"

"쉬- 내버려두구, 우린 우리대루 가. 거기 가문 뭐한? 어떻게두 할 수 없잖? 할 수 없
잖니?……"

다시 힐끗 내 편을 건너다보며,

"맘대루 해, 올람 오구 말람 말구……"

두찬이는 그냥 반대쪽으로 걸어가는 것이 아닌가. 나는 나도 모르게 눈물이 펑펑 쏟
아졌다. 한참을 꼼짝 않고 서 있었다. 와그적와그적 자갈돌을 디디고 가는 두찬이 발자국
소리를, 와작와작 씹듯이 들었다. 하원이는 흑흑 목을 놓고 흐느꼈다. 내 곁으로 와서 내
팔소매를 비틀어 움켜잡았다.

광석이 쪽으로 끌었다.

"아이구야- 아이구야아-"

화차는 이미 멀리 부산진 쪽으로 내달렸고, 광석이의 가라앉은 비명뿐이었다.

어느새 하늘은 활짝 개여 있었다. 맵짠한 바람이 일기 시작했다.

화차 바깥은 모진 바람이었다. 하원이는 한구석에서 또 쿨적거렸다.

애당초 나는 두찬이처럼 심술이 세다거나, 광석이처럼 주변이 좋다거나, 하원이처
럼 겁이 많다거나, 그 어느 편도 아니었다. 나는 이젠 우리 넷 사이가 어떻게 돼도 좋았다.
나대로의 뚜렷한 배포가 서 있는 것은 아니었지만……

그저 때로 하원이의 애원하듯한 애스런 표정을 대할 때마다, 홈츠릿하니 뒷잔등이
차겁곤 했다. 그러나 나는 번번히 이런 하원이 표정에, 외면을 하곤 했다. 나로서도 모를
일이었다. 하원이에 대하여 자꾸 미안함을, 막연한 책임감 같은 것을 느끼게 됐고, 그럴수

록 우락부락하니 마음만 닳았다. 광석이나 두찬이는 그들대로, 나에게만은 이렇다 할 아무런 감정도 품지는 않았으나, 처음 화차살이가 시작될 때보다 퍽 어석버석 해진 것만은 사실이었다.

이미 두 달이 지났으니까 그럴 만도 했다.

사실 나는 광석이 곁으로 갔을 때, 어떤 자조自嘲도 느꼈다. 또 어떤 자랑스러움도 느꼈다. 다만 이렇게 광석이 곁으로 온 바엔 광석이가 죽고 안 죽고는 내가 알 바 아니다. 광석이가 죽을 때까지 광석이를 지키고 있었다는 것을, 이 다음에 고향에 가더라도 (갈 수만 있다면) 조금도 부끄러움을 느끼지 않고 떳떳할 수 있으리라……

하원이는 또 오바 포켙에 두 손을 찌른 채, 쿨적쿨적 울었다. 나는 왼팔 중둥이 무 잘라치듯 동강이 난 광석이를 등에 업었다. 하원이는 울음을 꿀꺽 꿀꺽 삼키면서, 광석이 엉덩이를 받들고 뒤따라 왔다.

이렇게 이 화차로 온 것이다.

… 한참만에야 광석이는 좀 정신이 든 듯, 어처구니 없을만치 가라앉은 목소리로,

"여기 …… 어디야 …… 두찬인 어디 갔니 ……"

나는 서슴치 않고,

"병원에 갔어"

"병원에? 아이구 어떻거니– 팔 하나 갖구 먹구 살등거 두찬이 빨리 안 오니?"

"……"

그러자 광석이는 벌떡 일어날 듯이 몸을 움직거리면서, 가쁘게 헉헉대며,

"우리 진짜, 꼭 같이 가자 …… 고향 갈 땐 …… 두찬인 날 오해 했는갑드라. 오해 …… 두찬이에게 할 말이 있는데 … 어잉 야, 너인 날 어드케 생각 핸? 내가 뭐 어쨌단 말야? 잉? 야하, 너들 날 벌어 먹이간? 진짜 벌어 먹이간 ……?"

이튿날 아침이 밝았을 땐, 이미 광석이 죽어 있었다. 작업모가 삐뚤어져 있었고, 왼쪽 볼이 바닥에 찰싹 붙어 있었다. 입술이 쌔하앴다. 그렇잖아도 여원 얼굴이 더 해쓱해졌

다. 눈기슭엔 눈물이 게자자했다. 피가 여기저기 말라붙었다. 하원이는 손수건을 꺼내 조심히 턱을 문질러 주었다. 둘이서 일판으로 나갔다.

두찬이는 쭈쿠리고 앉아 조반을 사 먹고 있었다. 조반을 먹고 나서 두 손으로 입술을 썩 썩 문지르고, 담배 한 대를 피어 물었다. 두 눈을 잔뜩 으그러트리고, 한쪽 볼을 치켜 올리고 악착스럽게 뻐끔뻐끔 빨았다. 깊숙하게 디룩디룩한 눈알이 먼 곳을 바라보듯, 가끔 하늘 한복판에 가 있었다.

일판으로 들어서자, 늙수구레한 토백이 반원 하나가 불쑥 두찬이에게 물었다.

"와 하나 없노? 그 잘 떠든 사람 없네. 어데 갔나?"

"좋은 데."

"좋은 데? 추직했나?"

"……"

"어데? 미굼부대나?"

"……"

"잘 됐구먼. 넌 안 가나!"

"……"

"두찬이는 문득 고개를 돌렸다. 내 눈과 마주치자 휘딱 외면을 하곤, 바닷쪽 등대를 멀건히 건너다 봤다. 묻던 사람은 댓통을 뻑뻑 빨며 또,

"어딘고? 병기창이나?"

"……"

두찬이는 역시 대답이 없었다. 묻던 사람은 두찬이를 올려다보다가 댓통을 세멘트 바닥에 탁탁 털고 일어섰다.

저녁 일을 끝맺고 부두 앞에 나왔을 땐, 두찬이는 또 간 곳이 없었다. 하원이가 곁에 오더니 내 허벅다리를 쿡 찔렀다. 홈칫 놀라 돌아다 봤을 땐 거기 저녁 노을이 싸느랗게

비낀 좁은 틈사구 샛길로, 두찬이의 뒷모습이 허청허청 걸어가고 있었다. 나와 하원이는 서로 마주 바라봤다. 하원이는 또 울먹거렸다. 나는 외면을 했다.

화차 문을 열고…… 들어가기가 싫었다. 하원이가 먼저 들어갔다.

"잠 들은가부다야"

어두무레한 화차 속에, 오바 포켙에 두 손을 찌른 하원이 몸집이 퀭하게 커보였다. 하원이는 아직 광석이가 죽은 것을 모르고 있는 것이다.

"……"

나도 모르게 눈물이 두 볼을 스쳐 흘렀다. 당황해서 눈물을 막으렬 때, 하원이는 멀끔이 나를 건너다봤다. 비로소 울음이 터졌다. 나보다 더.

"너 왜 우니? 너 안…… 안 울문…… 나두 안 울지…… <u>흐흐흐</u>……."

하원이는 울면서 이렇게 지껄였다.

"<u>흐흐흐</u>…… 울…… 울지 말자……. 잉…… 잉……."

하원이는 또 이렇게 겨우 겨우 울음을 참아 넘기려고 애썼다. 나는 펄지가니 주저 앉았다. 서러웠다. 죽은 광석이보다 이런 꼴을 당하고 있는 나 자신이, 또 저런 하원이 꼴이…….

밤엔 보-얀 안개가 끼었다. 이럭저럭 삽과 괭이를 얻었다. 거적데이에 광석이를 들들 말았다. 하원이는 엉엉 울었다.

밤이 깊어서 우리는 광석이를 맞들고 떠났다. 화차가 듬성하게 서 있는 틈을 빠져나가는 나와 하원이는 이런 말을 주고 받았다.

"날씨 꽤 뜨듯하다야 잉"

"그래."

"15번 하치일터 냉장배 나갔재?"

"어제 나갔잖니. 그 이찌고 맛 참 좋드라잉"

"그래, 참말"

한참만에 하원이는,

"놀멘 가자야"

"힘드니?"

"아ー니."

"근데 왜?"

"야하 이렇게 땀이 난다."

돌아오는 길, 불쑥 하원이는 또 말했다.

"두찬이 형 맘 좋은 줄 알았드니 나뿌드라, 그런 법이 어딧니."

"……"

하원이는 어둠 속에서 다시 나를 흘낏 건너다보곤, 컬럭컬럭 헛기침을 했다.

이튿날, 이젠 제법 길어진 해가 뉘엿뉘엿 질 무렵이다.

두찬이는 불현듯이 우리 화찻간으로 돌아왔다.

"……"

"……"

나는 반가웠다. 없는 것보다는 한 사람이라도 더 있는 게, 아무래도 마음이 든든했다. 그러나 하원이는 내 허벅다리를 쿡 쿡 찔렀다. 처음엔 웬 영문인지 몰랐다. 좀만에야 두찬이를 떼어놓고, 둘만이 어데로 다른데로 가자는 눈치인 것을 알았다. 나는 모르는 체했다. 하원이는 그냥그냥 내 허벅다리를 쿡 쿡 찔렀다. 밤이 깊어도 두찬이는 누울줄 몰랐다. 화차 벽에 기대앉아 연성 담배만 거퍼 피웠다. 담뱃불이 들이 빨 때마다, 두찬이 얼굴이 별나게 큼직하게 들어났다. 디룩디룩한 눈알이 조심스럽게 움직였다. 이따금 긴 한숨을 내뿜곤 했다. 왈칵 가래를 돋구어, 드르르 화차 문을 열곤 내밭기도 했다. 잠이 올 리 없었다. 숨 쉬기조차 어쩐지 퍽 가빴다.

얼마만큼 지나서 두찬이는 불쑥 거칠게,

"야 자니?"

"……"

나는 잠이 든 체 했다. 구석에서 하원이는 울음을 삼키노라고 흑흑거렸다.
화찻벽에 부딪쳐오는 바람소리만이 애릉거렸다.

다시 세 사람의 생활이 시작됐다.

광석이가 있을 땐, 그래도 더러 웃을 때나 있었으나, 요샌 통 웃는 법이라곤 없었다.
나는 가끔 혼자서 노래같은 것을 불렀다.

"—흘러가는 구름 저 편—"

화찻간이 찌렁하게 울렸다. 그것이 나로선 좀 기분이 좋았다. 그러나 두찬이는 싫은
가부였다. 상을 찡그러트리고 나를 건너다 보곤 했다. 그러면 나는 노래를 뚝 그쳤다. 울
음이 터질 듯 했다. 일 나갈 때가 되면, 두찬이는 누운 채 화차 천장을 올려다보고 담배를
피웠다. 그리고는 나와 하원이를 깨웠다.

"일어나라, 일어나라구"

셋이 가지런히 일판으로 나갔다. 하원이는 노상 울먹거렸다. 내 허벅다리를 쿡 쿡 찔
렀다. 둘만이 어서 다른 데로 가자는 것이다. 나는 그저 모르는 체 했다.

일판에선 여전히 우리를 사촌끼리처럼이나 여겼다.

"사촌끼링교? 비슷하네요"

처음 우리 넷이 부두 앞에 나타났을 때 가지런히 훑어보며 지껄이듯, 지금도 저이들
끼리 키들거리며 지껄이곤 했다. 그리고는 북쪽 얘기를 하라고 자꾸 졸랐다. 그런 때마다
두찬이는 헤사하게 웃으면서 고개를 모로 젓기만 했다. 얘기할 줄 모른다는 뜻이리라. 퍽
풀이 죽는 표정이었다. 일이 끝나면 셋이 가지런히 돌아왔다. 어두운 화찻간. 내가 가운데
눕고 두찬이와 하원이가 양 가생이에 누웠다. 하원이더러 가운데 누우라니까 두찬이 모
르게 아얏 소리를 지를 만큼 내 허벅다리를 마구 꼬집어 뜯었다.

어느새 봄이었다. 아침저녁으로 초량 뒷산 마루엔 제법 아른아른한 기운이 어리었다.

며칠이 지난 어느 저녁이다.

밤이 어지간히 늦었는데도 두찬이는 돌아오지 않았다. 하원이는 기쁜 듯 지껄였다. 활발스럽기까지 했다.

"두찬이형 아주 간가부다 잉잉"

"……"

"야하!"

"……"

"넌 왜 늘 아무 말도 안헌?"

"……"

"벌써 여긴 봄이다야. 원산은 아직두…… 굉장히 추울텐데…….”

"……"

"……"

되잖은 청으로 타령같은 것을 부루는 두찬이의 취한 목소리가 또 가까워졌다. 하원이는 흠칫 놀라, 또 내 허벅다리를 쿡 찔렀다.

"문 열어라."

드르르 문을 열었을 땐, 싸느다란 부두불빛이 푸르무레하게 또 화찻간에 찼다. 막걸리 병이 들려 있었다. 문간에 막아서서 비트적거리며 한참을 허허허 웃어댔다.

"술 마셔, 술, 탁배기다, 좋—지! 택배기, 안주? 안주 여깃거, 있구 말구! 안주 없이야, 술이 있나! 암— 있구 말구, 허허, 이 새끼덜, 개구리들처럼 오그리구 누웠구나!"

나는 서슴치 않고 술병을 받아 들었다. 나팔을 불었다. 꽤니 다급하게 서둘렀다.

"하…… 하원아…… 넌…… 넌 안 마시니 ……"

"난 마실 줄 몰라요."

"마실 줄 모르다니 …… 아직 술도 못 마셔? 자, 빨리 ……"

내 손에서 술을 빼앗아 하원이 쪽으로 갔다.

"난 마실 줄 모른단데 힝힝 …….."

하원이는 또 울먹거렸다.

"놔요. 놔 놓란데 …… 내 손 쥐문 안돼, 내 손 뒤문 안돼 ……."

나는 당황해서 큰 소리로,

"하원아, 마셔, 마시라는데, 어서 ……."

"흐흐 …… 응. 마실게 흐흐흐 ……."

한참동안 뜸-했다. 별안간 두찬이 엉엉 울기 시작했다. 두찬이 우는 김에, 하원이 쿨쩍거림이 뚝 그쳤다.

"야"

두찬이, 벌떡 일어나 앉았다. 화찻문은 열어제낀 채였다. 어수선한 바람이 휙- 몰아들었다. 두찬이는 머릿칼을 앞으로 흐트린 채, 내 곁으로 다가왔다. 구석에서 하원이가 다시 소리 내어 흑흑 흐느꼈다.

"야, 너 오늘 죽여버린다, 어잉 이 새끼야, 넌 왜 그때 혼자만 간? 왜 날 붙들지 않안? 부르지도 않안? 그리군 이제와서 괄세야, 이 개새끼야, 그땐 암말두 안허구 이제 와서 …… 넌 잘 헌 것 같니? 잘 헌 것 같애? 하늘이 내레다본다, 이 뻔뻔한 새끼야 ……."

다시 하원이 울음소리가 뚝 그쳤다, 두찬이는 내 무릎을 움켜 잡았다. 그러나 무슨 생각에선지 벌렁 나자빠졌다.

"어잉, 이 쥐길 새끼, 개새끼, 취헌 줄 아니, 취할 탁이 있니! 이 개새끼야, 오렇게 정신이 말뚱말뚱허다, 말뚱말뚱해 ……. 왜 넌 암말두 안 헌? 뛰디래잡던지 칼침을 주던지 하잖구. 어허허허 내 ……. 이제 무신 낯짝으로 동네 가긴, 어허허허 …… 광석아아 ……. 광석아하- 하-"

두찬이는 벌떡 자빠져서, 화차 안이 찌렁찌렁 하도록 그냥 어이어이 울어댔다. 이튿날 아침 깼을 땐, 두찬이는 보이지 않았다. 부두 일판에 나가도 없었다.

사흘쯤 지난 뒤, 저녁, 어두운 화찻간 속에서 하원이는 지껄였다.

"야하 우리 이젠 꼽대가리^{밤낮을 거퍼서 일 하는 것} 자꾸 해서, 돈 좀 쥐자, 그리구 저기 영주동 산 꼭대기에다, 집 하나 짓자, 거기 집 제두, 일 없닝기드라야, 잉 야하 조카야, 흐흐흐…… 우습다. 진짜 우스워…… 난 너두 두찬이 형처럼 그렇게 될까봐 얼마나 떨언줄 안? 광석이 아저씨도 맘은 좋은 폭은 못됐다, 잉?…… 우리, 동네 갈젠 꼭 같이 가자, 돈 벌어서, 돈 벌문 말야, 시계부터 사자, 어부러서, 그까즌거, 꼽대가리 대구 하지 뭐, 광석이 아저씨까, 두찬이 형은 못봤다만 글자마, 낼부터 나 진짜 꼽대가리 할란다, 잉, 조카야, 우습다. 잉? 이케^{이렇게} 잠이 안온다야, 우리 오늘밤, 그냥 밤 새자, 술 마시자……. 술"

"……"

나는 그저 나도 모르게 이런 말을 지껄이고 있었다.

"바람도 없이 나리는 눈송이여, 아 눈송이여"

무엇인가 못 견디게 그리운 것처럼 애탔다. 그러나 누가 알랴! 지금 내 마음 밑 속에서 일어나는 돌개바람 같은 것을…… 아 어머니! 이미 내 마음 밑 속에선, 하원이를 버리고 있는 것이다. …… 순간, 나는 입술을 악물었다. 와락 하원이를 글어 안았다. 눈물이 두 볼을 흘러내렸다. 하원이는 흐흐흐 웃었다. 지껄였다.

"이 새끼, 술두 안 먹구 취핸?…… 참 부산은 눈두 안온다. 잉? 눈두…… 원산 말이다. 눈 오문 말이다. 광석이 아저씨네 움물 말이다. 야하 굉장헌데…… 새벽엔 까치가 막- 울구, 그 상나무 있잖니, 장자골집 형수 원래 잘 웃잖니, 하하하 하구…… 그 형수 꽤 부지런했다. 가마이 보문, 언제나 젤 먼저 물 푸러 오군 하는게, 그 형수드라… 잉? 야하 보구싶다 눈이-"

나상

시언한 여름 저녁이었다.

바람이 불고 시커먼 구름떼가 서편으로 몰려 달리고 있었다. 그 구름이 몰려 쌓이는 먼 서편 하늘 끝에선 이따금 칼날 같은 번갯불이 번쩍이곤 했다. 이편 하늘의 별들은 구름 사이사이에서 이상스리 파릇파릇 빛났다. 달은 구름더미를 요리조리 헤치고 빠져나왔다가는, 새로이 몰켜오는 구름더미에 애처롭게도 휘감기곤 했다. 집집의 지붕들은 싸늘한 빛으로 물들고, 대기엔 차거운 물기가 돌았다. 땅 위엔 차단한 정적이 흘렀다.

철과 나는 베란다 위에 앉아 있었다. 막연한 원시적인 공포같은 소심한 감정에 사로잡혀 둘이 다 묵묵히 앉아만 있었다. 철은 연방 담배를 피웠다. 먼 하늘까에 시선을 주은 채.

철은 불쑥 담배 꽁다리를 팽개치면서 천천히 말하는 것이었다.

"넌 어떻게 생각하니? 보통 우리가 사는 이 정황 속에서 넌 어떻다 넌 어떻다, 이렇게 규정 지어지는 그 말의 의미라는 것을… 민감하다든지 둔감하다든지 오연敖然하다든지 좀 모자란다든지, 이런 규정 말이다. 결국 이런 것은, 이 한정된 울타리 속에서, 너와 나와 더불어 살고 있는 모든 사람에 대응한 너와 나의 모습이 아니겠느냐, 여기에는 어떤 척도의 표준이란 것이 미리 마련되어 있다. 그러나 일단 이 울타리를 벗어났을 때, 그것은 곧 그 일정한 척도의 표준을 벗어나는 것이 아니겠느냐, …… 그땐 이미 종내의 의미를 떠나서 전연 다른 의미의 모습으로 변할 수가 있을 게 아니냐. 천박한 정치적인 변절이라든가 그런 것을 두고 하는 말이 아니라…… 내 얘기를 하나 들어봐라."

나는 무슨 소리인지 잘 알 수가 없었다. 그러나 어느새 철은 얘기를 시작하고 있었다. 이제 적으려는 것은 철의 얘기 내용이다.

형은 스물일곱 살이었고, 동생은 스물두 살이었다.

형은 좀 둔감했고 위태위태하도록 솔직했고, 결국 좀 마자란 축이었다.

해방 이듬해 삼팔선을 넘어올 때, 모두 긴장해서 숨조차 제대로 쉬지 못하는 판에 큰 소리로,

"야하 이기 바루 그 삼팔선이구나이 야하"

이래놔서 일행 모두의 간담을 서늘하게 한 일이 있었다. 아버지는 그때도 화를 내며 형을 쥐어박았고, 형은 엉엉 울었고 어머니도 찔끔찔끔 울었다.

아버지는 애초부터 이 형을 단념하고 있었고, 어머니는 불상해서 불상해서 이따금 찔끔거리곤 했다.

물론 동생에 대한 형으로서의 체면이나 위신같은 것을 조금도 생각하지 않았던 탓에, 이미 철 들자부터 형을 대하는 동생의 눈 언저리와 입가엔 늘 쓴웃음 같은 것이 어리어 있었으니, 하얀 살갗의 좀 여윈 얼굴에 이 쓴웃음은, 동생의 오연한 성미와 잘 어울려 있었다.

어머니는 형에 대한 아버지의 단념이나 동생의 이런 투가 더 서러웠는지도 몰랐다.

그러나 형은 아버지나 어머니나 동생의 표정에 구애 없이 하루하루가 그저 태평이었다.

사변이 일어나자 형제가 다 군인의 몸이 됐다.

1951년 가을, 제가끔 놈들의 포로로 잡혀, 놈들의 후방으로 인계되어 가다가 둘은 더럭 만났다.

해가 질 무렵 무너진 통천通川읍 거리에서였다.

형은 대뜸 울음을 터뜨렸다.

펄렁한 야전잠바에 맨 머리 바람이었고, 털럭털럭한 군화를 끌고 있었다.

동생도 한 순간은 좀 흠칫했으나, 형이 울음을 터뜨리자 난처한 듯 고히 외면을 했다. 형에 비해선 주제가 좀 덜했고 초록색 작업복 차림이었다.

시월달 밤이라 꽤 선들선들했다. 멀리 초일헷달 밑에 태백산 줄기가 써늘히 뻗어 있었다.

형은 동생 곁에 누워 자꾸 쿨쩍거리기만 했다.

일행 모두가 잠들었을 무렵, 경비병들도 사그러진 불 곁에 둘러앉아 잠이 들었다. 하늘 한복판으론, 이따금 끼룩끼룩 밤기러기가 울며 지나갔다.

그제야 형은 울음을 그쳤다. 잠시 기러기소리에 귀를 기울이는 듯하더니 동생의 귀에다 입을 가져다 댔다.

"벌써 기러기가 지나가누나이"

"……"

잠시 조용했다가,

"넌 어떻거다 이 꼬라서니가 됐?"

푸르끼한 얼굴이 힛쭉 한번 웃었다.

"……"

"난 잡힌 지 한 보름 됐다. 고향 삼방三防 얘긴 아예 입 밖에두 내지 말아"

"……"

"날 형이라 그러지두 말구……"

한참 후, 형은 또 쿨쩍쿨쩍 울었다.

밤나무 가지 사이론 별들이 차겁게 깔려 있었다.

이튿날, 샛하얀 가을날 볕 속을 일행 칠십여 명은 걷오 있었다.

초조한 불안의 고비를 넘어서 이미 이 상태에 젖어익은 가라앉은 표정들이었다. 행렬엔 막연한 침울함, 살벌함, 뿐만 아니라 고요함이 흘렀다. 언뜻 봐선 퍽 평화스럽게까지 보였다. 형제는 가운데 모퉁이에 가지런히 서서 걸었다.

이 속에서, 형은 주위에 대한 쌔록한 관심과 놀라움과 솔직성을 여전히 지니고 있었다. 펄렁한 야전 잠바에 털럭털럭한 군화로 해서, 그러지 않아도 허술한 몰골이 더욱 허술해보였다.

"야하 저 밤나무 봐라, 굉장히 크다, 한 오백 년은 묵었겠다."

"이젠 낮이 꽤 짧라졌구나이 ……"

"야아 저 까마귀 떼들 봐라."

이러며 머리를 이리저리 주억거렸다. 목소리도 퍽 뚜릿뚜릿했다. 그 모습도 웬 활발끼를 뛰고 있었다. 이러군 곁에 있는 동생을 흘끔흘끔 곁눈질해 보았다.

그러나 동생의 하얗게 야윈 표정엔 싸늘한 고요함이 풍겨 있을 뿐이고, 가치 끌려가는 다른 사람들은 이런 형을 뻥히 건너다만 보고, 둘레에 따르는 경비병들은 끼드득거리며 웃었다.

"저 새끼가 돌았나, 야 너 몇 살이야?"

"예?"

"몇 살이야?"

"스물일곱 살 됐우다."

"고향이 어디야?"

"저 ……"

"너 여기가 어딘 줄 알어!"

형은 벌쭉 웃으면서,

"참 여기가 머라구 그러는 뎁니까?"

경비병은 발끈 성을 내는 눈치다가, 형의 표정을 보자, 픽 웃어 버리고 말았다.

그날 밤도 형은 동생 곁에 누워 간밤처럼 쿨쩍쿨쩍 울었다. 울면서 동생에게, 넌 목석末石이다, 눈물도 없느냐, 집 생각두 안 나느냐, 모두 보고싶지두 않느냐, 넌 이 꼬락서니가 그렇게두 마땅하니, 마땅해, 좋겠다, 장하다, 이 놈아…… 이렇게 넋두리고 있었다.

간밤에도 울긴 울었지만, 그래도 좀 반가워 하는 듯한 표정이 섞여 있었는데, 이날 밤은 그렇질 않았다. 시종 노여운 듯 부리부리해 있었다.

동생은 여전히 대답이 없었다.

하늘 한가운데로 또 기러기가 울며 지나가고 먼 어느 곳에선 이따금 개 짖는 소리가 들려왔다. 형은 후들짝 놀라며,

"야야 여기두 개가 짖누나이……?"

"……"

"기러기가 또 지나가누나"

잠시동안 형은 차분하게 가라앉는 눈치더니 다시 또 쿨쩍쿨쩍 울기 시작했다.

이렇게 사흘째 되던 밤이었다.

밤이 어지간해서 또 형은 동생의 허리를 쿡 찌르곤, 잠바 포켙에서 웬 밥덩이 한 덩이를 꺼내며 벌쭉 웃었다. 초저녁에 한 덩이씩 얻어먹은 그 수수밥덩이었다.

어느새 반은 갈라서 억죽억죽 씹으며,

"자, 묵어"

반은 동생에게 내밀었다.

"……?"

동생의 좀 의아한 표정에 형은 벌컥 성을 내듯, 그러나 여전히 귓속말로,

"자, …… 빨리 받어라, 받어…… 초저녁에 가만히 보니 몇 뎅이 남을 것 같드구나, 고 앞에 지키구 섰다가 죽는 시늉을 했어, 그 새끼 있잖니? 어제 낮에 날 보구 지랄하던 새끼…… 그 새끼가 한 뎅이 던제주두나, 먹능 것처럼 허군 슬쩍 넣어 뒀다…… 그 새끼가 기래두 기중 맘이 좀 났이야."

이러군 또 벌쭉 웃었다.

비로소 동생도 받어먹기 시작했다. 어느새 형은 다 먹어치우고 손가락을 쭉쭉 빨며,

"어떼? 좀 났지? 행궐 더 하지?"

이날 밤이 깊도록 형은 울음을 터뜨리지 않고, 집에 돌아가서 이런 소리 저런 소리 하면 모두 굉장히 웃을끼다, 더더구나 어머닌 허리가 끊어지게 웃을끼다, 그랬으면 얼마나 좋겠느냐…… 이렇게 연성 지껄이며 혼자 히득히득거렸다.

이따금 또 홈츨홈츨 놀라며,

"야야, 너, 저 갯소리 듣니?"

"……"

"기러기 소리 듣니?"

"……"

사실 이따금 개가 짖고 하늘 한가운데로 기러기가 울며 지나가고 있었다. 형은 무슨 깊은 생각에나 골똘하듯 한참은 말이 없었다.

이튿날 저녁도 그 이튿날 저녁도 형은 꼭 꼭 그 경비병에게서 밥 한 덩이를 얻어 넣었다.

그 사람은 얼굴이 검고 두 눈이 디글디글한 게 꽤 익살꾸러기이면서도 한편으로 성미 급한 우악한 데가 있었다. 걸핏하면 너 여기가 어딘 줄 아느냐, 너의 집인 줄 아느냐, 이러면서 형을 후려치는 것이었지만 형이 엉엉 울면 너털너털 웃으며 재미있어했다.

이러다가도 저녁이면,

"야 낮에 때린 값이다…… 네 어머이 노릇을 좀 해야겠다."

꼭 밥 한 덩이를 더 얻어 주곤 했다.

형은 그것을 잠바 포켙에 넣어두었다가, 밤이 깊어서 모두 잠들었을 무렵에야, 동생과 반씩 갈라 먹곤 했다.

거의 매일 밤 이랬다.

차츰 동생도 밤이 어지간하면 형이 얻은 밥덩이를 은근히 기다리게끔 됐다.

이렇게 밤을 못 얻어먹은 저녁엔, 형은 또 흑흑 흐느껴 우는 것이었다. 울면서 동생에게, 넌 내가 혼자만 먹은 줄 알구 화가 나서 뾰루퉁해있다, 이렇게 못 얻을 때두 있지, 매일 저녁이야 어떻게 얻니, 사람의 일이 한도가 있는 법이지 …… 이렇게 넋두렸다. 동생은 역시 대답이 없었다. 형은 더 더 흐느껴 울었다.

그러나 이튿날 저녁이면, 형은 더욱 신명이 나서 밥 한 덩이를 전부 동생 앞에 내밀었다.

"자, 너 다 묵어"

동생이 반을 가르려들면, 형은 또 벌컥 성을 내며,

"난, 때때루 아침에두 얻어 먹잖니? 아침엔 어쩔 수 없이 혼자 먹능거다, 널 안 줄래 안 주는 게 아니구 …… 다른 새끼덜 눈이 있어놔서 …… 이렇게 밤까지 기대릴람 하루 종일 주머이다 넣어 둬야 되겠으니, 손으로 주물럭거려서 손때가 다 옮아오르구 …… 또 사실 견딜 수가 있니? 목이 닳아서 히히히 ……"

동생도 형의 고집을 아는 터라 혼자서 다 먹곤 했다.

형은 벌쭉 벌쭉 웃으면서, 동생 손에 있는 밥 덩이를 만져 보면서,

"좀 펏득펏득 먹으렴. 오무작 오무작거리지 말구 …… 어떻니? 오늘 저녁 껀 쌀알이 좀 많니? 좀 괜찮은 것 같니?"

이러면서 춤을 꿀컥 삼키는 것이었다.

어느 날 밤엔 이렇게 동생이 한 덩이를 다 먹어 치웠을 때 형은 갑자기 또 울음이 터졌다.

"……?"

동생은 여전히 아무 말도 없었다.

형은 동생의 허벅다리를 마구 꼬집어 뜯었다.

이렇게 며칠이 지나는 사이에 동생은 이런 형 앞에 지난 날 스스로가 간직하고 있었던 오연함을 그대로 유지할 수 없을 뿐만 아니라, 형이 남부끄럽다거나 창피하다거나 그렇지 않은 것은 물론, 좀 어처구니없었으나 이런 형인 까닭으로 해서 도리어 마음이 개운

해지는 것을 느꼈다. 혜작하게 두 팔을 들어 올리는 승거운 뒷모습이 오히려 아울리는 형이 모습이긴 하다! 생각하며, 이런 꼬락서니로 형과 만나진 데 쓴웃음을 지으면서도 이런 형일수록 오히려 형다운 것이, 어처구니없는 즐거움 같은 것이, 느껴지는 것이었다. 종래의 모든 것을 철저히 단념해버리고 잃어버린 지금 마음 밑바닥에 철저한 무관심이 자리잡고 있다고 자신하면서도 이런 형의 그 마음 가락에 휩쓸려 들어가는 스스로를 의식하며 벅차게 서러워오고 지난날의 형에 대한 스스로가 후회되며, 더불어 엉뚱한 향수 같은 것이 느껴지는 것이었다. 지금 이런 형에게서 의지 논리로서 얻어진 신념 같은 것이 멀리 미치지 못할 어떤 위엄 같은 것조차 느껴지는 것이었다.

어느 날 밤, 동생은 형의 귀에다 입을 대고 불쑥,

"낼은 세수나 좀 하자."

하곤 픽 웃어버렸다. 도시 처음으로 형에게 한 말이었다.

"……?"

형도 조금 놀라며, 두 눈이 휘둥그레지더니 피씩 웃었다.

"야하 이젠 꽤 춥다야" 이렇게 받았다.

이튿날, 행렬 속에서 형은 세수를 좀 해야겠는데, 세수를 좀 해야겠는데, 세수를 좀 해야겠는데, 이렇게 연신 혼잣소릴 지껄여댔다.

동생은 새삼스럽게 좀 난처했다.

그 다음날도 그 다음날도 형은 그냥 같은 소릴 지껄여댔다.

이렇든 어느 날 새벽엔 형의 이 소리가 기어이 일행 전체를 강한 진실감으로 휩쌓아버렸다.

동생이 맞받아 불쑥,

"참으로 오늘은 세수들을 하구 떠납시다."

한 것이었다.

일순간 조용했다. 다음 순간 수선스럽게 얼굴을 마주 보며들 웃었다. 끼드득거리며

들 웃었다. 다시 조용했다. 누구의 얼굴을 보나 실로 세수를 좀 해야 할 얼굴들인 것이다. 후닥딱 후닥딱 놀라듯이, 세수를 하구 떠나자, 오늘은 세수를 하자…… 한쪽 구석에서 형은 좀 겸연쩍은 듯이 멀뚱히 동생을 건너다보며 두 손으로 턱을 쓱쓱 문지르고 있었다. 누구나 집합장소로 나가지 않고 머뭇머뭇거렸다. 세수를 하자 세수를 하자…….

집합이 늦다고 뛰어 들어오던 경비병들도 일행들의 이런 분위기를 직각하자, 피식 피식들 웃었다. 이 꼴을 본 일행들은 한꺼번에 웃음이 터졌다. 신들이 나서, 세수를 합시다, 오늘은 세수를 합시다…….

샛하얀 가을 햇살이 온 강산에 내리 부을 무렵 일행은 긴 방축이 휘돌아간 강가에 쭈름히 앉아, 와자지껄 하며들 세수를 하고 있었다.

그러나 이날 밤 퍽 즐거워할 줄 알았던 형은 어째선지 초저녁부터 흑흑 흐느껴 울었다.

밤이 깊어서 또 동생의 귀에다 입을 대고, 오늘저녁도 그놈이 없어서 밥 덩일 못 얻었다, 아마 변소 갔었는가부드라, 이러곤 한참을 조용하다가 또 흐느껴 울었다, 한참 후엔 울음을 그치고 우락부락 성을 내며,

"야, 너 낼 저녁엔 밤 한 뎅이 혼자 또 다 먹으려니 생각하지? 그렇지? 나 입때꺼정 저녁 몇 번 굶은지 아니?…… 나 두 번이나 굶었다……"

"……?"

"…… 거퍼 이틀 저녁 못 얻을 때두 있거든, 낼 저녁에 또 못 얻으문…… 난 또 굶으란 말이지? 그렇지?"

"……"

동생은 그냥 뻥히 형을 건너다만 보았다, 그여히 눈물이 두 볼을 스쳐 내렸다, 흐느꼈다.

형은 동생이 우는 것을 처음 보자 두 눈이 휘둥그레서 좀 당황한 듯 머뭇머뭇거리드니, 이러면서 도리어 제 편에서 더 더 흐느끼고 있었다.

원산에 다다르자 경비병들은 모두 바뀌었다. 형에게 늘 밥덩이를 얻어 주던 그 사람은 형 곁으로 와서 역시 익살을 피우며,

"야 섭섭하다, 몸조심해라."

형은 한 쪽 입모서리를 씰룩이며 머리만 한 번 끄덕하더니 눈엔 눈물이 글썽글썽 해서,

"저 …… 성함이 머라구 그럽니까?"

"나? 네 사촌이다. 네 어머이두 되구……"

이러군 놈은 너털너털 웃으며 어둠 속으로 사라져갔다.

형은 또 울음이 터졌다. 밤이 깊도록 어머니를 불러 가며 엉엉 소리 내어 울었다.

동생도 형 곁에서 남모르게 소리를 죽여 흐느껴 울고 있었다.

그저 형의 설움과 울음을 따라 울 뿐이었다. 어쩐지 이렇게 울면서 마음이 좀 흐뭇했다.

이날 밤의 감시는 밤새도록 엄했다.

바깥은 첫눈이 흩날리고 있었다.

형은 울음을 그치고 불쑥,

"야하 눈이 나린다 …… 눈이 …… 눈이 …… 벌써 겨울이 다 됐네……"

물론 경비병들의 감시가 심하니까 동생의 귀에다 입을 대지도 않고 이렇게 혼잣소리를 지껄이고 있었다.

"저거 봐 저거 저거 에-이 모두 잠만 자구 있네"

동생의 허리를 쿡쿡 찌르기만 하면서…….

…… 어느새 양덕도 지났다.

하루하루는 수월히도 저물어갔고 하늘은 변함없이 푸르렀을 뿐이었다. 산도 들판도 눈에 덮여 있었다.

경비병들의 겨울복장을 바라보는 형의 표정엔 말할 수 없는 선망의 표정이 어려 있

곤 했다. 차츰 좀 풀이 죽어갔다.

어느 날 밤이었다. 일행도 경비병들도 모두 잠들었을 무렵, 형은 역시 동생의 귀에다 입을 대고 이즈음엔 와선 늘 그렇듯 별나게 가라앉은 목소리로,

"그 새끼 생각이 난다, 맘이 꽤 좋았을때시야이?"

"……"

"난 원래 다리에 담증이 있는데이 …… 너두 알잖니? 요새 좀 이상헌 것 같다야……"

이러군 헤죽이 웃었다.

"……"

순간 동생은 흠칫 놀라 돌아다보았다. 역시 형은 적적하게 웃으면서 두 팔로 동생의 어깨를 천천히 끌어안으면서,

"칠성아 야하 흠썩은 춥다."

"……"

"…… 저 말이다, 엄만 날 늘 불상히 여기댓이야? 야, 칠성아, 내 다리가 좀 이상헌 것 같다야이 ……"

"……"

동생의 눈에선 눈물이 솟아나왔다.

형은 별안간 두 눈이 휘둥구레서 동생의 얼굴을 멀끔히 마주 쳐다보더니,

"왜 우니? 왜 울어, 왜, 왜, 어서 그치지 못하겠니?"

이러군 도리어 제 편에서 또 울음을 터뜨리고 있었다.

이튿날 형의 걸음걸이는 눈에 뜨이게 절름거렸다. 혼잣소리도 역시 풀이 없었다.

"그만큼 걸었음 무던히 왔구만서두…… 에에이, 이젠 좀 그만 걷지딜, 무던히 걸었구만서두 ……"

이러군 주위의 경비병들을 흘끔흘끔 곁눈질해 보았다. 경비병들은 물론 아는 체도

안했다. 바뀌운 사람들은 꽤 사나운 패들이었다.

그날 밤 형은 동생을 향해 적적하게 웃기만 했다.

"칠성아…… 너 집에 가거든 말이다. 집에 가거든……"

이러다간 또 무슨 생각이 났는지 벌쭉 웃으면서,

"히히…… 내가 무슨 소릴 허니…… 네가 집에 갈 땐…… 나두 갈텐데 앙그렀니? 내가 정신이 빠졌어……"

한참 후엔 또 동생의 어깨를 끌어안으면서

"야…… 칠성아……."

동생의 얼굴을 곧바로 마주 쳐다보기만 했다.

바깥은 바람이 세었다. 거적 문이 습기 어린 소리를 내며 열리고 닫히곤 하였다. 문이 열릴 때마다 눈 덮인 초라한 들판이 부여스름하게 아득히 뻗었다.

동생의 눈에선 또 눈물이 비어져 나왔다.

형은 또 벌컥 성을 내며,

"왜 우니? 왜? 흐흐흐……"

제 편에서도 마구 울음을 쏟았다.

며칠이 지날수록 형의 걸음은 더 절름거렸다. 행렬 속에서도 별로 혼잣소릴 지껄이지 않았다. 퍽 조심스런 표정이었다. 둘레를 두리번거리며 경비병들의 눈치를 흘끔거리기만 했다. 이젠 밤에도 동생의 귀에다 입을 대고 이것저것 지껄이지 않았다. 그러나 먼 개 짖는 소리 같은 것에는 여전히 흠칫흠칫 놀라곤 했다. 동생은 또 참다못해 눈물이 흘렀다. 그러나 형은 왜 우느냐고 화를 내지도 않고 울음을 터뜨리지도 않았다. 동생은 이런 형이 서러워 더 흐느꼈다.

그날 밤 바깥엔 함박눈이 내렸다.

형은 불현듯 동생의 뒤에가 입을 대고 지껄였다.

"너 무슨 일이 생게두 날 형이라고 글지 말아, 어잉?……"

여느때답지 않게 숙성한 사람다운 억양이었다.

"······"

"울지두 말구 모르는 체만 해, 꼭······"

동생은 부러 큰소리로,

"야하 눈이 내린다"

형이 지껄일 소리를 자기가 대신하고 있다고 생각했다.

"······"

그러나 이미 형은 그저 꾹 하니 굳은 표정이었다.

동생은 안타까워 또 울었다. 형을 끌어안고 형의 귀에다 입을 대고

"형아, 형아, 정신 차려······"

이튿날 한낮이 기울어서 어느 영 기슭에 다달으자, 형은 동생의 허벅다리를 쿡 찌르 곤 걷던 자리에 털썩 주저앉고 말았다.

형의 걸음걸이를 주의해 보아오던 한 사람이 뒤에서 따발총을 휘둘러 쏘았다.

형은 앉은 채, 옴쑥 앞으로 꼬꾸라졌다. 그 사람은 총을 어깨에 둘러메면서,

"메칠을 더 살겠다구 뻐득대? 뻐득대길······"

철의 얘기란 대강 이러했다.

여름 날씨란 변덕도 심하다. 금시 한 소내기 쏟아질 것 같던 서편 하늘의 구름이 어 느새 씻은 듯 없어졌다.

온 하늘엔 별들만 새파랗게 깔려 있고 초일햇달이 한복판에 허전히 걸려 있다. 바람 은 씽씽 더욱더 세차게 불고 집집의 지붕들은 싸늘한 빛으로 물들고 땅 위엔 차단한 정적 이 흘렀다.

철은 또 담배를 꺼내 붙이면서 말끝을 맺었다.

"자 너는 어떻게 생각하니? 형이라는 사람의 그 모자람이라든가, 혹은 둔감이라는

것을…… 결국 형의 그 둔감이란 어떤 표준에 의한 의례적인 몸짓이라든가, 상냥스러움, 소위 상대편의 심정에 눈치껏 적응하고 또는 냉연하고 할 수 있는 능력의 결핍, 이런 것을 두고 하는 말이 아니었겠느냐 말이다……, 그러나 동생은 그렇지 않았다. 그 표준에 의거해서 생활을 다루어 나가는 마음의 긴장을 잃지 않고 있었다. 결국 그 일정한 표준의 울타리 속에서 민감하다든가 우아하다든가 교양이 높다든가, 앞날이 촉망된다든가 이런 소릴 들을 수 있었다. 역시 아버지라는 사람도 이런 표준에 의해서 큰 아들을 단념했었고 어머니는 큰 아들을 불쌍히 여기고 있었던 것이다.

"그러나 포로로 잡힌 그들 형제 중에서 누가 더 둔감하다고 보겠느냐, 형이냐? 동생이냐? 그 둔감이란 뜻부터가 어떻게 되느냐……? 과연 누가 더……"

나는 아직 무엇인지 불안했고 얼떨떨할 뿐이었다. 자꾸 저 하늘 한복판 초일햇달의 허전스러움 같은 것이 걱정되는 것이었다.

"결국 동생은 만포진의 수용소에서 아득한 날을 보내다가 지난 포로교환 때 나왔다……"

철은 갑자기 내 곁으로 바싹 다가앉으면서 이때까지의 어조와는 다른 생판 다른 조용한 목소리로,

"내 어린 때 애명이 칠성이었다……"

"……?"

나는 두 눈이 휘둥그레졌으나 철의 입가엔 연한 조소 같은 것이 떠 있었다.

"자, 나는 다시 이렇게 범연한 내 고장으루 돌아왔구, 다시 내 그 오연함이란 것을 되찾아 입었다. 그런데 그 전보다 좀 편편치 않다, 뒷바쳐야 할 의지라는 것이 자꾸 다른 것을 생각하기 때문이다. 나로선 아마 손해인지도 모르지……"

텅 빈 하늘에 바람은 그냥 미친 듯이 불고 달은 외로움에 사르르 사르르 떠는 듯 했다.

탈각

동연東姸이 저녁에만 나가는 당구장에서 밤 열시쯤 돌아오면 딸 혜선惠善은 옷 입은 채로 혼자 잠이 들어 있곤 하였다. 미닫이 문을 드르륵 열고, 방 한가운데 아무렇게나 오 그리고 잠들어 있는 혜선을 보면 동연은 번번이 애처로워지곤 한다. 방안으로 성큼 들어 서지를 못하고 한참씩 그냥 서 있다가야 화다닥 뛰어들어 우선 라디오부터 틀어놓곤 부러 더 요란스럽게 넋두리하곤 한다.

"어이구야, 시퍼렇게 아버지가 살아 있는데, 너나 내나 이게 무슨 팔자니. 혜선아, 혜선아, 엄마 왔다. 일어나서 제대로 옷 벗구 자. 어서 혜선아, 오늘 숙젠 했니? 어디 숙제 한번 보구, 엄마가 한번 보구."

하긴, 아무리 저들 처지가 딱해지더라도 청승맞지는 말자는 것이 평소 동연의 철칙이긴 하다. 그렇게 늘 활달하고 환하고 요란스러운 동연이다. 하지만 '모두 좀 건강해져야겠어' 하고 특히 요즈막에 와서 노상 입버릇이 되다시피 지껄여대는 동연의 그 상투어에는 어거지스러움, 차라리 그 어떤 역설적인 여운도 풍기곤 한다. 그 옛날엔 나도 건강했었다. 하지만 지금은…… 이런 투의 여운이…….

그러나 바로 이런 모습에 유머러스한 표정이 가미되어 있다는 것은 옆에서 보기에도 민망해 보이고 딱해 보인다. 아닌게아니라 동연의 입에서 단골로 이런 용어가 나올 때마다 형석亨錫은 대놓고,

"건강해지다니. 그렇게 피둥피둥 살이 찌구두 밤낮 건강만 찾는 건 무슨 취미야" 하고 비아냥거리곤 한다. 그러면 동연도 즉각,

"글세, 내니 아우. 하지만 바싹 마른 여자보다는 살찐 여자 쪽이 난 좋드라" 하고는 으레껏 번번이 필구鄭九 쪽을 흘낏 쳐다보며,

"안 그렇수?" 하곤 빤히 필구 얼굴을 살피며 조금 묘한 표정이 되곤 한다.

아직 우리 필구씨라고까지는 차마 말 못하지만, 필구는 그 조금 익살맞은 투이기는 하나 은밀한 여운이 담겨 있는 동연의 눈짓 속에서 번번이 그런 억양을 느낀다.

이런 때일수록 형석은 금방 눈 가장자리가 거칠어지며 흥, 하고 코방귀를 한번 뀌고는 알아들을 듯 말 듯, "자알들 노눈!" 한다.

이러면 동연은 여느 때의 동연답지 않게 약간 얼굴이 붉어지면서도 발끈해서,

"도대체 형석오빤 왜 그렇게 노상 날 잡아먹지 못해 안달인지 몰라. 글쎄 내가 뭘 어쨌다구, 얼씬 말 한마디만 하면 말꼬리를 붙들고 늘어지는지 모르겠어" 한다.

형석도 같이 덩달아 벌끈해지는 흉내를 내며 "쩌쩌, 뭘 이래. 농담 한마디도 못하나 원" 하면 동연도 금방 환한 얼굴로 돌아와 까넥까덱 웃으며,

"한번 나도 나대본 거지 뭘 또······ 하지만 정말이우, 모두 건강해졌음 좋겠어. 적어두 우리 세 식구가 살고 있는 요 집채 안이나마 말이야."
하고 또 기어이 건강 타령을 한마디 하고서는, 다시 한번 힐끗 필구 쪽을 쳐다보는 것이다. 이런 경우일수록 필구는 웬일인지 동연을 정면으로 쳐다보지 못하고 쩔쩔맨다. 그렇게 동연의 이 말뜻을 필구대로 십분 이해를 한다. 비록 건강이라는 단어가 알쏭달쏭하게 분간키 어려운 면도 없지는 않지만, 작금의 필구에게는 분명 간절하게 우벼드는 것은 있는 것이다.

ㄷ자로 꺾여진 안채, 형석이네가 쓰고 있는 방들은 벌써 조용하다. 돌부처처럼 말이라곤 없는 형석의 아내를 닮아서 애들도 하나같이 여간 순하지가 않다.

선잠을 깨서 칭얼거리는 혜선의 울음소리가 그 왼쪽 동연의 방에서 들린다. 옷을 벗기고 뉘는 듯 서성거리는 동연의 그림자가 그쪽 방 미닫이 문에 어린다. 잠시 후엔 라디오 소리가 꺼지고, 〈요루와 츠메타이 고코로모 사무이^{밤은 차고 마음도 추워}〉 싸아느다란 동연의

일본 유행가 소리가 잠깐 흘러나온다.

바깥 세탁가게에서 바로 안뜰 건너의 동연의 방 기척을 낱낱이 삭여 듣는 필구의 얼굴엔 비로소 비아냥거림 섞인 웃음이 잠시 떠오르곤 한다.

사실은 이즈음 와서 더욱 날로날로 간절해지는 동연이다. 그러나 딱히 어쩌자는 배포가 선 것은 아니었다. 동연의 전남편 강姜 준장이 이따금씩 클랙슨 소리도 요란하게 지프차를 몰고 찾아오는 것이 께름해서가 아니라, 우선은 형석부터가 개운치 않은 어떤 것으로 당장은 떡하니 가로막고 있곤 하는 것이다.

바로 어제였다.

제당製糖 회사인가를 설립한다고 요즘 들어 으레 아침 일찍 나가면 밤이 어지간해서야 들어오는 형석이, 웬일로인가 낮이 조금 기울어서 잠깐 세탁가게에 들렀다. 그렇게 들어서자마자 모자를 벗어들고 손수건을 꺼내 이마를 문지르며 꽤나 신바람이 나서, "이제 겨우 한숨 돌렸네그려. 회사가 구성됐어" 했다.

필구가 미처 뭐라고 대꾸하기도 전에 또 안뜨락 건너 그쪽 문이 드르륵 열리더니, 쩌렁쩌렁한 목소리로 동연이,

"아이, 오늘은 어쩐 일이우. 대낮에 집엘 다 들르고. 그나저나 기분이 좋으시군. 암튼 회사가 구성됐다니 잘됐구먼. 정말 오늘 이 집에 무슨 길吉자가 붙었나. 나도요, 오늘부로 그 당구장을 사기로 작정했다눈."

하고는, 또 안뜨락 건너 필구 가게 쪽으로 먼 눈길을 돌리며 약간 짜증 섞인 채 근 조로,

"그나저나 아이, 필구오빤 대체 어쩔 셈이우? 일년 열두달 늘 그저 이러구만 있을 참이우?" 하고 또 한마디 하였다.

이러는 동연의 어투와 억양에서 필구도 필구대로 또 즉각적으로 뭔가를 감득하며 적이 외면을 하는데, 별안간에 형석이 우락부락해지면서,

"여자가 뭐 그렇게 입이 싸누? 웬 걱정이야, 걱정은" 하였다.

동연도 맞받아 단호하게 발끈해지며,

"흥 우스워라. 형석오빠 대체 무슨 참견이우? 그러구 웬 역정이우? 필구오빨 나대로 그만큼 아끼니까 하는 소리우. 왜? 내 이 소리가 못마땅하우? 하긴 형석오빠로서야 평생 필구오빨 제 밑에서 부리는 게 좋긴하겠수."

이러자 형석은 급소라도 찔리운 듯 한순간 멍하게 잠시 있다가, 다음 순간 한손을 내흔들며 와락 무슨 소리 한마디를 내지를 듯 내지를 듯하더니, 피워물었던 담배 꽁초를 휙 문밖으로 내던지며 우락부락 모자를 들곤,

"오오냐, 오냐. 자알들 노눈! 이젠 당구장도 샀으니 배쨍이다 그거군. 에이 꼴사나워서" 하곤, 곧장 밖으로 도로 나가는 것이 아닌가.

물론 이것을 평소 형석의 단순하고 직정적인 성격 탓으로 돌려버릴 수는 있었다. 동연 말마따나, "형석오빠 늘 너무 직선적이구, 속이 빤드름해서 탈이야." 대강 이런 정도의 수준으로 넘겨버릴 수도 있기는 있었다. 그러나 여느 때는 그렇게 수월하게 넘겼던 동연도, 오늘만은 웬일인가 얼굴색이 파래지며 입술까지 지그시 깨물고 섰다가,

"흥, 누구 무서워서 할 짓 못하겠네. 무슨 권리루? 도대체 무슨 권리루 참견이야? 참견이……" 하곤 덜커덕 제 방문을 열고 도로 들어갔다.

이러는 동연의 반응에서 와닿는 착잡한 여운만큼, 또다른 여운을 형석의 그 양태에서도 필구는 번번이 느끼곤 하는 것이다.

한 달에 한 번만큼씩 오는 강 준장을 얼씬 이 집채 안으로 들이지 않는 그 동연의 외고집, 뭐랄까 동연의 그 성지聖地의식 같은 것, 한 고향이랍신 필구와 형석이네까지를 포함한 한 울타리 의식, 그런 것이라면 동연 못지않게 형석도 십분 지니고 있다고 자처해오는 터이다.

그렇다면 언제부터 동연이 뜰 건너 아랫방을 전세로 얻어든 것인지. 이 집으로 들어온 지 1년 내외밖에 안 된 필구로서는 딱히 알지는 못하지만, 아무튼 강 준장과 헤어질 때 위자료 조로 백만 환인가 받은 것을 살곰살곰 늘리며, 그날 그날 모녀가 제법 넉넉하게 지내는 듯하였고,

제 말은 심심파적이라 하지만 저녁에만 나가는 당구장에서도 매달 3만 환 가웃은 들어오는 눈치였는데, 어느새 그 당구장을 통째로 사게 됐다니 그거야말로 가상하달 일이 아니겠는가. 더구나 아녀자 몸으로. 그렇다면 형석의 그 우락부락은 대체 뭐냐.

하기사 형석이네 일가와 동연 모녀와 필구, 한 고향이라는 연줄로 오붓하게 한집안 같은 분위기로 지내오는 터이기는 하나, 따지고보면 여기에 뭐 꼭 불가피하게 절대절명의 근거라고 할 만한 것은 실은 없는 것이었다. 더구나 그것을^{한 고향임을} 두고, 도리니 뭐니 자발 떨 것까지는 없는 것이다. 동연 말마따나 도대체 무슨 권리로? 형석이 대체 무슨 권리로 이 일에 끼여든다는 말인가.

그러나 필구로서는 또 반드시 그렇지만은 않았다. 한 고향이라는 연줄로서 형석의 은혜를 현실적으로 입어온 것이 엄연한 사실인 바엔 매사에 형석 앞에 자기 생각대로만 떳떳하게 나댈 형편이 아닌 것도 사실이었다. 동연하고는 월남한 뒤 몇 년이 지나서야 피차 만난 터이지만, 1·4후퇴 때 북에서 한배를 타고 나와 두어 달 간 부두노동을 하는 둥 마는 둥하다가 굶어죽으면 죽었지 더이상 이 노릇은 못하겠다고 형석이 혼자서만 횡하니 어디론가 떠나갈 때, 네 그 주책도 고향산천이니까 그런대로 통했지, 여기가 어디라구, 흥, 이 판국에 부두 일거리 있는 것만 해두 고맙고 대견하지, 뭐가 어쩌구 어째 이놈아, 하고 마음속으로 생각은 하면서도 필구는, "어디 가건 기별이나 하려무나" 하고 은근한 한마디를 건네긴 했었고, 그러나 이미 서로를 잇고 있던 연줄이 끊어지기라도 하는 것 같은 허전함과 함께 '어디 누가 잘되나 두고보자'는 경쟁의식 같은 것이 형석은 몰라도 이미 필구의 마음속엔 첫 싹을 틔우듯 이 자리해 있었던 것도 틀림없는 사실이었다.

얼마 뒤에는 필구도 초장동의 어느 제면소에 잠깐 취직이 되어 있었는데, 그 무렵에는 형석도 서면에 있는 모 미군부대 식당에 있다는 기별이었었다. 아롱아롱한 남방셔츠에 남색 운동모자를 쓰고 제법 자전거까지 타고 오락가락하더니 몇 달 뒤엔 그 미군부대에서도 나와 모퉁이에 세탁소 하나를 차렸다기에 또 웬 허풍인가 했다.

아닌게 아니라 어느 날 가본즉, 초라하기 짝이 없는 판자바라크 집이긴 했으나 간판만은 짙은 남색 바탕에 붉은 글씨로 VICTORY LAUNDRY DRY CLEANING Welcome 어쩌고 요란하게 써붙여 얼핏 보면 간판만 보이는 집이긴 했으되, 흥 제법이다 싶었다. 겉으로 보기보다는 꽤 재미를 보는 눈치였었다. 물론 간판이야 세탁소지만, 다른 꿍꿍이속도 있는 모양으로, 세탁소다운 풍모보다는 무슨 노변 여인숙 같은 뒤숭숭한 분위기가 감돌고 있었다. 그리고 이 무렵부터 형석은 꽤나 자신만만했다. 게다가 임신 4개월이라는 정체를 알 수 없는 이남 여자까지 하나 벌써 얹혀 있어 본격적으로 이 바닥에 눌러앉을 태세인 것도 필구로선 심히 못마땅했다.

"장가까지 어느새 들었군그래. 그러니까 아주아주 여기 눌러앉을 참이야?" 하고 필구 쪽에서 항변 조로 대들자 그때만 해도 형석은 적이 얼굴을 붉히며,

"장가랄 게 있니, 그냥저냥 이렇게 됐다. 까짓거 다 그렇고그런 거 아냐. 이럭저럭 지내다가 돌아갈 때가 되면 돌아가는 거지 뭐" 하고 우물쩍주물쩍 말끝을 얼버무렸다. 그러나 비록 말은 그렇게 하면서도 그때만 해도 형석은, 임시건 어쨌건 나 하나만이라도 이만큼 자리가 잡혀가고 있으니, 필구 너도 형편이 그럴 만하거든 여기서 한데 어울려 지내다가 돌아갈 때가 되면 같이 돌아가자는 배포였겠고, 실제로 그렇게 내색도 했으나, 필구는 외고집으로라도, 쾌씸하다, 이런 법이 없느니라, 고향이 지척이야, 아비 어미가 시퍼렇게 고향에 살아계셔, 이런 생각이었지만, 한편으로 차근차근 따지고보면, 고향이 지척이라지만 돌아갈 길이 도무지 아득한 바에야 자신의 그 고집도 딱히 현실적 근거가 있었던 것은 아니었던 것이다. 다만, 덮어놓고 이런 형석에게 울뚝 반발을 느끼며 그 후로는 한동안 아예 발을 끊어버리고 말았었다. 그 뒤로 휴전선이 더욱 굳어지고, 환도 바람이 불고…….

군대에 들어갔다가 몇 년이 지나서 필구도 남들처럼 제대를 했을 때는, 이미 위치가 훨씬 달라진 형석을 찾아볼 체모가 자기에게는 없는 것처럼 여겨졌고, 결국은 청계천변에서 하루하루 품일로 트럭짐을 부리는 뜨내기 막일꾼으로 떨어져 있었던 것이다. 그렇

게 바로 1년 전 저녁답에 중절모자를 처억 쓴 형석과 문득 우연히 딱 마주쳤을 때, 필구는 반갑다기보다 우선은 자신의 꼬락서니가 창피했다. 언제나 단도직입적이고 그런저런 눈치 가리지 않는 형석이기도 했지만 이것이 고향에서는 주책머리없고 천박한 것으로 여겨졌으나 이 남쪽에서는 제법 기민성과 순발력으로 벌써 통하고 있었다, 얼근히 술기운이 있는 얼굴로,

"야아, 대체 넌 왜 여직 그 꼴이냐. 월남 5년에 억대를 번 사람도 수두룩한데 도대체 넌 뭘 하구 자빠졌기에 여태 이 모냥이야? 한 고향이랍시구 아무리 수소문을 해봐두 어디 알겠드냐" 하고 슬쩍 경상도 사투리까지 섞어 한마디 하곤,

"아무튼 어디 가서 막걸리라도 한잔 하자마, 넌 소학교 때 한 학급에서 나보다 늘 성적이 몇째 앞섰다는 것을 쥐뿔나게 의식하멘서리, 그런 쥐뿔 겉은 자존심으루다 이 날 만나는 것을 꺼려 한 모냥인데, 그것부터가 틀려먹었어. 이런 타향 바닥에서야 피차 고향 낯짝만 해도 그게 어딘데" 하였다.

형석의 이런 행태가 새삼스러울 것은 없었지만, 그때 주제꼴부터가 말이 아니던 필구로서는 형석의 그 태態에서 압도적으로 덮쳐오는 박력 같은 것을 느끼지 않을 수 없었고, 그렇게 결국 필구는 고분고분 형석의 권고를 좇아 그날로 그의 세탁가게 일을 맡아하게 되었던 것이다.

여기서 동연을 만났다. 동연은 필구 목소리를 듣자마자 건너채 제 방 앞 툇마루를 건너뛰다시피 안뜨락으로 달려나오면서,

"아이 이게 뉘기요! 뉘기요! 필구오빠 앙이요. 앙이, 죽은 사람 만나도 이렇진 않겠수. 형석오빠 통해서 필구오빠도 월남해 나왔다는 소린 들었었지만, 앙이 대관절 언제 제대는 했수?"
하고 호들갑스럽게 법석을 떠는 것이 아닌가. 그제야 필구도 얼근한 술김이긴 했으나 곧장 감격의 울음부터 터뜨렸던 것이다.

그러저러한 연줄이나 어릴 적부터의 정의情誼나를 생각하더라도 형석, 동연, 필구 셋이 다 고작 서로의 얼굴에서 느끼는 고향이라고는 하나, 환도 후에 장만한 형석의 집채를

같이 쓰고 있으면서, 제법 성지의식이랄까, 그 어떤 고향 테두리랄까, 아무튼 그런 '고향 의식'이런 개념이 있을 수 있다면을 서로 지니고 있다는 것은, 그런대로 가상하고 귀한 것임에는 틀림없었다. 그리고 그런 종류의 고향의식이라면 형석이나 동연 못지않게, 아니 그 둘보다 몇 갑절 더 필구도 지녀왔다고 자처해오는 터이다.

그러나 이즈음에 와서는 더러 필구 혼자서만 곰곰 섭듯이 뇌기도 하는 것이었다.

"이젠 어차피다. 임시 변통도 유만부득이지, 말이 되나. 무한정하고 임시루야 살 수 없는 거 아닌가. 돌아갈 때를 예상하구, 그렁이까 림시루!? 도대체 어느 장날꺼정 림시냐 이 말이야. 요는 이젠 나도 좀 제대로 살아봐야겠다아 이 말이지. 고향이래봤자, 형석이나 나나 동연이나 피차의 상판대기에서 겨우 느낄까 말까, 아닌가. 고작 피차의 상판대기에서…… 도대체 어이가 없고 우스운 노릇이 아닌가. 고향을 빗대서 서로 구애를 받아야 하구, 나름대로 경우를 따져야 하구, 슬슬 눈치를 살펴야 하구, (막연히 말이지) 그러구 석연치 않게 답답해야 하구, 도대체 뭐 말라죽은 고향이냔 말이야. 이럴 바엔 차라리 그까짓 군더더기 같은 고향일랑 깨끗이 걷어내 치우자. 깨끗이. 그러구 새로 시작이다! 새 출발! 동연이 말마따나 그렇게 건강해져야 해, 건강해져야. 우선 이렇게 땡겨드는 단어가 아닌가. 건강이라는 단어부터가."

이렇게 제멋대로 결론을 내리려 들면 우선 그 '새 출발'이라는 단어가 풍겨주는 참신한 어감과 더불어, 형석의 존재는 저만큼 멀어지고, 동연만이 더한 질감으로서 마음속 깊이 땡겨드는 것이다.

요컨대 형석의 우락부락은 이 점으로 귀착되는 것일 터였다.

실제로 한길에 금방 나온 형석은 덮어놓고 "고래로 기집년이 입이 싸면 집안이 망하는 법이라고 했어" 하고 혼자 악을 쓰듯이 되뇌었다. 그리고 적어도 이렇게 형석이 지금 '집안'이라고 쓰는 용어에는, 정확히 의식했건 안했건 저들 셋의 그 소위 '성지의식' '고향의식' 같은 것이 밑자락에 깔려 있는 것은 물론이었다. 셋의 이 고향의식이 지속되는 한에서는 고향으로 돌아갈 여지가 아직 남아 있을 수가 있으나, 그것이 깨부숴지는 날에는 지금의 이 고향과의 아슬아슬한 연줄도 마지막으로 끊어지면서, 물 설고 낯설은 이 타향에 주저앉게 될밖에 길은 달리 없을 것이라고, 누구보다도 단순하고 직정적인 성격인 형석이 셋 중에서 그런 의식이라면 누구보다도 강했을는지도 모른다.

그러나 당장의 형석으로서는, 사사건건 필구를 은근히 두둔하고 나서는 동연이 우선은 밉살머리스러운 것이었다. 더러는 자신만 슬머니 따돌려진 그런 느낌인 것이다. 스스로도 더러는 하도 어처구니가 없어 피시시 혼자서 웃기도 하였거니와, 어차피 형석이 자기는 결혼한 몸이로되, 형석의 진짜 마음은 가능하다면 셋이 다 요대로 늙어버리거나, 아니면 고향으로 돌아가는 날까지 고냥 요대로 있다가 돌아가고 싶은 것이다. 그야, 이미 처자 권속을 거느린 형석으로서 추호나마 동연에게 딴마음을 품을 리는 없다. 다만 요즈음에 와서 부쩍 급속도로 눈치가 달라져가는 필구와 동연의 사이가, 여간만 마음에 걸리지가 않는 것이다. 더구나 아닌 밤중에 홍두깨 격으로 당구장까지 사게 됐다는 동연의 말도 필구와 미리 작정된 꿍꿍이속으로 대뜸 다가드는 것이다.

바로 며칠 전만 해도 그렇다. 형석이 느지막이 들어오자 동연이 으레 그녀 특유의 그 장난스러운 익살 조로,

"가령 이 집에서 세대주가 된다면 누가 될까잉? 그거야 당연히 형석오빠겠지잉!?"

하곤, 잇대어서 또 필구 쪽을 쳐다보며,

"참 필구오빤 대체 어떡헐 참이우?"

하는데, 그 억양에도 형석 앞에 필구와 자기는 이미 여간 사이가 아니다, 하는 걸 은근히 내비치려는 듯한 저의가 깔려 있어 보였던 것이다. 적어도 그런 쪽으로 과민한 편인 형석에겐 그렇게 비쳤다.

뿐만 아니라 요즘 들어서 부쩍 더해진 듯한 동연 자신의 초조감 같은 것도.

아무튼 형석 자신은 이미 장가도 들었으니, 필구의 장가 걱정이나 동연의 재가再嫁 걱정도 전혀 나 몰라라 할 수는 없는 일이어서, 더러는 필구더러도 "아니, 대체 장가 생각은 허구는 있는 거야"라거나, 동연 더러도 "이젠 혜선엄마도 슬슬 제 임자 만날 생각을 해

야지" 정도로 나대보긴 하지만, 어쩐지 그런 면에 들어서는 솔직히 적극적인 관심이 내키지가 않았던 것이다. 단지 형석은, 이제 새로 시작하는 제당회사만 잘돼봐라, 필구에겐 종로 복판이나 명동 어구에 큰 세탁소를 차려주고 동연에게도 집 한 채쯤 사주지 않으리, 하고 괜스레 뻑적지근한 욕심만으로, 고작 이런 것이 이즈음 들어서의 형석의 '고향의식'이라는 것의 속알맹이였다.

그러나 일언이폐지하고 형석으로서는, 동연이 독자적으로 당구장을 샀다는 그 사실을, 이제까지 셋이서 귀하게 가누어온 이 성지聖地를 깨부숴버리게 되는 첫 실마리로 외고 집으로라도 되새김질하며, 세상에 이런 법이 없느니라, 고향이 지척이다, 고향이 지척이야, 하고 악을 쓰듯이 뇌곤 하는 것이다.

바로 사흘 전에는 강 준장이 다녀갔다. 혜선의 교육비를 매달 대는 터여서 한 달에 한 번은 다녀가는 것이다. 그러나 준장이 아니라 준장 할애비라도 얼씬 이 집채 안으로는 들이지 않는 것이 또 동연이었다. 그리고 그러한 동연의 외고집엔 만만치 않은 위엄도 위엄이려니와 제법 성지라도 지키려는 듯한 '고향의식'이 짙게 드러나 있곤 하였다. "어따 대구 이 집엘 들어와? 어림없어. 난 비록 멋모르고 저한텐 당했다 치구, 함부루, 이 집이 감히 어느 집이라고" 하는 악착스러운 이런 투가.

강 준장은 으레 세탁가게 앞에 지프차를 세우고 차 안에 버티고 앉은 채 운전병만 들여보낸다. 그러면 동연은 아예 방문까지 처닫고 평소 때보다 더 활달한 얼굴로 여덟 살 난 혜선을 차려 입히는 것이다. 이런 경우 동연의 그 어느 때보다도 아른아른 윤기가 돌게 색감조차 풍기는 거조가 필구 눈에는 위태위태하게 더 안쓰러워 보였다.

"아바지가 왔다, 혜선이 아바지. 너를 아바지 못 보게 한다는 건 말도 안 되지, 그렇지? 그건 죄 받을 일이지. 안 그렇소? 우리 혜선 씨, 어이구 무뚝뚝해라, 기집애가 뭐 이렇소? 좀 해죽해죽 웃구, 애교두 떨구 하질 않구, 제 아바질 그대로 닮았다니까 앤. 자 어서, 일어서봐, 어디 보자아. 우리 혜선 씨."

그러면 혜선은 운전병과 어머니를 번갈아 쳐다보며 어리벙벙해서 울먹울먹한다. 동

연은 윗니로 아랫입술을 질끈 깨물고는 혜선을 앞으로 끌어안으며,

"뭐 이렇소? 우리 공주님이. 아버지가 준장 나리가 왔다는데두 뭐 이렇소? 한 달에 고작 한 번 보는 아버진데, 안타깝게 보고 싶어서 온 아버지에게 실례가 되게스리, 뭐 이러우? 자, 우리 혜선씨, 기특하게두 아버지를 닮은 우리 혜선씨."

하며 드디어는 동연의 목소리도 차츰 목이 메어서 거쉬어져가곤 하는 것이다. 운전병도 차마 동연을 정면으로 마주보기를 못하고 저윽 외면 한 채 혜선이만 댈룽 안고 나간다. 이러면 동연은 방 한가운데 머엉히 서서 바깥채 세탁가게 구석으로 한 모서리 보이는 지프차를 독기 서린 눈길로 흘낏 내다본다. 더욱 아른아른해 보이는 그 얼굴은 바야흐로 하얗게 질리고 턱이 덜덜 떨리는 것이다. 야아 열녀다, 역시 북쪽 여자다! 소리는 오리뜰 사람들이 함부로 하는 소리고, 세탁가게에서 이런 정경을 속속들이 들여다보는 필구는 지그시 혼자서 입술이나 깨무는 것이다. 그렇게 웬 보람 같은 것을 느끼곤 한다. 뭐 강 준장에 대한 동연의 쌀쌀맞음을 저 나름의 타산으로 받아들여서가 아니라, 그런 것들을 넘어선 그 어떤 보람 같은 것, 소위 강렬한 '고향의식' 같은 것.

혜선을 태운 지프차가 모퉁이 커브를 돌아가면 동연은 비로소 까칠까칠하게 탄 입술을 제 혓바닥으로 돌려 축이며 세탁가게로 나온다. 웃음인지 울음인지 분간키 어려운 요란한 목소리로 지껄여댄다.

"아이 속상해, 어느 장날까지 이 꼴이우 글쎄. 하지만 난 창피하진 않아. 안 그렇소, 필구오빠, 이래 뵈두, 나, 속알머리 하나는 짱짱하게 살아 있다우. 우리 아버지나 우리 고향 체신 깎일 일은 안했어요. 정말이우. 흥 어따 대구! 누구 앞이라도 난 떳떳할 수 있어요. 안 그렇소? 필구오빠, 글쎄 생각 좀 해보구려. 후닥닥 입성해 들어와설랑 요란하게 지프차를 몰고 다니는 연대장이래서, 딸 달랜다구 덜컥 내준 아버지가 죄지, 내야 무슨 상관이람? 그러구선 금방 후퇴 바람이 일자, 고지식하시기만 한 우리 아버지께서 왈, 한문자 섞인 뭐래드라? 암튼 나 혼자서만 따라가라는구먼 글쎄. 그래그래 맞어, 출가 외인이래나 뭐래나. 저저끔 정신들을 못 차리는 속에 딸부자였던 우리 아버지루서야, 이 참에 하나

라도 처치하는 것이 후련하시기야 했을 테지. 참 생각할수록 이가 갈려. 그렇게 후퇴하는 지프차에 올라타서 뒤돌아보았을 땐, 늙으신 엄마는 두 손으로 얼굴을 싸쥐고설랑 떠나는 딸을 제대로 보지도 못하시더라구. 배에 오르자 고향이랍신 항구는 자욱히 안개에 가려 있구, 중천엔 달이 떠 있구, 그렇습디다. 흥 지나놓고보면 우습지도 않아요. 여하간에 나야 신주단지 모시듯이 그이를 따를 수밖에요. 그런대로 그인날 끔찍이도 아껴주긴 했시오. 지금도 제 속이야 한결같을 테지만, 흥 어따 대구. 이 내가 뉘긴데. 한길에 널려 있는 그런 쓸개 빠진 계집인 줄 알구? 어림 반푼어치도 없지 …… 혜선이 낳고 2년이나 지났을까, 그땐 이 내 세도도 요란했구먼. 세상에 그런 귀부인이 어디 있었겠소. 손 끝에 물 한방울 묻히지 않구, 열 발짝 거리도 꼭꼭 지프차를 타구, 그렇게 지내고 있는데, 어느 하루는 초라하고 까무잡잡하게 생긴 전라도 사투리를 쓰는 여편네 하나가 사내아이를 업구, 한 아이는 걸리구 찾아와 설랑 사모님을 찾는데, 보자마자 뒷골이 아찔합디다. 대뜸 알겠더먼. 허지만 그때 내가 어쨌는지 아우? 글쎄 들어보라구요. 그 여편네를 공손하게 모셔들이구설랑에, 한 무릎을 세우고 앉아서 딱부러지게 선언을 했시오. 오늘부로 난 물러서겠다고, 정말 이런 줄은 꿈에도 몰랐노라고, 이 내가 누구 첩질 해먹을 년 같으냐고, 어림없다고. 그러군 갓난 아기 혜선이를 등에 업구설랑 처음으루 부엌으로 들어서질 않았겠수. 그렇게 손수 밥을 하면서리 그제서야 콧물 눈물이 범벅으루다 쏟아지는데 당최 걷잡을 수가 있어야지. 그때 내가 아래윗니를 악물구, 무얼 생각했는지 아우? 애오라지 '고향과 아바지 체신 깎일 일을 해서는 안된다. 천하없어도 그것만은 지켜내야 한다' 였시오. 그렇게 공손하게 진짓상을 가져다 바치는데, 그 여편네두 그렇지, 그 밥이 어찌 목구멍으루 넘어갈 것이오. 한다는 소리가 이러는 내가 그저 무섭다는 거라요, 북쪽 여자라, 다르다고! 난 그러고나서야, 그이에게 전화를 했시오. 급한 일이 생겼으니 잠깐 들어왔다 가시라고만 했는데, 남편은 멋모르고 집에 들어서다가 제 본 여편네를 보고는 얼굴이 새까매집디다. 그러거나 말거나 그 길로 난 짐을 쌌시오. 그이는 별 단 주제에 의젓치 못하게 눈물까지 흘리멘서리 애걸애걸을 합디다. 당자가 번연히 앞에 앉아 있는데도, 본처와 이혼을 하

겠다는 둥, 돼먹지 않은 소리를 지껄입디다만, 어림이나 있겠수. 아 이 내가 뉘긴데. 그 본
처라는 사람도 뭐가 그렇게 서러운지 펑펑 웁디다만, 난 눈물 한방울 안 흘리구, 깨끗이
물러나왔시오. 자 어때요. 이만하면 북쪽 여자 자격이 있나 없나, 고향 체신 깎일 일을 했
나 안했나.”

이렇게 주워대곤 천지가 떠나가게 한바탕 또 웃어젖히는 것이다.

두어 시간이 지나서야 지프차가 다시 혜선을 태우고 돌아온다. 으레 운전병은 이것
저것 한아름 안고 들어선다. 물론 혜선의 한 달 교육비라는 명목으로 두둑한 봉투 하나도.
혜선도 나갈 때와는 달리, 동연 앞에서 아버지 자랑을 해쌓는다. 으레 필구는 세탁가게에
멍하게 서서 속속들이 그 정경을 건너다볼 뿐이었다.

일요일 해질녘이었다.

필구는 짙은 초록색 저고리에 까만 비로드 치마 차림으로 오늘따라 조금 이르다 하
게 나서는 동연을 문득 불러세웠다.

“잠깐, 오늘은 하루 쉬지 그래” 하고.

동연도 화들짝 놀라듯이 “왜에?” 하고 힐끔 돌아보고서는 다시 빙그르르 돌아서며,

“흥, 무슨 권리루?” 하고 한마디 쏘는데. 노골적으로 비아냥거리는 투였다.

순간 필구는 또 울컥 우락부락한 것이 솟구쳤다. 하지만 입술 끝을 지그시 물며 일
단 참으려고 들었다. 사실 필구는 이즈음의 형석에게 심히 못마땅한 것을 느끼듯이 동연
에게도 괜스레 매사에 우락부락해지고 싶곤 한다. 형석이나 동연에게 평상적으로 노상
열등의식 같은 것을 지니고 있는 필구라, 아무튼 현실 생활 면에 있어 제 처지가 그렇고
그런 바엔 매사에 제 벨대로만 나갈 수도 없지 않느냐, 그러니까 자기 쪽보다는 동연 쪽
에서 더 좀 적극적으로 나올 수도 있지 않느냐는 쪽으로 불만이었다. 하지만 오늘은 필
구가 여느 때 없이 단호하게 아주아주 강경하게 명령 조로, “글쎄 오늘은 하루 쉬어, 상의
할 일이 있어” 하였다.

그제서야 동연도 두 눈을 말끄럼하게 뜨고 필구를 빤히 건너다보다가, 그냥 안으로

휙 달려들어가더니 공들여 차려입었던 옷을 홀홀 벗고는 느닷없이 주절주절거리며 대성통곡을 터뜨리질 않는가.

"어림없다 어림없어, 우리 혜선일 두고 내가 어딜 가니? 어림없어. 어허허허, 엄마가 말야, 엄마가, 요즘 무서운 유혹을 많이 받는단다. 어허허허, 하지만 그런 유혹에 홀홀히 넘어갈 줄 알구? 어림없어 혜선아, 흥 어따 대구?"

드디어 혜선도 영문이라곤 모르고 울음을 터뜨리자, 동연은 또 와락 혜선을 끌어안으며 씻은 듯이 가라앉은 목소리로,

"아니야 아니야 괜찮아, 엄마가 조금 미쳤었구나. 참 우스워죽겠네. 자 어서 그치고, 딱 그치고, 우리 국수 삶아 먹을까. 우리 혜선 씨가 좋아하는 밀국수 삶아 먹을까?"
하고, 아닌게아니라 잠시 뒤에는 질끈 머리에 수건까지 동여매고 풍로에다 불을 지핀다, 국수를 내서 삶는다, 꼭 미친년 널뛰듯 돌아갔다. 필구의 입가에도 어느새 야유 섞인 미소가 비어져나온다. 역시 별수없는 여자다, 싶어진다. 여느 때는 그렇게나 매사에 단호하고 앞뒤가 명쾌하게 처신해왔으면서도, 이런 일에 들어서는 저렇게 갈팡질팡이로구나 싶어지며, 제법 측은한 생각까지 든다. 그러나 저렇게 대성통곡까지 터뜨리는 것을 처음 당하는 필구로서도 내심 흐뭇한 한편으로, 문제가 새삼 착잡해지는 것을 안 느낄 수가 없었다. 적어도 강 준장 문제라면 이미 해결이 지어진 것으로 생각해왔었다. 하기야 더러는 동연이 딸 자랑을 한답시고, "우리 혜선인 제 아바지를 꼭 뼈닮았시오. 공부 잘하는 거며, 글씨 잘 쓰는 거며 분명히 날 닮지는 않았시오. 제 아바지를 꼭 빼닮았다니까요" 하고 무심결에라도 지껄이는 것을 접할 때면 필구는 번번이 혜선이 자랑을 빗댄 전남편 자랑처럼 들렸던 것이었다. 그러나 평상시에 더러더러 자기가 새 시집을 가게 되면 혜선이는 당연히 제 친아빠에게 갖다 맡기게 돼 있노라고, 그 동안만 자기가 맡아 기르노라고 동네방네 떠들어온 것으로 보더라도, 전남편 강 준장에 대한 동연의 자세에 추호나마 요동은 없었다.

그나저나 필구로서 역시 문제는 형석이었다. 뭔지 분명치는 않고 뚜렷하제 잡히는 것은 없으나, 형석을 생각하면 끈끈하게 들러붙어오는 것이 도무지 아리송하게 간단치가

않아지는 것이다. 당장의 필구로서야 셋이 지금 이 정도로나마 꾸려내어 살고 있는 이 어중간한 대로의 성지의식을 깨끗이 끝장내면서도 동연과의 단둘의 신혼생활로 들어가기에는 뭔지 형석이 걸리고 께름해지는 것이다. 그 동안 자기가 형석에게서 입은 은혜로 보거나 뭘로 보거나 형석에게 그런 야박한 짓은 할 수 없다는 쪽의 생각이 집요하게 남아 있곤 하는 것이다.

어둑어둑해지자 동연은 다시 외출복으로 차려입고 새침한 얼굴 속에 결연한 것이 잠겨 있는 얼굴로 세탁가게에 나타났다. 아까 한바탕 대성통곡을 터뜨렸던 것이 제딴에도 부끄럽다는 셈인지 한손으로 입을 가리며 킬킬 조금 웃고는, "저 나가요" 하였다. 필구도 대강 급하게 윗도리를 걸치고 뒤따라나섰다. 동연은 힐끔 돌아보곤 또 피시시 웃으며 한마디했다.

"딴은, 내 재가再嫁 걱정 때문에 이러는 거군? 고맙지 뭐유."

"뿐만 아니라 내 장가 걱정도……"

"흥, 그래요? 하긴 그렇긴 하겠수."

하고 동연은 심상하게 받는다. 필구는 조금 전의 동연처럼 혼자 피시시 한번 웃고는, "그나저나 단둘이 얘기 한번 나누기가 원 이렇게도 어려울까. 한집 울타리에 산다면서리."

"……"

동연은 아무 대꾸도 없다.

그러자 필구는 또 엉뚱하게도, 자기와 동연과의 이것은 이미 십수 년 전부터 죽 이어져온 듯한 감미로운 착각에 저도 모르게 잠시 혼곤하게 빠져들려고 하였다.

여학교에서 돌아오면 언제나 날아갈 듯한 한복으로 갈아입고 동네방네 쏘다니던 동연이었다. 그렇게 곤색 교복을 노상 원수처럼 여기곤 하였었다. 여학생 적부터 어디서나 동연이 있는 곳이면 왁자하게 시끄러 있었다. "필구오빠, 나 영화 하나 보여주면 안 잡아 머억지" 하고 걸핏 하면 필구 팔에 매달리던 동연이었다. "이 왈가닥아, 대체 넌 언제나 제대로 철이 들라니?" 하면 "나? 난 평생 철 안 들래. 철 안 들면 되레 편할 것 같아. 이렇게 때 없이 떼나 쓰고 좀 좋아요?" 하고 받곤 했었다.

더러는 "딸부자인 우리 아버지는 넷째 딸인 날 골칫덩어리로 알고 있지만, 보슈, 난 언제나 자신 하나는 만만하다눈. 내 인생 내가 살지, 남이 살아주나 뭐. 어서어, 필구오빠 나 영화 하나 보여줘어" 하고 조잘대기도 했었다. 윗동네로 올라가는 달구지 무리 속에 교복 차림으로 떡 앉아서는 하나같이 입들이 험한 그 달구지꾼들과도 한마딘들 지지 않고 익살을 떨곤 하던 동연이었다. 무지 감당하기가 힘들던 이 어릴 적부터의 동연은 필구 입장에서 지금이라고 추호도 다르지가 않다. 하지만 오늘은 천하없어도 딱부러지게 얘기를 나누리라고 필구는 굳게굳게 마음을 다진 터였다. 그렇게 필구는 동연의 걸음에 맞추 듯이 발걸음 내딛는 속도를 조금 늦추며, 스적스적 얘기 허두를 떼었다.

"동연이도 우리 피차의 현 처지는 익히 알 만할 테니. 머릿말은 생략하기루 하고, 요컨대 앞으로의 나와 동연이 문젠데, 물론 난 대강 각오가 돼 있으니까 지금 이렇게 동연이를 불러낸 거구, 어차피 이런 일이라는 게, 이런 일이라는 게, 피차간에 이것저것 걸려 있어 그닥 간단치가 않게 마련인데 말이지."

"웬걸, 머릿말은 생략한다면서 온통 머리말투성이구먼."

대번에 동연은 또 이렇게 퉁기듯이 쏘아붙이곤 잇대어서,

"아암, 그닥 간단치 않구말구요. 이런 일이라는 게, 이런 일이라는 게, 그런 말부터 아이 지겨워라. 그러구 저러구 난 아직 각오가 서 있지 않은데 어쩌지요? 각오, 각오, 각오. 이 판국에 뭐 말라죽은 각오 타령이람. 도대체 필구오빤 왜 그렇게도 답답하눈? 정말 답답해죽겠어. 누가 뭐 내 시집 격정 해달랬나? 난 내 볼일 있으니 이대로 갈래. 뒤에 다시 얘기를 하든지 말든지 하십시다."

하곤 마침 옆으로 막 와닿은 합승을 잡아타고 휭 가버리는 것이 아닌가. 보나마나 당구장으로 가는 것일 터였다. 언뜻 보았지만 그렇게 합승에 올라타서는 혼자서 쿨쩍쿨쩍 울고 있는 것 같았다.

필구는 도무지 어이가 없었으나 그냥 털럭털럭 돌아와 조금 이르다하게 세탁가게 문도 잠그고 제 방으로 들어가 벌렁 누워버리고 말았다. 또 피시시 웃음부터 나왔다. 도대체 난 왜 이렇게 생겨먹었을까, 싶기도 했지만, 가만히 생각해보면 조금도 섭섭하지는 않았다. 동연 쪽은 평소 동연 생긴 대로 당연히 저러려니 싶었고, 자기도 자기대로 전혀 아무렇지도 않았다. 단지, 피식피식 계속해서 웃음만 비어져나올 뿐이었고, 자기의 이런 모습을 어느 구석에선가 동연이 훔쳐보기라도 한다면 또 그 성깔에 얼마나 안달복달할까 싶어지며, 그 점이 또 우스워졌다. 그런 식으로 멍멍하게 웃다가 말다가 천장만 멀뚱멀뚱 쳐다보다가 그대로 설핏 잠이 들었던 모양이었다. 잠결에 문득 형석의 기척이 들렸다. 술에 조금 취한 듯한 형석의 목소리가 짜증 섞어 제 방에서 제 마누라와 몇 마디 주거니 받거니 하는 것 같았다. 대강 짐작에 형석의 마누라는, 아까 동연과 필구가 잠깐 같이 나갔던 일을 조금 수상쩍었다는 쪽으로 고자질이라도 하는 것 같았다. 그러거나 말거나 필구는 그냥 그대로 발딱 누워 있었다.

한데 아니나다를까, 잠시 뒤에는 필구 방문이 덜컥 열리며 중절모자를 삐뚜름하게 그대로 쓴 형석이, 제 얼굴을 방안으로 삐죽이 디밀었다. 비트적비트적 한손으로 문설주를 잡곤 헤벌쩌하게 웃으면서 주절주절 지껄여댔다.

"흥, 대강 알것다 알것어. 끝내는 일이 벌어지는군그래. 드디어 시작이 됐다아! 그나저나 어이 필구, 가게 문꺼정 제 마음대로 아예 일찌감치 닫아버리구, 아주아주 상팔자다잉. 어디 여기가 누구 눕혀두구 밥먹여주는 데루 아니? 번지수를 잘못 알아도 유분수지."

비로소 필구도 엉겁결에 벌떡 일어나 앉았다. 그러자 형석은 한 다리만 필구 방안에 들이밀고 두 팔을 걷어올리고 삿대질까지 하며 와르르 주위가 온통 떠나가는 소리로 내질렀다.

"이런 법은 없느니라. 청계천에서 빌어먹을 제가 언젠데. 흥, 그러구보잉, 그 동안에 제법 멀끔해지셨군. 나 모르게 슬금슬금, 도대체 사람을 어떻게 알고 이러능 거지? 고향이 지척이다! 그 고향땅엔 아버지 오마니가 아직 시퍼렇게들 살아 계셔. 이 집이 흔한 뚜쟁이 집이 아닌 다음에야 난 그 꼴 몬 보겠어. 몬 본다아 이 말이야. 붙어먹으려거든 이 집을 나가서 붙어먹든지 말든지, 그 짐일랑 난 상관않겠어. 상관할 입장도 아닐 테고. 하지만 이 집에 살면서는 안 될걸. 그러니까 일언이폐지해서 헐 테면 이 집에서 나가서 얼마든지 하란 말야. 이 집에서 나가서. 그렇게 나가서야 년놈들 붙어먹든지 말든지, 내가 무신 아랑곳이야, 아랑곳이."

"……."

"어잉? 알겠어? 내 말 알아듣겠느냔 말이다. 어이 필구, 딱히 내 말 알아들었느냔 말이야."

필구는 그냥저냥 방안에 앉은 채 멍하게 형석을 건너다보기만 하였다. 그리곤 언젠가 부산 피난 시절에 자기도 형석을 두고 이런 허황한 소리를 속으로 내질렀었다는 기억이 익살 섞어 떠오르는 것이었다. 신통하게도 똑같았다. 왈, '고향이 지척이다'라, 도대체 그래서 어쨌다는 말인가? 그렇다, 걸핏하면 그렇게 내지르는 수작일 뿐 그 속알맹이는 이미 맹탕이 되어 있었던 것이었다. 생 어거지일 때가 많았다. 동연의 말대로 도대체 무슨 권리루? 형석이 제가 무슨 권리루? 이미 유행가 가사처럼 변해가고 있는 고향을 빗대어서 남의 혼인 길까지 막으려고 든다는 말인가. 그러자 엉뚱하게도 필구의 눈앞엔, 고향에 있을 때도 노상 어처구니없게 돌아가던 형석의 편린들이 새삼 어른거렸다. 제 분수에 안 맞게 여기저기 삐치기 좋아하고, 그러다가는 더러 주위의 눈총을 받거나 놀림을 당하고도 그 한순간만 머쓱해 할 뿐, 불과 5분 뒤면 다시 제 생긴 대로 되살아나서 갖은 주책을 떨곤 하던 형석이, 거리에서 서커스단이라도 올라오면 맡아놓고 자청해나서서 서틀게 못나게 진행을 보곤 하여 동네 사람들을 어이없게 웃기곤 하던 형석이, 학급 안에서도 쥐뿔도 모르는 주제에 손을 들었다가 번번이 망신만 당했던 형석이……. 하지만 고향 적엔 형석이 이러했대서, 대체 지금에 와서 어쨌다는 말인가. 고향에서 어린 때는 그렇게 갖은 못난이 노릇을 했다는 것이, 지금 이 남쪽 바다에 와서는 대관절 어쨌다는 말인가.

형석은 드디어 필구 방안으로까지 들어와서 문까지 처닫고 계속 악악댄다.

"자고로 매사에 엄연히 사리事理라는 게 있는 법이다. 사리, 사리. 이 한문자 단어는 니도 익히 알지? 한데, 감히 될 소리냔 말이다. 차라리 종로3가엘 가지. 아 동연이가 누군데, 응 어림이나 있는 소리냔 말이다. 동연이가 왕년에 유부녀였고, 기집아이까지 하나 달린 애어멈이래서가 아니라, 그러구 니도 엄연히 총각이래서가 아니라, 그보다 더 깊은, 깊은…… 그 다음 말까지는 이 자리서 하질 않으마. 암튼 일언이 폐지하고, 나가, 당장 나가. 내 집을 나가서야 무슨 지랄을 하건 내가 쫓아다니멘서리 아랑곳할 바 아니구, 우선은 당장 나가란 말이다. 이 집에선, 나로선, 그 꼴 몬 보겠응이까."

바로 그때였다. 또 덜컥 문이 열렸다. 그리고 조금 상기된 동연이 얼굴을 삐죽 디밀었다. 순간 형석은 흡칫 놀라며 뒤를 돌아다보곤, 금방 입이 굳어졌다. 한 팔만 그쪽으로 내밀며 무슨 말을 할 듯 할 듯하기만 했다. 그러자 놀란 필구도 얼결에 화닥닥 일어서버렸다. 동연은 문설주를 잡고 형석과 필구를 번갈아 휘둘러보다가,

"왜 이러우? 아 왜들 이러우?"

하고 여느 때 없이 지극히 억제된 나지막한 목소리로 한마디 내뱉곤, 다짜고짜 방안으로 달려들어왔다.

"아니 형석오빠, 대관절 왜 이러우? 나 말이오, 딱히 듣소이. 필구오빠하구 결혼하기로 했어. 그렇게 마음을 굳혔수. 왜요? 어쨌수? 우리가 결혼 못할 이유가 대체 뭐유? 한 동네 살았다지만, 형석오빠나 필구오빠나 나나 한 문중은 아니지 않았수! 난 엄연히 김가구, 필구오빤 박가유. 우리 엄마가 필구오빠와 같은 문중의 박가라지만 그거야 무슨 상관거리가 되겠수? 그렇다면 우리 둘이 결혼 못할 이유가 대체 뭐유? 왜? 그래도 형석오빤 그냥저냥 못마땅하우? 못마땅하기만 하우? 그렇다면 그거야 할 수 없지요. 이 집에서 나가라면 나가겠으니까. 도대체 필구오빠와 내가 결혼하겠대서 형석오빠가 그다지나 역정을 낼 거야 없잖우. 도대체 무슨 권리루? 집칸이나 장만한 것이 그렇게나 대단하신 줄 아시나본데, 우리도 조만간 장만할 테니까 그런 염려일랑 놓으시라요. 흥, 억대를 벌었다간 사람 잡겠수. 필구오빠, 자 어서 나가요."

형석은 이 사이 우뚝 선 채 대꾸 한마디 못하고 두 눈만 커다랗게 뜨고 동연을 노려보기만 했다.

그때 마침 문밖에 또 사람 기척이 들렸다. 안채에서 이쪽 움직임 눈치를 차린 형석의 아내가 살그머니 나왔다가 동연이 소리소리 지르는 것을 엿듣곤 너무너무 충격을 받아 쿨쩍쿨쩍 울고 있는 소리였다. 마침 아이들은 죄다 잠이 들어 있었다. 동연이 왈칵 쏟아놓듯이 한 한마디 한마디에 충격이고 자시고도 없이 어찌할 바를 모르고 섰던 형석은 그제야 제 아내 쪽에다 대고 빼락 소리를 질렀다.

"이 등신아, 등신아. 왜 울어? 대체 왜 울어? 엉? 왜 우느난 말이다, 이 등신아" 하곤 형석은 다시 만만한 필구 쪽으로 돌아섰다.

"뱃가죽이 이제 두꺼워졌으니. 음. 이제 딴 수작들이다, 이거지. 낯짝 하나 뻔뻔허다. 흥, 가경隹景이군그래, 가경이야."

동연도 즉각 마주 받았다.

"아암, 가경이구말구요. 우리라구 가경 없으란 법이야 없지. 그야 아직은 형석오빠만은 못하겠지만 말이야. 허지만 어디 두고 보자구요. 우리도 내로라고 떵떵거리며 살 날이 있을 테니까, 형석오빠도 너무 그러질랑 말아요. 뒤에 가서 무안이나 당하지 않으려거든 말이지."

그러자 형석은 침까지 퉤퉤 뱉으며 아예 펄찌간히 방바닥에 주저앉았다. 그리곤 애꿎은 제 아내를 붙들고 주절거렸다.

"야, 이 등신아아, 등신아. 너 지금 저 소리 듣지? 어잉? 이 등신아. 정신 차려야 한다아. 정신 채려야 해. 뭐니 뭐니, 이젠 믿을 것은 우리 서로밖에는 없다는 것, 알어야 된다는 말이다."

다시 두 주먹으로 번갈아 방바닥을 내리치며 허황하게 넋두리하기 시작했다.

"이런 법이 없느니라아, 이런 법이. 우리 나라 역대루 이런 법이 없느니라아. 흥 필구, 동연이 니들 둘만 고향 돌아간 턱이로군, 고향. 나 혼자만 남겨두구, 둘이 손잡고 고향 돌아가는 턱이로군, 나 혼자만 남겨두구. 나는 타향 나와서 완전한 타향 사람 되어버리구, 니들 둘만 나란히 고향 돌아가는 턱이로군. 오붓허게 고향 냄새 나게 알뜰하게 고향 모습 보이게 자알 살아라, 자알 살아. 이 년놈들아. 하늘이 내려다본다, 하늘이. 내 소린 다른 게 아니다. 억울하다는 소리다. 억울하다는 소리야, 천만번 억울하다는 소리다."

이미 필구를 앞세우고 문밖으로 나서던 동연도 형석의 꺼이꺼이 울음 섞인 넋두리를 듣자 콧대가 씨잉해오며 지그시 입술을 깨물었다. 필구도 문밖으로 나서자 기어이 탐지를 못하고 울먹울먹했다.

한길까지 나와 동연이 지나가는 시발택시 한 대를 잡았을 때에야 필구도 사방을 휘휘 둘러보며 제정신을 차렸다. 그렇게 필구는 마음속으로 웅얼댔다.

'그렇다, 이렇게 시작하구보능 거다. 우선 저질르듯이 시작하구보능 거야. 우물주물 하질랑 말고.'

동연도 그런 필구 목소리를 듣기라도 한 듯이 뒤따라서 종알대었다.

"아이, 혜선이가 그냥 오그리구 누웠겠는데, 북새통에 제대로 덮어 주지도 못하고 나왔네" 하고는 다시 필구를 향해 왈왈거리듯이 떠들어댔다.

"따지구보면야, 대체 고향이라는 게 뭐요? 뭐난 말이에요? 한번 필구오빠도 딱부러지게 분명하게 말해보세요. 대체 고향이라는 게 뭣인지. 글씨 뭐 말라죽은 고향이우? 걸핏하면 '고향이 지척이다' 하는데, 그런 쓸개 빠진 데나 써잡수시라는 고향인가요? 허지만 굳이 따져보지 않드래도, 고향이라는 건 저 깊이 깊이, 말로 다 못하게 귀한 것이 있잖우? 우리 피차의 낯짝만 해두. 안 그래요? 우리 서로 낯짝만 보아두 뭔가는 분명히 있잖우. 필구오빠, 내가 이렇게도 아등바등 악을 쓰는 것이 뭔데? 사실 따져보면 아무것도 아닌지는 몰라두, 천만의 말씀을, 이런 것이 그런 식으루 천박하게 따져서서야 될 일이겠수? 아바지, 엄마 체신 깎일 일일랑 세상에 없어두 하질 말자, 이거 아이겠수? 서글프드래두 힘들드래두 으등브등 이를 악물면서라두…… 적어두 난 그러우. 언젠 우리 조상들이 뭐 그다지나 잘나고 화려했던가요. 고작 이 정도였지. 하지만 이 정도가 어딘데, 그 점, 나는 늘 긍지를 갖고 있시오."

별안간에 일이 이 지경까지 왔으면 이미 필구로서도 딱히 저딴으로의 딴 엄두를 낼 수 없었다. 본시 이런 일에 들어서는 전혀 맹물이나 매한가지였지만, 단지 거듭거듭 생각해도 요행, 요행이었다. 별안간에 일거에 자연적으로 이 일이 이렇게 진척이 될 줄이야 누가 알았겠는가. 그러자 필구는 느닷없이 웃음이 복받쳐나올 것 같았다. 그리곤 갑자기 술 생각이 간절해졌다. 그렇게 우쭐우쭐 덮어놓고 꽉 찬 자신감 같은 것이 덮쳐오며, 그렇게 호텔에 닿아서 방 하나를 잡고나서야 필구는 비로소 제대로 머리를 쳐들고 옆에 앉은 동연을 와락 끌어안으며,

"진작 이렇게 됐어야지, 안 그래? 진작 말야. 진작 이리 될 일이었어" 하고 정말로 술이라도 한잔 마신 사람처럼 넋두리하고 있었다.

이튿날 꼭두새벽이었다. 여느 때보다 조금 이르게 눈이 뜨인 형석은 곧장 안뜨락으로 나갔다. 동연의 방에 불이 환하였다. '어느새 벌써 들어왔었나? 하고 생각하며, 문틈으로 슬쩍 들여다보니, 혜선이만이 그냥 옷 입은 채로 오그리고 누워 있는 것이 아닌가. 순간 문득 서러운 것이 뒷덜미를 쳤다. 혜선의 저 모습과 자신의 지금 처지가 어슷비슷한 것으로 여겨지는 것이 아닌가. 싸아하게 가슴이 아려왔다. 다음 순간 형석은 조심스럽게 미닫이문을 열고 들어가, 담요 하나를 내려 혜선이를 덮어주고 불을 끄고 다시 나왔다. 세수를 하고 마침 와닿은 조간신문을 받아들고 다시 안으로 들어왔다. 신문을 펼쳐 들긴 하였으나 읽힐 리가 없었다. 부시럭부시럭 옆에서 아내가 일어나더니, 아무 말 한마디 없이 부엌으로 나갔다.

형석은 지난밤에 자기가 한 짓을 하나하나 반추해보며 심히 면구스러웠다. 아무리 술김이었다고 하더라도, 필구와 동연 앞에 어느 모로 따져보더라도 도무지 면목이 서지가 않았다.

얼마쯤 지났을까. 밖에 문 뚜드리는 소리가 들렸다. 이제 들어오는구나, 싶으며 괜스

레 가슴이 철렁했다. 들었던 신문을 내던지고 벌떡 일어나 앉았다. 마침 부엌에 있던 아내가 나가서 문빗장을 따주는 눈치였고, 소곤소곤한 목소리로 동연이 뭐라고 아내에게 물어보는 눈치였다. 그리고는 곧장 바깥채 필구 방문부터 열리는 소리가 들렸다. 다음 동연의 방 미닫이문이 드르륵 열리고 있었다. 동연은 옷 입은 채로 잠들어 있는 혜선을 부르며 복받쳐오르는 눈물이라도 참는 것 같았다. "혜선아 혜선아, 이제 일어나서 어서 준비하고 학교 가야지, 어이구 담요꺼정 내려서 덮었네" 하였다. 잠시 뒤엔 바깥채 필구 방문이 또 열리는 소리가 들렸다. 필구가 평상시대로 세탁가게로 나서는 모양이었다. 잇대어, 마침 한길로 지나가는 두부장수를 부르는 동연의 목소리가 이어졌다. 그리고 곧 안뜨락의 펌프 물을 길으면서, 아내를 향해 지껄이는 듯한 동연의 목소리가 들렸다. "난 혜선이가 직접 담요를 내려서 덮었는가 했덩이, 불이 꺼져 있는 걸 보니까 형석오빠가 들어왔나부지요." 등신 아내는 전혀 말대답이 없고, 동연도 전혀 예사로운 심상한 목소리였다. 한바탕 동연의 웃는 소리가 이어졌다. 그리고는 풍로에다 불을 지피는 듯 부채질하는 소리가 들렸다. 마른 솔잎 타는 냄새가 연기와 함께 이쪽 방안으로까지 들어왔다. 어느덧 바깥채로 필구의 조반상을 내가는 아내의 기척이 들렸다. 이것을 본 동연 역시 그녀 특유의 익살 섞어 "오늘 아침엔 반찬도 아주아주 특별하시네" 하고 한마디 하는 것이 들렸다. 형석은 꼼짝 않고 방안에 들어박혀 이렇게 건너채, 바깥채의 움직임 하나하나를 속속들이 꿰고 있었다. 어느새 해가 안뜨락까지 들어서야 형석은 외출복으로 차려입고 방을 나섰다. 순간 건너채 미닫이문이 드르륵 열리며, 타월 수건을 머리에 동여매고 앞치마를 두른 동연이 문설주에 한쪽 볼을 갸웃이 기댄 채, "아니, 벌써 나가시나보네" 하곤 조금 겸연쩍은 듯이 비쭉 웃었다. "오늘은 하루 쉬어요. 상의할 일두 있구."

형석은 그러는 동연을 희뜩 돌아다보곤 조금 민망한 듯이 외면을 하며 엎드려서 구두끈을 맸다.

"남의 집 시집 장가보다는 난 내 사업이 바쁘구면."

하곤 일어서서 양복 먼지를 탁탁 터는 시늉을 하며 중절모를 눌러 썼다. 이미 노여움은 풀린 그러나 여전히 퉁명한 어투였다.

"아무렴, 어련히 애초부터 그랬어야지. 암튼 건강하신 생각이지 뭐유. 허지만 오늘은 강 준장도 불러들일 판인걸."

순간 마악 집 밖으로 나서던 형석은 멈칫 돌아섰다.

"그래애? 그렇다문 바야흐로 성지가 속지로 떨어지는 날이겠네."

동연도 지지 않고 즉각 받아넘겼다.

"아무렴 속지다 뿐이겠수. 온 세상 사람들, 3천만 사람들을 모여들이구, 활짝 문들을 열구, 지붕도 벗겨버릴 수 있으면 오죽 좋을라구요. 그렇게 일제히들 합창이라도 하뭄서리, 이 곰팡이 긴 성지 냄새는 깨끗이 씻어낸대나. 어차피 이 바닥에서 사는 바에야 떳떳이 살아야지. 안 그래요? 자 어때요, 이만하문, 이 동연이가 어때요."

"……."

형석은 그냥 문밖으로 나섰다. 동연은 그 형석의 등뒤에다 대고,

"두 시까진 천하 없어두 들어와야 허유. 알아들었수?"

그러나 형석은 가타부타 대꾸 한마디 없이 그냥 가버렸다.

이미 세탁가게 문도 닫고 '오늘은 휴일'이라는 쪽지까지 하나 내달았다.

동연의 방에서는 벌써 혜선을 차려입히고 있었다. 필구가 바깥채에서 힐끗 건너다보니, 동연의 얼굴은 여느 때 없이 차악 가라앉아 있었다. 계집아이답지 않게 무뚝뚝한 혜선은 눈이 휘둥그래서 도대체 무슨 영문인지를 몰라 하는 모양이었다. "오늘은 우리 혜선 씨부터 시집을 간대나." 이렇게 지껄이기도 하였다.

얼마 뒤 동연은 잠깐 밖엘 나갔다가 들어오는 길에 필구 방문을 덜컥 열고,

"강 준장에게 전화를 했시오. 웬 영문인지 몰라 하면서 펄쩍 됩디다. 이따가 두시에 온대요." 필구는 단지 머리만 끄덕끄덕했다.

두 시가 조금 못 되자 형석은 말끔하게 이발까지 하고 돌아왔다. 건너채 방문을 드르륵 열고는 화장대 앞에 앉은 동연의 등뒤에 대고,

"필구는?" 하고 물었다.

순간 동연은 기어이 참지를 못하고 두 볼로는 눈물이 주르르 흐르는 대로 닦을 염도 않고, 흐느낄 듯 흐느낄 듯 그냥 한 손만 들어 가게 옆 필구 방을 가리켰다. 그리곤 "아이, 이걸 어찌. 공들여 화장한 거 다 망쳤네" 하고 비명을 질렀다.

비로소 형석도 뭔지 뿌듯한 것이 등뒤로 치받쳐오르며 눈시울이 뜨거워왔다. 휘청휘청 건너가 필구 방문을 열었다. 필구가 흠칫 놀라며 돌아다보았을 때는 방안으로 달려들어와 필구 두 손을 끌어쥐었다.

"잘됐다, 정말 잘됐어. 나도 이젠 믿음직한 얼굴들을 보게 됐구."

하곤 다시 문을 왈칵 열어젖히곤 안뜨락으로 도로 나오며 커다란 소리를 질렀다.

"이 집이 왜 이리 조용하누, 이젠 이방 저방 왁자한 소리가 들릴 법도 한데. 인부를 사서 지붕을 활짝 벗기나 어쩌나, 문짝도 모두 떼버리나 어쩌나."

순간 건너채에서는 끝내 동연이 왈칵 울음을 터뜨렸다. 그렇게 동연은 화장이고 뭐고 일단은 아예 포기해버리고 드르륵 미닫이문을 열곤 눈물범벅의 얼굴을 그대로 내밀며,

"필구오빠두 어서 나와요. 어서요. 그렇이까 오늘부터 이 집은 바로 세계로 통한대나. 형석오빠, 안 그렇수? 참 그나저나, 혜선이 얘가 어딜 갔나? 혜선아 혜선아."

마침 그때 가게 앞에 지프차가 와서 멎었다.

강 준장이 내리더니 바로 한길에서 놀고 있는 혜선을 끌어안는 듯했다. 그러자 곧 혜선의 목소리가 "엄마아 엄마, 아바지가 왔다아, 아바지가 아바지가" 하며 곧장 달려들어왔다.

순간 안뜨락에 나와 섰던 세 사람은 얼어붙은 듯이 머엉히 서로 마주 쳐다보았다. 이어 동연이 맞받아 달려나갔다.

강 준장이 본시 딸이 없는 터였고, 게다가 피차 암묵의 약속이 그렇기도 했지만, 혜선은 강 준장이 데려가기로 되어 있었다. 그러나 대번에 그렇게 될 수는 없는 것이고, 당

분간은 양가를 왔다갔다하게 하면서 자연스럽게 어머니와의 정을 떼기로 되어 있었다.

그렇게 지프차에 올라탄 혜선은 오늘따라 아버지와 어머니가 당당하게 마주 대하는 것이 신기해서인가, 영문도 모르면서 꽤나 신명이 나 있었다. 한 달 동안만 아버지 집에 가 있는 것으로만 혜선은 알고 있는 것이었다.

형석, 동연, 필구 셋은 한길에 세워둔 지프차 옆에 나란히 서서 배웅을 하였다. 강 준장은 시종 군인다운 냉연한 표정을 진지하고 있었다. 동연은 혜선의 얼굴보다도 강 준장의 얼굴만을 뚫어질 듯이 들여다보면서 까칠까칠하게 메마른 입술을 악다물고 새까맣게 질린 얼굴을 하고 있었다. 지프차가 발동을 걸자, 동연은 기어이 참지를 못하고 부엌으로 달려들어가 냉수 한 그릇을 켜고 냉큼 다시 나왔다. 그러나 지프차는 이미 마악 떠나는 참이 아닌가. 지프차 뒤꽁무니에서 푸른 연기가 일고, 혜선은 지프차 뒤창문에 얼굴을 찰싹 대고 덮어놓고 손을 내흔들고 있었다. 동연은 그 모습을 머엉히 바라보고 섰다가 지프차가 커브를 돌아가버리자, 그 자리에 털썩 주저앉고 말았다.

이 이야기는 이 정도로 해두자. 어차피 동연과 혜선 간의 문제는 간단치는 않은 것이다. 그건 또 하나 다른 얘깃거리다. 모녀가 서로 자연스럽게 정을 떼도록 하자고 미리 이야기는 되어 있었지만, 그건 횡포에 가까운 어른들의 제멋대로의 작정일 뿐, 당사자인 혜선의 경우로서는 그냥 간단한 문제일 리는 없는 것이다. 그렇다곤 하더라도 어차피 인생사 매사는 어느 경우든 한번에 완전한 해결을 볼 수는 없는 법이니까. 동연으로서야 당장은 이렇게밖에 다른 길이 없었을 것이었다.

얼마 뒤, 형석의 집은 날아갈 듯이 새로 치장을 했다. 기둥마다 새 페인트칠을 하고 지붕도 새 기와로 고쳐 이었다. 세탁가게도 없어지고 그 자리에는 새로 큰 대문이 육중하게 섰다. 제당회사의 중역 자리에 앉은 형석은 여전히 허풍기는 있으나 제법 위풍이 당당했다.

필구와 동연도 예식장에서 정식으로 결혼식을 올리고 따로 전셋집을 얻어 새살림을 차려 나갔다. 동연은 당구장을 경영하고 필구도 돈암교 쪽에 독자적으로 새 세탁소 하나를 차렸다.

이러던 어느 날 밤, 필구와 동연은 단둘이 마주앉아 두런두런 지껄이고 있었다.

"형석오빠의 제당회사도 그렇구, 내 당구장도 그렇구, 세탁소도 그렇구, (아직 동연은 필구를 당신이라고 부르길 서먹서먹해 한다) 직업이 모두 건강하지는 못해요. 그렇죠? 생산적이지는 못 되지 않우? 그렇죠? 모두가 소비성이 아니냔 말이에요. 허지만 이건 꼭 우리 탓은 아니지요. 세상 흐름이 그렇고, 이 바닥이 그렇게 생겨먹어 있는 걸. 그러니 우리도 앞으로 살아가자니 어쩔 수 없는 거구요. 허지만 적어두, 우린 마음속으로라도 최소한 마음속으로라도, 건강한 것만은 견지하고 있어야 해요. 최소한 마음속만으로라도 굳건하게. 돌아가는 날까지요."

그렇다! 돌아가는 날까지, 하고 필구도 같이 덩달아 받으려다가 문득, '돌아가다니, 돌아가다니, 대체 어디로 돌아가?' 하고 생각하며 '이미 이렇게 돌아와 있는 것이 아닌가, 여기 이 방이, 동연과 단둘이 있는 이 방이 바로 고향이 아닌가. 그러구 따로 떨어져 살긴 할망정 형석이랑 모두 함께 법석대며 돌아와버린 것이 아닌가' 이런 감미한 생각에 잠깐 빠져들다가,

"아암, 돌아가야지, 돌아가야 하구말구, 돌아가야 하구말구" 하고 받곤, 앉은 채 동연을 와락 끌어안았다.

그런 필구의 눈앞엔 오늘따라 고향 산천의 풍물 하나하나가 눈앞에 환하게 펼쳐지며 절절하게 손에 잡힐 듯이 다가들었다.

판문점

　새벽녘에는 빗방울이 돌았으나 어느새 구름으로 꽉 덮였던 하늘의 이 구석 저 구석이 뚫리며 비도 멎고 스름스름 개기 시작했다. 그렇다고 쨍하게 맑은 날씨로 개어오른 것은 아니고 적당히 구름이 끼고 바람이 불며 꾸물거리는 변덕스러운 날씨로 변했다. 해가 떠오르자 비 갠 끝의 습기를 바람이 몰아가고 거무튀튀한 떼구름이 온 하늘을 와당탕 소리를 내듯 이리저리 몰려다녔다. 햇덩이는 그 희고 짙은 모습을 잠시 나타냈다가는, 검은 구름 속에 묻혀 눈이 시지 않고도 바라볼 수 있게 귀여운 모습의 또렷한 윤곽이 되기도 하고 육중한 떼구름에 휩싸여 소용돌이를 치기도 했다. 양철 지붕들이 샛말갛게 반짝이는가 하면 어느새 그늘에 덮여 우울해지기도 하였다.

　볕과 그늘이 뒤바뀌고 게다가 바람까지 불어, 거리는 변덕스럽게 들떠 보였다. 정각 8시에 버스는 조선호텔 앞을 떠났다. 서울을 빠지자 추수가 끝난 황량한 들판을 달렸다.

　진수鎭守는 초행길이었다.

　"내일 판문점 구경을 가게 됐어요."

　엊저녁 형님에게 이렇게 말했다.

　"뭐, 판문점? 좋은 구경 하는구나. 글쎄, 가는 것은 좋지만 조심해라."

　형님은 이렇게 받았다.

　"을씨년스럽지 무슨 구경이 되겠어요. 끔찍스러워요."

하고 급하게 웃저고리를 걸치고 난 형수가 형님을 흘끗 바라보며 말했다.

　들어서자마자 웃저고리를 갈아입은 형수에게서는 방 전체에 떠도는 화장품 냄새와 더불어 좀 불결한 냄새가 났다.

필요 이상으로 도사연해서 앉아 있는 형님도 같은 종류의 분위기였다.

"끔찍스럽긴 무엇이 끔찍스러."

형님이 형수를 향해 괜히 눈을 부릅떴다.

'옳지, 저렇게 위엄을 부리는구나. 좀 전에 굉장히 사랑을 한가 보군. 괜히 쓰윽, 내가 있으니까, 뭐 그러지 맙시다. 다아 알겠는걸 뭐.'

진수는 속으로 이렇게 웃었다. 형수는 한순간에 풀이 죽은 표정이 되었다가 곧 되살아났다.

"무슨 별 준비 없어두 되나?"

형님 들으라는 말이 분명하여 진수는 형님이 대답할 줄 알고 그 편을 바라보았다.

형님은 신문을 뒤지면서 모르는 체하였다.

그제야 진수가 다급하게 대답하였다.

"무슨 준비가 필요해요. 필요없어요."

형님은 다시 온전하게 따스한 표정이었지만 좀 근친다운 우려가 깃들인 투로 말하였다.

"하여튼 조심해라."

"네."

더블벳에 눕힐 법도 한데 더블벳은 비어 있고 조카아이는 바닥에 눕혔다. 라디오에서 가느단 음악이 흘러나왔다. 형수가 그것을 껐다. 형수의 조심스럽게 핥는 듯한 눈길이 잠시 형님의 몸둘레를 감돌았다. 형님은 턱수염을 만지작거리면서 그냥 신문만 들여다보았다. 다시 형수는 진수를 넌너다보며 조심 미안한 표정을 하였다. 형님을 바라보다가 진수에게로 돌리는 그 표정의 변화가 엄청나게 느껴졌다.

"몇 시간이나 걸려요?"

형수가 또 물었다.

"한 두어 시간 걸린다더군요."

"아이, 좀 지루하겠군요."

이렇게 형님을 또 바라보면서 하는 형수의 말은, 지리 여부의 실감보다도 "안 그렇소, 여보?" 하고 형님의 얼굴을 이쪽으로 돌려잡자는 재촉 같았다.

형님은 또 일부러 그러는 것이 완연하게 그냥 신문에만 열중하였다.

마침 조카아이가 깨더니 칭얼거렸다.

형수가 "응, 응, 잘 잤니, 푸욱 잤어. 어이쿠, 기지개를 다 켜구, 어이쿠 됐다아."

'이것 좀 봐요. 여보, 애 기지개 켜는 것 좀 봐요. 좀 보래두.' 이렇게 또 형님을 바라보다가 조금 뾰로통해지는 듯했으나, 진수 편을 흘끗 바라보곤 다시 차악 가라앉아졌다.

젖을 물렸다.

한참 후 형수가 진수를 향해 눈을 꿈쩍꿈쩍하곤 애를 들여다보며,

"종혁아, 아재 어딨니?"

진수는 별 뜻도 없이 히죽이 웃었다.

조카아이는 젖을 문 채 한 팔을 뒤로 돌리며 진수 편을 가리켰다.

"응, 거깄어."

"또 아부진?"

아디 이렇게 물었다.

이번엔 같은 몸짓으로 형님 쪽을 가리켰다.

"응, 아부진 거기 있군."

와락 끌어안는 것이 깨물어 먹고 싶은 몸짓이었다.

비로소 형님이 눈을 들었다. 순간 형수의 얼굴이 반짝했으나, 형수나 조카는 거들떠보지도 않는 것을 알자, 머리를 숙여 조심스럽게 다소곳이 애를 들여다보았다.

"몇 시에 떠나니?"

형님이 진수를 향해 단호한 억양으로 물었다.

"여덟 시에 조선호텔 앞에서 떠나요."

진수가 받았다.

이젠 나가라는 신호인 듯해서 진수는 곧 형님 방을 나왔다. 그리고 생각했다.

자기가 나왔으니까 형님과 형수와 조카의 사이에는 온전하게 그들대로의 분위기로 되돌아갔을 것이다. 형님은 와락 다가앉으며 형수의 엉덩이를 한번 꼬집어 볼 수도 있을 것이다.

"아이, 왜 이래요, 주책없게." 형수는 이렇게 소곤대는 목소리로 눈을 흘길 것이다. '안방에서 들어요, 이러지 말아요 글쎄, 주책없게.' 그러나 형수도 알고 있을 것이다. 그들만의 자리가 됐으니까 이러는 것을. 으레 딴 사람이 있으면 사또님이나 된 것처럼 준엄하게 도사리고 있는 남편을. 자연스럽고도 능청맞게 오므라졌다 펴졌다 하는 남편의 그 융통성에 속으로는 감탄할는지도 모른다. 정작 그들만의 분위기가 되면 형님은 애송이처럼 미련해지고 도리어 형수가 좀 전의 형님 같은 표정이 될지도 모르겠다. 형님이 애걸조가 되고 형수가 비싸게 굴지도 모른다. 여자란 은근히 이런 것을 바라고 있을지도 모른다. 사실 형님에겐 좀 불결한 구석이 있다. 형수와 조카는 끔찍 사랑하고, 어머니나 자기를 두고 집안에서의 제 처신, 마땅히 해야 할 제 도리 같은 것만 우선 생각한다. 그리고 그 처신이나 도리는 적당히 작위적인 진지성을 수반하기가 일쑤이다.

'어머님이 원래 동태 찌개를 좋아하시는데 저녁엔 그것 좀 하자 그랬어. 그리구 어머님이 늙으시구 쓸쓸하시어서 이것저것 잔소리가 심할 테지만 그런 걸 고깝게 여기만 못쓰니까 조심하구. 겸상으로 밥을 먹을 때도 진수는 내 밥그릇과 제 밥그릇을 은근히 살피고 있어. 그런 건 아무리 소탈한 사람이라도 미묘하게 작용하는 법이니까 당신이 자상히 신경을 써야 돼. 진국鎭國이 한테서 어제 기별이 온 모양인데 돈을 좀 부쳐 달라는가 봐. I need money. 마지막에 조심스럽게 이렇게 썼더라잖아. 진수 얘긴 농담 비슷했지만 아무래도 좀 부쳐줘야 할까봐. 지금 얼마 남아 있어? 그쪽 돈은 말구. 종혁이 이름으로 된 통장 있잖아. 거기서 좀 떼 보지 그래.' 설령 그들만이 됐을 때 이렇게 제 아내에게 진지한 설교조로 말을 한다 해도 그러는 표정엔 작위적인 것이 번뜩일 것이다. 비록 형수가 이런 설교를 들으며 덮어놓고 순순히 받아들이는 표정으로 낯을 좀 붉혔다고 하더라도, 그런 건 분명히 그들의 것은 아닐 것이다. 조심만 지나면 그런 건 아무래도 좋다고 까마득히 잊어버릴 것이다. 형님은 더욱 치근치근하게 형수에게로 다가앉을지도 모른다. 이렇게 한 집에서조차 느껴지는 것을 생각하게 하는 것이다. 그러나 좀 전에 형님이 '가는 것도 좋지만 조심해라.' 하던 그 근친다운 우려의 눈길은 진수로서 그렇지 않아도 외포가 곁들인 판문점행을 더욱 꺼림칙하게 한 것만은 틀림이 없었다. 간밤 내내 판문점이라는 곳이 풍겨주는 이역감은 니깃니깃한 기름기로서 소용돌이쳤다. 판문점이 증유 같은 물큰물큰한 액체더미가 되어 이역감은 우르르 자갈소리를 내면서 몰려오기도 하고 뭉틀뭉틀한 바윗덩어리로서 우당탕거리며 달아나기도 했다. 그런가 하면 판문점이 상투를 한 험상궂은 노인이기도 했다. 시뻘건 두루마기를 입고 가로버티고 서서 이놈 소리를 지르기도 했다. 호되게 매를 맞은 일이 있는 초등학교 4학년 때 담임 선생님이기도 했다. 밤새 판문점에서 쫓겨다니는 꿈을 꾸었다.

새벽에 집을 나서는데 어머니가 말했다.

"조심해라, 또 덤벙대지 말구."

"네."

어머니의 그 자애로운 눈길을 쳐다보며 진수는,

'어머니가 역시 제일 좋군. 혼자 늙어지면 참 삭막할 거라.'

하고 조금 쓸쓸한 생각을 했다.

한 시간 남짓 달린 버스 속은 외국인 기자들의 웃음소리와 잡담으로 하는 또 다른 이역의 분위기로 무르익어 있었다. 그것은 집에서처럼 섬세하게 느껴지는 미묘한 이역감이 아니라 뚜렷한 이역감이었다.

서양사람들이란 한 사람 한 사람 대하여 보면 별로 구별이 없을 듯하지만 몇 사람을 한 데 놓고 차근차근 뜯어보면 제각기의 특색을 특색대로 찾아낼 수가 있다. 도리어 자상한 관심을 기울이고 보면 여간 신기한 것이 아니다.

　　대개 머리통이 크고 머리칼은 샛노랗기도 하고 짙은 다갈색이기도 하고, 그런가 하면 신비스럽도록 보얀 은실빛이기도 하고 눈알 빛 또한 가지각색이다. 꼭 장난질로 물감칠을 한 유리알을 박아놓은 듯이 영롱하게 새파란 눈, 보랏빛 눈, 혹은 회색빛이 도는 눈, 게다가 육중한 코, 전체로서 꽤 입체적으로 음영이 짙으면서도 어느 구석인가 잔뜩 입김을 불어넣어서 풍선처럼 허황하게 부풀게 한 것 같은 멀렁한 얼굴, 팔, 다리, 손 등 할것없이 부성부성하게 노르끼한 솜털…… 아무리 보아도 짐승처럼만 보이는 것이다. 그러나 표정 하나하나의 움직임과 노는 짓들은 순진성과 간교성을 범벅으로 지니고 있고, 우리네보다 훨씬 낙천적인 구석이 있어 보인다. 그리고 그 노는 짓들을 가만히 살펴보면 제각기 그 성격의 윤곽들도 지피는 것이다. 맨 앞쪽에 몸을 쉴 사이 없이 움직이며 웃음거리나 없나 해서 잔뜩 기갈이 들린, 좀 주책없이 보이는 사람, 앞 자리가 멀어서 얘기는 못알아듣겠지만 그 과장이 섞인 손놀림과 요란스러운 뒷모습, 얘기를 듣는 사람들의 심드렁한 표정 등으로 미루어 별로 우습지도 않은 얘기를 애써 우습게 얘기하려는 것이 완연하였다. 얘기가 끝나면 이따금 그 주위에서 한가한 웃음이 터지곤 하지만 어쩐지 보기에 딱했다. 정말 우스운 것이라면 이 정도로 떨어진 자리에서도 그 분위기에 저도 모르게 전염되어 웃음이 비어져 나올 것이다. 그러나 이따금 터지는 그쪽의 한가한 웃음은 이 버스간 전체의 메마름을 차라리 의식하게 해주고 그럴수록 진수에겐 생소한 이역감만을 배가시키는 것이다. 더더구나 그 작자 바로 앞에 앉은 사람은 자못 호인풍이어서, 그 작자에게서 좀 놓여나고 싶은 모양이지만, 할수없이 억지로 꾹 참고 견디는 표정이 이쪽에서 보는 사람조차 슬그머니 안타까워졌다. 드디어는 하품이 나오자 힐끗 그 앞 사람 표정을 살피고는 반쯤 입을 벌리는 듯하다가 어물어물 다시 다물어 버린다. 순간 그 작자도 잠시 그쳤다가 염치없이 얘기를 잇는다.

　　진수는 뒤쪽에 앉아 그 모양을 보고 히죽이 웃었다. 그러자 공교롭게도 그자와 눈이 마주쳤다. 그도 좀 창피한 듯 히죽 웃곤 외면을 하고 있었다.

'사람들이란 참 묘해. 이렇게 멀리 앉아 있어도 어떤 순간, 한눈에 완벽한 교류가 가능해지니 말야.'

진수는 이렇게 생각했다.

바로 그때 진수 뒤에서 우렁우렁한 목소리가 울렸다. 물론 영어였다.

"헤이 캐나리, 무얼 그리 또 짖어대구 있어?"

'어이쿠, 시원해라. 나 말구두 또 있었구먼.'

진수는 번쩍 정신이 들 듯이 생각했다.

버스간 속이 술렁대었다.

"뭐라구?"

얘기하던 자가 휘딱 돌아보며 받았다.

"보아하니 그닥 재미가 없는 얘기 같은데 대관절 무슨 얘길 혼자서만 신바람이 나서 그 야단이야? 보고 있자니 딴 사람들이 딱하지 않나. 난 미리 피해서 여기 와 앉았지만."

'어이쿠 시원해라. 익살치군 신랄한 익살인걸. 이런 것이 사람을 죽이지, 죽여. 그자도 기가 꺾일걸.'

순간 온 버스간이 들썩이도록 웃음이 터졌다. 누구나가 그 작자가 빚어내는 버스 안의 탁한 분위기를 똑같이 느끼고 있었던 모양이다.

"오끼나와 얘기야."

그 작자가 받았다.

"오끼나와가 어쨌기?"

뒷사람이 다시 질러댔다.

"오끼나와 풍속 얘기."

이번엔 그 작자 앞의, 좀 전에 하품을 하던 자가 받았다.

"다 아는 얘길 뭘 지껄여."

"오끼나와 여잔 맨발로 다닌대나."

"별 신통한 얘기도 아니군그래."

맨 뒷자리에 앉았던 다른 자가 이렇게 가시돋친 소리로 야박하게 딱 잘라맸다.

순간 버스 안은 다시 조용해졌다. 모두가 어느 바닥으로 풀썩 주저앉은 듯한 표정으로 손목시계들을 보았다. 새삼스럽게 버스 엔진소리가 와랑와랑 부풀어 오르고 누구인가 한국말로 "아직 멀었나?" 하고 지껄였다.

그러자, 진수의 눈엔 건너편의 투박한 남색 코우트 차림인 늙수그레한 여기자 하나가 주위의 이런 동정에는 아랑곳없이 소곤소곤 열심히 재잘거리고 있는 것이 돋보였다. 들은 얘기지만 그 옆의 남자는 남편이라는 것이어서 부부 동반으로 나와 있는 기자들이라는 것이다. 그러고 보니까 역시 얘기 가락이나 표정에 집안 얘기다운 자상하고도 따뜻한 구석이 느껴진다. 남편은 호움스펀 웃저고리에 골덴즈봉의 수수한 차림이고 고불통을 물었지만 아무리 보아도 들이빠는 기척이 없다. 이제나 이제나 하고 안타깝게 바라보는 것이나 전혀 들이빨지를 않는다. 저런 망할 자식이, 드디어 진수는 이렇게 악을 쓰듯이 속으로 뇌까렸다. 아내 쪽은 보지 않고 똑바로 제 앞만 바라보고 있는 것이, 엊저녁의 형님처럼 역시 저대로 남편다운 위엄이 늠름하다. 한참 만에야 드디어 뻑뻑 힘을 주어 고불통을 빨다가 서서히 고불통 끝을 만져보고, 불이 꺼진 것을 알아차리고도 전혀 표정이 없이 호주머니에서 라이터를 꺼내 불을 댕겼다. 잠시 말을 끊고 이러는 남편을 아내가 차근히 지켜본다. 둘 사이의 엄청나게 퇴적되고 때묻은 익숙함이 단려하게 느껴진다. 그러나 그 단려한 냄새도 역시 어딘가 서양풍의 이역 냄새였다. 둘이 다 팔자 좋게 곱게 걸어온 그들 인생의 편린이 번뜩였다. 드디어 남편의 담뱃불이 당겨지고 푸른 연기가 고불통에서 퍼어나자, 아내의 얼굴에도 비로소 안심하는 표정이 떠오른다. 다시 좀 전의 얘기를 계속한다.

하아버어드대학에 있는 큰아이는 위가 약해서 탈이야요. 어제 편지에도 그저 위타령이군요. 참 내 정신 좀 봐, 깜빡 잊었었네. 후리맨에서도 편지가 왔어요. 왜 있잖아요, 좀 덤벙대는 애. 큰애 친구, 농구인가 한다는 애 말예요. 별 소린 없구, 그저 안부편지이긴 하지만 우스운 소리를 썼어요. 요새두 당신하고 꼭 붙어서만 다니느냐구. 늙어서까지 그러면 다른 사람에게 남편이 공처가로 보이는 법이니까 조심하라구. 나 같으면 아마 죽을 지경일 거라구. 우서 죽겠어 …… 그렇게도 무뚝뚝하게만 보이던 남편의 표정에 미소가 어리는 것이 이런 얘기라도 하고 있는 모양이다. 그녀의 얘기는 그냥 계속된다. 작은애의 서독 여행은 괜찮았나 보죠. 이탈리아·스페인·스위스·희랍까지는 돌았다지만 북구라파에 못갔던 것을 후회하더군요. 돈이 모자라서 …… 이렇게 썼어요. 마마, 빠빠, 돈 좀 더 버세요. 다음 방학 때는 기어이 덴마아크·노르웨이·스웨덴의 엽서를 뭉텅이로 마마, 빠빠에게 보낼 수 있도록. 알프스는 확실히 멋있어요. 희랍의 인상도 꽤나 큰 것이었지요. 나는 거기서 비로소 미국이라는 나라를 덩어리만 컸지 뿌리는 약하다고, 객관적으로 느낄 수 있었지요. 그것만도 큰 수확이었지요. 미국은 무엇인지 아세요? 좀 떠 있고 허황하고 알이 찬 맛이 없어요. 역시 몇 천 년의 전통을 지닌 나라는 비록 가난하더라도 때가 육중하고 부피가 있고 이 편을 압도하는 것이 있어요. 글 것은 중요한 것이지요. 우리들의 교양이라는 것은 우선 그런 것에 밑받쳐져 있어야 할 것 같아요. 겉만 핥지 말고 부박하지 말아야지요. 이번에 참 많이 배웠어요. 이렇게 제멋대로 응석은 부려두 큰애보다는 자주성이 있고 단단하고 활달해서 사회에 나가더라도 빨리 익숙해질 것 같긴해요. 아는 것도 빠르구. 어떻게 생각하세요. 당신은? …… 참, 어제 대사 부인을 만났어요. 당신 안부를 묻더군요. 여전히 무뚝뚝하냐구, 무슨 멋으로 붙어다니느냐구. 그래서 여전히 무뚝뚝하다고 대답해 줬지요. 그 부인의 조우크는 좀 고급이야요. 어떻게 생각하세요. 며칠 전에 왜 파이티가 있었잖아요. ICA의 그 누구인가 한 사람이 베푼 …… 그 사람 이름이 뭐랬더라? 그 사람 좀 지저분하답니다. 엉큼한 사람이라고 말들이 많더군요. 자세한 내용은 모르겠지만, 어떻든 말이 많아요. 당신도 조심하세요. 올가미에 걸려들지 말구 …… 그녀의 얘기는 그냥 계속되는데 이런 이야기라도 하고 있는 모양이었다.

진수는 입에 단침이 괴어와, 창문을 조심 열면서 뒤에 앉은 그 외국인 기자에게 열어도 괜찮겠느냐는 눈짓을 보냈다. 그는 어느새 졸고 있었다. 화다닥 몸을 일으키더니 덮어놓고 오라잇 오라잇 털이 부숭부숭한 손까지 흔들어 보이면서 좋다는 것이었다.

진수는 조심스럽게 괸 침을 뱉어냈다.

순간 버스는 임진강을 넘어서고 있었다. 와당탕 다리를 건너는데, 처참하게 비틀어진 쇠기둥이 강으로 곤두박질을 하고 있고, 꺾이어진 철판이 삐뚜름히 걸려 있기도 하여, 판문점행이라는 처절하고도 뚜렷한 의식과 결부가 되어서 웬 노여움 같은 것이 치밀어올랐다.

버스 안에서는 그렇게도 돋보이던 외국인들이었지만 정작 판문점에 이르자, 그 냄새와 단려한 기운이 푸석푸석 무너져 보였다. 생소한 듯이 어리둥절해서 판문점 둘레를 돌기만 했다. 이것저것 덮어놓고 카메라의 셔터를 누르기도 했다.

버스 안에서 주책없이 지껄어대던 그 작자가 북쪽 경비원에게 카메라를 들이댔다. 순간 저쪽에서 와락 눈을 부릅뜨면서 돌아서니까 싱긋이 웃곤 그도 그냥 돌아섰다. 제 동료한테로 가서 턱으로 그 경비원을 가리키며 속삭이듯이 말했다.

"저 사람 화났어."

"누구?"

옆 사람이 이렇게 물었다.

"저 쬐끄만 경비원 말이야."

그들은 잠시 한가하게 웃었다.

남편과 쉴 사이 없이 재잘거리던 그 늙은 여기자가 진수에게로 다가오더니 차이니즈는 어느 편에 앉았느냐고 물었다. 아마 저쪽에 바로 앉은 세 사람일 것이라고 하니까 어리둥절하게 그 편을 흘긋거리곤 댕큐우 댕큐우 댕큐우 하고 호들갑스럽게 지껄였다.

어느새 부쪽 기자들이 나와 있었다.

이 편 사람들이거니만 여겼는데 어딘가에 다른 구석이 있어 찬찬히 살펴보니, 나팔바지에 붉은 완장을 찼다. 피식피식들 웃으면서 우르르 어울려 들었다. 서로 낯이 익어진 사람들끼리 인사를 하는가 보았다.

"오래간만입니다."

북쪽서 나온 땅딸막한 사람 하나가 이편 사람에게 이렇게 말했다.

"오우, 나왔어?"

인사를 받은 이편 사람이 더 익숙한 투를 내며 받았다.

허풍이 섞인 자존심과 호기심과 피차 상대편에 대한 은근한 경멸기가 범벅이 된, 언뜻 보기에 좀 냉연한 인사였다.

"담배 피우기요?"

저편에서 나온 사람이 이렇게 담배를 권하자,

"또 공세로군."

하고 이편 사람이 받았다. 그러면서도 권하는 대로 담배 한 대를 뽑았다.

"당신들은 그 무슨 소리요? 공세 공세 하는데 대체 알아듣지 못할 소릴 헌단 말야."

저편 사람이 또 이렇게 말했다.

"이러지 말어. 괜히 능청떨구. 솔직히 탁 터놓구 말해."

이편 사람이 받았다.

"그 좋은 소리군, 그래 솔직히 터놓구 말해."

저편 사람이 또 이렇게 말했다.

진수는 혼자 히죽이 웃었다.

'재미있군.'

옆에서 그 모습을 멍청히 건너다보곤 있던 외인 여기자가 귓속말로 물었다.

"저 사람 지금 뭐라고 말해요."

"미국 사람들은 다 나가라고 그러는군요."

진수는 슬쩍 이렇게 대답했다.

"오우, 그래요? 무서워라."

그녀는 놀라운 듯이 중얼거렸다. 잠시 동안 더 그들을 건너다보다가 뒤어깨가 조금 밑으로 처져서 전편 남편 있는 쪽으로 걸어갔다. 남편에게 가서 그들 편을 가리키며 무엇이라고 중얼대니까, 남편은 여전히 표정이 없이 그 편을 흘끗 한번 쳐다볼 뿐 그냥 외면을 하였다.

"누님 나오겠소? 우리 누님 나오겠군. 오랜만이외다. 어떻게, 장산 잘 되우?"

씽씽 바람이 이는 듯이 휘익 들어선, 건장하게 생기고 굵은 검은 테 안경을 쓴 사람이 북쪽에서 나온 서른 남짓 되어 보이는 좀 덕성스럽고 평퍼짐하게 생긴 여기자에게 이렇게 기차바퀴 지나가는 듯한 소리로 말했다.

치마 저고리를 입고 있어서 이편 여자인 줄 알고 있었는데 자세히 보니 붉은 완장을 차고 있었다. 그녀는 두 눈이 완전히 감겨지게 웃으면서 반색을 했다.

"어이구, 여전하시구료. 노동자 농민들 피땀을 빨아서 피둥피둥해지셨군, 더 뻔뻔해지구."

그녀는 이렇게 말하면서도 악수를 청했다.

"허, 이거 왜 이래. 이렇게 만나자마자 또 공세문 곤란한데. 장산 좀 됐다 하구 우선 인사나 하구 봅시다레."

손을 잡으면서 안경잡이가 말했다.

"공센 무슨 공세라구 그래. 공세 혼살이 났는지 원, 지레 벌벌 떨기부터 하니……"

주위의 사람들은 히죽이죽 웃었다. 외국 기자들도 그 오고가는 표정만으로도 짐작이 가는 듯 피식피식 웃었다.

"우리 매부께서도 안녕하시구, 조카아이들도 잘 있구. 참, 시아버지 모시기 고생되지 않소? 무척 고생이 될 텐데. 난 누님 고생을 생각하문 밤잠도 못자지 않수."

"허, 이거 왜 이래. 이렇게 만나자마자 또 공세문 곤란한데. 장산 좀 됐다 하구 우선 인사나 하구 봅시다레."

손을 잡으면서 안경잡이가 말했다.

"공센 무슨 공세라구 그래. 공세 혼살이 났는지 원, 지레 벌벌 떨기부터 하니……."

주위의 사람들은 히죽히죽 웃었다. 외국 기자들도 그 오고가는 표정만으로도 짐작이 가는 듯 피식피식 웃었다.

"우리 매부께서도 안녕하시구, 조카아이들도 잘 있구. 참, 시아버지 모시기 고생되지 않소? 무척 고생이 될 텐데. 난 누님 고생을 생각하문 밤잠도 못자지 않수."

또 그 안경잡이가 이렇게 말했다.

그녀는 손으로 입을 가리고 나오는 웃음을 겨우 참아냈다.

"당신은 왜 그렇게 허풍이 심하오? 배운 건 허풍만 배웠소?"

조금 전의 그 땅딸막한 사람이 그 사이로 끼어들었다.

"그래, 난 허풍만 배웠다. 당신은 실속만 차려서 그렇게 쬐끄매졌군. 딱하다 딱해. 이런 젠장, 누님하구 마음대로 인사도 못하겠군."

이편에서 간 사람들이 와르르 웃음을 터뜨리자 그 땅딸막한 사람도 조금 쓰디쓰게 웃으면서 말했다.

"영 안통하는군. 아주 썩어 문드러졌군. 정말 딱하오."

"정말 딱하우. 이런 것이 왈 유우머라는 거야, 유우머라는 말 배워줘? 모르지? 거기선 모를 거야. 설명을 해 줘?"

마침 안에서 회담이 시작되자 잠시 조용했다.

진수는 창턱에 두 팔을 걸치고 안을 들여다보았다.

"초면이신 것 같은데 처음 나오셨지요? 안녕하세요?"

등 뒤에 상냥스러운 목소리가 들려, 고개를 돌리니 빵긋 웃는 낯빛이다. 눈알이 투명하게 샛노랗고 얼굴이 납작하고 기미가 끼고 전체가 움푹 파인 듯이 탄탄하게 생겨 있었다. 남색 원피스에 붉은 완장을 찼다. 예사 처녀가 예사 총각에게 흔히 지을 수 있는 그런 수줍음이 어린 웃음을 띠었다.

'야, 요것 봐라.'

진수는 이렇게 생각하면서도,

"네, 안녕하세요."

이렇게 받았다.

그러자 엊저녁부터 예상했던 것이지만 이역의 냄새가 왈칵 안겨 왔다. 아리랑 담배를 피워물면서 비스듬히 그녀 편으로 돌아섰다.

"저, 서울에서 간밤에 비 많이 왔지요?"

그녀가 또 이렇게 물었다.

'어럽쇼, 금니까지 하구.'

진수는 이렇게 생각했다.

"네?"

다시 그녀가 재우쳐 물었다.

"네."

"저, 어디 기자세요?"

"광명 통신이요."

"네에, 그래요?"

진수는 가슴이 조금 후들거렸다.

마침 저편에서 좀 전의 그 안경잡이가 다시 큰소리로 지껄여댔다.

"이를테면 유우머라는 것은 말이야. 당신들에게서는 백 번 죽었다가 깨도 알 수 없는 것, 사람이 제대로 사람 구실을 하기 시작해서 얼마쯤 더 있다가야 서서히 알아지는 거란 말야, 알아? 알아듣겠어? 이렇게만 말해선 거기 잘 모를 거야."

"여보, 지껄여도 침이나 튀지 않게 좀 지껄여."

"이런 젠장, 월사금을 받아두 시원치 않겠는데 간섭이 왜 이리 심해. 이건 중요하니까 배워둬요. 손해는 절대로 없을 테니까."

진수는 그 소리를 들으면서 발작적으로 웬 폭소가 터져나와 손으로 입을 가리며 키들키들 웃었다. 자기도 무언가 덮어놓고 수월해지는 느낌이었다.

"참, 저런 사람들을 어떻게 생각하세요?"

그녀가 미간을 좀 찡그리면서 이렇게 물었다.

'요런 건방지게.'

진수가 생각했다.

"네? 어떻게 생각하세요?"

"글쎄, 사람 재미있지 않소."

진수는 그녀를 건너다보며 또 웃음이 터져나오려는 것을 겨우 참았다. 그려도 조금 웃는 듯 하더니 일순 싸악 웃음이 벗겨지며 말했다.

"무엇이 덕지덕지 끼어 묻었어요. 그게 뭐냐 하면 실속없이 곡예사 같은 몸짓만. 저런 걸 재미있다고 생각하는 건 이를테면 타락의 징조야요. 이럭저럭 와랑와랑한 소음으로 속임수를 쓰는 거, 솔직하지가 못해요. 어떻게 생각하세요?"

'제법 지껄이는데.'

진수는 이렇게 생각했으나 다음 순간 그녀의 얘기를 받았다.

"그렇지만 말요, 곡예사 같은 몸짓, 타락의 징조 운운 하는데, 그것이 벌써 당신 머릿속의 어느 한정을 뜻하는 거죠. 알겠소? 무슨 소리인지. 당신들은 어떤 개개의 양상을 객관적인 큰 기준과의 관련 속에서만 포착하지만 우리네에선 그렇지가 않아요. 저런 것이 비록 당신 말대로 속임수라고 쳐도 속임수치고는 순진한 것이라 그런 말이지요. 타락의 징조라는 것도 명확한 개념으로 간단히 처리된 성질은 아니지요. 어떤 분위기가 완숙의 영역에 이르러서 익어 터질 때 이를테면 타락의 징조라는 게 나타나는데요. 전체적으로 포착하면 피상적으로 명료하지만, 그것만 고집하는 건 무리지요. 그런 방법은 유형을 가르기만 하는 데는 필요해도 어떤 경우의 섬세한 진실은 포착 못해요. 감은 더운 물에 넣어야 떫은 맛이 없어지지 않아요. 너무 오래 데우면 껍질이 벗겨지고 물큰물큰해지지요. 요컨대 타락의 징조라는 것도 개인의 경우에선 적당히 감미롭고 졸음이 오듯이 고소하고 팔다리를 주욱 펴고 있는 것같이 그래요."

"그건 비겁한 짓이야요. 그런 썩은 개인의 경우를 문제삼을 수는 없어요. 감은 익어서 먹으면 될 뿐이야. 익는 과정을 운운하는 건 쓸데없는 사변이지요. 어떤 큰 가능성에 대한 지향이 있어야 해요. 자기가 살고 있는 사회를 종합적으로 포착하는 건 중요한 일이야요. 그렇지 않으면 그 찌뿌드드하게 졸음이 오는 감미에서 헤어나지 못해요. 사변에 매달리고 섬세한 경우에 매달리고 그러면 아무것도 못해요. 큰 결론만이 필요하지요. 이것이 바로 현실이야요. 어떻게 생각하세요. 그렇게 생각 않으세요? 참 저 서울은 어때요?"

진수는 그녀의 현실적 운운 하는 말을 받으려다가 불쑥 튀어나오는 딴소리에 멈칫했다. 그러자 그녀는 웃으면서 말했다.

"그 문젠 알았어요. 그 문제에 대한 결론은 제가끔 얻으면 되잖아요? 제가 옳아요. 얘기도 효율적으로 속도 있게 합시다. 서울은 어때요?"

"……."

"네? 어때요?"

"평양은 어때요?"

"근사해요. 아주 굉장해요."

"서울두 근사하죠, 아주 굉장하구."

그녀가 피 하고 웃자, 진수도 피 하고 웃었다. 다음 순간 둘이 다 키들키들거렸다.

"가족이 전부 서울에 계시겠군요?"

그녀가 물었다.

"네."

진수가 대답했다.

"결혼은 하셨어요? 실례지만."

그녀가 얼굴을 붉히면서 또 이렇게 물었다.

"아뇨."

진수가 웃으면서 이렇게 대답하였다.

문득 엊저녁 형님 방으로 들어섰을 때 웃저고리를 갈아입던 형수에게서 이상한 냄새가 나던 일이 떠올랐다. 그는 조금 씁쓸한 표정이 되었다.

"참, 저 남북 교류를 어떻게 생각하세요?"

그녀가 또 이렇게 물었다.

"네? 교류요? 글쎄…… 결국 이렇죠. 지금 당신하구 나하구 교류가 가능해지지 않았습니까. 참 간단하게……. 그러나 이런 걸 고집해서 모든 것이 다 이런 투로 될 수 있다고 생각하는 건 지금 우리가 처해 있는 피차의 처지로서는 너무 소박하구 낙천적인 생각 같군요. 우리의 경우라는 것은 원체 착잡해요. 6·25 이후의 그 끔찍끔찍한…… 이 리얼리티를 리얼리티대로 포착하는 것이, 참 리얼리티라는 말은 모르겠군."

진수는 얘기가 신명이 나지 않는 듯 뜨적뜨적 이렇게 말하곤 씽긋 웃었다.

"사실주의의 그, 그것 말이지요?"

"네, 네, 그런 거요. 그런 거요. 그런 것과 관련이 있는 문제거든요. 민족의 양식良識이라는 것도 현실적인 조건 앞에서는 당장 먹혀들 여지가 없어요. 현실은 어떻게 해볼 도리가 없게 되어 있지 않아요?"

그러자 그녀가 달래듯이 말했다.

"그렇지가 않아요. 조금도 복잡하지도 착잡하지도 않아요. 지극히 간단하지 않아요. 당신도 자기 운명을 자기가 쥐고 있다고 생각하시지요. 그렇지 않으세요? 그렇지요? 그러니까 간단하지요. 패배 의식과 우유부단은 못써요. 문제는 간단한 걸 괜히 복잡하게 생각하려고 해요. 교류를 하면 교류가 되는 거야요."

"그러나 피차 타산이 있지요. 그런 본질론이 통하지 않아요. 그렇게 간단히 생각하는 건 당신들의 상투적인 경우이고, 이편 경우는 또 이편 경우거든요. 이편 경우의 내력이 또 있어요, 철저한 현실주의가 작용하는 거지요. 사실상 막 하는 말로 먹느냐 먹히느냐 하는 측면이지요, 우리 조금 더 얘기가 솔직해야 하겠군요."

그러자 그녀는 두 눈은 깜짝깜짝했다.

"요컨대 피할 까닭은 없어요. 어떻게 생각하세요. 정치의 표준이라는 걸 어디다가 두고 계시나요. 어느 특정 개인의, 혹은 집단의, 감정적인 장애라든가 타성에서 오는 고집이라든가, 우선 그런 건 제거되어야 하지 않아요. 선택할 권리는 묻혀서 사는 일반에게 있어요. 그 사람들에게 선택할 기회와 자유를 주어야 해요."

그녀는 얼굴이 붉어지면서 좀 강력한 어조로 이렇게 말했다. 진수가 응했다.

"그렇지요. 선택할 자유를 주어야지요. 아무렴요. 당신들은 줍니까. 당신들 세계에서 자유라는 건 어떤 모습을 지니는가요. 자유조차 혹시 강제당하는 건 아닌지요. 설령 그것이 당신들이 얘기하는 진보적 민주주의가 표방하는 선택된 몇 사람의 일정한 양식으로서의 옳은 강제라고 가정하더라도 말이지요. 어때요, 거기서 견딜 만해요? 솔직히 말하세요."

진수는 조금 신랄한 데를 찌른 듯하여 비죽이 웃었다.

그러자 그녀는 발끈했다.

"신념이 문제지요. 자유는 허풍선과 같은 허황한 것일 수가 없어요. 자유의 진가는 일정한 도덕 의식과 결부가 되어서 비로소 발휘되는 거지요. 자유 이전에 정의가 있어요. 그렇지 않으면 자유는 이용만 당해요. 빛 좋은 개살구지요. 우리의 모랄의 기분이 뭣인지 아세요? 우리 전체가 나갈 바 방향이야요. 개인은 거기 한데 엉켜 있어요. 그 속에서 자유야요. 결국 이념이 문제겠군요. 당신의 생각은 나태 그것이야요. 타락되고 싶다는 말밖에, 놀고 싶다는 말밖에 아니야요. 자유에 대한 옳은 인식도 없고, 일정한 이념도 없고, 있는 것은 그날그날의 자기와 희부연 자기밖에 없어요. 비트적거리고 주저앉고 싶은 자기…….

"그럼 자기를 팽개치고 무엇이 남아요. 놀고 싶고 적당히 나쁜짓 하고 싶은 자유란 최고급이지요. 사람은 원래 그렇게 생겨먹었어요. 그것을 크낙한 관용으로써 받아들일 수 있는 사회가 있어요. 부패와 융통이 있는, 그런 것이 적당히 용서가 되면서도 전체로 균형이 잡혀 있는. 참, 어느 것이 허풍선이냐 따질까요. 자기조차 팽개쳐 버린 이념덩이가 허풍선이냐, 그렇지 않으면 적당히 자기를……."

"천만에, 자기가 없이 어떻게 이념이 있을 수 있어요. 자기를 왜 팽겨쳐요. 완벽하게 명료한 자기는 이념에 밑받침되어 있어야 해요. 그렇지 않고는 흐늘흐늘하고 비트적이는 자기의 검불만 남아요. 당신의 자유에 대한 견해는 썩어빠진 거야요. 한마디로는 썩어빠진 거야요. 쉰 냄새가 나요. 곰팡이 냄새가…… 어마아, 그런 논리가 어디 있어요."

"있지요…… 있구 말구. 사람이 지니고 있는 내면의 부피와 깊이는 한이 없어요. 당신들은 사람도 어떤 효율의 데이터로 간주하고 있어요. 당신들 사회에서 모랄의 질이 대개 짐작이 되는데, 일면적인 거지요."

"아니야요. 다만 지금 우리들의 현실이 다급해 있다뿐이지요. 원인은 그것이야요."

"참 도스토예프스키나 셰익스피어를 아시오? 어떻게 생각하시오?"

"알아요, 도스토예프스키는 약간 자신을 희화화戲畵化하여 놓고 필요 이상으로 비장한 몸짓을 하는 도시 소시민의 사변 철학이고, 셰익스피어는…… 시민 사회가 싹트기 시작하는 사회의 여러 모를 부피있게 부각시켰어요."

"무서운 추상이로군."

"아니야요. 본질이 그래요. 세부에 구애되지 말고 큰 윤곽으로 포착해야 해요."

마침 좀 전의 외국인 여기자가 옆으로 지나가고 있었다.

"오우, 원더풀." 히죽 웃으면서 이런 표정을 했다. 그리하여 잠시 얘기가 끊겼다. 좀 뜸하다 했더니, 좀 전에 요란스럽게 지껄이던 안경잡이와 그 '누님'께선 같이 사진을 찍고 있었다고 둘 다 그냥 키들키들 웃고 있었다. 회담 장소 건너편 쪽 처마밑에서는 양쪽 사람들 대여섯 명이 우루루 붙어서 실랑이질을 하고 있었다.

들여다보이는 회담은 바야흐로 서릿바람의 도가니였다. 납치한 어부들을 당장 송환하라는 것이었다. 기본 내용을 알아서 그런지 자상한 내용은 들리지 않고 그저 스피이커 소리가 귀에 윙윙하기만 했다. 저편은 울부짖고 이편은 전혀 무관심의 표정이고, 이편이 울부짖으면 저편엔 섬세한 야유조가 지나가고, 드디어 저편에서 책상을 두드리고, 순간 맞은편 에 앉은 이편 사람은 시끄럽구먼 왜 이리 야단이여, 이쯤 조금 어리둥절한 표정을 하고, 비로소 스프링이 달린 쇠붙이 의자를 한번 들썩이고 헛기침을 하고, 똑똑히 들으란 말이여, 별로 쓸모는 없는 소리지만 이렇게 미리 다지기나 하듯이 상대편을 일순간 맞바로 쏘아보고, 내리읽고…… 이번엔 스피이커에서 영어가 울리고 서릿바람이 일고…… 이런 것의 연속이다.

"인도적인 원칙으로서도 돌려보내 줘야지."

잠시 말없이 안을 들여다보던 그녀가 진수 들으라는 듯이 혼잣소리처럼 말했다.

"아가씨, 몇 살이오."

진수가 좀 전의 억양과는 달리 단호하게 이렇게 물었다. 여자가 너무 까불면 못써, 제법 이런 눈짓으로 숙성한 남자의 그 위엄을 부리면서.

"스물 넷요."

그녀는 흠칫 놀라면서 진수를 바라보곤 조금 당황해지더니 겁에 질리듯이 이렇게 대답했다.

'다섯 살 차이라…….'

진수는 익살을 부리듯 이렇게 생각하며,

"조금 수월해집시다. 피곤해질 소리만 하지 말구. 언어는 언어 이상을 뛰어넘을 수 없거든. 우리들의 현실이 바로 그거란 말요. 비겁한 도피 의식이라고 해도 할 수는 없지만. 어떻든 피차 타산이 앞선 거래가 아니오. 좋은 소리 해보아야 믿을 사람도 없구. 이쯤 되지 않았소. 비극이랄밖에요."

하자,

그녀는 잠시 어리둥절한 표정이다가 다시 이 말을 받으려고 했다. 그러나 진수는 그녀를 막았다.

"이를테면 말요, 내가 남편이고 당신이 아내라고 칩시다. 그럴 듯한 놀음이 제법 될 것 같지 않소? 이편에서 위엄을 부리는 것과 그편에서 아양을 떠는 것이 제법 썩 들어맞을 것도 같은데. 이편에서 눈을 부라리면 제법 수그러질 줄도 알긴 알 것 같고, 이편에서 술이나 마시고 조금 흐트러진 표정으로 우자우자하면 그쪽에서는 제법 기승을 세울 줄도 알긴 알 것 같고. 이편에서 노래를 부르면 시늉으로라도 반주쯤도 하고, 양말짝이나 기저귀 빠는 것도 못할 일 아니겠고, 애에게 젖 물리는 것도 제격이겠고, 어떻소? 헌데 스물넷이면 노처녀군."

대뜸 물 쏟아 버리듯이 진수가 말하자, 어머나아, 하듯 그녀는 표정이 없이 멀거니 진수를 바라보았다. 다음 순간 손으로 입을 가리고 키들키들 웃었다.

"천만의 말씀요. 스물 넷이 뭣이 노처녀예요."

조금 익살을 섞으며 그녀도 이렇게 받았다. '어럽쇼' 진수는 또 이렇게 생각하며,

"여자 스물넷이면 노처녀야. 알아 둬. 거기서는 습성이 그런가. 습성치곤 못됐군. 스물 넷에 시집도 못가면 쓰레기 취급을 당하는 거야. 알아둬."

하자, 그녀는 정신을 차리려는 듯이 조금 새침해졌다. 순간 주위를 휘딱 살폈다. 누가 들으면 이건 좀 창피하군, 조금 난처해하는 표정이 되었다. 그러나 다시 받았다.

"말씀씨가 역시 망종냄새가 나요. 거기선 남자 구실을 하려면 그래야 되나요?

"망종이라니, 무슨 소리야? 못알아들을 소린데."

"망할 종자, 이를테면 망나니, 어깨, 깡패……."

"그럼 꽁생원만 사낸가, 거기선?"

"천만에."

"그럼 됐어."

'그럼 정말 됐어.'

진수는 이렇게 속으로 뇌까리면서 되씹는다.

'그럼 됐어. 힘들 것 없어.'

어느새 먹구름이 잔뜩 끼어 있었다. 어두워졌다. 내다보이는 좁은 들판으로 소나기가 몰아오고 있었다. 먼지 없는 바람이 일었다. 먹구름 틈 사이로 삐져서 내리붓는 흰 햇

살이 빛기둥이 되어 동편 산 틈바구니로 곤두서 있었다. 그곳만 무지개빛으로 환했다. 그 아롱아롱한 광선이 간접으로 엇비치어 판문점 둘레는 새벽녘 같은 빛이 되었다. 그것이 이상하게 신선하면서도 이역의 분위기를 돋우렀다. 사람들은 어느 틈 사이로 빛줄이 새어 들어오는 어두운 움 속에나 들어 있는 것 같은 무르익음에 잠겨 있었다. 웅성웅성거리며 제각기 무엇인가에 취해 있었다. 환한 날빛 밑에서는 웅성대는 소리가 밝은 기운을 띠었으나 하늘이 꽉 막히자 그 소리들은 한데 엉겨 안으로만 덩어리가 되어 달려들었다. 드디어는 그것이 흥건하게 익어 독을 뿜었다.

"비가 오려나 보다, 비가"

누구인가 이렇게 혼잣소리로 지껄였다. 북쪽사람인지 남쪽사람인지 알 수가 없었다. 그러나 사람은 그런 소리쯤 그냥 흘려 들어 버리고 말았다.

"오우, 원더풀."

어느 구석에서 이런 소리가 또 들렸다.

동편 쪽에 세로 섰던 빛기둥도 어느 새 사라지고 더욱 어두워졌다. 비로소 사람들은 머리를 들고 조용해졌다. 하늘을 올려다보고 혹은 들판을 내다보았다. 그리고 정신을 차리려는 듯이 수선대었다.

비가 쏟아지기 시작했다.

생철지붕이 와당와당 와라랑 하자 울부짖던 스피이커소리가 아득해졌다. 땅 위엔 보얀 빗물 안개가 서리고 하늘과 땅이 그대로 굵은 물줄기로 이어졌다. 순간 회담 장소 안에 앉은 사람들도 일제히 밖을 내다보며 눈이 휘둥그래졌다. 굉장한 소나기군, 모두 이렇게들 생각하는가 보았다. 그 놀랍도록 일률적인 표정이 기묘한 역설을 의식하게 했다. 늘어선 경비병들이 처마밑이나 조금이라도 비를 피할 수 있는 곳으로 피해 서고, 둘레에 서 있던 사람들도 하나 둘 급기야 이리러지 엇갈리며 괴이한 소리를 내지르면서 막사로 뛰기 시작하였다. 그 필사적인 분위기가 전염이 되어 모두가 와르르 헤쳐졌다. 순간 진수는 덥썩 그녀의 손을 잡았다. 그녀도 화다닥 놀란 김이라 손을 잡힌 채 같이 뛰었다. 앞에 지이프차가 가로 서 있었다. 진수는 그 문을 열고 그녀를 올려 앉혔다. 그녀는 같이 뛰는 사람이 누구인지도 딱히 모르고 덮어놓은 올라탔다. 진수도 곧 지이프차에 올라타자 문을 닫고 문고리를 채웠다. 어마아, 비로소 그녀는 이런 표정이 되더니, 문을 열고 와락 나가려고 하였다. 그녀의 손을 다시 잡았다. 그녀는 얼굴이 무섭게 찌그러지며 사무친 애걸조로 바라보았다.

"안심해, 그 편 차니까."

진수가 말했다.

그녀는 무슨 암시나 받은 것처럼 활짝 피어나듯 웃었다. 그러나 사실은 거짓말이다. 아직 어느 쪽 차인지 알지 못했다.

"이봐."

진수가 불렀다.

"……."

그녀는 조마조마해 하였다. 쌔근쌔근 숨을 몰아쉬며 말했다.

"이북 가시죠? 네? 이북 가시죠?"

"이봐, 금니 어디서 했어?"

"네? ……."

순간 그녀는 완연하게 수줍어지면서 한 손으로 입을 가렸다.

"금니 어디서 했어?"

눈을 부릅뜨며 진수가 다시 물었다.

"평양에서요."

"입 벌려 봐."

"싫어요."

"가족이 몇이야?"

"일곱요."

"누가 벌어 먹여?"

그녀는 조금 킬킬거리듯이 웃었다.

"그렇게 물으문 곤란해요. 우리게선 먹구 자시구가 없어요."

"참 그렇겠군."

그녀가 비에 젖은 머리를 쥐어짰다. 신 살구알 냄새가 났다.

"살구알 냄새가 난다."

"네?"

그녀가 짜던 손을 잠시 멈추었다.

"살구알 냄새가 나, 네 머리에서."

그녀가 또 웃었다. 다음 순간 화다닥 놀란 듯이 긴장을 했다.

"이북 가시죠? 네?"

거친 숨소리로 또 물었다.

"데리구 가 봐."

그녀가 조심스럽게 바깥을 살폈다.

그러나 여전히 줄기차게 퍼붓는 빗속에 밖은 칠흑의 어둠 같은 무색의 공간으로 차 있을 뿐이었다.

"데리고 가 봐."

진수가 또 말했다.

"답답하군요, 답답해요. 어떡해야 좋을지 모르게군요. 이런 경우엔 순서가 …… 아이, 빈 왜 이리 쏟아질까요. 이런 경우 어차피 여자는 약해요. 용기를 내세요, 네, 용기를 내요."

진수는 비죽이 웃었다.

"이봐."

"……."

"이봐."

"아이, 이러지 말아요. 이러문 못써요."

"남자 여자가 이렇게 아무도 없이 단둘이 마주앉아 있으면 어떤지 알지? 그런 그리움을 그리워해 보았나?"

"아이, 이러문 못써요."

그녀는 와들와들 떨었다.

떨리는 두 손을 들어 얼굴을 가렸다.

손가락 사이로 겁에 질린 두 눈이 뚫려 있었다.

"이것 보세요."

그녀가 마지막 저력을 터뜨리듯이 불렀다.

"왜."

"전 지금 할 일이 있어요. 해야 할 일이 있어요. 도와주세요, 네? 이건 분명히 우리 차지요? 그렇죠? 작정하세요. 어떻게 하실래요? 난 설득을 해야 해요. 당신에게 설득을 시켜야 해요. 어떻게 하실래요?"

"정말 딱하다, 딱해. 넌 그렇게 생각하지 않나?"

진수가 말했다.

"글세, 그런 건 차후에 따지기루 해요. 우선 결정하신 다음에 따지기루 해요."

그녀가 말했다.

"지금 넌 놓여난 기분을 느끼지 않나. 너나 나나 마찬가지야. 놓여난 기분을 느끼지 않나. 놓여난 기분을 느껴야 해."

진수가 말했다.

"그런 얘기를 할 때가 아니야요, 지금은."

"이런 것이 우리 경우에서의 자유라는 거다, 겨우 이런 것이. 무엇인가, 고삐를 풀어 팽개친 연후에 겨우 남는 것이 이런 거야. 그렇게 느끼지 않나. 이런 말은 여전히 절어든 타락의 결과라고만 생각하나?"

"이건 썩은 냄새야요. 분명히 썩은 냄새야요. 이런 건 끝까지 경계해야 해요. 전 그래야 해요."

그녀는 물에서 나온 물고기처럼 발작이나 하듯이 울기 시작했다.

형님 방으로 들어섰다. 형님은 더블벳에 벌렁 누웠다가 서서히 일어났다. 형광등 불빛이 환하다.

형수는 잠든 조카를 안은 채 필요 이상으로 표정을 과장하면서 웃었다. 또 불결한 냄새가 났다.

"어때? 재미있었어?"

형님이 물었다.

"끔찍스럽지 않았어요? 하긴 마찬가지 사람이긴 하겠지만."

형수가 이렇게 말했다. 진수는 그저 조금 웃었다.

"괜찮더군요. 구경할 만하더군요."

별로 할 말도 없어서 이렇게 말했다.

"사람은 어떻든?"

형님이 물었다.

"뭐 그저……."

역시 대답하기가 힘들어 이렇게만 말했다.

형님은 조금 뜻 알 수 없는 웃음을 입가에 흘리었다. 하긴 아랫사람 앞에서 저런 종류의 조금 얕보는 듯한 웃음을 웃는 것은 권위의 담을 쌓는 데 도움이 되기는 할 거라, 진수는 이렇게 생각했다.

"와이샤쓰 대려 왔나?"

형님이 형수에게 물었다.

"네, 10분이나 기다렸대나봐요. 세탁소가 어찌나 붐비는지 …… 기집애^{모 아이를 가리키는 말이었다} 안됐으면 왔다가 좀 있다가 갈 것이지 잔뜩 늘어붙어 앉아서 …… 덕분에 찾아오긴 했지만……."

하고 형수는 진수를 건너다보면서 무엇이 그렇게 우스운지 이죽이죽대었다.

"낼 전무가 미국 간다니 말야, 비행장까지 나가 봐 줘야지. 당신은 어떡헐라우. 나가 보는 것이 좋겠는데, 인사가 그렇지 않거든."

형님이 또 말하였다. 형수는 좋은 모양이었다. 얼굴빛이 대뜸 상기되면서 치맛바람을 일이키는 표정이 되었다.

"얼마 동안이나 가 있수? 그 언니^{전무의 아내를 가리키는 말이렷다} 또 속깨나 타겠군. 혼자선 못 견뎌하는걸. 그 언니 참 요새 다이아반지를 스리맞았답니다. 원 반지두 스리를 당하나. 그 언니 정신이 원래 산만해서. 헌데 참 몇 시에 떠나우? 언니두 며칠 못만났는데 마침 잘 됐수."

그러나 형님은 위엄이 늠름하게 딴청을 피우며 가볍게 하품을 하였다.

"종혁이는 자나."

빤히 눈앞에 자고 있는 것을 알면서도 이렇게 물었다. 형수는 무엇이 그렇게도 즐겁고 흐뭇한지 싱글벌글했다.

"네, 벌써 두어 시간 됐는데 그냥 자는군요. 아까 낮에 기집애가 업구 나가더니 서너 시간 밖에서 잘 놀았어요. 노곤해졌나부지."

더 얘기를 하고 싶은 눈치였으나 여기서 어물어물 끊었다.

"날씨가 이젠 차지는데 조심해요. 감기나 들지 않게."

"네."

형수는 송구스러운 듯이 공손하게 대답하였다.

다시 형님이 진수 쪽으로 돌아앉았다.

"그래, 재미있었어?"

또 이렇게 물었다. 은근하고도 동정이 그득한 표정으로.

'굉장히 두텁군, 낯가죽이.'

진수는 이렇게 생각하며,

"네, 그저 뭐."

하고 어물어물 받았다.

일순 형수도 맏며느리다운 웃음을 띠며 은근하게 진수를 바라보았다.

"무슨 재미가 있었을라구. 무섭지 않습디까. 우린 생각만 해두 을씨년스럽기만 허지 원."

"……."

진수는 할 말이 없어 대꾸를 않는데, 형수가 갑자기 문을 열며,

"얘얘, 순아."

은근하고도 자중한 목소리로 부엌 쪽을 향해 불렀다. 대답하는 기척이 없었으나 형수는 그냥 은근하게 말했다.

"상 채려 들여라아. 찌개 남비는 대강 끓으면 내놓구, 할머니 상부터 어서 채려라."

부엌에서는 여전히 대답이 없었다. 그제야 형수는 발끈했다.

"얘얘, 순아, 기집애가 귀가 처먹었나."

비로소 부엌에서 대답이 새어나왔다.

"어서, 상 채려. 할머님 상부터 채리구, 동태 남빈 내놓구……."

콱콱 찌르듯이 소리를 지르고는 형님을 흘끗 쳐다보며 상냥스러운 표정이 되었다.

"저 동태 찌갤 끓였어요. 어머님이 어찌나 좋아하시는지……."

그러나 형님은 다시 진수를 향해 딴 소리를 꺼냈다.

"진국이가 돈을 좀 부쳐 달란다지?"

"네에."

"얼마나 부치면 좋을까."

또 이렇게 혼잣소리 반, 진수에게 반, 뜨아하게 물었다.

"글쎄요."

마침 어머님이 들어오셨다. 일순 형님은 덮어놓고 둔중하게 골치가 아픈 표정을 하였다. 형수는 침착하게 자는 애의 머리를 조심스럽게 쓰다듬으며 앉음새를 바로하는 시늉을 했다.

"앤 자니?"

어머니가 물었다.

"네에."

형수가 금시 꺼져들어가는 목소리로 대답했다. 어머니는 흘끗흘끗 형님을 건너다보며 잠시 눈치를 살피었다.

한참 만에야 진수 쪽으로 머리를 돌렸다.

"어딘가 갔다온다더니 무사했니."

"네."

"그럼 무사하지, 무슨 일이 있겠어요. 어머닌 괜히 걱정이시어."

형님이 퉁명스럽게 말했다.

어머니는 쓸쓸한 표정으로 말이 없었다. 진수에게 조심조심 또 물었다.

"어디 다친 덴 없냐."

"네."

형님이 미간을 찡그렸다.

"에이 참, 쓸데없는 챙견을 하셔, 어머님은."

신경질적으로 이렇게 말하곤 홱 밖으로 나갔다. 어머니의 눈이 쓸쓸하게 형님의 그 뒷모습을 치어다보았다.

"괜히들 그러는구나. 무슨 말을 원 얼씬 못하겠구나, 쯔쯔쯔."

형수가 얼굴을 붉히면서 난감하고도 미안한 표정을 하였다. 더욱 머리를 수그리고 애를 쓰다듬었다.

열한 시가 지나서야 진수는 자리에 누웠다. 종일 버스 속에서 시달린데다가 바싹 긴장을 해서인가, 온몸이 노곤하였으나 쉬이 잠은 오지 않았다.

…… 폭이 넓은 푸른 강물이 급하게 흘러가고 푸른 옷을 입은 그녀가 노래를 부르면서 그 물에 떠내려가고 있었다. 그를 올려다보자 안타까운 표정을 지었다. 물 속에서 손을 빼내어 흔들었다. 그 손도 푸른 물이 들어 있었다. 소곤대는 목소리로 급하게 조잘대었다.

들키지는 않았어요, 당신은 오른편으로 나가고 난 왼편으로 나가기를 잘했어요, 나는 정말 와들와들 떨었지요, 야박하게 보였을 거야요, 그러나 그것이 바로 우리 현실이야요, 너무 통달한 체하지 마세요, 비가 지나가자 눈부시게 활짝 개었잖아요, 가을 햇빛이 정말 눈부시더군요, 빗물이 수증기가 되어 소리를 지르면서 올라가고, 그러나 하늘은 흠뻑 그것을 빨아들이고 소화하고 구름 한 점 떠 있지 않고 맑았었잖아요, 언제쯤 우리에게도 그렇게 사악 구름이 가실 때가 오려는지, 당신은 지이프차에 나와선 시큰둥하게 우울한 표정이시더군요, 막사에선 동료들이 한참을 찾아대나봐요, 그 소린 날 뭉클하게 했어요, 즐겁더군요, 눈물까지 글썽했었지요, 난 거짓말을 했죠, 그냥 서 있던 자리에 있었다구, 괜찮더라구, 그러자 그 땅딸막한 사람이 이렇게 말했어요, 김동무는 역시 단단해, 어쨌든 감사해요, 물큰물큰한 그 이역의 짙은 냄새에 잠시나마 흥건히 취할 수 있었어요, 난 원래 초행길이 아니야요, 단골이지요, 이를테면 당신 말대로 졸음이 오는 듯한 그 분위기, 기지개를 켜는 듯한 감미한 맛, 적당하게만 퇴폐적인 것이 풍기는 그 완숙한 냄새, 조금쯤 무리를 해도 용서가 될 듯싶은 펑퍼짐한 언덕 같은 관용, 조금쯤 쓸쓸하고 괴괴한 분위기, 때에 따라 애교에 넘친 적당한 허풍, 당신들의 자유라고 하는 그 권태가 섞인 분위기는 확실히 짙은 냄새로 휩싸요, 반드시 악착같이 정연한 논리로 쓸모있게 사느니보다 서서히 여유있게 자기를 누리는 맛, 누리는 것은 거드럭거리는 거지요, 곧 진력이 나고 권태가 오고, 그렇지만 사는 맛 치고는 최고급일 거야요, 하여튼 조금쯤 그렇게 살 만도 할 것 같기 해요, 돋아오르는 아침만 맛이 아니라 해가 기우는 저녁녘도 맛은 맛일 테지요, 야심에 찬 어린 치기稚氣도 치기지만, 늙수그레한 길가의 노인이 누리는 적당한 무위와 적당한 권태도 맛은 맛일 테지요, 그러나 전 이미 익숙해 버리고 쉬이 졸업해 버리고 말았어요, 그저 판문점으로 오는 날은 기분이 좋아요, 무작정 냄새가 좋아요, 하지만 자기의 분수, 자기가 지녀야 할 태세를 추호도 잃지 않아요, 남쪽에서 오신 풋내기 손님도 대뜸 알아볼 줄 알아요, 무척 순진하시네요, 제가 안내해 드릴께요, 이런 표정을 지을 줄도 알아요, 이러다가 혼살이 나게 걸렸었지요, 당신은 무서운 구석이 있어요, 물론 산사적이었고 피차 연민으로 헤어지긴 했지만, 날 흔들어 놓으려구 해요, 어느 깊숙한 독毒의 도가니로 떨어뜨리려고 해요, 그런 건 못써요, 밝고 긍정적인 색채만 중요해요, 비록 상징적이고 조악하다고 하더라도 서서히 성숙되게 마련이야요, 지금 중요한 건 거칠게 터전을 닦는 일이야요, 안녕, 빠이빠이, 불쌍해요, 당신이 불쌍해요, 착잡한 혼탁 속에서 주리를 틀고 계시지요, 그 범상한 일상에 진력이 나셨지요, 지금 당신의 형님 방에선 바야흐로 사랑이 들끓고 있어요, 그런 것은 확실히 멋있을 거야요, 어디서나 멋있을 거야요, 이런 그리움을 그리워해 보았느냐고 물으셨죠? 우스워라, 사람들은 부끄러워서 그런 이야길 마음대루 못해요, 어느 세상에서나 마찬가질 거야요, 너무 솔직해지는 것도 병이야요, 당신은 분명 그런 병이 있어요, 와작와작 자신을 깨물어 먹고 싶어하는 병이, 당신이 불쌍해요, 빠이빠이, 우리 어디서나 만나질까요, 어느 언덕에서나 만나질까요, 당신이 선 언덕에 해가 지고 있어요, 산 그늘이 내려와요, 어마나아, 당신도 잠기시는군요, 안타까와라, 어둡기 전에 어서 돌아가세요, 문을 잠그고 그 쓸데없는 생각에 잠기세요, 기도를 드리세요, 유구한 생각에 잠기세요, 쓸모없는 당신의 그 사변에 마음껏 황홀하세요, 빠이빠이, 안녕, 내 이 혼자 감당해야 하는 비밀은 무게를 지녔어요, 나도 혼자 쓸쓸한 감미에 젖을 수 있는 건덕지가 생겼어요, 이런 것 좋을까요, 안심하세요, 불원간 부서닐 거야요, 안녕, 빠이빠이, 그녀는 쨍한 햇볕 밑을 급하게 흘러 내려갔다……

2백 년쯤 후 판문점이란 고어로 '板門店'이 될 것이다. (진수의 생각은 또 비약했다) 그때 백과사전에는 이렇게 쓰일 것이다. 1953년에 생겼다가 19××년에 없어졌다. 지금의 개성시의 남단 문화회관이 바로 그 자리다. 이 어휘의 창시자는 확실히 않으나 시초부터 익살과 야유가 좀 섞여 있었던 듯하고, 하여튼 문이 판자로 되어 있는 점포라는 것은 확실했다. 원래 점포라는 말은 '상점'이라든가 '가게'라는 말과 동의어로 쓰였다. 이 어휘의 시초는 역사의 단계에 있어 초기 수공업 시대에까지 소급되어야 한다. 이미 고전 경제학에 속하는 문제지만 자유 기업이 성행하면서 이른바 소상인이 대두됨과 더불어 인류 역사의 각광을 받은 어휘이다. 그러나 이 판문점의 경우는 점포치고도 희한한 점포였다. 이 점포의 특수한 성격을 밝히자면 당시의 세계 정세, 그 당시 세계의 하늘을 뒤덮었던 냉전冷戰 기류를 비롯해서 그 밖에도 6·25라는 동족상잔을 설명해야 하고, 그것은 좀 거창하고도 구구한 일이기 때문에 여기서는 일단 생략하기로 한다. 한 마리로 말해서 회담 장소였다. 무슨 회담장소였느냐 하면 휴전 회담이라는 것을 비롯해서 군사 정전 회담이라는 것이 무려 5백여 회에나 걸쳐 있었다. '휴전 회담'이라든가 '군사 정전 회담'이라는 말도 긴 설명이 요하는데 여기서도 역시 생략하기로 한다. 그 회담기록이 적힌 거창한 문건이 지금 인류 역사의 기념비적인 익살로서 개성 박물관에 안치되어 있는 것은 이미 다 아는 사실이다.

얼마 전 아프리카 공화국에서 온 한 역사학자가 이 문건들을 전부 통독해 낸 사실을 아는 사람은 알 것이다. 이것을 전부 통독해 낸 것도 역시 인류 역사 이래의 첫일이기 때문에 그에게 문화공로 훈장을 수여한 바 있지만, 그때에도 일부에서는 여론이 분분했다시피 조금 바보 같은 짓이라는 느낌이었다. 역시 그러나 흑인족의 그 가상할 만한 끈질긴 정력과 참을성에는 누구나 감탄해 마지않는 바였다. 이것을 통독해낸 그 흑인 박사의 결론은 이렇다. '이것은 걸작이다! 두말할 것 없이 하여튼 걸작이다.' 일부에서는 이 결론이 야유 겸 스스로의 노고에 대한 자위라고도 하고 있지만, 인간의 성실성이라는 것이 이런 종류로 나타날 수도 있다는 데 대한 경탄일 것이라고, 긍정적으로 해석하는 사람도 있는 것 같았다. 단도직입적으로 얘기하자. 판문점은 분명 '板門店'이었다. 그리고 해괴망측한 잡물이었다. 일테면 사람으로 치면 가슴패기에 난 부스럼 같은 거였다. 부스럼은 부스럼인데 별로 아프지 않은 부스럼이다. 아프지 않은 원인은 부스럼을 지닌 사람이 좀 덜 됐다, 불감증이다, 어수룩하다, 그런 말씀이다. 한데 그 부스럼은 그 사람으로서도 딱하게 알기는 아는 모양인데 어쩐단 도리가 없다.

모든 사람과 더불어 공동책임을 지고 싶어하고 그 당대를 살펴보면 또 그럴 만한 객관적인 내력도 어느 정도 있긴 있었다. 그러나 그 공동책임이 도시 불가능했다. 그리하여 그 당자는 덜 됐다고 해도 할 수 없고, 불감증이라고 해도 할 수 없고, 어수룩하다고 들어도 할 수 없게 되었다. 그냥 내버려두기로 했다. 이럭저럭 지나는 사이에 부스럼 여부는 까막득히 잊어버리고 멀쩡한 정상인의 행세를 시작했다. 어떻소, 이 부스럼, 신기하죠, 이쯤 내대기도 했다. 제법 좀 사려 있답신 사람들이 구경을 오고 손가락질을 하면서 딱하게 여기는 얼굴을 하기도 하고, 진단을 내리고 처방전을 만들어 책임의 소재를 규명하기도 했으나 당자는 그저 웃어넘기거나 전혀 아랑곳하지도 않았다. 결국 사려 있답신 사람들도 그 선의의 사려를 팽개치게 마련이었다. 왜냐하면 역시 자기 분수는 누구보다도 자기 자신이 잘 알고 있다는 지극히 평범한 진신을 되씹게 마련이었다. 그리하여 그 부스럼은 더욱더 그 절대 절명의 철석 같은 중량을 지니게 되었다. 판문점이란 이러한 세계 유일의 점포였다. 물론 판문점이이까 문을 열고 나들 때마다 쾅 닫아도 한참을 흔들흔들했다. 천정이 낮고 길쭉한 단층집이었다. 휑하게 큼직한, 흡사 2세기 전 초등학교 교실 같은 마룻방인데 신을 신은 채 드나들어도 괜찮게 되어 있었다. 드나드는 문은 둘인데 북문하고 남문이 있다. 이를테면 그 문이 판자문이라는 말이다. 남문 사용자는 남문만 사용할 것, 북문 사용자는 북문만 사용할 것, 이건 절대로 어길 수 없는 규정이었다. 그 방 한가운데엔 가로 줄이 쳐 있었다. 그 줄을 사이에 두고 마주 무쇠 테이블이 놓여 있다. 각자 세 개씩 여섯 개의 테이블이다.

그리고 각각 그 테이블 뒤로 무쇠로 만든 의자와 작은 테이블과 의자들과 마이크와 스피이커가 우글우글 놓여 있다. 한 달에 한 두세 번 그 판자문이 사용된다. 10시 가까이 되면 남쪽과 북쪽에서 각각 자동차와 버스가 굴러온다. 늠름하게 위엄을 부리며 살기가 등등해서들 서성댄다. 북문과 남문이 쿵쾅쿵쾅 열리면서 고정적인 남문 사용자들과 고정적인 북문 사용자들이 용건을 떼메고 우르르 들어선다. 후덕후덕들 자리를 차지해서 앉는다. 연필과 백지를 꺼내고 더러 저희들끼리 귓속말을 주고받는다. 드디어 남문 사용자의 거두가 들어선다. 헌칠하게 키가 큰 미국사람이다. 남문으로 들어선 사람들이 일제히 일어서서 예를 표헌다. 쇠붙이 의자의 마루에 부딪는 소리에 북문으로 들어온 사람들이 멸시와 야유를 섞어 그 소리 시끄럽소, 여보시오들, 이렇게쯤 속으로 지껄이듯 하며, 그러나 오불관어의 표정이다. 이어 북문 사용자의 거두가 들어선다. 역시 북문으로 들어온 사람들이 일제히 일어서서 예를 표한다. 드디어 양편이 다 자리가 잡히고 잠시 그럴 듯한 침묵이 흐른다. 이렇게 되면 그 한가운데로 가로지른 흰 선이 제법 경계선다운 육중함을 지니고 부각되어진다. 객관적인 당위성이 느껴지는 것이다.

이렇게 하여 소위 회담이 시작된다. 한국말과 영어와 중국말이 교차된다. 판문점이란 단적으로 말해서 이러한 회담 장소였다. 근처에 이렇다 할 집이라곤 없고, 부속건물들만이 비슷하게 서 있었다. 판문점 앞은 들판이었고 뒤는 평퍼짐한 언덕이었다. 지금의 개성시 통문로 거리가 앞에 해당되고 문화회관 별관이 뒤편에 해당된다. 납득이 잘 안될 테지만 사실이었으니 이 얼마나 어이없는 일이었고 민족의 에너지를 쓸데없이 좀먹는 일이었던가. 통탄, 통탄이다. 우리의 조상들이 그때 그 시절에 그 짓을 하고 잇었다는 걸 상상해 보라. 더구나 외국사람까지 주역主役으로 끌어들여서 말이다. 진지하게 우울한 표정으로 그 문을 드나들었다는 것을 상상해 보라. 그것이 그때에는 상식으로 통했을는지 모르지만, 이런 놈의 상식이 어찌 통할 수가 있었더란 말인가. 바로 한가운데 가로지른 선이 지금 문화회관의 변소에 해당된다는 것이다. 고증학자 설 교수의 설에 의하면 변소 속의 변기가 바로 경계였다니 더구나 익살이 아닐 수 없다. 앞으로 문화회관에서 변을 보시는 분들은 쭈그리고 앉아서 심심하거든 이것을 한번 음미해 보시도록. 최근 설 교수의 그 설을 둘러씌고 분분한 논쟁이 있었던 사실을 아는 사람은 알 것이다. 그 선은 변소의 변기가 아니라 지금의 변소 문에 해당된다는 이설이 있었던 것이다. 이것은 참 유쾌한 논전이어서 우리들의 관심을 집중시킨 바 있었는데, 이 논전에서 우리는 우리 시대의 가상할 만한 큰 특징을 발견할 수 있는 것이다. 특징이란 다름이 아니라 2세기 전에는 이러한 종류의 논쟁이란 쓸개빠진 어처구니없는 회화에 속했을 것이라는 사실이다. 인간생활의 기본적인 여건이 해결되지 않았던 조건 하에서의 정신 상태의 양상을 이해하는 데 있어서 이것은 퍽 암시적인 것을 시사해 준다. 최근에 와서 문제가 되는 것은 여가의 이용과 자극의 발견, 경이의 창안이다. 최근에 와서 우리들의 취미가 굉장히 미세해지고 세분화된 사실을 새삼 상기해야 할 것이다.

다시 해가 떴다. 서울은 여전히 들끓었다. 바야흐로 정부는 정국 안정의 사명을 짊어지고 가파른 언덕을 기어오르고 있었다. 신민당의 분열이 신문 지상에 클로우즈업되었다. 개각을 둘러싼 여론이 분분했다. 정부는 50퍼센트의 신경을 국회의 의원 분포에 기울였다. 정권이 유지되고서야 일이고 무엇이고 있기 때문이다. 정치자금의 염출이 큰 문제였다. 민주당과 신민당의 실업계를 위요한 이면 공작이 불을 뿜었다. 이 틈서리로 혁신계가 머리를 내밀었다. 그러나 그것도 머리를 내밀자 이리저리 갈라졌다 붙었다 요동질을 할 뿐이었다.

이튿날부터 또 진수는 취직 건 때문에 아침 일찍부터 돌아다녔다. 사흘쯤 희소식이다가도 닷새쯤 무소식이고 이런 연속이었다. 이 다방 저 다방에 들러 코오피를 사고 혹은 얻어마시고 매일 대여섯 잔씩이나 마셨다. 그 사이 어머니가 급하게 돌아가셔서 사나흘쯤 북새를 치렀다.

조카아이의 네 돌 생일날에는 집에서 간소한 파아티가 있었다. 마루에 가루를 뿌리고 전축을 틀고 춤들을 추었다. 형수는 펑퍼짐한 차림으로 형님의 어깨를 잡고, 형님의 어깨가 꾸부정해서 두 사람이 다 뻐딱한 모습으로 스텝을 밟았다. 미국으로 갔던 전무와 형수의 그 '언니'도 초대되었다. 그들고 둘이 얼싸안고 춤을 추었다. 진수는 한 구석에서 웬일인지 부끄럽고 창피하고 근질근질했다. 한순간 전등이 꺼졌다. 동시에 전축도 멎었다. 마루에 치마 끌리는 소리와 잠시 수런거리는 소리가 일었다. 그리고는 소파에들 기대앉

왔다. 식모아이가 급하게 초를 켜 왔다. 이 구석 저 구석에 세워 놓았다. 이리하여 담소가 시작되었다.

"참 야단이야, 전기 사정이 이래 놓으니!"

누구인가 이렇게 말했다. 형수는 주인으로서 제 책임이기나 한 것처럼 미안해 하였다.

"애애 순아, 초 좀 더 켜 오나아"

했다.

"하긴 전등불보다도 초를 켜는 것도 멋이야요, 분위기가 더 좋아요, 안온하구 쉬이 분위기가 익어요."

처녀인지 부인인지 분간이 안가게 양장을 한 여인이 말했다.

"하긴 옛적 서양 귀족들은 초를 배치하는 것도 품위에 속했답니다. 그 집을 품위를 알려면 초의 배치 여하를 본다더군요. 사모님께서도 한번 솜씨를 보이시지……."

그 옆에 앉았던 혈색 좋은 사내가 말했다.

"제가 품위가 있어야죠. 막 굴러먹었는걸."

형수가 이렇게 받곤 무엇이 그렇게도 우스운지 이상한 소리를 내며 혼자 웃었다. 다른 사람이 전혀 웃지 않는 것을 알자 조금 쑥스러운 듯이 웃음을 거두곤 필요 이상으로 침착한 표정이 되었다.

"참, 김 전무님, 미국 가셨던 얘기나 하시지요."

형수가 또 조심스럽게 이렇게 말했다.

"그저 뭐……."

그 전무께선 조금 수줍은 표정을 하였다. 그러자 그 전무의 부인이 입을 실쭉하곤 이 편을 얕잡아 보듯이 말했다.

"통 얘길 안해요. 처음 갔을 때나 신기하지, 이젠 하도 가 봐서 그저 그런가 봅디다."

"그렇겠죠."

형수가 받았다. 그러자 당사자인 그 전무가 말했다.

"더더구나 이번엔 일이 좀 바빴어요. 서구라파 쪽으로 나갔으면 억지로라도 틈을 내어 재미를 보았겠지만, 미국은 이젠 하도 다녀와서 뭐 그저 심드렁하더군요. 하와이에서 며칠 더 묵을까 했는데 정작 이틀쯤 있으니까 또 초조해집디다. 역시 집이 제일 좋아요."

"언니를 너무 아끼시니까 그렇죠."

좀 전의 그 양장한 여인이 이렇게 받았다.

"아끼긴요. 기념품 하나두 안사왔습니다."

전무의 부인은 또 실쭉해지면서 받았다.

"그야 믿는 처지니까 그렇지."

전무가 이렇게 또 말하자,

"믿는 나무에 곰팡이 핀답니다, 흥."

부인이 코웃음을 쳤다.

'저 작자 꿈쩍 못하는군. 영 형편없군.'

진수는 한구석에서 이렇게 생각했다.

사실, 그 전무 부인의 어딘가 횡포에 가까운 신경질적인 몸짓과 말투는 전 분위기를 싸늘한 것으로, 힘든 것으로 만들고 있다. 그녀의 남편은 물론이려니와 모두가 그녀의 눈치를 조심스럽게 살피곤 했다. 10시가 넘어 전기불이 들어오자, 촛불 밑에선 어지간히 익어 보이던 분위기였으나 다시 생소해졌다.

마침 전무 부인이 남편에게 신경질적으로 말하고 있었다.

"여보, 이젠 돌아가요."

"그래, 이젠 돌아가 볼까."

그 남편이 이렇게 뭣인가 캄플라지하듯 어름어름 받았다.

그러자 모두 후덕후덕 일어나서 귀가 인사를 했다.

눈이 왔다.

눈에 묻힌 판문점은 장난감처럼 둥그만하게 납작하고 옴폭해 보였다. 휑한 언덕에

선명히 돋보였다.

진수는 그날도 광명통신 기자 이름을 빌어서 갔다.

"눈이 왔어요."

그녀를 만나자 이렇게 말했다.

"네."

그녀도 어느 구석 여유이 담긴 웃음을 지으며 얼굴을 붉혔다.

"처음 만난 거나 마찬가지군요, 또 힘들어졌군요."

진수가 말했다.

"……."

그녀는 말이 없이 고개만 끄덕였다.

"그렇게 인정 같은 것에만 매달리지 마세요. 당신 주변에 있는 사람들이 헐벗고 있는 것을 생각하세요." 그녀는 또 그 투의 좀 준엄한 표정이 되며 말했다.

진수는 야유하듯이 씽긋이 웃었다. 그리고 말했다.

"천만에 내 주변은 풍부해요. 도리어 너무 풍부하고 무거워져 탈이지요. 덕지덕지한 것이 참 많이 들끓고 있어요. 몇 겹으로 더께가 앉아 있지요. 도리어 헐벗은 것은 당신이지요. 당신은 새빨간 몸뚱이만 남았어요. 모두 털어 버리고 너무너무 알맹이 알몸뚱이만 남아 있어요."

그녀는 피하듯이 웃고 말했다.

"아주 벽창호군요."

저편엔 외국인 부부 기자가 여전히 가지런히 붙어 서 있었다. 남편은 역시 고불통을 물었으나 들이빠는 기척이 없고 아내는 그 남편을 따뜻하게 정이 잠간 눈길로 건너다보고 있었다. 어느 안방에 단둘이 마주앉아 있기나 한 것처럼.

안경잡이와 그 '누님'께선 오늘은 다소곳하게 머리를 맞대고 정말 오래간만에 만난 오랍누이이기나 한 것처럼 수군대고 있었다. 스피커소리가 왕왕 울렸다. 그녀는 남쪽

사람과 북쪽사람이 여기서 만날 때 으레 짓는 그 경계와 방어 태세가 깃들인 표정으로 피해서 갔다. 그 뒷모습을 건너다보면서 진수는 생각했다.

'기집애, 요만하면 쓸 만한데…… 쓸 만해.

쓸쓸하게 웃었다.

닳아지는 살들

오월의 어느날 저녁이었다. 맏딸이 또 밤 열두시에 돌아온대서 벌써부터 기다리고들 있었다. 서성대는 사람은 없으나 언제나처럼 누구인가를 기다리고 있는 분위기는 감돌고 있었다.

은행 두취로 있다가 현역에서 은퇴하고 명예역으로 이름만 걸어놓고 있는 (지금도 거기에서 매달 들어오는 수입으로 한달 살림은 넉넉했다) 칠십이 넘은 늙은 주인은 연한 남색 명주옷을 단정하게 입고 응접실 소파에 기대어 앉아 있었다. 단정하게 입긴 입었으나 어쩐지 헐렁헐렁해 보이고 축 늘어진 앉음새는 속이 허하여 혼자 힘으로 일어설 힘조차 없을 것처럼 보였다. 귀가 멀고 반 백치였다. 그러나 허연 살결의 넓적한 얼굴은 훨씬 젊어 보이고 서양 사람의 풍격을 느끼게 하였다. 며느리 정애貞愛와 막내딸 영희英姬가 옆 자리에 앉아 있었다. 며느리의 한복차림을 싫어하는 왕년의 시아버지의 뜻대로, 정애는 봄 쉐터에 통이 좁은 까만 바지 차림이고 영희는 원피스를 입고 있었다. 며느리와 시누이는 사이좋은 자매를 연상케 하였다. 세 사람은 모두 넓은 창문 넘어 어두운 뜰을 내다보고 있었다. 정애는 시아버지의 한 팔을 부축하고 앉았고 영희는 옆에 턱을 받치고 있었다.

바깥은 어둡고 뜰 변두리의 늙은 나무들은 바람에 불려 서늘한 소리를 내었다. 처마 끝 저편에 퍼진 하늘엔 별이 총총하게 박혀 있으나, 아스므레한 기운에 잠겨 있다. 집은 전체로 조용하고 썰렁했다.

쟁당쟁당.

먼 어느 곳에선 이따금 여운이 긴 쇠붙이 뚜드리는 소리가 들려왔다. 밑거리의 철공장이나 대장간에서 벌겋게 단 쇠를 쇠망치로 뚜드리는 소리 같았다. 근처에 그런 곳은 없을 것이었다. 그렇다면 굉장히 먼 곳일 것이었다.

쾅당쾅당.

단조로운 소리이면서 송곳처럼 쑤시는 구석이 있는, 밤중에 간헐적으로 들려오는 그 소리는 이상하게 신경을 자극했다.

"참, 저거 무슨 소리유?"

영희가 미간을 찌푸리면서 말했다.

"글세, 무슨 소릴까⋯⋯."

정애가 심드렁하게 대답했다.

"이 근처에 철공장은 없을텐데."

"⋯⋯."

정애는 표정으로만 수긍을 했다.

쾅당쾅당.

그 쇠붙이의 쇠망치에 부딪히는 소리는 여전히 간헐적으로 이어지고 있었다. 밤내 이어질 셈이었다. 자세히 그 소리만 듣고 있으려니까 바깥의 서늘대는 늙은 나무들도 초여름 밤의 바람에 불려서 그런 것이 아니라, 그 소리의 여운에 울려 흔들리고 있는 것이었다. 그 소리는 이 방안의 벽 틈서리를 쪼개고도 있는 것이었다. 형광등 바로 위의 천정에 비수가 잠겨 있을 것이었다. 초록빛 벽 틈서리에서 어미는 편안하시다, 돌아가서 편안하시다, 형편없이 되어가는 집안꼴을 감당하지 않아서 편안하시다, 쾅당쾅당 저 소리는 기어이 이 집을 주저앉게 하고야 말 것이다, 집지기 구렁이도 눈을 뜨고 슬금슬금 나타날 때가 되었을 것이다, 그리고 향연이다 마지막 향연이다, 유감이 없이 이별을 고해야 할 것이다, 모두 유감이 없이 이별을 고해야 할 것이다.

영희가 갑자기 조작적인 구석이 느껴지게 필요 이상으로 깔깔대며 웃었다. 정애가 화들짝 놀랐다. "참, 언니 내가 지금 무슨 생각을 했는지 아우?" 하곤, "아버지 팔을 그렇게 부축하고 있으니까 며느리 같지가 않구 딸 같아요" 하고 말했다.

정애는 약간 수집어 하는 듯한 표정을 지었다. 아버지는 물론 못 듣고 있었다. 제 코앞의 사마귀만 주무르고 있었다.

영희가 계속 다급하게 말을 이었다. 목소리가 높아지고 조급해 있었다. 그 쇠붙이 뚜드리는 소리가 듣기 싫어서 안 들으려고, 억지로 조잘대고 있는 셈이었다.

꽝당꽝당.

그러나 그 쇠붙이 소리는 같은 삼십 초 가량의 간격으로 이어지고 있었다. 뾰족뾰족한 삼십 초다. 영희 목소리의 밑층 넓은 터전으로 잠겨 그 소리는 더욱 윤기를 내고 있었다.

"그러니까 우리 집두 적당히 민주적인 집안인 셈이겠죠. 시아버지와 며느리 사이가 이쯤 되어 있으니" 잠시 사이를 두었다가 더 목소리를 높여 "그렇지만 진력이 안 나우? 올켄? 도대체 무엇인지 굉장히 빠진 게 있어. 큰 나사못이래도 좋고, 받들어주는 기둥이래도 좋고, 그렇 것 말이야요. 아이 안 그렇수?"

정애는 시아버지를 닮아 있었다. 시아버지와는 다른 성격으로 백치가 되어 있었다. 대화對話란 피차 신경을 긁어 놓기 위해서, 밤낮 할 짓이 없이 이렇게 앉아 있는 사람들끼리 잊어버렸던 일을 되불러 일으켜 피차 골치를 앓게 하기 위해서, 쓸모 없는 사변을 위해서, 태어난 것은 아니라고 그렇게 믿고 있는 듯 보였다.

"오늘 저녁두 또 열두 시유?"

영희가 또 말했다. 계속해서 "오빤 또 이층이겠우?" 하곤, "참 그인 아직 안 돌아왔죠?"

그이란 선재善載일 것이었다. 아직 약혼자까지는 안 됐으나 결국 그렇게 낙착되리라고 피차 각오하고 있고, 주위에서도 다 그렇게 알고 있는 터였다. 이북으로 시집을 가서 이젠 이십 년 가까이 만나지 못한 언니의 사촌동생이라니 그렇게 알 밖에 없었다. 1·4후퇴 때 월남을 하여 험한 세상 건너오면서 두터움이 배어들만도 하였다. 삼 년 전에 세상을 떠난 늙은 어머니가 그를 몹시 아껴주고 측은해 하였다. 제 맏딸의 시동생이라는 연줄을 생각해서였을 것이었다. 역시 칠십이 되어 노망도 들만 했지만, 맏딸의 이모저모를 선재에게 되풀이 되풀이 물어보는 눈치였다. 임종 때도 온 가족이 다 모여 있었지만 선재를 기어이 확인하고서야 안심을 하였다. 아마도 맏딸 대신으로 삼았을 것이었다. 결국 이러는 사이에 이층의 구석방을 차지해 버렸다. 때로는 일 이만환 들여놓는 수도 있었지만 이즈음에 와서는 그것도 뚝 끊어졌다. 처음 한동안은 불결한 사람으로 느껴지고 천티가 흐른다고 생각했으나, 자기는 팔자 드센 여자 시집을 안가야 할 여자로 막연하게 자처하고 있는 사이에, 어느새 그와도 익숙해졌다. 어느 수산물회사에 있다고 하나 그 자상한 내력을 알만큼 그토록 익순한 것은 물론 아니었다.

"어째서 하필이면 열두 시유?"

영희가 말했다.

"글쎄"

정애가 대답했다.

"정말 돌아오기나 하면 오죽 좋겠우."

영희가 말했다.

"글쎄 그러기나 하면."

정애가 대답했다.

"생각하면 참 우스워 죽겠어"

영희가 웃지는 않고 웃는 시늉만을 했다. 그러기를 멈추고 장난치듯이 말했다.

"숫제 우리 모두 헤져버립시다. 어떻게든 살게는 되겠지 뭐. 뿔뿔히 헤져버려. 그까짓 꺼 뭐 어때요. 쉬울 것 같애 차라리"

차라리 한번 그렇게 해보자는 셈으로 익살맞게 눈을 치켜 올려 떴다.

마침 성식成植이 층층다리를 내려와 안 복도로 통하는 문을 살그머니 열었다. 정애와 영희의 시선과 부딪치자 영희 쪽을 향해,

"왜들 그러구 앉았어?"

하고 물었다.

영희는 히죽이 웃으면서 좀 가시가 돋친 소리로 말했다.

"오빤 여전히 파자마차림이로구려, 또 언니를 기다리지 않우."

성식은 대답이 없이 아버지의 건너편 의자에 앉았다.

영희가 말했다.

"오빠, 오늘두 열두 시유 글쎄" 곧 이어서

"같이 안 기다릴라우?"

성식은 대답이 없이 신물을 펼쳐 들었다.

"이 집 젊은 주인이니까 같이 기다려야지 뭐, 안 그렇수 언니."

하곤 아버지 쪽을 향해 손짓을 섞어 큰 소리로

"아버지, 오빠두 기다려준대요, 오빠두" 아버지는 후들짝 놀란 얼굴을 하며 딱히 알아 듣지는 못한 눈치이나 머리를 끄덕였다.

뚜렷하게 내색은 안내지만 오빠가 선재와 자기와의 일에 철저하게 방관적인 것을 영희는 알고 있다. 선재를 경멸하고 있는 눈치다. 딱히 선재를 사랑하고 있는 것도 아닌데 오빠의 그런 투가 영희의 자존심을 긁어 놓았다. 그리고 그 짓이 차라리 선재를 자기의 어느 구석과 굳게 연결시켜 놓는 것이다.

"오빠, 그이 몇시에 돌아온단 말 못 들었우?"

성식은 미간을 찡그리면서 머리를 가로 저었다.

"오빠, 내가 말 끝마다 오빠를 긁어놓고 있는 것을 알우?"

성식의 안경알이 한번 차게 번쩍했다.

"왜 그러는지 알우? 알테지 뭐, 난 요새 오빠와 선재씨를 요모 조모로 비교해 봐요, 오빠가 아니꼬운 점이 많아."

"……"

"서른네 살, 낯색이 해맑았구, 긴 다리가 바싹 여위구 낮이나 밤이나 파자마차림, 음악을 공부한다고 하다가 대학은 미술대학을 나오구, 미국을 두어번 다녀온 후론 취직을 할 염도 않구 그렇다구 딱히 할 일도 없구 막연하게 작곡가를 꿈꾸고 있구 그 다음 오빠를 설명할 얘기가 또 뭐 있을까?"

안경알만 또 번쩍했다.

가슴이 또 답답해 왔다.

복도로 나와 버렸다.

꽝당꽝당.

잠시 잊어버렸던 그 소리는 다시 광물성의 딴딴한 것으로 번적번쩍 달려들었다. 가슴에서 카바이트 내음새가 났다. 목욕탕 문이 열려 있고 휑하게 불이 켜져 있었다. 불을 끌까 하다가 역시 켜 두는 것이 좋을 듯 하여 그냥 두었다.

이북에 있는 언니가 열두 시에 돌아 오다니 그러한 것은 물론 찬찬하게 따져볼 성질이 못되었다. 그러나 어느 때부터인지 딱히 알 수 없지만, 이렇게 기다리는 일에는 이젠 익숙해져 있었다. 아버지는 이 년 전부터 귀가 멀어 있었다. 귀가 멀면서 말수가 적어졌다. 말로 할 수도 있는 것을 대개는 눈짓이나 표정으로 뜻을 전하곤 했다. 그러면서 차츰 머리가 텅 비어지고 반 백치가 되어간 것이었다. 집안 전체를 통어해 나가는 줄이 끊어지면서, 식모는 훨씬 자유스러워지고 활달해지고 뻔뻔해졌다. 이 집에서 가장 문문해 보인다는 셈인지 선재에게 곧잘 농을 걸기도 하였다. 그런 것도 영희의 자존심을 긁어 놓았다. 부성부성하게 부은 듯한 약간 얽은 얼굴에 짙은 화장을 하고 얼룩덜룩한 원피스 차림으로 외출이 잦았다.

4·19데모나 5·16 때는 하루종일 밖에 나가 있었다. 설마 데모에는 가담 안 했을 터이지만, 시장을 보아 가지고 들어설 때는 넓은 터전의 내음새를 거칠게 풍기면서 있었다.

"하필이면 밤 열두 시야. 낮 열두 시면 어때서, 미쳐두 좀 곱게나 미치지."

식모가 혼자 푸념을 하고 있었다.

영희는 흠칠했다.

"뭐? 뭐야? 너 이제 뭐라 그랬어?"

식모는 돌아보곤 키들대며 웃기부터 했다.

"너 이제 뭐라 그랬느냐말야?"

"아무 것도 아니에유."

식모가 말했다.

"너두 이 집에 살면 이 집 식구 아니냐, 좀 어울려 들면 못쓰니, 못써? 누군 너만큼 몰라서 이러는 줄 아니?"

영희의 눈에서는 드디어 눈물이 비어져 나왔다.

"누가 어쨌시유 뭐? 그저 혼자 해본 얘긴걸유"

오빠는 가는 흰 테 안경을 쓰고 여전히 신문을 보고 있었다. 한 손에는 코카콜라통을 들고 있었다. 걷어올린 파자마 밑으로 퍼런 심줄이 내솟은 하얀 살결의 여윈 다리에 털이 무성했다.

아버지는 그냥 전의 자세 그대로였다. 오빠와 한 자리에 앉으면 으레 그렇듯 정애의 아름다운 얼굴엔 우수가 서려 있었다. 머리를 갸웃히 바깥쪽으로 돌리고 되도록 오빠와 시선이 마주치는 것을 피하고 있었다. 참 알 수 없는 일이었다. 시집살이의 가장 요긴한 사람인 제 남편을 외면하고 피하면서도 어떻게 시아버지나 시누에게는 그토록 충실할 수 있는지 영희로서는 납득이 되지 않았다.

마침 큰 벽시계가 열 시를 치고 있었다. 그 여운이 긴 시계 치는 소리는 방 안을 이상하게 술렁술렁하게 만들었다. 사방의 벽이 부풀었다 수축했다 서서한 운동을 하였다. 늙은 주인의 허한 눈길이 시계 쪽으로 향해 있었다. 치는 소리가 들리지는 않을텐데 기묘한 일이었다. 영희는 풀석 올케 앞에 앉자 머리를 올케 무릎에 파묻고 그 신묘한 아버지의 시선이 우습다는 셈인지 키들키들 웃다가 시계 치는 소리가 멎자 잠시 조용했다.

머리를 들고 잠긴 목소리의 조용한 어조로 그러나 차츰 격해지면서,

"언니, 언닌 정말 늘 이러구 있을 참이유? 답답허잖우? 오빠란 사람은 저렇게 밍물이구 대낮에두 파자마나 입구 딩굴구 코카콜라나 빨구 앉았구."

순간 정애와 성식이 머리를 동시에 들었다. 성식의 손에서 스르르 신문이 빠져 나가며 또 안경알이 불빛에 번쩍했다. 정애는 제 남편과 눈이 마주치자 차디차게 외면을 했다. 미간을 찡그리며,

"아니, 왜 또 이러우?"

영희는 맨 마루바닥에 무릎을 꿇고 올케의 손을 더욱 힘 주어 잡았다.

"아버진 이렇게 병신이 되구, 대체 우리가 이토록 지키고 있는 게 뭐유? 난 스물아홉이 아니유? 올켄 내가 스물아홉 먹은 노처녀라는 것을 언제 한번이나 새겨둔 일이 있우? 올케가 이젠 이 집안의 주인 아니유? 이 집안의 가문과 가풍과…… 언니 언닌 대관절 무슨 명분으루 이 집을 이토록 지키고 있는 거유?"

성식이 코카콜라 통을 놓았다. 담배를 꺼냈다. 이런 일엔 익숙해진 듯하였다. 그러나 가느다랗게 긴 손사락이 가늘게 떨고 있었다. 정애의 남편이나 영희의 오빠는 없고 찬 안경알만이 있었다.

"아니 정말 왜 또 이러우?"

시계를 쳐다보던 노인도 말귀는 못 알아 들어도 눈을 크게 벌려 뜨고 영희를 건너다 보았다. 그러나 여전히 허한 눈길이었다.

"언니, 정말 빨리 이 집 내놓구 이사합시다. 교외에다가 조그만 집이나 사서…… 전셋집들은 다 내놓아 정리하구, 아버진 하루 빨리 세상 떠나시도록 하구 올켄 이혼을 하구……"

"……"

"그리구 저 기집앤식모 내보내구, 우리 둘이……"

"……"

영희는 다시 안으로 잠겨드는 소리로 말했다.

"언니, 난 요새, 모르겠어요. 직면해 있는 건 올케두 알고 있잖수, 어찌 그렇게 모른 체만 할 수 있우, 그저 그렇게 돼가나부다, 내버려두면 그렇게 돼가나부다, 그렇게 아무렇

게나 내버려둘 성질은 아니잖수."

"……"

쩡당쩡당.

쇠붙이의 쇠망치에 부딪는 소리가 조용해진 틈서리로 파고 들어왔다.

식모가 응접실 문을 열었다. 영희는 정애의 한 손을 잡고 있었다. 성식은 다시 신문을 펼쳐 들고 있었다. 딱히 신문을 보고 있는 눈치는 아니고 불빛에 안경알만 번쩍였다. 늙은 주인은 그냥 어두운 밖을 내다보고 있었다. 결국 이렇게 그들은 누구인가를 기다리고 있는 셈이었다. 늙은 주인은 맏딸을, 정애는 아직 한번도 본 일이 없는 맏시누이를, 영희는 언니를, 성식은 누님을 기다리고 있는 셈이었다. 그러나 사실은 그 누구도 분명하게 기다리고 있다는 의식은 없었다. 도대체 그건 말이 안 되는 소리였다. 그저 모두가 막연하게 기다리고 있다고 생각하고 있을 뿐이었다. 그런 것이라도 없으면 한 집안에서 한 가족이라고 살 명분이 없게 되는 셈이었다. 이젠 이런 일에 적당히 익숙해진 터였다. 그리고 이젠 이런 일에 모두 넌덜머리를 낼만도 하였다. 결국 이 기다림의 향연은 늙은 주인이 역시 아직은 이 집안의 주인이라는 것을 암시해 보여주는 대목이기도 했다. 맏딸이 돌아온다고 고집을 부리면 맞이할 준비들을 해야하는 것이었다. 그렇게 기다리는 자세를 취하고 있으면 돌아올 것 같은 실감이 나기도 하였다.

식모는 잠시 그냥 서 있었다. 어쩐지 한번 소리를 내어 가볍게 웃어보고 싶었으나,

"영희언니 밖에서 찾아요."

하고 말했다.

영희가 화들짝 놀라듯이 일어섰다. 뒷머리를 두어 번 내리 쓰다듬으며 밖으로 나갔다.

불빛에 있다가 나와서 밖은 새까맸다. 고무신을 끌고 조심조심 큰 문 앞으로 갔다. 문을 열었다. 골목길이 휑하게 뚫리고, 그 끝 큰 길과 맞닿은 어구에 잡화상 불이 안온하게 환했다. 차츰 주변의 음영이 잔잔하게 부풀어 올랐다. 형광등 불빛에 비해 그 불그스름

한 잡화상의 전등불 빛은 따뜻한 가라앉음을 느끼게 해주었다. 영희는, 일순, 무엇인가 그리워진다고 생각하였다.

옆 담벼락에 누군가 기대어 서 있었다. 또 술이 엉망으로 취한 선재였다. 직감으로 술이 만취한 것을 알자, 영희는 또렷한 저항감이 달콤한 것이 되어 온 몸 구석구석으로 퍼졌다. 술 안 먹은 선재보다 이렇게 술이 취한 선재가 훨씬 좋은 것이었다.

선재 등뒤로 다가가 입술을 지긋히 깨물며 어깨에 한 손을 얹었다. 꽤 따뜻한 솜씨라고 스스로 느꼈다.

"술이 많이 취했군요" 하곤 말을 이었다. "왜 들어오지 못하구 밤낮 나부터 찾아요, 뭣 꺼릴 게 있다구, 그런 건 선재씨 답지 않아요."

선재는 엉거주춤하게 돌아서며 별 뜻이 없이 허붓하게 한번 웃기부터 했다. 술 취한 사람 치고는 또렷한 소리로 내던지듯이 말했다.

"나, 마셨어, 우습지? 우습지않아? 우습지? 참 영희에게 뭐 좀 따져봐야겠어"

"따져보나 마나지, 뭘."

영희도 비죽이 웃으며 이렇게 받곤 팔깍지를 끼었다.

어두운 속에서 선재는 한번 꿋뚤하고 넘어질 듯 하다가 말했다.

"우리 나가자, 당장 나가자, 이 집을 나가자, 어때?"

"그래, 나가요. 어차피 나가게 될걸 뭐."

영희가 조용히 말했다.

"오늘밤 당장 나가 지금 당장."

"……"

영희는 가볍게 웃었다.

"정말이란 말야, 정말 정말이란 말야."

선재가 말했다.

무엇이 정말이라는 것인지는 모르겠지만 분명히 정말은 정말이라고 영희도 생각했다.

짱당짱당.

쇠붙이에 쇠망치 부딪히는 소리는 여전히 계속되고 있었다. 바깥에 나와서 이렇게 술이 취한 선재와 마주 서 있어서 그 쇠붙이 소리는 훨씬 자극성이 덜해져 있었다. 차라리 따뜻한 초여름밤의 기운 초여름밤의 가락을 띠우고 있었다.

"정말이야, 정말."

선재가 또 말했다.

"알아요. 글쎄."

영희가 속삭이듯이 말했다.

오빠나 정애와 마주 앉으면 으레 자기가 하고 있는 소리를, 지금은 선재가 그다운 가락으로 하고 있고 영희는 듣고 있는 편이 되어 있었다. 술 취한 선재와 이렇게 마주 서니까 그 수다한 언어라는 것이 값이 싸게 생각되었다.

선재는 갑자기 모가지를 앞으로 길게 내 빼어 들며 토할 몸짓을 했다. 두어번 꽥꽥거리더니 토하기 시작했다. 영희가 재빨리 두 손을 오무려 선재의 입에 가져다 댔다. 끈적끈적한 것이 두 손에 담겨졌다. 영희는 웬일인지 웃음이 복받쳐 올라와 킬킬대고 웃으면서, 그것을 길 한 옆에 버리고 벽돌담에 손바닥을 두어번 문질렀다. 어둠 속에서도 선재의 눈에 눈물이 배어져 있었다. 그것을 문질러 주었다. 선재는 또 한번 허붓하게 웃었다. 한 팔로는 선재의 전신을 부축하고 한 손으로는 등을 두들겨 주었다. 감미가 곁들인 기묘한 서글픔이 전신으로 퍼졌다. 건장한 사내를 이렇게 부축해 주고 있다는 알이 찬 실감아와 안겼다. 동시에, 결국은 이렇게 낙착되고 있구나, 이렇게 되는구나 하고 생각했다. 선재의 등을 두들겨 주면서 한쪽 볼을 그 등에 차악 대었다. 육중한 온기가 느껴지고 심장 뛰는 소리가 요란하고 아무들 사이로 하늘엔 별이 총총했다.

짱당짱당.

쇠붙이 소리는 평범하게 멀었다. 근육이 좋은 사내가 앉아서 혹은 서서 뚜드리고 있을 것이었다. 불꽃이 튀기도 하고 튀지 않기도 할 것이었다. 오월 밤이 익으면 저녁밥도 적당히 삭아지고 모여 앉아서 얘기하기가 좋을 것이었다. 담뱃불이 두 서넛 발갛게 타고 있을 것이었다.

"저 소리 들려요?"

영희가 말했다.

"무슨 소리?"

선재는 어눌한 소리로 되물었다. 그의 등에 한쪽 귀가 파묻혀 있어서, 그의 목소리를 귀에 들어오기 전에 전신 안으로 와랑와랑하게 퍼져들기부터 했다.

"저 쇠붙이 뚜드리는 소리."

선재는 잠시 어리둥절하게 귀를 기울이는 눈치다가

"응, 들려 왜?"

"……"

영희는 가볍게 웃었다.

선재를 부축하고 들어오다가 층층다리 밑에 잠시 버려두고 응접실에 들렀다. 아버지가 한번 쳐다보았다. 정애는 쓸쓸하게 한번 웃었다. 성식은 여전히 신문을 들고 있었다.

"또 취했어요."

영희가 말했다. 남자가 취해 들어오면 여자란 짜증을 내게 마련이라는 셈으로, 스스로 생각해도 어이가 없게 그런 투가 사려 있었다. 정애는 말없이 다시 한번 웃었다. 영희는 정애의 그 무엇이나 다 알고 있는 듯한 웃음을 대하자 약간 낯을 붉혔다.

마침 식모가 황겁하게 문을 열었다. 웃음을 터뜨리지 않으려고 애쓰면서 말했다.

"언니 언니, 아이 저걸 어쩌우 현관 복도에다가, 글쎄."

또 토한 모양이었다. 순간 집안은 큰일이나 난 듯이 술렁술렁해졌다. 영희가 달려 나가고 식모가 목욕탕 쪽으로 뛰어가고 문 여닫치는 소리가 울렸다. 스위치를 눌러 복도불을 켜고 수도에서 물이 솟구쳤다. 식모는 꽤 좋은 모양이었다.

응접실은 다시 횅했다.

비로소 정애가 남편을 바라보았다. 역시 찬 안경알만이 눈에 들어왔다. 웬 을시년스러움이 뒷등을 짜르르하게 타고 내려갔다. 시아버지는 잠시 요란법석을 피우는 복도쪽을 내다보며 며느리에게 눈짓만으로 무슨 일이냐고 물었다. 정애가 위층을 가리키며 선재가 돌아왔다는 것을 알려주었다.

양추질 소리가 나더니 끙끙거리면서 층층다리를 올라가고 있었다. 정애는 그 소리를 차곡차곡 접어두듯이 듣고 있었다. 선재라는 사람이 꽤 좋게 생각되었다. 식모의 웃음소리가 들렸다. 식모다 같이 작업에 참여한 모양이었다. 몇 번 딩구는듯한 소리도 나고 영희의 숨을 죽인 웃음소리도 들렸다.

일순간 집안이 다시 조용해졌다. 위층에서 문 닫히는 소리가 들리고 식모의 말소리가 짤막하게 나고 층층다리를 쿵쾅거리면서 내려오고 있었다. 성식이 천천히 일어서더니 말업싱 나가려고 하였다.

"여보" 하고 정애가 불렀다. "이층으로 가요?"

안경알에 가려 표정을 알 수 없는 성식은 대답이 없이 그냥 이 편을 내려다보다가 기어이 나갔다. 정애는 와들와들 떨릴만큼 갑자기 조급해졌다. 층층다리를 또 올라가고 있었다. 정애는 까닭도 없이 화들짝 놀라졌다. 그것은 아득한 아득한 곳을 올라가고 있는 듯싶었다. 천천히 올라가고 있었다. 몇시간이 걸려 올라가는 듯싶었다. 친아버지 같기만 한 시아버지의 팔을 더욱 힘주어 잡으며 정애의 눈은 피곤하듯이 감겨졌다.

식모가 응접실 문을 열었다. 불빛이 싸늘하게 하얗다. 정애가 혼자 이상하게 울고 있다가 머리를 들었다. 늙은 주인은 뜰을 내다보고 있었다. 식모는 한참동안 그냥 서 있었다. 문을 닫으려는데 정애가 물었다. "언니 안 내려 오니?" "좀 있다가 내려온대요." "왜?" "……" "알았다." '알았을까? 정말 알았을까? 알았을 거야.' 식모는 이렇게 생각했다. 눈이 마주치자 피차 화가 난 듯이 마주 쳐다보았다. 늙은 주인도 식모와 정애를 번갈아 쳐다보왔다. 여느 때답지 않게 뚜렷뚜렷한 눈길이었다.

　　드나들지 않아서 모르고 있었는데 정작 들어와 보니 초라하게 좁은 방이었다. 씁쓰름하게 독신남자의 내음새가 났다. 불을 켤까 하다가 그대로가 좋은 듯하여 선재를 침대에 눕히고 뜰로 향한 창문을 열었다. 아래 응접실 불빛이 여기까지 약간의 바로메터를 그냥 유지하고 싶었다. 그 흥분이 가시기 전에 일을 치르고 있었다. 원피스를 벗었다. 침대에 걸터앉아 선재를 흔들었다.

　　"이것 봐요, 눈 떠요, 자면 싫어요."

　　선재는 끙끙거리며 저리 비키라는 셈으로 한 손을 내젓다가 눈을 뜨고 영희의 얼굴을 보자 놀란 듯이 일순간 조용하게 올려다 보았다. 자연스럽게 영희를 끌어안았다. 영희는 순하게 응하면서 속삭였다. 땀에 젖은 남자의 머리카락 내음새가 났다.

　　"취하면 싫어요, 지금 이런 경우엔 취하지 말아요."

　　선재는 아직 정신이 몽롱했다. 그러나 차츰 깨고 있었다.

　　"정말 정말이야요, 정신 차려요, 정신 안 차리문 나 억울해요."

　　"음, 술 깼어, 정신 차리구 있어"

　　비로소 선재가 말했다.

　　꽝당꽝당, 그 소리는 계속되고 있었다. 퍽 가까이에서 들리고 있었다. 뚫린 창문은 폼 사 그렇게 뚫려진 구멍 같았다. 뚫린 구멍 저편으로 초여름밤이 쾌적하게 기분에 좋았다.

　　"취하지 말아요."

　　영희가 또 말했다.

　　"안 취했어."

　　선재가 대답했다.

　　"거짓말"

　　영희는 마음속으로 꺄득꺄득 웃었다.

"정말 취하지 말아요, 정신 차리고 살살이 씹어요. 하나라도 놓치면 싫어요."

"……"

선재는 영희를 끌어안으며 몸을 한번 뒤챘다. 그 김에 영희의 몸도 빙그르르 돌며 한 옆에 모로 누워졌다. 온 몸에 꼭 알맞은 공간이다.

"오늘이 며칠이죠?"

영희가 속삭였다.

"몰라."

선재가 받았다.

"그런 걸 모르면 어떻게 해요."

영희가 속삭였다.

이런 경우의 사내가 대개 그렇듯, 선재는 조급해져 있었다. 여으히는 요런 상태를 조금이라도 더 유지하고 싶었다.

"왜 이리 급해요, 급하게 서둘지 말아요. 우리 얘기부터 해요."

자세를 취할듯한 선재를 밑에서 끌어안으며 영희가 달래듯이 말했다. 선재는 다시 거북이등이 올려 솟구듯 어두므레한 속에서 움찔움찔 일어나고 있었다.

"이것봐요, 얘기부터 해요."

"무슨 얘기."

"오늘이 며칠이죠?"

"몰라."

"모르면 어떻게 해요."

"……"

"열두 시에 언니가 돌아온대요."

"……"

"정말 정말이야요, 늘 답답하지요? 선재씨도 그렇죠?"

영희의 목소리는 차츰 애처로워지고 가냘퍼지고 있었다. 눈을 감고 있었다.

"모두 무엇을 놓치고 있어요, 큰 배경을 놓치고 있어요. 뿔뿔이 떨어져 있어요. 그렇죠? 그렇죠? 그래서 답답하죠?"

잠시 눈을 떴다. 뚫린 창 저편으로 오월 밤이 보였다. 부끄러웠다. 다시 눈을 감았다.

"어마아, 이러지 말아요. 나, 내려가야 해요. 언닐 같이 기다려야 해요. 내일 아침 피차 쑥스러워지면 어떻게 해요. 쑥스럽지 않겠죠, 그렇죠 어마아 정말이군요. 여자가 남자보다 아름답다는 건 이런 때 보면 알아요."

입만 쉴 사이 없이 움직일 뿐이다.

"자꾸 쫓아오구 있었어요. 나, 오늘 저녁 내내 도망을 하구 있었어요. 혼자 감당하기가 어떻게나 무섭던지 그런 걸 누가 감당해 주나요, 그놈의 쇠망치 소리 말이야요, 딴딴한 쇠망치 소리 말이야요."

맏딸이 세라복을 입고 있다, 세라복을 입고 애들을 주렁주렁 달고 있다, 샛하얀 깃에서 바닷물 내음새가 난다, 손에는 정구라켓을 들고 있다, "이겼어요, 이겼어요 아버지" 하며 매달린다. "어떻게 이겼니?" "이렇게 이겼지요 뭐" 맏딸은 라켓을 휘두른다, 집안은 맏딸이 있어서 웅성웅성하다, 이 방 저 방마다 문이 요란하게 여닫힌다, 성식이가 숫돌에다 칼을 갈고 있다, 쨍쨍한 햇볕에 숫돌과 칼이 번쩍번쩍한다, 모든 것이 번쩍번쩍한다, 정문은 횅하게 열려 있다, 바람이 제멋대로 들어왔다 나갔다 한다, 뜰의 나무들도 기름이 올라 미끈미끈하다, 흙내음새 나뭇잎 내음새가 뒤범벅이 되어 물씬물씬하다, 바둑이는 뜰 한가운데 자빠져 있다, 불만이 없어서 짖을거리가 없다, 영희가 아장아장한 작은 발로 개를 한번 걷어찬다, 개는 영희를 올라다 보며 약간 얄본다, 그러나 몇발자국 피해 주기는 한다, 영희가 까덱까덱 웃는다, 따라가서 또 한번 걷어찬다, 개는 완연하게 노여운 기색으로 끙끙거리며 곁눈질로 영희를 살피다가 두어번 애걸하듯 원망하듯 부당하게 이유없이 채운 것을 넋두리하듯 짖는다, 다시 영희가 까덱까덱 웃는다, 개도 웃으면서 하품을 하면서 꿍지를 흔든다, 오줌이 마렵다, 며늘아 오줌이 마렵다, 식모애가 문을 열고 호젓하게 서 있다, 신 살구알 내음새가 난다, 버르장머리가 없다, 머리칼이 까만 아내는 뜰에서 장미꽃을 따고 있다, 허리에 살이 올라 있다, 등의자에서 영희가 울고 있다, 금시 숨이 넘어 가듯이 울고 있다, 마음대로 울도록 집안이 들석들석 하도록 내버려둘 모양이다, 세라복을 입은 맏딸이 아내에게 말한다, "어머니, 우리두 라일락꽃을 심어요 어머니" "그래라" 하고 아내가 자신있게 대답한다, "심자꾸나 못 심을 까닭이야 없지 않니" 무슨 일이라도 하고 싶은 일은 못할 일이야 있겠니, 나이 든 식모가 뜰 가생이로 지나간다, 아내가 말한다, "어멈, 어딜 가우?" 어멈은 대뜸 우그러들며 무엇이라고 대답한다, 오줌이 마렵구나, 머리가 까만 어머니가 뽕나무에 올라가 있다, 풋풋한 뽕밭 내음새가 코에 시리다, 서쪽 산에 걸린 붉은 해가 굉장히 크다, "어머니, 저 해 좀 봐" 어머니는 들은 체도 안한다, "어머니 저 해 좀 봐 저 해" 해는 중천에 있을 때보다 훨씬 가까운 거리에 있다, 해의 키가 커져서 손발이 생겨서 성큼성큼 이편으로 올 것 같다, 서산 그늘에 쏠려 일어선다, 은향나무 위의 까치집이 반짝반짝 한다 죽은 어머니를 끌어안고 울다가 아버지는 뜰에 나와서 또 울고 있다, 죽은 어머니의 풀어진 머리카락이 길다, 머리카락이 길어서 어머니 같지가 않다, 지붕 위에 수염이 시커먼 사람이 올라가서 이상한 고함을 지른다, 사방이 찌렁찌렁 울린다, 밑에서 아버지가 울다가 그 사람을 쳐다본다, 마을 사람들이 웅성거리며 몰려온다, 갓을 쓰고 흰 두루마기를 입고 차례차례로 와서 절을 한다, 집안은 물씬물씬 국수 국물 내음새로 찬다, 웅성웅성 해서 좋기도 하고 어머니가 죽었대서 서러워지기도 한다, 아버지가 자꾸 운다, 아버지 울지마 울지마, 이십 년 만에 양복을 입고 돌아온다, 아버지는 또 운다, 아버지 울지마 울지마, 며늘아 오줌이 마렵구나, 오줌이 마려워 …… 글쎄 그러면 그렇지,

영희가 문을 열었다.

"오빠 자우?" 하고 물었다. "자지 않죠? 자지 않겠지 뭐"

성식은 침대에 비스듬히 누운 채 들어서는 영희를 건너다보았다. 안경을 벗고 있어

서 더 바싹 여위어 보였다. 푸르스름한 불빛이 바닷속처럼 썰렁했다. 방이 넓어서 천정도 더 휑하게 높아 보였다. 침대 가상자리에 앉자 영희가 조용히 불렀다.

"오빠."

성식은 그냥 쳐다보기만 했다.

"오빠."

성식은 눈을 조금 벌려 떴다.

"…… 지금 내가 어떻게 보이우?"

하곤 곧 이어서

"오빠…… 나, 결혼했어, 오늘 밤 지금 막… 뭐 어떠우?"

성식은 또 안경을 찾았다. 눈길을 피하며 영희가 그것을 집어 주었다. 성식은 안경을 쓰고도 몸을 가누기가 어려운 듯했다.

"오빠, 이왕 그렇게 될걸 뭐, 어차피 이젠 이런 형식으루 될밖에 없잖수, 누구나 다 자기 혼자의 문제 밖에 안 남아있는 점. 안 그렇수? 어쩌다가 우리가 모두 이렇게 됐을까, 오빠."

성식은 천정을 올려다 보았다.

"오빠, 아무 할 말두 없우? 무슨 일을 저질러야 오빤 열을 올릴 수가 있우? 말을 할 수가 있우? 대관절."

성식은 그냥 말이 없이 물끄러미 천정을 올려다 보았다. 영희는 보일 듯 말 듯 쓰디 쓰게 한번 웃었다.

꽝당꽝당.

그 쇠붙이 소리가 또 뾰족하게 돋아 올랐다.

영희는 몸을 한번 흠칫 추우며,

"아이 저놈의 소린 그냥 들리네," 성식은 어느새 담배를 피우고 있다.

밤은 깊어질수록 더욱 쌔하얗게 투명해졌다. 방안의 불빛도 더욱 하얘지고 늙은 주인은 여전히 코앞의 사마귀를 주무르고 있었다. 선재와 식모는 저서끔 제 방에서 잠이 들었다. 영희는 연분홍색 파자마 차림으로 까만 썬그라스를 썼다 벗었다 하고 있었다. 정애는 천정을 올려다 보고 단정하게 앉아 있었다.

쾅당쾅당.

그 쇠붙이 뚜드리는 소리도 띠글띠글하게 더욱 투명했다. 이미 간헐적으로 이어지는 것이 아니라 조급하게 계속되고 있었다. 후방에다가 든든한 것을 두고 탐색전을 벌리는 소리 같았다. 영희는 썬그라스를 썼다 벗었다 하면서 말했다.

"언니 정말 저거 무슨 소리유?"

"글쎄 무슨 소릴까."

정애가 대답했다.

"근처에 철공장은 없을텐데,"

"……"

정애가 대답이 없자 영희는 썬그라스를 접으며 말했다.

"언닌 저런 소리 들으면 이상한 생각이 안 드우?"

"무슨 생각?"

"글쎄 무슨 생각이냐고 물으면 선뜻 대답할 수는 없지만, 우리와는 다른 무엇인가 싱싱한 것이 서서히 부풀어서 우릴 잡아먹을 것 같은…… 얘기가 우습지만……"

"……"

영희는 가느다랗게 콧노래를 시작했다. 발까지 달싹달싹 하며 장단을 맞추었다. 정애가 보일 듯 말듯하게 상을 찡그렸다. 영희가 또 화들짝 놀라듯이 말했다.

"우리가 왜 자지 않구 이렇게 앉자 있우? 붙어 앉아 있어 보아도 진력만 나구 저저끔 제 방에 혼자 떨어져 있으면 무섭구, 바스락대는 나무 잎새 소리에조차 후들짝 후들짝 놀라구 한밤중에 응접실에 내려와 보면 한 두 사람은 으레 이렇게 붙어 앉아 있구, 불이 환하구, 푸욱 잠이나 들 수 있으면 오죽 좋겠우."

영희는 이것저것 자꾸 지껄이고 싶은 모양이었다.

"참 언니도 그런 일 겪었우? 어린 때 제삿날 저녁 말이야요. 부엌엔 웅성웅성 아주머니들이 들끓구 불을 많이 때서 온돌방은 덥구 애들끼리 장난을 하다가 설핏 잠이 들지 않겠우. 얼마쯤 자다가 깨보면 여전히 방은 덥구, 뜨락과 부엌과 마루에서는 사람들이 웅성거리구, 방안엔 불이 훤하구 그런데 아무도 없이 혼자 잠이 들어 있었거든요. 물론 입은 채로지요. 깨보니 까 마루와 부엌과 뜰과 다른 방에서는 웅성웅성 사람들이 들끓는데 제 방만은 아무도 없지 않겠우. 아득해서 아득해서 혼자만 이렇게 있다는 것을 알려야 할텐데 알려지지는 않구 답답해서 답답해서 ……."

"……"

"누구인가는 이렇게 투명한 방일수록 엽기적인 생각있지 않우? 안나 카레에니나를 자처해 본다든가 쟌발쟌이 되어 본다든가 하면 괜찮다고 합디다만 어떨까, 그렇게라두 해볼까봐, 어마아 벌써 열한시 사십오분이유 언니."

늙은 주인의 코 앞 사마귀를 만지는 모양은 푸념을 하는 어린 애처럼 보였다. 손에 땀이 나 있고 초저녁 보다 조급해 있었다. 이따금 눈이 휘둥글해져서 두리번거리며 영희와 정애를 번갈아 쳐다보았다. 그 눈빛은 기묘하게 예리한 것을 담고 있었다. 영희도 말을 멈추고 아버지의 그 시선을 쫓고 정애도 마찬가지였다. 역시 늙은 주인은 아직은 이 집안의 가장인 모양이었다.

"참 언니, 우리 집이 어쩌다가 이렇게 되었을까. 때로 잠자리에 누워서 잠은 안 오구 점점 더 샛맑애 올 때 있지 않우? 우리 집이 어쩌다가 이렇게 되었을까, 한번 본격적으로 따져보자. 이렇게 따져보기로 하거든요. 마음 속 한 구석으로는 아주 단조로운, 힘이 들지 않는 생각, 하나, 둘, 셋, 넷, 다섯, 여섯, 일곱 …… 이렇게 무한정 세어 나가구, 눈은 바깥의 밤 하늘을 내다 보구, 다른 한 구석으로는 찬찬하게 떠올려 가면서 일년 전은 우리 집이 어떠했었나, 아버지는, 오빠는, 올케는? 이년 전은 우리 집이 어떠했었나, 이렇게 따져 올라가 보거든요. 그러면 아무 것도 이상해진 것은 없는 것 같아요. 하나도 이상한 구석은 없는 것 같아요. 그렇지만 십 년 전은 어떠했나? 이십 년 전은? 이렇게 생각하다가 다시 일 년 전이나 오늘로 돌아오면 훨씬 차이가 생겨지는걸. 아주 뚜렷하게 말이야요."

영희의 목소리는 잔잔하게 여느 때 없이 아름다웠다. 정애는 조용히 머리를 수그리고 한 손으로 이마를 가리고 있었다. 영희는 두 손으로 턱을 받치고 천정을 올려다 보며 지껄이다가 정애를 쳐다보곤 눈을 벌려 뜨며 말했다.

"에게 언니 우우?"

일순 조용했다.

꽝당꽝당. 쇠붙이 뚜드리는 소리가 뾰조록히 돋아 올랐다.

층층다리를 내려오는 발자국 소리가 들렸다. 조심스럽게 내려오는 소리이나 쿵 쿵 온 집채가 흔들리듯이 울리고 있었다. 아득한 아득한 곳을 내려오는 소리 같았다. '복도에 불을 켜둘걸 괜히 죽였지' 영희는 몸서리를 치면서 이렇게 힘을 주어 속으로 중얼댔다. 어쩐지 어두운 속을 내려오는 모습보다는 환한 속을 내려오는 모습을 떠올리는 것이 좋을 상 싶었다. 누구래도 상관은 없었다. 물론 오빠일 것이었다.

문이 열리고 안경을 쓴 오빠가 들어서고 있었다. 안경알이 차게 번쩍였다. 역시 혼자는 못 견디겠는 모양이었다. 영희를 대하기가 난처할 것이었다. 그러나 역시 혼자 있느니보다는 나을 상 싶으니까 내려왔을 것이었다.

"오빠, 아직 안 잤우?"

차악 감겨드는 정겨운 목소리로 영희가 물었다. 성식은 한쪽 볼이 약간 치켜 올려지며 어쩔 줄을 몰라했다. 겁겁하게 비실비실 피하는 듯한 몸짓을 하며 정애와 영희를 번갈아 쳐다보았다. 영희가 신경질적으로 말했다.

"오빠, 언니두 알아요. 다 얘기했는걸 뭐 그런게 뭐 그리 대단하우?"

이상한 일이었다. 정애와 마주앉으면 명주실을 뽑아내듯 잔잔한 소리가 나와지고, 오빠만 끼우면 차게 맵게 신랄해지고 싶은 것이었다. 성식은 안경알 속에서 맥없이 한번 웃는 듯하였다.

영희가 화들짝 놀라며 말했다.

"오빠 웃구 있우?"

"......"

"오빠 웃구 있우? 이제 웃었우?"

"......"

영희는 악착스럽게 성식 앞으로 다가앉았다. 성식의 무릎을 잡고 또 말했다.

"오빠, 정말 이제 웃었우?"

"......"

성식은 무엇을 털어내기나 하려는 듯이 상을 찡그리면서 뒤로 물러가려고 하였다. 정애는 얼이 빠진 사람처럼 영희와 남편을 건너다 보고 있었다.

순간 벽시계가 열두 시를 치기 시작했다. 세 사람은 일제히 시계 쪽으로 시선을 돌렸다. 방안이 술렁술렁해졌다. 시계를 쳐다보던 세 사람의 시선이 다시 늙은 주인 쪽으로 향했다. 코앞의 사마귀를 만지던 늙은 주인이 어리둥절하게 아들과 며느리와 딸을 번갈아 쳐다보았다.

복도로 통한 문이 열리며 방안의 불빛이 복도 건너편 흰 벽에 말갛게 삐어져 나갔다. 열두 시가 다 쳤다. 네 사람의 시선이 그쪽으로 옮겨졌다. 조용했다. 왼편 쪽으로부터 서서히 식모가 나타났다. 히히히히 하고 이상한 웃음을 띠우고 있었다. 제 딴에 미안하다는 뜻인 셈이었다.

"벤소에 갔었이유."

하고 말했다.

순간 영희가 발작이나 일으킨 듯이 아버지 쪽으로 달려갔다. 한 손으로 식모를 가리키며 한 손으로는 아버지를 부축해 일어 세우며 쩌개지는 듯한 큰 소리로 말했다.

"아부지, 자 봐요. 언니가 왔어요 언니가…… 정말 열두 시가 되었으니까 언니가 왔어요. 이제 정말 우리 집 주인이 나타났군요. 됐지요? 아부지 자, 어때요? 됐지요? 아부지."

식모가 이번엔 소리를 내며 웃었다.

"정말이에요, 아부지 저렇게 언니가 왔어요, 그렇게도 기다리시던 언니가 왔어요."

이렇게 소리를 지르면서 식모를 내다보는 영희의 눈길은 적의로 타오르고 있고, 아버지는 영희의 부축을 받으며, 저리 비키라는 것인지, 혹은 어서 들어오라는 것인지 분간이 안 가게 한 손을 들어 허공에다 허우적거리고, 성식과 정애도 엉거주춤하게 의자에서 일어서 있었다.

꽝당꽝당.

그 쇠붙이 소리는 밤내 이어질 모양이었다.

무너앉는 소리

사흘째 계속해서 저녁이면 선재를 찾아오는 여인이 있었다. 오늘 저녁은 초저녁부터 응접실에 기다리고 앉아 있었다. 머리까지 뒤집어 쓴 남색 레인코오트가 빗물에 젖어 있었고 손엔 물색 우산을 접어들고 있었다.

빗물에 젖어 물씬한 내음새를 풍기고 있는 큰 문 빗장을 벗겼을 때 음영이 짙은 그녀 뒤로 동편 하늘이 벗겨지고 있었다. 금시 소나기가 쏟아지고 천둥이 치고 하더니 멎어 있었다. 정애는 구면이기나 한 것처럼 들어오라고 하였다. 그녀도 별반 어색해 하지 않았다.

그러나 그녀로 해서 집안에는 새로이 듬성듬성한 틈이 생겼다. 영희는 선재 방에 박혀 있고, 성식은 응접실에 내려와서 트럼프 패만 떼고, 식모조차 전기세를 받으러 왔는데 줄 돈이 없다느니, 조간이나 석간이나 한 가지만 볼 것이지 일요신문까지 본다느니, 제 분수에 맞지 않는 푸념을 중얼쭝얼거리며 이 방 저 방 돌아 다니고 신경질을 부리고 하였다. 요즈음에는 신문마다 이층 선재 방에 올라갔다야 내려오는 것이 못마땅하다는 것인가. 정애는 흰 부라우스 차림으로 시아버지 곁에 앉아 쏩쓰므레하게 웃었다.

응접실의 벽시계가 열시 십분 전을 가리키고 있었다. 펭끼칠을 새로한 사방 벽은 두텁고 이래서 여름에는 서늘하고 겨울에는 뜨뜻할 것이었다. 그러나 아늑하기는커녕 형광등 불빛 밑에서 무엇인가 잔뜩 고여서 출구를 찾는 기운으로 차 있었다. 무슨 일이건 처리하고 치루어낸다는 것에 이미 절망하고 있는 사람들이었다. 바깥은 바람이 세고 소용돌이 칠 것이었다. 그러나 시간은 이 집채에 닿아서는 서서히 굼벵이 걸음을 걷다가 무참

히조 정지되어 물큰물큰한 열끼를 뿜는 것이다. 시간은 그렇게 살이 찌고 부어 오르고 그리고 이 집안 사람들은 지치고, 어떤 사소한 일이건 무겁게 감당을 해야하는 것인지도 몰랐다.

부엌 쪽에서는 찝찌름한 마늘장아찌 같은 내음새가 풍겨오고 밭은 칼도마 소리가 들려왔다. 그 칼도마 소리 사이사이 이따금 온 집채가 울듯이 쿵쿵하고 속 깊이 여운이 깊숙한 울림소리였다. 집채 어느 근처에서 나는 소리인지 알 수 없었다. 환청幻聽 같기도 하고, 분명한 소리는 아니었으나 정애에게는 그 소리가 울릴 때마다, 이 방에 앉아 있는 사람들이 모두 멀리로 이를테면 하늘에서 나는 소리 같은 것에 조용히 귀를 기울이는 듯 보였다. "저게 무슨 소리유?" 이렇게 건너편의 남편에게 물어볼 수도 있을 것이었다. 그러나 어쩐지 그래지지가 않았다. 휑뎅그렁한 사람의 목소리라는 것이 이런 경우에는 몸서리가 칠 것이었다. 쿵쿵, 이러구 보니 그 그늘진 소리는 두달 전 오월 어느날 저녁의 꽝당꽝당하던 먼 쇠붙이는 소리가 슬금슬금 이 집채 안으로 기어 들어와 있는 것인지도 몰랐다. 이상한 일이지만 그때 그 쇠붙이 소리는 그날밤 하룻밤이었을뿐 이튿날 저녁부터는 부신 듯이 없어져 있었다. 반짝반짝한 초조로움과 일정한 거리감距離感을 더불고 있던 그 오월밤의 쇠붙이 소리는, 어느덧 이렇게 끈끈하고 그늘진 부피를 더해 있었다. '집이 울면 집안이 망한다는데' 문득 정애는 이런 생각을 하였다.

성식은 물색 파자마에 런닝 바람으로 벌써 한 시간 가량이나 트럼프 패만 떼고 앉아 있었다. 두달 전보다 더 축 늘어졌으나 부성부성 살이 찌고 혈색도 더 좋아 보였다. 코 앞 사마귀를 여전히 만지고 있었다. 벽의 남색 커어튼이 바람에 펄러덕거렸다. 식모가 복도로 통하는 문을 열었다. 식모의 어딘가 적극적이고 노골적인 것이 번득이는 눈길이 선재를 기다리는 그 여인에게 가 있었다. 정애는 웬일인지 그런 눈길만 접해도 가슴이 하들하들 떨려왔다.

정애가 물었다.

"언니 이층에 있니?"

"네."

"저녁 먹었니?"

"아직 안 먹겠대나봐요."

"왜?"

"……"

여전히 식모의 눈길은 그 여인에게 가 있었다. 문을 닫고 도로 나갔다.

하긴 선재라는 사람은 어느 구석인가 이렇게 뒤가 깨끗지 못한 지저분하고 싱거운 사람이긴 하였다. 어머니가 살아계실 때 어물어물 집에 들어와 눌러 앉았을 뿐, 그의 지나온 내력을 딱히 아는 사람도 없었다. 어머니가 돌아가시자 그도 퍽 헐렁헐렁해지고 무척 외로움이 돋아 보였다. 역시 집안에는 덕성스러운 어머니라는 풍채가 필요한 것이었다. 어머니의 마지막 삼년상을 치루던 날은 누구보다도 서럽게 서럽게 울었다. 그의 그 우는 모습이 차라리 그와의 짙은 연줄을 느끼게 하였던 것이었다. 눈물 한 방울 안 흘리고 햇볕 밑에서 안경알만 메마르게 번쩍이던 남편 성식이에 비해서 그 소박한 위인이 믿음직스럽게 느껴졌었다. 생각하면 어이가 없는 일이기는 하였다. 하긴 십여년 동안 혼자 살아왔으니 가다 오다 만나게 된 여인이 없으라는 법은 없을 것이었다. 그러나 정작 그를 찾아온 여인과 이렇게 마주 앉자 생소하게 별 특색이라곤 없는 그녀와 더불어 선재라는 위인도 새삼스럽게 생판 남에 들어오게 된 내력과 들어와서의 행적이 하나 하나 일정한 거리감을 두고 부풀어 오르는 것이었다. 그리고 세상이란 삶이랑 결국 이런 것인가부다, 이렇게 생각되었다. 두달 전 영희와 그런 관계가 있은 연후부터 선재는 위태위태한 속취俗臭가 풍기기 시작하였다. 밤 늦게 돌아온 선재에게 이 하찮다면 하찮은 일을 곧이곧대로 전했을 법도 했었을텐데, 이틀 저녁을 그냥 넘긴 것은 그런 까닭에서였을 것이었다. 선재는 이틀 저녁을 내리 열한시가 넘어서 들어와 기분이 좋아 있었다. 그저 호인풍이기만 한 그 단순하고 부피가 얕은 위인이 어쩐지 처량해 보였다. 포켓트에서 바나나를 내놓고 껌을 내놓고 피우다 남은 담배 꽁다리에 섞여 비너츠콩 새우부스러기가 나오곤 했다. 영희는 흡사 어린 아기의 재롱 피우는 것을 보며 좋아 하듯이 지극히 단순하게 깔깔대고 웃기만 하는 것이었다. 그 모습은 어떤 역설을 느끼게 하였다. 차라리 절망한 사람의 깊은 슬픔, 타녕이 어려 있었다. 오늘 저녁도 선재는 늦을 모양이었다.

"선재 씨와 아신지가 오래 되셨나요?"

그 여인과 성식이가 동시에 화들짝 놀라며 트럼프에서 눈길을 돌렸다.

"네, 한 삼 년 됐어요."

"네에."

정애는 흔한 사교가社交家 투로 머리까지 주억거리며 대답하였다. 남편이 다시 트럼프 장을 제껴갔다. 늙은 주인은 놀라듯이 정애와 건너편 여인을 번갈아 쳐다보았다. 그리고는 크게 하품을 하였다.

벽시계가 열시를 치고 있었다. 세 사람의 시선이 그쪽으로 쏠렸다. 선재를 찾아온 그 여인만이 세사람을 두리번 두리번 쳐다보았다.

정애가 다시 말했다.

"같은 고향이군요."

"아아뇨" 하고 여인은 되물었다. "그럼 이 집은 그이 집이 아니나요?"

옳아, 선재를 한 가족으로 알고 있었던 모양이었다.

정애는 웃으면서 말했다.

"선재 씨 집은 아니야요."

"그럼 아주머니하고는 어떻게 되시나요?"

"네에, 그저 그렇게 되지요."

어차피 얘기가 길어질 듯 해서 또 이렇게 막연히 얼버무렸다. 그 여인은 어리둥절한 눈길로 성식이와 정애를 번갈아 건너다 보았다. 그 어리뚱하게 실망한듯한 표정은 에누리 없는 그녀의 액면 그대로를 느끼게 하였다.

정애가 또 물었다.

"같은 회사에 계시나요?"

"네, 있었는데 전 삼개월 전에 나왔어요. 교환수로 있었는데요, 하루 이틀이지 업 치고는 답답한 업이어서 잘못 정신 팔다가는 욕 듣지요, 구찮지요, 싱거운 남자들한테 쓸데 없는 희롱당하지요, 많은 사람을 상대해야 하니까요. 집은 경기도 여주야요. 가족은 다 없어졌어요. 육이오 때 당했지요. 숙부님이 한 분 계시구 여주에 살고는 있지만 남이나 마찬 가지야요."

그 여인은 이렇게 또박 또박 쓸데없는 얘기까지 늘여 놓았다. 위인이 역시 얕고 주책이 없어 보였다. 남편이 트럼프 패를 떼다 말고 돌아다 보며 히죽이 웃었다. 늙은 주인은 이번엔 뚜릿뚜릿한 눈길로 그 여인을 건너다 보았다.

"저, 실례지만 …"

정애가 말했다.

"네."

"선재 씨와 … 이를테면 연애하시는 관계이군요."

"뭐, 뭐가 뭔지 모르겠어요. 요새 왜 흔히 그런 일 많지 않아요? 그저 그런 거지요. 정말 뭐가 뭔지 모르겠어요."

꺽죽꺽죽 웃으면서 이렇게 말하고는, 곁에 앉아 있는 성식을 돌아보며 비위살 좋게 동나나 구하듯이 또 웃었다. 정애의 눈길이 흔들리는 그녀의 아랫배 언저리에 가 있었다. 그녀는 또 히죽이 혼자 웃고는 그 근처 옷매무새를 고쳤다. 두세 시간을 전혀 모르고 있었는데 얘기가 시작되자마자 그녀는 그녀다운 본색을 알알이 드러내고 있었다.

정애가 또 말했다.

"선재 씨에겐 무슨 급한 용무가 계신가 부군요. 이를테면 …"

"네, 벌써 다섯 달인 걸요."

선뜻 이렇게 말하고는 약간 얼굴을 붉히긴 했다. 잠시 무슨 말인지 못 알아 듣다가 비로소 정애는,

"선재 씨의 …"

"……"

물론이지, 사람을 어떻게 보고 하는 소리냐는 투의 결연한 것이 번뜩였다. 정애는 또 머리를 끄덕끄덕 했다. 딱히 이 정도까지 짐작했던 것은 아닌데, 별반 이렇게 할 아무런 느껴움도 일어 오르지 않았다. 그쯤 되어 있었군, 그저 이렇게 생각했다.

열른 문 저편 뜨락에서는 달이 뜬 칠월 밤의 짙은 나무 내음새가 밀려왔다. 흠뻑 젖은 싱그러운 나무 내음새는 말 그대로 수목樹木을 느끼게 하였다. 찬 빗물 머금은 바람이 불어 안쪽 벽의 자락이 긴 하늘색 커어튼이 펄러덕 펄러덕했다. 천정이 높아서 커어튼의 밑자락은 서서히 흔들거렸다. 늙은 주인은 쏘파에 기대어 앉아 펄러덕거린느 커어튼을 뚜릿뚜릿한 눈길로 이따금 쳐다보았다. 정애는 커어튼과 시아버지를 번갈아 보았다. '참 시어머니가 돌아가셨을 때 입관을 끝내고 저런 커어튼을 쳤었지, 그때두 짐승처럼 보였어' 정애는 이런 생각을 하며, 갑자기 덮어 놓고 요란해지고 싶어서 시아버지의 귀에 대고 큰 소리로 말했다.

"어머니가 돌아가셨을 때요오."

목소리가 휑하게 울렸다.

늙은 주인은 화들짝 놀랐으나 금시 따뜻한 눈길로 정애를 돌아보며 의미없이 머리를 크게 주억거렸다. 선재의 그 여인도 의아스러운 눈길로 이 편을 건너다 보았다. 정애는 커어튼 쪽을 손가락으로 가리키면서,

"저런 커어튼을 쳤었지요."

또 늙은 주인이 머리를 주억거리고 백치 같은 만족한 웃음을 머금었다. 웃으면서 또 커어튼을 쳐다보고 되풀이 머리를 주억거렸다.

잠시후, 정애는 혼자 울기 시작했다. 소리 없이 손수건만 눈으로 가져가 우는지 어쩌는지 알 수는 없었다. 식모가 안 복도로 통하는 문을 열고 들어와서 무슨 푸념을 하다가 우는 정애를 쳐다보곤 혀를 끌끌 차며 도로 나갔다. 선재를 찾아온 여인은 정애를 마주

보면서도 우는 눈치를 모르는 듯 했다.

　늙은 주인은 어딘지 모르게 훨씬 더 늙어 있었다. 그러나 혈색은 더 좋아 보였다. 그냥 그렇게 쏘파에 버려두고 있는 듯한 인상이었다. 이러구 보면 이미 늙은 주인은 전혀 오관五官의 문이 문마다 막혀 있는 듯하였다. 두 달 전만 하여도 정애와 영희는 아버지 곁에서 떠나지 않고, 간절하게 붙들어 두려는 듯한 투가 어려 있었는데 이젠 포기하고 있는 듯하였다. 이 늙은 주인의 이런 모습은 이 집안의 풍모를 집중적으로 체현해 보여주고 있는 듯하였다. 눈을 떴다가 잠이 들었다가 다시 눈을 떴다가 이런 연속이었다. 요즈음에는 문안을 오는 손님도 없는 듯하였다.

　문이 열렸다. 영희가 들어서고 있었다. 허리를 바싹 졸라맨 까만 원피스에 맨발이었다. 선뜩해질만큼 단단한 광물질을 느끼게 하였다.

　성식은 다시 급하게 트럼프를 잡고 있었다.

　"아직 저인 안 갔었우?"

　영희는 아무렇게나 턱으로 그 여인을 가리키면 정애에게 물었다. 천한 시위쪼로 느껴질 법도 한데 너무나 너무나 그렇지가 않았다.

　"……"

　정애는 일순 선재라는 사내를 두고 두 여인을 맞겨루듯이 여긴 것이 혼자 생각에도 여간 섭섭하고 억울하지가 않았다. 영희라는 위인은 확실히 그 여인쯤으로는 비교가 안 될만큼 부피가 두터웠다.

　영희는 아버지 옆 쏘파에 털석 기대어 앉았다.

　"아버지, 안 주무셨우?"

　늙은 주인은 또 말귀를 못 알아 들으면서도 머리를 주억거렸다.

　"……"

　"오늘 복덕방 들렸었우?"

"……"

성식은 트럼프를 놓고 위태위태한 눈길로 곁의 안경을 집어 썼다. 파삭파삭한 얼굴이 조금 윤기가 나 보였다. 선재를 찾아온 그 여인이 이상하게 얼굴을 찌그러트렸다. 어느새 문소리도 없이 식모가 들어와 앉아있었다. 또 시작이 되는구나, 이런 투로 노골적으로 웃고 있었다. 그런 식모의 표정이 돋보였다.

"대관절 어쩐다는 거유?"

"……"

영희는 또 왈칵 하면서,

"오빠, 오빠가 오늘 저녁 기분이 좋아 있죠. 난 알아, 그 이유를."

"……"

"참 이상한 일이우. 난 지금 그 누구보다도 신경에 거슬리는게 오빠야. 어쩌면 이럴 법이 있우."

영희의 이런 투의 푸념은 이젠 어떤 상투적인 때가 묻어 있었다. 정애가 아득한 표정으로 외면을 하였다. 그런 정애의 표정이 영희의 마음을 더욱 짓쑤셔 놓았다. 이젠 영희의 이런 종류의 신랄한 푸념도 신랄한 맛이 가서 있었다.

늙은 주인은 뻥하게 영희를 쳐다보고 있었다. 성식은 눈을 내리깔고, 가늘고 긴 손가락으로 트럼프장을 톡톡 튀기며 제껴갔다. 구석편에 앉았던 식모가 키들키들 소리를 내어 웃었다. 단단한 것이 풍기고 있었다. 선재를 찾아온 여인이 화들짝 놀라는 듯한 눈길로 식모를 건너다 보았다. 그러나 영희는 전혀 반응이 없었다. 정애를 돌아보며 또 말했다.

"아이 참 언니두 언니유. 무슨 생각으루 저이를 몇시간씩 잡아두는 거유? 그이에게 알려져 내일 만나도록 하면 될걸. 하는 일들이 그렇게 답답하우?"

선재를 찾아온 그 여인이 비로소 두 눈을 디룩거렸다.

그러구 보니 그렇긴했다. 정애는 다소곳이 얼굴을 붉히며 사과하듯이 영희를 건너다 보았다.

결국 이 집안 사람들은 무슨 일이건 처리하고 치루어 낸다는 것에 이미 절망하고 있는 셈이었다. 바깥은 바람이 세고 소용돌이가 칠 것이었다. 그러나 시간은 이 집채에 닿아서는 서서히 굼벵이 걸음을 걷다가, 무참히도 정지되어, 물쿤 물쿤한 열기를 뿜는 것이다. 시간은 그렇게 살이 찌고 부어 오르고, 그리고 이 집안 사람들은 지치고, 어떤 사소한 일이건 무겁게 무겁게 감당을 해야 하는 것인지도 몰랐다.

정애는 알고 있었다. 영희가 자기와 단 둘이만 마주 앉으면 말할 수 없이 약해지고 따뜻하게 감상적으로 부드러워지고, 감미롭게 슬픈 모습을 지니는 것을.

정애는 또 눈물이 글썽였다.

아득한 이층에서 따르르 따르르 전화벨 소리가 울리고 있었다. 성식의 방일 것이었다. 하루 한번을 쓰기가 힘든 전화기는 성식의 방에서 먼지가 부옇게 앉아 있을 것이었다. 부연 먼지를 쓰고 따르르 따르르 첨예한 금속성 소리를 지른다는 것이 어쩐지 어색하게 느껴졌다. 그러나 사실은 식모가 아침마다 빤질빤질하게 닦아두는 것이었다. 전화기는 텅 빈 큰 방에 까맣게 윤기를 내고 있을 것이었다. 그런데 먼지가 부옇게 앉아 있는 것처럼 생각되는 것은 어인 까닭일까.

식모가 쿵쿵거리며 뛰어 올라갔다. 전화벨 소리가 멎었다. 물론 선재일 것이었다. 영희를 찾을 것이었다. 식모가 다시 내려왔다.

"누구냐?"

영희가 물었다.

"……"

식모는 대답이 없이 건너편 선재를 찾아온 여인을 흘낏 쳐다보았다. 여인은 또 성식의 트럼프 패를 들여다보고 있다가 자세를 고쳤다. 시계를 쳐다보고 정애를 쳐다보고 일어섰다. 방이 술렁술렁해졌다. 늙은 주인의 눈길이 이 사람 저 사람 둘러보고 있었다. 영희는 이층으로 올라와 전화를 받았다.

"여보세요."

"나야."

선재였다.

보이지는 않지만 저편에서 또 싱글벙글 하고 있을 것이었다. 이즈음 선재는 이렇게 걸핏하면 밤중에라도 전화를 걸 수 있을만큼 활달해져 있었다. 식모와 맞장난도 않고, 속취가 나는 위엄을 부리고, 성식이나 정애를 대하는 품도 천한 속기가 묻어 되바라져 있었다. 게다가 술이 취해서 들어오면 제 침대에 누워서 저를 기다리고 있는 영희가 괜찮다 뿐인 듯 했다. 그 이상 더 바랄 것도 없고 따질 것도 없겠다는 투였다. 결국 요맛쯤의 일조차 정작 처리하기를 꺼려하고 귀찮게 여기는 그런 위인이었다. 이 집채 안에 사는 사람 가운데 오로지 건강한 풍모를 느끼게 하고 비교적 풋풋한 떫은 맛을 느끼게 하던 단 한 사람뿐인 선재조차 이렇게 어처구니 없이 무너지고 흐늘흐늘해지는 것이 영희는 안타깝게 여겨졌다. 두달 전 집을 나가자고 할 때 나갔던들 하고 생각했다.

"나야."

잠시 뜸했다가 저편에서 다시 선재가 되풀이 말했다.

비로소 영희는

"또 술, 아휴 술 내음새 …"

저편에서도 웃고 있었다. 전화로서는 어쩐지 편하게 상투적으로 이래질 수가 있었다.

"아기는 잘 크나?"

두 달 밖에 안된 배 속의 아기를 두고 익살이랍시고 하는 말이었다.

"음, 잘 커, 아빠가 보구 싶대."

이런 경우 늘 그렇듯 영희는 같은 가락의 익살로 받아 넘겼다. 그리고 씁쓰므레하게 웃었다. '밤낮 같은 투여서 아주 상투화해 버렸어' 이렇게 생각했다.

"참 오늘 복덕방에 들렸었지. 이즈음 통 거래가 없다는군. 우리만이라도 나오긴 나와야 할텐데 …"

역시 할텐데 정도다.

"……"

"여보세요."

"듣구 있어요."

"별 일은 없었다."

"네."

"오빠는 여전히 집에 있구?"

"……"

여전히라는 소리가 신경에 거슬렸다. 그러나 영희는 급하게,

"참 손님이 한 분 있었어요."

"누구?"

"글쎄 들어온 다음에 얘기하지요."

결국 싱거운 전화였다. 이상한 일이지만, 이렇게 전화통을 잡고는 피차 뱃속의 아기 얘기라든지, 살림처리, 살 궁리 같은 것을 얘기만이라도 건네는데, 정작 집에 들어와 마주 앉으면 그런 문제는 까마아득해지는 것이었다. 그것은 피차가 마찬가지였다. 그러고 보니 선재에게 임신을 알린 것도 잠자리에서가 아니라 전화로서였다. 우스운 일이었다.

어느새 영희는 선재 방으로 돌아와서 선재의 좁은 침대에 널지감치 엎더, 달빛이 찬 뜨락을 향해 썬그라스를 썼다 벗었다 하며 장난을 했다. 선재를 찾아왔던 그 여인이 큰 문을 막 나서고 있었다. 문 빗장을 걸고 어둠 속에서 식모가 엉뚱하게 노란샤쓰를 휘파람으로 잠깐 불렀다. 영흰느 '기집애 미쳤어' 속으로 중얼거리면서도 혼자 히쭉 웃었다. 썬그라스 속에서 뜨락의 젖은 나무 숲이 유현幽玄하게 깊숙이 내려다 보였다가 다시 반짝하고 살아왔다가 했다. 스물 아홉이나 먹은 노처녀인 주제에, 게다가 선재의 아기까지 배속에 든 주제에 이렇게 어린애 마냥 어둠 속에서 썬그라스나 썼던 벗었다 하고 있는 스스로가 약간 어이없게 느껴지기는 했다.

이층으로 엇비슷하게 비쳐 오는 빗물 머금은 응접실의 불빛은 불빛이라기보다 차라

리 사람 내음새를 밀어 올리고 있었다. 요맛쯤의 거리距離만 두고 내려다 보아도 아버지 올케 오빠 식모 한사람 한사람이 분명한 윤관으로 따뜻하게 집혔다. 오빠에게 너무했다고 생각했다. 다음 순간 화닥딱 놀라듯 일어나 앉았다. '대관절 일이 어느만큼 되었는지 차근차근 따져봐야겠어' 이렇게 중얼댔다. 그러나 따지구 자시구 없이 일은 뻔한 것이었다.

영희는 다시 아래층으로 내려갔다.

택시가 골목으로 넉넉히 들어올 수 있음에도 불구하고 어쩐 셈인지 큰 딜 어구에서 내려서 걷기로 하였다. 비 개인 끝의 하늘은 맑게 개이고 달이 떠 있었다. 선재 뒤로 거리는 저만큼 물러서 있었다. 모퉁이 길에는 사람 하나 얼씬하지 않고 멀리에서부터 하이힐 소리가 또깍 또깍 가까워 오고 있었다. 어둠 속에 사람 형체는 안 보이고 소리만 들렸다. 저쪽 한길 옆에 약국의 불빛이 안온했다. 점포문을 닫고 있었다. 닫고 있는 사람은 안 보이고 닫치는 소리가 날 뿐이고 넓은 공간을 취저으며 그림자만 어른거렸다. 선재는 하늘을 올려다 보고, 이즈음 유행되는 〈쎄드 무비〉를 휘파람으로 혹은 콧소리로 되풀이 되풀이 흥얼거리며 걸었다. 술이 얼근한 속에 모든 것이 휑뎅그렁했다.

아, 슬픈 영화는 늘 나를 울게 한다.

아, 슬픈 영화는 늘 나를 울게 한다.

그 단조로운 슬픔이 감미롭게 온몸 구석구석으로 퍼져 갔다. 또깍 또깍 소리는 가까워 오면서 어둠 속에 불현듯 여인의 현체가 나타났다. 우산을 들고 레인코오트도 접어 들고 있었다. 갑자기 저편에서 섰다.

"어마."

비로소 선재도 섰다. 잠시 피차 그렇게 서 있었다.

선재가 그녀에게 다가갔다.

"어디서 오나?"

그녀는 턱으로 선재를 가리켰다. 알만 하였다. 그러자 그녀의 손을 잡고 급하게 도망이나 치듯이 어두운 왼편쪽 골목으로 꺾어 들어갔다. 어두운 속으로 어두운 속으로 흡사 부끄럽고 창피한 질 속을 핥듯이 달음박질을 쳤다. 그녀는 흐트러진 하이힐 소리를 뚜걱 뚜걱 내며 순하게 따랐다. 어느 큰 저택의 어두운 담 밑에 기대어 섰다. 이마에 돋친 땀을 씻고, 또 〈쌔드 무비〉 휘파람을 허하게 조금 불다가 앞에 다소곳이 선 그녀의 두 어깨에 비로소 손을 얹었다. 눈길은 건너편 하늘에 가 있었다. 아무 얘기도 더 묻고 싶지 않았고 하고 싶지도 않았다. 그녀는 오래간만에 이 사내의 내음새나마 맡는다는 것일까? 여느 때의 그녀답지 않게 쿨쩍 쿨쩍 울기 시작했다. 선재는 우는 그녀를 내려다 보며, 사람이란 결국 이렇게 너 나 없이 가엾고 슬프게 마련도어 있나부다, 이런 생각을 했다. 선재는 울고 있는 그녀를 끌어 안았다. 찝찌름한 눈물이 그녀의 얼굴을 덮고 있었다. 선재는 전혀 감정의 물결이 곁들임이 없이 그녀의 찝찌름한 볼을 핥고 있었다. 결국 이쯤 되었나부다, 건너편 하늘을 건너다 보며 또 이렇게 생까했다. 속삭이듯이 말했다.

"집을 어떻게 알았어?"

"……"

그녀는 대답을 않고 대뜸,

"다섯 달 됐어요."

내뱉듯이 이렇게 속삭이고 또 울었다.

"알구 있어, 알구 말구, 잊어버리구 있을 리가 있나. 잊어버리구 있을 리가 있나."

선재도 괜히 울먹울먹했다. 뭐 딱히 이 여인을 생각해서라기보다 단순히 잊어버리고 있었다는 사실이 슬픈 듯했다. 선재라는 사람은 역시 처리한다는 일만 빼놓는다면 사내 치고는 퍽 따뜻하고 부드러운 사내이긴 하였다. 이 여인과 마주 서자 어느새 다시 떫은 풋풋한 맛의 선재로 돌아와 있었다.

"우리 탓은 아니야. 알겠어? 사람들이 모두 달라져야 할텐데 말야, 달라질 수가 없거든. 규범이래도 좋고 믿음이래도 좋고 신념이래도 좋아. 하여튼 그런 것이 있어야 돼. 밑을 헤아릴 수 없는 수렁뿐이니 말야. 새로운 기운은 여기와는 다른 아득한 차원에서 일이

오르고 있는 것이야, 알겠어?"

지금 그녀의 배 속에 다섯 달 찬 아이가 자라고 있다는 사실 앞에 이런 얘기는 어차피 건방진 것이었다. 그녀가 이런 얘기를 알아들을 처지도 아니었다. 그녀는 어느새 울음이 그쳐 있었다. 울음이 그치자 비로소 그녀다운 맛을 발산하고 있었다.

"정말 뭐가 뭔지 모르겠어."

그녀는 선재 가슴에 두 손을 포개어 얹으며 이렇게 말하고는 선재를 올려다 보며 이상하게 웃었다. 선재도 마음이 편해졌다.

"그래, 맞았어, 그렇지? 뭐가 뭔지 모르겠지?"

"……"

"그래 그동안 어떻게 지냈어?"

"뭐, 밥 먹구 낮잠 자구 저녁엔 나가구 그렇게 지냈지 뭐, 그런데 직장에서도 차츰 눈치를 차리는가봐. 딴 애들의 눈치두 있구. 손님들두 그렇구 …"

그러니까 이젠 그만둬야겠다는 얘기인 듯 했다. 그녀는 오비홀에 나가고 있는 것이다.

"하긴 그렇겠군."

"그렇겠군이 뭐야? 여전히 그 모양이군."

그녀는 또 웃었다.

순찰 순경이 자전거를 타고 옆으로 지나가고 있었다. 다시 큰 골목길로 나왔을 때는 약국의 문도 닫히고 한결 더 괴괴해졌다.

그녀는 선재의 손을 잡고 덮어놓고 기분이 좋아있었다. 선재를 정작 만나자 모든 걱정거리가 아득하게 밀려가는 듯하였다.

둘은 자연스럽게 헤어졌다.

영희가 들어섰을 때 늙은 주인은 앉은 채 잠이 들어 있었다. 바깥쪽 문은 닫혀 있었다. 정애가 눈을 들었다. 영희를 보며 약하디 약하게 웃었다. 영희는 계란색 부라우스로 바꾸어 입고 있었다. 정애 옆에 앉으며 정애의 두 손을 따뜻하게 마주 잡았다.

"언니 안잤우?"

"……"

정애는 가느다랗게 웃었다.

"어마아, 벌써 열한시유 언니."

정애는 영희의 이런 부드러움이 오늘 저녁따라 새삼스럽게 가슴이 아팠다. 따뜻한 눈길로 영희를 건너다 보았다.

"난 지금 이층에서 이런 생각을 했어요. 언니와 나와 친형제면 어떠했을까 하구. 어쩐지 더 친숙해졌을 것 같지는 않아. 안 그렇수? 언니. 피차 마음 씀씀이 이토록 부드러워졌을 것 같지는 않아. 참 이상한 일이우. 어쩌문 그렇게 오빠라는 사람은 못마땅하기만 하구 신경에 거슬리기만 하우? 생각하면 오빠도 불쌍한 사람이 아니우? 들볶고 쏘아대기만 한다고 그렇게 태어난 사람이 달라질 리도 만무한 것이구, 참 학교 때 이런 얘길 들었어요. 남자 바레리이나들 말이우. 보통 때도 화장을 한대. 망측하잖수? 분을 바르구 연지곤지를 찍구, 애기하는 것도 얘 재 한다지 않수. 거기 비하면 오빠가 월등 낫지며, 월등이 뭐야? 월등 몇배지 머."

"……"

정애는 부드럽게 머리를 끄덕이며 눈물이 글성해졌다.

"그렇지요 언니. 월등 몇배지며, 하긴 이런 것이 다 우리 탓은 아니지 않겠우? 어슷비슷하지며. 언니나 나나 오빠나 다 같은 평면 속의 사람이 아니우? 서서히 기울져 가는… 날로 날로 더 무력해가는… 무엇인가 큰 울타리에서 너무나 너무나 비뚤어져 있어요. 싱싱한 것은 우리와는 너무나 다른 곳에서 움터오르고 있어요. 안 그렇수 언니? 난 이렇게 얘기가 두서가 없지 않수?"

지금 이런 얘기를 하고 있을 때는 아닐 것이었다. 좀 전에 그 여인이 돌아갔고 영희도 임신 두달인 터였다. 그러나 그런 얘기는 어차피 꺼내지 않으니만 못한 것이었다.

영희가 이렇게 무한정 지껄이는 대로 내버려 두어야 할 것이었다.

"참 언니, 그때 어느날 저녁의 그 쇠붙이 소리 있지않수? 어째서 그날밤만 그렇게 소리가 났는지 모르겠어. 낮에 저 아래 쪽을 다녀봤는데 철공장이나 대장간 같은 곳은 아무데도 없습디다. 아무리 생각해도 이상한 일 아니우? 참 아버지두 그날 이후루 달라지셨어요. 마지막 바래움도 포기하고, 저렇게 잠만 많이 주무시지 않수? 이북에 있는 언니도 찾지 않구, 보채지도 않으시구, 사그러져가는 불길 같은데 식욕은 더 왕성하구, 참 이상한일 아니우?"

늙은 주인의 잠든 모습은 흡사 대여섯살 난 어린애 같았다. 방에 모셔다가 눕힐 법도 한데 어쩐지 이렇게 버릇이 되어 있었다. 그냥 쏘파에 앉쳐 두는 것이었다.

잠시 조용했다.

"언니."

"……"

"난 어차피 선재와 되어야 할까봐."

영희가 문득 이렇게 말했다. 그러자 정애가 영희의 두 손을 힘 주어 잡았다. 늙은 주인은 가느다랗게 코를 골고 있었다.

"그인 나 아니면 안될 것 같아요. 어쩐지 그럴 것 같아. 나 이상으로 약한 사람이야. 언니 언니, 지금 나한테 아무 소리도 마우. 나 다 알구 있어요. 어떤 규범을 두고 이런 걸 생각할 성질은 아니지 않겠우? 어차피 그런 건 놓치구 있으니까요. 피비린내 나는 내 타산을 두고 얘기하는 것도 아니야. 싸느다랗게 공정(公正)하게 생각해 본 연후의 얘기야. 알겠우? 언니. 그인 너무나 너무나 호인(好人)이잖수? 무슨 일을 저질러도 미워할 수는 없는것 같아. 차라리 일을 저질러도 미워할 수는 없을 것 같아. 차라리 가엾고 처량해 보일 뿐이우. 눈물이 나도록 처량한 사람이우. 알고 보니까 그래. 두어달 동안에 정이 들었나봐."

"……"

정애가 머리를 끄덕였다.

"언니, 언니도 어서 아기를 낳읍시다. 고집도 아니구 뭐가 뭔지 잘 모르겠어. 막연하게 알 것두 같구, 언니 경우가 말이우. 그저 무색 투명하기만 하게 하루 하루를 그렇게 지낼 수만은 없지 않겠우. 백년하청이지 길은 열리지 않지 않겠우. 언니, 정말 우리 무슨 일이든 일을 잡읍시다. 모두 일이 없구 마음들이 허해서 이래. 일이야 찾으면 없을라구? 하다 못해 …"

하다 못해… 역시 할만한 일도 없을 것이었다.

"정말이야. 마음들이 허해서 이래."

다시 조용했다. 정애와 영희는 한 덩어리로 엉겨 있고 늙은 주인만이 쌔근쌔근 숨을 쉬고 있는 듯하였다. 정애가 영희를 마주보며 또 부끄러운 듯이 웃었다. 여느 때의 반듯한 맛이 가셔지고 소녀 같은 내음새를 풍겼다.

갑자기 정애가 놀라듯 하며, 영희의 두 손을 다시 힘 주어 잡았다. 새파랗게 질리면서,

"어마" 하곤 다급하게 속삭이는 소리로

"저 소리 듣수?"

"무슨 소리유?"

영희도 덮어놓고 정애의 표정만 보고 파랗게 질렸다.

쿵 쿵, 울리고 있었다. 집 속의 깊은 어느 진수眞髓에서 울려 나오는 소리일 것이었다. 괴물질도 아니고, 흡사 식물질인 오래 묵은 나무 뿌리 같은 것이 맞부딪치는 것 같은 소리였다. 쿵 쿵.

"난 모르겠는데, 소리가 무슨 소리유? 언니."

둘은 어느새 서로 끌어안고 볼을 맞댄채 먼 곳에 귀를 기울이는 듯한 표정을 지었다.

"집에서 무슨 소리가 나요."

정애가 급하게 속삭이는 소리로 말했다.

"어마아."

영희가 대답했다.

"아씨는 안 들리우?"

정애가 속삭였다.

"난 모르겠어요."

영희가 말했다.

창문 바깥에 무엇인가 어른어른 하는 것 같았다. 달빛에 나뭇잎들이 어른거리는 그림자일 것이었다. 벽의 남색 커어튼이 어쩐지 생기를 띄워 움찔 움찔 움직이는 듯 보였다.

쿵 쿵.

"저거, 저거 또 들려요."

정애가 또 자지러지듯이 속삭였다.

"아이, 소리가 무슨 소리유?"

영희가 신경질적으로 큰 소리로 말했다.

"정말 안 들리우?"

"난 안 들려요."

순간 전등이 꺼졌다.

이층에서 쿵쾅거리며 뛰어 내려오고 있었다. 성식일 것이었다.

"순자야, 순자야, 순자야."

여느때의 성식이답지 않은 거칠은 목소리로 급하게 불렀다. 숨소리가 헐떡헐떡 했다. 식모 밤에서 식모가 뛰어 나갔다.

"초 어디 있니? 초"

복도에서 웅성댔다.

식모가 요란스럽게 응접실 문을 열고 들어왔다. 허덕허덕 하며 설합 여는 소리가 들렸다.

순간 다시 불이 들어왔다. 좀 전보다 더 환했다. 슈미즈 바람의 식모가 천천히 돌아섰다. 위는 알몸 그대로였다. 풍만한 육체였다. 성식은 여전히 숨을 헐떡이면서 복도로 통하는 문에 막아 서 있었다. 눈빛이 거칠은 기운을 띄우고 있고 짙어 보였다. 늙은 주인은 그냥 쏘파에 잠이 들어 있었다. 영희는 성식과 식모를 번갈아 건너다 보며 키들키들 웃었다. 정애는 외면을 하고 시아버지의 비뚤어진 머리를 바로 잡아드렸다. 시계는 열한시를 가리키고 있었다.

비로소 식모가 쭝얼거렸다.

"어이구 대관절 이 집안은 어떻게 되어 먹은 집안이 이 모양인지 몰라. 등신 병신들만 모여 살구 있어."

그러나 언제부터인가 이렇듯 대담한 식모의 푸념에도 누구 하나 대꾸를 못하게 되어 있었다.

현관에 또 벨 소리가 났다.

식모가 제 방으로 건너가 윗도리를 걸치고 뛰어 나가고 있었다.

성식은 다시 층층다리를 올라가고 있었다.

늙은 주인이 억억하고 큰 소리를 지르며 번쩍 눈을 뜨고는, 몸을 비틀면서 거쉰 소리로 엉엉거리는 것이었다. 꼭 짐승의 소리 같았다. 입에서는 침이 흐르고 있었다. 무슨 꿈이라도 꾼 모양이었다. 두 팔을 내저으며 억억거리다가 다시 잔잔해졌다. 정애와 영희를 뚜렷뚜렷한 눈길로 돌아보고 얌전해졌다.

층층다리를 올라가는 선재의 발걸음이 별반 취한 것 같지 않았다. 곧 영희가 뒤쫓아 올라갔다.

불이 켜져 있지 않았다. 선재는 어둠 속에서 옷을 벗고 있었다.

아래층에서 정애는 또 혼자 울고 있었다. 식모 방의 불이 꺼졌다. 열한시 반 싸이렌이 울리고 있었다.

성식은 이층의 큰 방에서 혼자 전축을 틀었다. 불빛이 푸르므레했다. 침대 위에 벌렁 누워 있었다.

"오늘 무슨 일 있었우?"

"……"

선재는 대답이 없었다.

아래층에서 정애는 알고 있었다. 결국 아무 일도 없으리라는 것을. 선재나 영희나 피차 아무 말도 못하리라는 것을. 선재의 그 여인은 아득한 어느 곳을 지나가고 있을 것이었다. 제 집에 닿아 있을 것이었다.

영희는 알고 있었다. 선재가 그녀와 만났다는 것을. 만나서 대개 어떤 모습으로 그녀를 대했으리라는 것을.

영희는 이런 경우, 제 김에 미안해서 묵뚝뚝해 있는 선재를 다루는 법을 너무나 잘 터득하고 있었다.

큰 산

아침에 깨어 보니 온 누리엔 수북하게 첫눈이 나렸는데, 대문 옆 블럭담 위에 웬 흰 남자고무신짝 하나가 얌전하게 놓여 있었다. 얼마 안신은 듯한 거의 새 고무신짝이었다.

아내와 나는 다 같이 께름칙한 느낌에 휩싸였다.

"웬일일까. 누가 장난을 했나."

내가 일부러 아무렇지도 않은듯이 씨부리자,

"아무리, 장난으로 저랬을라구요."

아내는 어쩐지 뾰루퉁해지면서 말하였다. 아내는 현대 여성이라서라기 보다는 본시부터 이런 일에는 대범한 편이었는데, 요즘 조금은 나를 닮게된 모양이었다.

사실은 이런 일에는 내 쪽에서 훨씬 소심하고 예민한 편이어서 아내는 이런 나를 어지간히 구질구질하게 여겨왔던 것이다.

간 밤에도 근처 어느 집에서 굿을 하는 듯, 꽹과리 소리가 요란했다. 텔레비 안테나가 무성해 있고 젊은 샐러리맨 부부가 많이 살고 있는 동네인데도, 웬일인지 한 밤중이면 굿하는 꽹가리 소리가 가끔 멀리 가까이 들리곤 하는 것이다. 아니, 반드시 한 밤중만도 아니다. 한 밤중의 그 소리가 더 기분이 나쁘고 음산하게 들린다 뿐이다. 그러나 우리는 한 번도 그 일을 지나가는 소리로라도 입밖에 낸 일은 없었다. 어쩐지 그런 유(類)의 얘기를 주고 받기가 처음부터 싫었던 것이다. 더러 아내가,

"또, 또 어느 집에서 굿 하나봐요."

한 마디 불쑥 지껄이기라도 하면, 번번히 나는 딴청을 피우며 못들은 체 해버렸다.

그런 때마다 나는 웬일인지 소심해져 있었고, 그 무슨 불길한 것에 손 끝이 닿아지는 듯하여 그런 소리조차 입에 올리기를 꺼렸던 것이다.

아내는 나의 이런 성격을 알고 나서 부터는 내심 구질구질하게 여기면서도 그녀나름으로 조심하는 것 같았으나 그럴수록 우리 두 사람은 그런 일에 더 예민해져 있었고 모르는 사이에 아내 쪽에서도 나를 닮아가고 있었던 것이다.

나는 그 이상한 고무신짝을 두고 이모 저모 뜯어 보았다. 분명 더도 덜도 아닌, 남자 고무신짝 하나였다. 크기도 특별하게 크다거나 작다거나 그렇지 않고, 표진형 정도였다. 좀 이상하다면 금방 씻어말린 듯이 새하얗게 희다는 점이다. 그것이 더 을씨년스럽고 기분이 나빴다.

"그럼, 도둑일까."

"도둑이면 발자국이라도 있을 꺼 아녀요. 도둑이 미쳤나, 조렇게 얌전하게 올려 놓게."

"또 알아? 심리전을 쓰노라고 저랬는지."

"……"

아내는 쓰디쓰게 피시시 웃었다. 그 웃음 속에는 나에게 대한 가벼운 원망이 스며있었다.

'당신이 늘 그런 데에 필요이상으로 신경을 쓰니까 저런 것도 저렇게 끌어드는 거야요. 심리전도 달리 쓰나요. 이쪽에서 약점이 있으면 쓰는 게지'

하는 눈길이면서도 아내는 낮은 가락으로 말하였다.

"호옥 쓰레기꾼이 장난을 했나. 두 사람 가운데 젊은 쪽이 꽤 장난꾸러기던데. 뉘집 쓰레기통에 한 짝만 들어 있으니까 그걸 …"

"그렇군, 그렇군."

나도 둔하게 건숭건숭 대답은 하였으나 이미 아내의 그런 소리를 제대로 듣고 있지 않았다.

그 흰 남자 고무신짝 하나는 고무신으로서의 분명 단순한 용처用處를 일거에 몇 차원

次元을 뛰어 넘어 뚜렷뚜렷하게 내 어느 깊은 안속으로 이미 달려들고 있음을 어쩔 수 없었다.

'이 양반, 또 병 났군'

하는 듯, 아내는 상을 찡그리면서도

"어젯밤도 꽹가리소리가 밤내 나던데요. 어느 집에서 또 굿을 하는 모양이던데."

하고 말하자

"쓸데 없는 소리."

나는 울컥 화를 내듯이 두 눈을 부릅뜨기까지 하였다.

분명히 아내도 나처럼 이 일로 하여, 공포감에 휘말려 있는 것이 확실해 보였다.

국민학교 4학년쯤이었을 것이다. 나는 밭에 버려진 신짝 하나를 보고 공포에 떤 일이 있다. 비오는 속의 무우밭에 앞대가리 부분이 무우잎에 무성한 밭속에 처박혀 있는 검정색 '지까다비地下足'짝이었다.

발 뒷축께의 세 개의 호크까지 멀쩡하던 일이 지금도 뒷등이 선득할이만큼 기억에 또렷하다.

바로 대동아전쟁이 나던 이듬해인가여서 그 무렵 그 '지까다비'는 대유행이었던 것이다. 본시 광산노동자용이었던 모양인데, 아닌게 아니라 그 검정색 생김생김이 광산용으로 꼭 어울려 보였었다. 우리 마을에서 5리쯤 내려가면 철동공장과 피혁공장이 있었는데, 그 공장에 다니면 징용徵用을 면한다 해서 마을 사람들은 너도 나도 그쪽으로 몰렸었고, 따라서 그 '지까다비'는 집집마다 무성했던 것이다.

그때 그 무우밭의 '지까다비'짝이 그토록까지 무서웠던 거은 대제 무슨 까닭이었을까. 그 '지까다비'가 지닌 평범하고도 단순한 용처를 떠나, 생판 엉뚱하게도 무우밭에 처박혀 있어서, 그 '지까다비'의 '지까다비'로서의 노선路線, 혹은 루울에서 벗어져 나온 그 점이, 공포감으로 작용했던 것일까. 일단 그렇게 생각해 볼 수는 있다. 그러나 단순히 그

이유 뿐일까. 그렇지만은 않은 것 같다. 단순히 그 이유였다면 내 마음 속에서도 그냥 그 정도로 처결處決 해치울 수가 있었을 것이다. 그 무렵 모든 신의 바다고무는 고무성분이 덜 들어가 녹신녹신하지가 못하였으니까, 어쩌다가 바다의 중둥이가 뚝 부러져 더 이상 못신게 되어서, 홀쩍 무우 밭에 버렸으리라. 한짝은 무우밭 한 가운데로 멀리 버리고 한짝은 이렇게 가생이께로. 이 '지까다비'짝에만 한限해서는 분명히 이러했을 것이다. 공포감이고 뭐고 느껴질 건덕지라곤 없다.

아, 지금에야 생각이 난다. 그 날은 마가을비가 내렸었는데, 무슨 까닭인지 나는 저녁답에 혼자 비를 맞으며 돌아오고 있었던 것이다. 지금 아무리 머리 속을 짜내어도 무슨 이유로 그때 그렇게 혼자만 늦게 돌아오게 되었는지는 생각이 나지 않는다. 그러나 다만 확실한 사실은 학교에서 혼자 나올 때부터 이미 나는 '큰 산'이 안보일 것이라는 예상으로 쓸쓸해 있었던 것이다. 이 정도로 패연하게 비가 쏟아지는 날은 으레 '큰 산'은 구름에 깝북 가리는 것이다.

하긴 일반론으로서도 그렇긴 하다. 활짝 개인 날보다 덜 개인 날이 기분은 언짢은 법이며 덜 개인 날 보다 흐린 날이, 흐린 날보다 비 오는 날이, 비 오는 날 가운데서도 마가을 저녁답의 빈 들판에 내리는 비가 훨씬 더 쓸쓸한 법이다. 그러나 그 무렵의 내 경우에는 더 분명한 것이 있었다. 비가 이 정도로 쏟아지는 날에는 '큰 산'이 구름에 깝북 가려진다는 점이 있다. 그 '큰 산'이 가려지면, 여느 때는 그 '큰 산'에 의지依支하면서 각각이 각각의 분수나름으로 얌전히 있던 가까운 주위의 야산野山들이 갑자기 싯커멓게 뚜렷뚜렷해지며, 그로테스크한 외양으로 변해버리는 것이다. 그리하여 들판도 의지할 데를 잃어버리며 푸욱 가라앉아진다. 온 누리는 그렇게 갑자기 균형을 잃고 썰렁해지고, 개개個個의 것들이 개개나름으로 저를 주장해 나서며 티격테격거리기 시작하는 듯이 보이는 것이다. 그것이 어째서 그렇게도 쓸쓸하게 느껴졌던 것일까.

우리 마을 서쪽 머리 청靑빛의 마식령 줄기가 바로 뻗어 갔는데, 마을사람들은 이것을 '큰 산'이라고 불렀던 것이다. 내 경우 이 '큰 산'은 그 곳에 그 모습으로 그렇게 있다는 것만으로 항상 나의 존재의, 나를 둘러싼 모든 균형의, 어떤 근원을 떠받을어 주고 있었던 것이다. 내가 태어난 후, 가장 먼저 익숙해진 것은 어머니 젖가슴이었겠지만, 두번째로 익숙해진 것은 그 '큰 산'이었을 것이다. 아침 저녁으로 우리 집에서 정면으로 건너다 보이던 그 '큰 산', 문만 열면 서쪽 하늘 끝에 웅장하게 덩더롯이 솟아있던 그 청빛 큰 산. 그 '큰 산'에서부터 산과 골짜기들이 곤두박질을 치듯이 내려오다가 서서히 길게 뻗으면서 골짜기 하나가 갑자기 흰 치마자락 펴듯이 큰 내를 이루며 내려오는 가에 미루나무 숲이 우거지고, 우리 마을이 앉아있는 것이다. 그렇게 우리 마을 앞에서부터 좁은 들판이 시작된다. 이 들판은 더욱 퍼지면서 밑으로 흘러내려가, 두 야산 끝머리의 한 머리는 원산거리 쪽으로 닿고, 한 머리는 비옥한 안변평야의 북쪽 끝으로 가 닿는 것이다.

바람도 없이 비는 패연히 쏟아졌고 저녁답이라, 들판은 횅하게 비어 있었다. 웃보매기 마을로 올라가는 길과 우리 마을로 들어가는 갈림길까지는 빈 달구지 서넛이 가고 있었, 그런대로 나도 심심치는 않았다. 달구지꾼들은 늙수그레하였고, 소 엉덩이 뒤에 바싹 붙어 앉아 웅숭그리고 있었는데 싸리대로 엮은 삿갓을 쓰고 쉬임없이 웅얼거리고들 있었다. 비를 맞고 가는 어린 나더러도 저희들 빈 달구지에 올라타라고 했을 법도 한데, 어째선가 그날 따라 하나같이 모두가 냉랭하였다. 나도 그날따라 웬일인지 그들의 그것을 다영한 것으로 어린 나이에 걸맞지 않게 접어 생각하면서, 무리를 해서까지 굳이 올라타고 싶지가 않았던 것이다.

그러나 그 달구지꾼들과 헤어져 마을로 들어가는 안길로 혼자 꺾이면서, 비로소 나는 저견답과 비를, 그리고 '큰 산'이 안보이는 쓸쓸함을, 분명하게 의식했다. 아, 그때의 그 분명하던 의식! 그리고 그 쓸쓸함!

바람 한 점 없이 패연하게 쏟아지는 비 속에, 온 누리는 음산하고 오로지 썰늘한 뿐이었다. 천지에 들리는 것은 지척지척 비 내리는 소리 뿐이었다. 아, 그 아득함! 아득함! 그 비 내리는 소리도, 귀를 곤두세워 비소리를 의식하면서 듣자고 해야, 밭 가운데 여기저기 세워 놓은 수수대 무더기에 비 꼬치 드는 소리로 구체적으로 들릴 뿐이지, 그냥 명청한 귀에는 그 비 소리가, 그저 그렇게 낮은 가락의, 그 무슨 하늘과 땅의 둔탁한 울림소리 같은 것으로, '큰 산'을 잃어버린 허공같은 소리로만 들리던 것이었다.

그 '큰 산'이 구름에 깜북 가려 보이지 않아서, 좁은 들판은 더 푸욱 패워 보이고, 양 옆의 야산도 비슷에 더 시커멓게 뚜렷뚜렷해 보였다. 빠안히 들여봐 보이는 우리 마을도 집집의 굴뚝마다 젖은 저녁연기는 내고 있었지만 여느 때 없이 쓸쓸해 보였다.

'큰 산'이 구름에 가려서 안보이는 것이, 어찌 이렇게도 이 들판에, 이 누리에, 쓸쓸한 느낌을 더하게 하는 것일까. 야산을 야산이도록, 강은 강이도록, 이만한 분수의 들판을 이만한 분수의 들판이도록, 저렇게 빠안히 건너다 보이는 우리 마을을 우리 마을이도록, 제 분수대로 제자리에 쏘옥 들어 앉지 못하게 하는 것일까.

바로 이때 나는 길 가생이 무우 밭에 아무렇게나 버려진 그 '지까다비'짝을 흘낏 보았던 것이며, 순간 화닥닥 놀라 머리숱이 쭈뼛해지는 공포감에 휘감겨서 미친듯이 비 속을 달렸던 것이다.

그 '큰 산'. 그 '큰 산'을 못 보고 사는지 어언 이십 여 년. 어느새 나도 이런대로의 내 삶에 어정버정 익숙해져 왔고 적응해 오기는 한 셈이다. 난세와 그리고 그 후의 평상의 세월을 살아오면서 나 나름으로 적응해진 셈이다. 그러나 그 적응이란 대체 어느만한 한도의 적응인 것일까.

후에야 알았지만 아침에 그런 일이 있고난 그날밤에 아내는 그 고무신짝을 들고 골목길을 이리저리 기웃거리다가 길가의 아무 집이건 가림이 없이 담장 안으로 휑 던졌던 모양이었다. 물론 아내는 제 자존심도 있었을 터여서 그런 얘기를 나에게는 입 밖에 내지 않았다. 나도 아침에 그런 일이 있고, 그 고무신짝은 대문 앞의 멋대가리없게 생긴 시멘트 덩어리 쓰레기 통에 버린 후, 그런 일은 없었던 셈으로 쳤다. 우리는 미심한대로 그 일을 그렇게 처결해 버렸던 것이다. 그러나 아내는 그 미심한 점이 역시 미심했던 모양이었다.

나는 하루 종일 거리로 나와 있었지만 아내는 종일토록 집에만 있었으니, 그 미심한 느낌인들 나보다도 훨씬 더했을 것이다. 그렇게 아내는 이미 그 고무신짝의 논리 속에 흠뻑 빠져 있었던 것이다. 그리하여 어두울 무렵에 혼자 나갔을 것이다. 쓰레기통 속에서 희끄므레한 남자고무신짝을 끄집어 냈을 것이다. 그리고는 골목길을 오르내리며 마땅해 보일 만한 장소를 물색했을 것이다. 그러다가 아무 집이건 담장 너머로 휭 던져버렸을 것이다. 그렇게 그쯤으로 액(厄)땜을 했다고 자처해 버렸을 것이다.

그 며칠 후, 정확하게 열흘쯤 지나서였다.

아침에 자리에서 눈을 뜨니 먼저 일어나 밖으로 나갔던 아내가

"아빠아 눈 왔다아, 눈 왔어."

호들갑을 떨듯이 소리를 질러서, 나도 벌떡 자리에서 일어나 내의바람으로 달려 나갔다.

아내는 뜰 한 가운데 파자마바람으로 싱글벙글 웃고 서 있었다.

수북하게 눈이 와 있었다. 게다가 하늘은 활짝 개이고 해는 금방 떠오를 모양이다.

"밤새 왔던 모양이지요."

"그걸 말이라고 하나, 당연하지."

"아이 야박스러. 좀 그렇다고 맞장구를 쳐주면 어때요."

"나는 합리적인 사람이니까 이치에 닿지 않는 소린 싫거든."

"흥, 이치 좋아하시네."

하고 아내는 입을 볼륨이 있게 비시시 웃고, 눈은 얄팍하게 나를 흘겨보듯 하더니, 다시 장나스러운 표정이 되며 물었다.

"하늘에 깝북 구름이 차 있따가, 가장 빠른 시간 안으로 이렇게 온 하늘이 깨끗이 개어 오르려면 몇분이나 걸리는지 알아요?"

나는 잠시 무슨 뜻인지 몰라서 뚱하게 아내를 쳐다보았다.

"그건 하늘 나름일테지."

"하늘나름이라뇨?"

"넓은 하늘도 있고 좁은 하늘도 있지 않겠어. 그건 어쨌든, 자기는? 자기는 아나?"

"몰라요, 모르니까 묻죠."

하고, 아내는 낭랑한 목소리로 한 바탕 또 웃었다.

눈 나린 겨울 아침과 저 낭랑한 웃음.

저 웃음으로 해서 이 눈 나린 겨울 아침이 훨씬 더 눈 나린 겨울 아침으로 느껴지도록 하고 있는 저 웃음. 또한 저 웃음으로 하여금 더욱 더 저 웃음이도록 해주고 있는 이 활짝 개어 오른 눈 나린 겨울 아침. 두 가지는 거의 완벽할 정도로 서로 충족되어 있었다.

그러나 무엇인가 빠져 있다. 나는 일순 고향의 그 큰 산이 문득 떠오르려고 하는 것을 머리를 설레설레 흔들어 지워버렸다.

그러고 보니, 비나 눈이 오다가 개어오를 때는 대개 바람이 불면서 스름스름 걷히는데, 그러다간 어느새 눈 깜짝할 사이에 온 하늘은 활짝 개어 있곤 하는 것이다. 선들바람이 지나가면서 두꺼운 하늘 한 복판에 파아란 구멍 하나가 깊숙하게 뽕 뚫렸다 싶으면, 스름스름 구름이 날아간다. 구름이 날아간다. 다음순간 눈 깜짝할 사이에 어느새 온 하늘은 끝에서 끝까지 완전히 개어 오르는 그 과정을 처음부터 끝까지 완전하게 지켜 본 사람이 있을까. 온 하늘의 구름조각 하나하나가 한꺼번에 슬어져 가는 것을 완전히 본 사람이 있을까. 설령 보았대도 마찬가지일 것이다. 정신이 번쩍 들듯이, 정신을 차려보니까 '어느새' 온 하늘이 활짝 개어 있기는 마찬가지일 것이다.

이렇게 눈이 나려서, 게다가 하늘이 개어 올라서, 아내는 저렇게도 단순하게 기분이 좋은 모양이었다. 눈을 밟으며 사쁜싸쁜 큰 문 쪽으로 달려 나갔다. 그러더니 뜰 끝에서 멈칫 섰다. 일순 여들여들하게 유연하던 아내의 뒷등이 무언가 현실적인 분위기로 굳어지고 있었다.

"어마, 저게 뭐유?"

헛간 쪽의 블럭 담 밑을 꾸부정하게 들여다 보았다.

"뭔데?"

나도 가슴이 철렁해지며 문득 열흘쯤 전의 그 일이 떠올라 그쪽으로 급하게 다가갔다.

동시에 좀전의 그 환하던 겨울아침은 대뜸 우리 두 사이에서 음산한 분위기로 둔갑을 하고 있었다.

"고무신짝이에요, 또. 그, 그, 고무신짝."

아내의 목소리는 완연히 떨고 있었다.

맞다, 그 고무신짝이었다. 그 새하얗게 씻은 남자 고무신짝.

"……."

나는 마치 머리 속의 저 아득한 맨 끝머리에 쩌엉스런 깊고 빈 들판이 있다가, 그것이 또 확 열려오는 듯한 공포 속으로 휘어감겼다.

아내도 까맣게 질리인 얼굴이다.

"대체 어떻게 된 셈이지?"

"돌아 다니고 있어요, 저게. 염병 돌듯이."

아내는 빠른 입놀림으로 이렇게 헐떡거리듯이 지껄였다. 나는 그 아내를 금방 무당 내리는 계집 쳐다보듯이 을씨년스러운 느낌 섞어 쳐다 보았다.

"돌아 다니다니, 대체 무슨 소리야?"

"이 집에서 저 집으로, 저 집에서 이 집으로."

"그때 그 고무신짝은 분명히 쓰레기통에 버렸지않아."

"아무래도 께름칙해서 그날밤 당신이 들어 오시기 전에 내가 다시 들고 나갔던 거에요."

"무엇이? 그럼 그걸 어느 집 담장 너머로 버렸었다는 말인가?"

"그렇지요."

아내는 당연하다는듯이 약간 우락부락한 얼굴까지 되며 말하였다.

"왜?"

"왜라뇨, 당신 그걸 나헌테 따져 묻는 거에요?"

"던지긴 어느 집으로 던졌어?"

"몰라요."

"……."

그러니까 이렇게 된 모양이다. 새벽 일찍 뜰 한가운데 그 고무신짝이 떨어진 것을 본 그 어느 집의 부부들도 찌엉한 느낌에 휘어감기며 간밤내 근처에서 들리던 굿하는 꽹가리 소리 같은 걸 떠올리며 공포감에 사로잡혔을 것이다. 별로 복잡하게 궁리할 것도 없이, 그날 낮이든가 밤에, 이웃집 아무 집에건 담장 너머로 그 고무신짝을 훌쩍 던졌을 것이다. 남편 모르게 아내가, 혹은 아내 모르게 남편이. 그만한 자존심들은 있었을 것이다. 그렇게 액厄은 이웃집으로 옮아 보내고, 제 집은 일단 마음을 놓았을 것이다. 그러자 담장 안에 웬 고무신짝 하나가 떨어진 것을 본 그 집에서도, 그렇게 제 집으로 기어들어온 액을, 멀리는 못 던지고, 그날 낮이면 낮, 밤이면 밤에, 근처 이웃집으로 또 던져버렸을 것이다. 그 이웃집에서는 다시 이웃집으로, 또 그 이웃집으로, 순이네 집에서 영이네 집으로, 영이네 집에서 웅이네 집으로, 웅이네 집에서 건이네 집으로, 이런 식이었을 것이다. 모두 현대적인 교육을 받은 터여서 자존심들은 있었을 것이다. 모두가 합리적인 사람대우는 대우대로 받고 싶었을 것이다. 그러나 대우는 대우고, 겪는 것은 겪는 것이다. 그들은 서로 상처 한 군데 입음이 없이, 그 고무신짝만 이웃집 담장 너머로 던지면 되었던 것이다.

이렇게 합리적으로 생각하면서, 합리적으로 웃음도 나왔지만, 아내도 당장은 웃을 경황이 아니었다. 두번째로까지 극성맞게 들어온 이놈의 고무신짝을 대체 어쩐단 말인가. 이 액厄을 우리 부부 혼자서만 감당할 자신自信이 우리는 이미 없는 것이었다.

"대체 저 눔의 것을 어쩌지?"

나는 이미 액 투성이 때가 엉기엉기 묻은 듯한 그 고무신짝을 만지기도 싫어서, 그것을 엇비슷이 건너다 보며 투덜거렸다.

"어쩌긴 어째요, 놔두세요, 내가 처리할께."

아내는 독毒 오른 표정이 되며, 악착같이 해보겠다는 듯이, 중얼거렸다.

"처리하다니 어떻게?"

"아주 머얼리 보내지요. 이따가 밤에."

"산에라도 가져가다 버릴 요량인가?"

"뭣허러 산에 가져 가요. 우리가 그렇게 질 수는 없는 거 아녀요."

하고, 아내는 다시 말하였다.

"밤에 저눔의 걸 들고 버스 타고 멀리 가져갈 터에요. 하다 못해 동빙고동에라도."

"뭐라고."

나는 입을 벌리며, 악착같이 해볼 기세인 싯뻘게진 아내의 얼굴을 마주 쳐다보았다.

동시에 국민학교 4학년적의 그 '지까다비'짝과 그때 그 '큰 산'이 구름에 깝북 가렸던 교교한 산천을 떠올렸다.

"'큰 산'이 보여서 이래, 모두가."

내가 나지막하게 혼잣소리로 중얼거리자, 아내도 나를 귀신 내리고 있는 박수 쳐다보듯이 쳐다보고 있었다.

"당신 이제 무슨 소리 했우. 대체 '큰 산'이 뭐유, '큰 산'이."

"……."

그 '큰 산'은 청靑빛이었다. 서쪽 하늘에 늘 덩더룻이 웅장하게 펴어져 있었다. 아침 저녁으로 혹은 네 철을 따라 표정은 늘 달랐지만, 근원은 뿌리 깊게 일관해 있었다. 해뜨기 전 새벽에는 청청한 빛으로 무겁게 싱싱하고 첫 햇볕이 쬐이면 산머리에서부터 백금색으로 빛나고 햇볕 속의 한낮에는 머얼리 물러 앉은 청빛이었다. 해질녘 저녁에는 골짜기 하나 하나가 손에 집힐 듯이 거멓게 윤곽을 드러내고 서서히 보라빛으로 물들어간다.

봄엔 봉우리부터 여드러워지고 겨울이면 흰색으로 험준해진다. 가을에는 침착하게 물러앉고, 여름이면 더 높아 보인다. 그 '큰 산'은 늘 우리 모든 사람의 마음 속에 형태 없는 넉넉함으로 자리해 있었던 것이다. 그 '큰 산'이 그 곳에 그렇게 그 모습으로 뿌리 깊게 웅거雄據해 있다는 것이, 우리들 존재의 어떤 근원을 이루고 있었던 것이다. 깊숙하게 늘 안심이 되었던 것이다. 아, 그 '큰 산', '큰 산'.

그날 밤 아내는 악착같이 해 볼 기세로, 싯뻘게진 얼굴로, 그 '고무신짝'을 신문지에 들들 말아 싸 갖고 어디론가 나갔다가, 아홉 시가 지나서야 비시시 웃으며 문을 열고 들어섰다. 과연 나갈 때의 뭉뚱그러진 표정은 가셔지고, 무거운 짐이라도 벗어 놓은 듯이 한결 가벼워져 있었다.

그러나 나는 아무 소리도 안 물었고 아내도 구태여 아무 소리도 안 하였다. 우리는 이렇게 이 정도로는 서로 존중해줄 줄을 알고 있었던 것이다.

결국 아내의 그 일은 그런대로 그 나름의 차원으로 성공한 모양이었다.

이단자(4)

　시골로 내려 오자, 우리 어른들보다도 애들이 더 미치게 좋아하였다. 애들이래야, 국민학교 4학년에 다니는 우리 애와, 역시 같은 나이인 준오俊午의 애였다.

　준오의 동생이 시골에서 농장을 하고 있어, 벌써 몇년째 빌려오다가 지난 여름 휴가에 사내애 하나씩만 데리고 피서 겸 내려온 것이다. 듣던대로, 농장은 그닥 크지는 않았지만, 언덕받이 잔 솔밭 가로 과수원이 있고, 원두막이 있는 수박밭도 있고, 과수원 옆으로 도랑도 흐르고 있어서 닷새쯤의 여름 휴가를 즐기기에는 안성맞춤이었다. 한낮이면 밀짚벙거지를 쓰고 맨발에 런닝바람으로 사내 뿐인 어른 애가 한 덩어리가 되어 도랑을 오르내리 훑는 천렵 재미가 그중 괜찮아서, 애들은 그야말로 미치고 환장하는 것이었다.

　그러나 뭐니뭐니해도, 시골은 밤이 더 시골다웠다. 하늘에 별은 가득히 널려 있어도 한 치 앞을 분간할 수 없는 칠흑의 어둠 속에 완연히 빨려 들듯이 우리는 무언지 아늑하면서도 소슬한 분위기에 잠겨들곤 하였다. 밤마다 마당의 평상 옆에 모깃불을 피워 놓고 어른은 어른들끼리 애들도 애들끼리 소곤소곤한 잡담을 나누곤 하였는데, 이렇게 이틀가량 지나면서 우리는 묘한 사실을 발견하였다. 우리들 자신이, 몇천 몇만 몇억겹으로 얽혀서 돌아가는 대자연의 운행運行 속에 어느새 완전히 잠겨들어, 그런 질서 속에 그냥 내맡겨져 있는 듯한 느낌 속으로 빠져 들었다.

　저녁마다 벌이는 애들의 화제부터가 주로 귀신 도깨비등속의 얘기이던 것이다. 그것도 전혀 황당무계한. 서울에서는 못보던 광경이었다. 그러나 가만히 들어보니, 우리 어른들도 비슷하였다. 밤마다의 화제가 그런 쪽의 부황한 얘기들이었다. 애들의 그런 분위기가 어른들에게도 옮아 왔는지, 아니, 사실은 거꾸로인지도 모른다. 필경은 우리 어른들의 분위기가 그런 식으로 애들에게 옮아갔을 것이다. 전깃불도 없는 시골의 밤이, 그리하여 한철 가깝게 느껴지는 밤하늘의 은하수가, 그뿐인가. 우람한 밤나무 숲을 흔들며 지나가는 시원한 바람 소리가 어느새 우리로 하여금 그런 식의 화제만을 즐기도록 만든 것이었다.

서울서 내려올 때는 농촌 사람들이 살아가는 실정이나 냉혹한 현실을 알아보겠다는 꽤나 적극적인 생각도 없지 않았는데, 정작 내려와서는, 불과 이틀도 안 지나 전혀 그런 데서 벗어져 나와, 엉뚱한 화제만을 농하고 있었던 것이다.

이 점은, 준오의 동생도 비슷하였다. 농촌에서 살아가는 어렵고도 험한 현실적인 얘기를 정면으로 하느니, 기왕 며칠간의 휴가를 즐기려고 내려온 서울 멸거지들의 그 분위기에 타서 얼쩡얼쩡 며칠 지난다는 식이었다. 거의 노골적으로 그런 내색이었고 표정이었다.

서울로 돌아오기 전날에는 어찌어찌 어른들끼리만 수박밭의 원두막에서 자게 되었다. 어른들끼리라고는 해도 이미 준오의 동생은 우리와 어울리는 것을 묘하게 피하고 있는 듯하여 준오와 나뿐이었다.

우리는 또 지구가 망하는 날의 얘기, 태양계가 몽땅 끝장이 나는 날의 얘기 등등을 비롯하여, 주로 대자연과 우주의 운행에 관한 얘기들(필경 이런 얘기는 차츰 신비적인 얘기로 이어지고 결국 종당에는 가지가지 미신의 바다속으로 흠뻑 빠져들기 마련이다)로 꽃을 피웠다.

그리고 우리는 불과 며칠 동안에 이 지경으로까지 된 까닭을 피차에 이심전심으로나마 약간은 무안 섞어 의식하고 있었다.

요컨대 우리는 요 정도의 자연 속으로 돌아와서 우리 자신을 그냥 무방비 상태로 내맡길 만큼 평서에 튼튼하지가 못했던 것이다.

우리는, 우리의 생활 일반, 우리가 살아가면서 필수적으로 관련되고 있는 굵고도 실제적인 맥락들, 그런 것들에서 며칠 동안이나마 휴가라는 명색으로 벗어져 나오자 금방 아무 뜻도 없는 원두막 위에 경중 떠 있었던 것이다. 그것은 조금 쾌적快適한 느낌이긴 하였지만, 어떤 사람들이 흔히 말하듯이 이런 것이 해방이라거나 자유라거나 그런 것은 아닐 것이다.

이제 하려는 얘기는 그날 밤 원두막 위에서 준오가 한 얘기였다. 그는 뒤늦게 이런 일을 털어 놓는 것 조차 창피하다는 듯이 우선 몇마디 덧붙이기부터 하였다.

"크건 작건 이런 종류의 미신은 자기 자신을 자연의 일부로만 쉽게 자처하고 있었던 데서 생기는 건데 말야. 일종의 신경병이거든."

결혼하고 서너 달쯤 지난 초봄의 어느 일요일이었다. 마당 끝의 포도나무에 첫 순이 나기도 전이니까 아직 쌀쌀한 날씨인데, 대문으로 들어서는 기척도 없이 별안간 현관 앞에 장인의 목소리가 들렸다.

"애들 없니야?"

준오가 건넌방에서 놀라 달려나가자, 장인은 현관 앞에서 전기기구의 붉은 상호商號가 아직 선명하게 붙어 있는 큰 보오르 상자에서 조그마한 발바리 종류의 강아지 한 마리를 꺼내었다. 아는 사람에게서 얻어 갖고 왔노라는 것이다.

비로소 아내도 안방에서 잠옷 바람으로 달려 나왔다.

장인은 그렇게 제 딸을 쳐다 보면서

"그새 조금 수척했구나"

하고 은밀하게 한마디 하고는,

"이놈의 강아지 매 좀 맞아야겠다. 얌전하게 있으랬더니 버스 속에서 어찌나 시끄럽게 구는지, 차장애는 내리라거니, 나는 한번만 보아 달라거니, 실갱이를 벌이다가 다행히 손님들이 양해 하는 눈치여서 갖고 왔다만"

하고 '어떻겠니 괜찮지?' 하듯이 딸의 기척을 살피었다.

하얀 털이 복실복실한 강자기는 금방 상자에서 나와 눈이 부신 듯이 두 눈을 깜짝

깜짝 하고 있었고, 오경 가까운 시각에 잠옷바람인 아내도

　"오머 이뻐라"

하고는 대뜸 강아지를 받아 안으면서,

　"요놈의 새끼 배 좀 맞아라 요놈의 새끼. 왜 버스 속에서 깨갱깨갱 우리 아부지 귀찮게 해드렸니, 요놈의 새끼"

하고, 엉덩이를 때리는 시늉을 하였다. 그 무척 소녀태가, 그리고 강아지를 품에 안는 능숙한 짓이 귀엽기도 하였지만, 약간 역겹기도 하였다. 아무리 제 친아버지지만, 오경 가까운 시각에 그냥 파자마 차림으로 응대를 하는 것도, 준오 편에서는 조금 무안을 당하는 느낌이었다.

　흔히 시체 여자들이란, 자기 집으로 들른 친정아버지에게는 그런 처녀쩍 기분으로 어리광을 부리기도 하긴 한다. 게다가 다른 시집 식구라도 껴있다면 그런저런 체면도 차리게 될 것이고, 애초 장인 쪽에서 이렇게 강아지 한 마리를 갖고 가벼운 마음으로 딸네 집으로 찾아 오지도 못했을 것이다. 단출한 부부만의 살림이어서 준오의 아내도 제 집으로 찾아온 친정아버지에게 마음놓고 시집오기 전의, 그것도 국민학교 일학년 때쯤의 어리광 기분을 냈을 것이다. 자락이 긴 파자마 차림새로 그렇게 부녀간의 정의精誼를 나누는 것이, 준오는 어쩐지 자기 쪽에서 조금 무안을 당하는 느낌이었던 것이다.

　장인은 곧 쌀쌀한 날씨임에도 장도리니 톱이니 못이니 도구 상자를 꺼내어 아직 채 녹지 않은 마당에 널어놓고, 다시 지하실이며 광속에서 빈 사과궤짝에 못 쓸 판자때기 나무조각 같은 것을 줏어다가 뚝딱거리기 시작하였다. 비단결 같은 구름이 깔려 있어 그러지 않아도 초봄의 엷은 햇볕은 더 여리었고, 장인도 생각보다 춥다는듯이 면장갑 낀 손을 자꾸 맞부비고 하였다. 준오의 아내도 어느새 두툼한 스웨터 차림에 스카아프까지 쓰고 반사형 석유 난로를 내놓는 등 법석을 피웠다.

　"춥지요, 아부지. 난로 쬐면서 하세요"

하고 준오의 아내는, 부녀 사이에 특별히 위엄을 부린다거나 까다롭게 예의를 차린다거

나 하지 않고 상거相距없이 지낸 사이답게 수월수월히 말하였다. 그리고는 식모애를 푸줏
간으로 보낸다, 스스로 시장으로 나갈 채비를 한다 야단이었다.

두어 시간쯤 지나서, 부엌 쪽에서 쇠고기국 냄새가 따뜻하게 퍼져 나올 즈음 되어서
는 제법 그럴듯한 개집 하나가 마당에도 완성되어 있었다. 드나드는 문까지 예쁘장하게
달려지고, 안에다가는 보온용 볏짚까지 푸짐하게 넣어졌다.

"어머, 이뻐라. 예쁜 개집이 되었네"

"어때, 괜찮지?"

"네에, 근데 똥은 어디다가 싸지요?"

"제가 알아서 가릴테지"

"짖을 줄이나 알라는가 모르겠네. 그건 그렇고 점심 다 됐어요. 어서 들어와서 점심
잡수세요"

"그전에 나는 세숫물부터 다오"

"참, 그렇겠구나"

부녀 사이에 가볍게 이런 얘기가 오고가자, 개집에 매어 놓은 강아지가 두 발을 강
중강중 들면서 왕왕 왕왕 하고 짖어대었다. 매어 놓아서 불편하다는 푸념이었다.

"옳지 옳지, 짖는다 짖는다"
하고, 준오 아내는 손뼉을 마주 치면서 좋아하였고, 장인도 호인풍으로 너털웃음을 한바
탕 웃었다.

헌데 바로 이놈의 강아지가 말썽의 근원이 되었던 것이다.

이틀인가 지나서 조반을 먹고난 뒤였다. 준오가 마악 출근 채비를 하려는데 설거지
를 마치고 방으로 들어선 아내가 약간 질리인 표정으로,

"어머, 저놈의 강아지새끼, 여기 저기 땅을 파고 있군요. 땅을 파면 안 좋다든데"
하고는, 들릴듯 말듯 혼잣소리 비슷이 속삭이는 것이 아닌가.

"개가 마루 밑을 파면, 그 집에서 사람이 죽는다던데"

아내는 그저 어디선가 들은 풍월을 무심하게 지껄였을 것이다.

일순 준오는, 등골이 오싹해졌다. 그런 소리는 처음 듣지만, 듣고보니, 준오도 그런 소리를 여기저기서 많이 들었던 듯이 꽤나 익숙한 느낌이었다.

"그놈의 강아지, 없애버려야겠군. 쓸데없이 강아지는 갖고 와서 ……"

준오가 볼쓴 하듯이 한마디 하자,

"오머, 괜히 신경질이셔, 가져온 사람이 잘못했나요. 생각해서 갖다 주었으면, 고마운 줄은 모르고"

하고, 아내도 맷둑하면서 받았다.

"저런 말썽을 부리니까 그렇지"

"말썽을 부리면 도로 갖다 주면 될 거 아네요"

"저런 종류의 말썽이 갖다 준다고 뒤가 깨끗해질 수는 없잖아. 당신이 그런 소릴 안 했다면 모르지만, 그런 소리까지 들은 마당에야"

"그런 소리라뇨?"

"아, 마루 밑을 파면 그 집에서 사람이 죽는다며"

"어머, 저이가 왜 저리 큰소릴 지르고 야단이람"

비로소 준오의 아내도 새삼스럽게 얼굴색이 질리이며 그러나 곧 무언가 어이가 없는 모양으로 비시시 웃으면서 억양이 부드러워졌다.

"아이 당신도. 그런 소릴 곧이 들어요. 마루 밑을 판 것도 아니잖아요"

"마루 밑이 시멘티 지하실인 경우는 사정이 다를 수도 있잖아. 보니까 굴뚝 옆도 파 놓았던데"

"굴뚝 옆을요? 어느 굴뚝을요?"

하고, 준오의 아내는 더욱 더 와락 창백하게 질리는 표정으로 물었다. 굴뚝도 안방 굴뚝이 있고, 사철 가야 햇볕이 들지 않는 건넌방 굴뚝이 있는 것이다.

"건넌방 굴뚝 말야"

"어머 그럼 당신도 벌써 알고 있었군요"

하고, 아내는 가볍게 비명까지 지르고는 곧,

'내가 괜시리 한마디 해서는' 싶은 모양으로, 다시 표정이 누그러지며 얼버무리듯이 말하였다.

"괜헌 쓸데 없는 소리예요. 다아 옛날 얘기지, 요즘 개들로 땅 파지 않는 개가 있답디까. 개들도 근대화 되어서요, 장난 삼아 땅 파는 개들이 얼마나 많은데요. 김 과장네 셰퍼드도 잘만 팝디다"

김 과장이란 준오의 친구로, 셰퍼드를 무척 좋아해서 기르고 있는데, 김 과장네 셰퍼드가 정말로 그러는지, 아내가 알 리 없는 것이다. 알아도 준오 쪽에서 알면 알았지, 안 사람끼리 상종이 잦은 것도 아니어서 아내로서 언제 알만한 틈이 있었을 리도 없다. 그저 급한 김에 둘러대었을 것이다. '김 과장네 개가 마루 밑을 파는지 땅을 파는지 당신이 어떻게 알어?' 하고 준오는 짓궂게 물고 늘어질 수도 있었지만, 악착스럽게 그렇게까지 해서 아내로 하여금 더 더 궁지로 몰고 무안을 느끼게 할 것은 뭐냐 싶어, 아무 대꾸도 안 하자

"원, 별것이 다 말썽이군, 정말 없애버려야겠네"

하고 준오의 아내도 자리를 털고 일어섰다. 그러나 일어선들, 아내도 뾰족한 수가 있을 리는 없다. 이미 엎질러진 물이었다.

이튿날 아침 일찍 준오 내외는 건넌방 굴뚝 밑에서 다시 한번 확인을 하며 둘 다 기겁을 하였다.

준오가 자리에서 눈을 뜨자마자 먼저 나가 보았던 것이다. 그리고는 허덕허덕 방 안으로 들어가자, 아내도 남편의 발짝소리만 듣고도 벌써 무슨 일인지 짐작을 하는 부시시 일어나 앉았다. 그렇게 둘은 파자마 바람으로 나와 본 것이다. 그리고는 둘 다 입을 다물었다. 할말도 없었다.

강아지는 굴뚝 밑만 파 놓은 게 아니었다. 부엌 뒤, 창밑의 화단 속, 현관 앞, 여기 저

기에다 그 짓을 해 놓고 있는 것이다.

"여기두 팠군"

"오머 저기두"

"저걸 어쩌지?"

"글쎄 말예요, 어쩌지요?"

하고, 아내도 이제는 미안하는 듯이 준오의 낯색을 모로 훔쳐 보면서 말하였다.

"그러니까 당신도 어제 내가 얘기하기 전에 이미 알고 있었군요"

그런 셈이었다. 어제 아침 조반 전에 우연히 건넌방 굴뚝 밑의 흙이 패여진 것을 준오도 보았던 것이다. 처음에는 쥐의 장난인가 하였고, 혹시는 강아지가 그랬을는지도 모르겠다고 마당 끝이 담장 밑에 오그리고 앉은 강아지를 건너다 보자, 강아지도 이쪽의 낌새를 눈치 채기라도 한듯이 빠안히 마주 쳐다 보았던 것이다. 그때 준오는 개가 땅을 파면 집에 우환이 생긴다느니, 사람이 죽는다느니, 그런 사실을 분명히 의식하고 있지는 않았지만 무언지 막연히 불길하다는 느낌은 있었고 아내의 얘기를 듣는 순간에는 '참 그렇다지. 어릴 때 그런 소리를 나도 분명히 들었어' 싶어지며, 옛날 유년시절에 자기 집에서 개 두마리가 갑자기 한꺼번에 없어졌던 일까지 떠올랐다. 그것이 준오의 할아버지가 세상을 떠난 바로 그 무렵이었다고 기억된다. 그러고 보면, 그 무렵 어느날 개가 시골집의 마루 밑을 팠던 것도 같다. 그런 일 아니고서는 개 두 마리를 한꺼번에 치웠을리는 없다. '그래, 분명히 그랬군' 하고, 어느새 준오는 옛날의 그 일도, 유추類推를 통해서 확신의 경지로 자기자신을 몰고 갔다.

그러자 점점 더 이 일은 심상치 않은 일로 부피를 더해 갔다.

게다가 그렇게 보아서 그런가. 강아지도 차츰 눈치가 이상스러웠다. 처음에 보오르 상자에서 끄집어 내어져서, 아내가 '오머 이뻐라' 하면서 꼬옥 껴안았을 때는 그렇게도 맑고 단순하고 귀엽기만한 강아지였는데, 며칠 사이에 어느 구석인가 음침해져 있고 흘끔흘끔 사람의 눈치를 살피는 것이 아닌가. 그 두 눈도 조금 충혈이 되어 있어 보인다. 그것이 죄지은 인간의 표정과 닮아 있으면 닮아 있을수록 준오는 더 더 기분이 나쁘다. 꼭 귀신 씌인듯이만 보이는 것이다.

'참 그런 소리도 들은 것 같군. 옛날에 ○집이 망할 때 돼지우리의 돼지도 미치더라는데. 짐승이 미치면 두 눈부터 충혈이 된다는 소리를 들은 것 같군'

준오는 그런 사실이 정말 있었는지조차 마음 속으로 확인해 보지 않고, 거의 단정적으로 이렇게 생각하였다. 어디까지가 상상이고 어디까지가 분명한 기억인지, 이미 완전히 뒤죽박죽이 되고 있었던 것이다.

자, 그러니, 이 강아지를 어떻게 처치한다? 그냥 갖다 버릴 수는 있다. 개집도 부수어 버리면 그만이다. 그러나 그것으로 뒤끝이 완전히 개운해질 일도 이미 아니다. 그 개집 조차 이젠 이쁘고 귀엽기는 커녕, 멍하게 아가리를 벌린 죽은 짐승처럼 보이고, 땅거미가 지는 무렵 같은 때는 을씨년스럽기까지 하였다.

이렇게 나흘인가 닷새가 지났을까. 이 사이 강아지는 밤이나 낮이나 개집에 매어 두어서 밤낮없이 궁얼거리곤 하였는데, 강아지도 강아지대로 금방 초췌해져 갔지만, 준오가 아침마다 나가 보면 영락없이 개집 앞을 두 발로 파서 젖은 흙을 헤집어 놓고 있는 것이었다.

그리고 강아지 자신도 우리가 가까이 다가갈 때마다 곁눈질로 흘끔거리는 것이, 자기가 무슨 일로 이렇게 괄시를 받는지 알고 있는 것 같았지만, 알고 있으면서도 제 힘으로는 어쩔 수 없다는 듯이 양해를 버는 눈길이 되기도 하였다. (물론 이것도 준오의 눈에 이렇게 비쳤을 뿐이지만)

드디어 준오는 결심을 하였다. 끈째로 끌고 나가서 어디든 멀리 버리고 오기로 한 것이다.

그 날은 여느날 보다 조금 일찍 퇴근을 하였다. 그렇게 돌아 오자 곧 강아지를 끌고 나섰다. 강아지는 좋아라하고 따라 나섰다. 근처에 산보라도 가는 줄 아는 모양으로 꼬리를 흔들고 야단이었다. 골목길을 지나 복잡한 시장어귀를 지날 때는 이리 저리 눈을 팔며 모든 것마다에 호기심을 보이고는 하였다. 퀴퀴한 쓰레기통 옆을 지날 때는 아쉬운 듯이 속을 기웃거리고, 식당 곁을 지날 때도 냄새를 맡고는 군침을 삼키듯이 들여다 보고는 하였다. 그렇게 약간씩 처지다가는 준오가 잡아끌 때마다 아쉬움을 남기면서도 가벼운 걸음걸이로 냅다 달리곤 하였다. 딸랑딸랑 맑은 방울소리까지 내며 그야말로 즐거운 나들이 기색이었다. 그렇게 시장 옆을 지나 길을 다시 꺾어서 한길로 나서자 강아지는 가로수 밑둥에다, 꼴에 한쪽 발까지 들고 찔끔찔끔 오줌을 갈기었다. 준오가 돌아 서서 지켜 보자, 강아지도 조금 무안스러운 모양으로 살그머니 외면을 하였다. 외면하는 그 눈길은, 사람으로 친다면 열너댓살은 충분히 되었음직하게 철이 들어 있었다. 저녁 한길에는 마른 먼지바람이 휘휘 불고 있었고, 어느새 강아지도 눈두덩에 보얗게 먼지가 앉아 있는 것이 금방 노회老獪해 보이기도 하였다. 하얀 털도 조금 누르끄름해 보였다. 우체통 옆을 지날 때는 키큰 우체통을 한번 올려다 보면서 '이건 대체 뭔데, 이렇게 싯뻘겋게 키가 커?' 하듯이 뒷다리로 슬쩍 한번 차 보기도 하였다. 준오는 강아지의 하나하나의 동작을 특별히 눈여겨 보는 것은 아니었지만, 집에 있을 때와는 다르게 어딘가 친살붙이의 정이 들었다. 며칠간이라도 한집에 같이 살았다는데서일까. 자기가 지금 어디로 가고 있는지도 모르고, 쫄랑쫄랑 어깨를 흔들며 걷고 있는 천진한 모습이 좀 안 되어 보이기도 하였다.

드디어 마음먹은 대로 한강에 닿았다. 지난 해의 마를 풀이 그대로 엉겨 있는 뚝 앞에 서서 기지개를 하였다. 무연하게 흐르는 강을 상류 끝에서 휘돌아간 하류 끝까지 한번 휘둘러 보았다. 강아지도 옆에 서서, 두 눈을 말똥히 뜬 채, 갑자기 눈 앞에 펴어진 강을 내려다 보더니, 금방 옆의 풀 숲을 헤치려고 들었다.

준오는 잠시 망설였다. 지긋이 목을 눌러 죽이고, 큰 돌이라도 매달아서 강속에다 버릴까. 그러나 굳이 그럴 것은 없어 보였다. 살인殺人도 아니겠고, 살견殺犬쯤에 돌까지 매달 필요는 없는 것이다. 단순천진하게 나들이 기분으로 나온 강아지를 차마 그럴 수는 없는 것 아닌가. 무슨 죽을 원수라도 졌다고 싶었다. 입술까지 지그시 깨물고 손목에도 지그시 힘을 주어, 사지를 버둥거리며 죽어가는 꼴을 보아야 시원하달 것도 없는 것이다. 어느

새 강아지는 준오 옆으로 오더니, '왜 그래요? 무슨 생각 하느라고 그렇게 가만히 서 있지요?' 하고 묻기라도 하듯이 준오를 힐끔 올려다 보고는, 준어 시선을 쫓아 건너편 강 언덕을 뚫어지게 쳐다 보았다. 그리고 선 채로, 늘어지게 하품을 하였다. 하품을 하자, 사람 모양으로 두 눈이 약간 충혈이 되며 눈물이 고였다. 이것은 물론 준오의 눈에 그렇게 비쳤을 뿐인지도 모른다.

결국 백사장에 버리는 것이 제일 상책으로 보였다. 그러나 나무 등걸 같은 것이라도 있어서 매어 두면 싶었는데, 그런 것도 눈에 띄지 않았다. 어쩔까 하고 잠시 망설이다가 준오는 무심결에 한발 두발 물러서 보았다.

그러자 준오는 예기치 않았던 일에 괄목^{刮目}해졌다. 웬 일인가. 강아지도 모든 사태를 일거에 알기라도 하였다는 듯이, 그냥 제 자리에 선 채 소슬한 눈으로 빠안히 이편을 건너다 보고 섰는 것이 아닌가. 순간 준오는 등이 오싹해졌다. 강바람에 부실부실하게 일어선 머리 털로 하여 강아지는 더욱 더 처량해 보였다. 준오는 그대로 슬금슬금 뒷걸음질을 쳤다. 그러나 강아지는 그냥 선 채로 빠안히 쳐다 보고만 있다.

그 뒤로는 짙푸르게 흘러가는 초봄의 한강물이 단조로우면서도 무언지 깊은 여운으로 깔리고, 피차의 거리가 덜어짐에 따라 이런 저런 주련의 풍물이 섞여 들면서 짙은 그늘 속의 건너편 강안^{江岸}까지 한 화폭 속으로 껴들었다.

강아지는 그냥 오들오들 떨고 서 있었다. 전혀 이쪽으로 올 엄두를 안 내고 있는 것이다.

신통하구나 싶으며, 갑자기 준오는 껵죽껵죽 모래밭을 뛰기 시작하였다. 그러자 모래 속으로 발이 빠져서 제대로 뛰어지지 않는 것이 와락 공포감 섞어 조바심스러웠다. 뒤에서 금방 생각을 돌이켜 먹고 강아지가 깡충깡충 쫓아 오기라도 할 것 같았다. 준오는 어느새 이마와 등어리에 진땀이 배어 나오는 것을 느끼며, 그러나 그냥 있는 힘을 다 내어 달리면서 몇 번이나 거듭거듭 돌아 보고 하였으나, 이상스럽게도 강아지는 그냥 고 자리에 선 채 미동도 않고 있었다. 그 표정은 그냥 무심하고 담담한 본래대로의 강아지였다.

어떻게 보면 생소해 하는 표정이기도 하였다. '저이가 갑자기 왜 저러지? 돌았나? 미쳤나? 저게 분명히 우리 쥔인데. 미쳤구만' 이런 표정으로 보였다. 불과 1·2분 전에는, 강아지도 모든 사태를 눈치 채고, 제쪽에서 미리 알아서 단념하듯이 보였고, 그렇게 무언지 영물靈物스러워 보였는데, 지금 격죽격죽 뛰면서 돌아보는 강아지는 전혀 그렇지가 않았다. 강아지 본래의 단순하고 천진한 정상의 강아지로 돌아와 있는 것이었다.

그 뒤로는 짙은 그늘 속으로 좁은 목을 이루며 여전히 깊게 강이 흐르고, 깎아지른 강 건너 언덕 위로는 발갛게 가을저녁 같은 노을이 타고 있었다. 조용하고 소슬하고 고즈넉하였다.

모래밭을 지나서, 준오는 비로소 조금 안도의 한숨을 내쉬며 다시 돌아 보았다. 헌데 갑자기 강아지가 보이지 않았다.

준오는 놀라며 두리번거렸다. 금방 떠나온 모래밭을 이리저리 둘러 보다가, 일순, 등이 선뜩해져서 뒤를 돌아 보기도 하였다. 어느새 강아지는 요술이라도 부려서 준오 등 뒤에 와서 앉아 '용용 죽겠지' 하고 있을 것 같은 착각이 와락 들어서였다. 그러나 강아지는 등 뒤에도 와 있지 않았다. 그럴 리는 없었다. 준오는 다시 안도의 숨을 사알짝 내쉬며 금방 나온 모래밭을 뚫어져라 찾아보았다. 그러자 보인다, 보인다. 강쪽으로 바짝 붙은 모래밭 끝에 꼼지락 꼼지락거리는 것이 보인다. 강가로 바싹 나가 엷은 얼음이 깔린 위에서 강아지는 빙판氷板 밑을 들여다보며 혼자 꼼지락거리고 있었던 것이다.

준오는 집으로 돌아 오자 이마의 땀을 손등으로 훔쳐내며 발길질로 개집부터 부수었다. 한 발길에 금방 박살이 났다. 만들 때는 장인 영감이 그렇게도 시간을 오래 끌며 두어 시간이나 뚝딱거렸지만 부숴버리는 것은 금방이었다.

앞에 이쁜 토끼 두 마리가 수놓여진 에프론을 걸치고 아내가 마루 끝으로 나오면서 물었다.

"버렸어요? 따라 오지 않습니까?"

"……"

준오는 좀 전의 그 광경을 어쩐지 되떠올리고 싶지가 않았다.

"기왕 버리는 바이면, 누구 주지 그랬어요"

그제야 준오도, 참 그랬다면 좋았을 것을, 싶었다. 네거리 같은 데 데리고 나가서 좋아할 만한 계집에게 '얘 너 이 개 가질래? 가져라' 하고 끈째로 넘겨 주든지, 골목길을 지난 시장 어구에서 슬그머니 끈을 놓았더면 간단히 누가 집어 갔을 것이 아닌가. 굳이 모래사장까지 끌고 나갈 필요가 있었을까 하고, 약간 후회가 되었다. 짙푸르게 흘러가던 강을 배경으로 빠안히 이편을 쳐다보던 강아지의 애처롭던 모습을 비롯하여, 조금 전, 힛치콕 감독의 요상스러운 영화 속에서나 보았음직한 광경이 머리 한구석에 달라붙어 떨어지지 않았다. 게다가 평소에 준오는 그런 영화를 전혀 경멸하고 있었던 것이다.

바로 그 이튿날, 역시 일요일 아침이었다. 밖에 나갔던 준오의 아내가 자지러지듯이 비명을 지르며 들어오지 않는가.

"어머, 저기 봐요. 나와서 좀 봐요. 강아지가 어느새 와 있었네요"

하고, 아내는 완전히 자지러지는 소리를 질렀다.

"뭐야? 그게 무슨 소리야"

하고, 준오도 와락 자리를 박차고 달려 나갔다. 과연 강아지는 현관 앞에서 오들오들 떨고 있지 않는가. 부실부실 일어서 있는 털도 새벽이슬에 젖어 있고 준오 내외를 흘끔흘끔 거리면서 아이가 칭얼거리듯이 연성 꿍얼꿍얼거리고 있었다.

준오는 절망감에 사로잡혔다.

바로 그날 낮이었다. 마당 끝의 담 너머 집에서 어찌어찌 눈치를 알았는지 강아지를 팔라고 하지 않는가.

준오 내외는 마주 보며 반색을 하였다. 그냥 달래도 미련 없이 내줄 판인 것이다.

마당 끝의 이 집은 지대가 조금 높아서 준오 집에서 담 너머로 빠안히 마주 보이지만, 서로 전혀 내왕이라곤 없었다. 본지 이 근처가 도시계획에 의해서 지어진 집이 아니라, 마구잡이로 들어선 집들이어서 골목길도 두서가 없고, 주민들의 사는 분수도 고르지 않아 준오처럼 오류 출판사 편집사원이라는 말단 샐러리맨도 살고 있지만 바로 옆에는 막지게꾼이나 품팔잇꾼도 살고 있다는 식이다. 그렇게까지 집이 내왕이 별로 없다. 그 점으로 말한다면 큰 부잣집들이 사는 동네보다는 차라리 이쪽이 조금 낫기는 하겠지만. 아무튼 그렇게 얼룩이 심한 동네이다. 준오의 바로 앞집만해도, 무허가 판잣집으로, 사내는 늘 수염이 싯커먼 것이 품팔잇꾼 같았고, 아낙네는 언제 보아도 물지게를 지고 근처의 가파른 오르막길을 기웃뚱거리면서 오르내리곤 하였다. 그 아낙네는 근처의 수도 없는 집들에 공동수도물이나 혹은 수돗물 나오는 것이 신통치 못할 때는 우물물을 지게도 져 날라주고 지게당 십원씩인가 물값을 받고 있는 것을 준오 내외도 알고 있었다. 몹시 추운 날이라든지, 눈이 많이 와서 길이 미끄러운 날, 혹은 비가 길이 온통 진흙덩어리가 되는 날에는, 단골로 물 받아먹는 집들이 물이 없어 곤란을 겪든 말든 아랑곳 없이, 더러 집에서 쉬기도 하는 모양으로, 인근에서 찾아가 사정사정하는 광경을 이따금 볼 수가 있었다. 며칠 전에도 눈발이 흩날리다가 꽝꽝 얼어 붙은 날, 신사복 차림의 한 사람이 와서 사정 반 공갈 반 지껄이던 것이다.

"이봐요. 그렇게 뱃장만 부리면 곤란하잖아"

"뭐시여? 뱃장이나 마나, 나도 허리가 쑤셔서 죽겠당계요, 등짝도 아프고"

"그야 그렇긴 하겠지만, 우리야 먹을 물은 댁네만 믿고 있지 않는가"

"어허, 미치고 환장하것네. 아무리 깐따귀 살림이지만 사람을 워찌 알먼……. 한 지게쯤 제 손으로 퍼다 먹으면 워째서……. 오사럴 놈의"

"남편은 어디갔오?"

"아, 일 나가지 어딜 가요"

"이 추운 날에 무슨 일이 있을까아"

"워따메 증말……"

'별 꼴 다 보네. 남이야 일이 있든 말든, 댁에서 밥먹여줘서 걱정인감' 하고, 차마 말

은 않지만, 그런 여운은 풍기었다. 그러자 물 때문에 찾아온 사람은 갑자기 조금 떵떵거리듯이,

"자, 어서 일어스요. 냉큼 일어스라니게. 아, 못 일어스요?"

하고 나서자,

"옴메 존 말로 하게, 왜 사람을 떠밀고 이런데여, 사람을 툭툭 치고 이런데여"

어쩌고 코맹맹이 소리를 내면서 기신기신 물지게를 지고 나서던 것이었다.

그 사투리로 짐작해서, 남도 쪽에서 갓 올라왔으리라는 것만 짐작이 갔을 뿐, 그밖에는 전혀 알지 못한다. 그 아낙네가 우둥퉁하게 뼈마디가 굵게 생겼고, 약간 부황 뜬 얼굴이요, 이따금 부부싸움이라도 벌어지면 벌어지면 방문 앞에 퍼질러 앉아서 "증말 복장이 터져 죽것네" 소리를 거듭거듭 하는 것을 들었을 뿐이었다.

하필이면 그 집에서 강아지를 사겠단다. 여느 때 어느 정도 상종이라도 있었다면 모르겠는데, 느닷없이 담너머로 얼굴을 삐죽이 내밀고,

"그 강아지 파시지 않겠습니까?"

하고 싱글싱글 웃으며 어거지로 쓰는 서울말로 청을 넣지 않는가.

준오는 이것도 조금 이상하고 불길한 느낌이기는 하였으나,

"팔긴요. 저엉 갖고 싶다면 그냥 가져가시오"

하고, 마음 속으로는 다행이다 생각하면서도 한 지게 십원씩 받고 물장수하는 주제인데, 돈푼을 받는다면 얼마나 받을 것인가 싶었으나, 뿌득뿌득 오백원을 내겠다고 하였다. 기어이 내겠다는 돈을 안 받을 수도 없어, 넘겨 버리기로 하였다. 오백원짜리 지전 한 장을 받고 담 너머로 강아지가 넘어갈 때는 준오 아내가 무엇이 그렇게도 우스운지 깔깔대고 한바탕 웃었다.

이렇게 강아지를 간단히 처치하였지만, 그 후에도 준오는 뒤가 깨끗하지 않았다. 하긴 처치가 되었다고는 하지만 바로 담 너머 집에 있는 것이다. 여전히 강아지가 의식이 되었고, 아침마다 담 너머를 여느 사람 몰래 넘겨다 보고는 하였다. 혹시나 그쪽 담 밑을

강아지가 파지 않았는가 하고. 그러나 당장은 그러는 것 같지가 않았고, 준오도 약간은 마음을 놓았다. 그러나 다시 이틀쯤 지나서는 그게 아니었다. 그 강아지가 이쪽 집에 있을 때는 그렇게도 극성스럽게 땅을 파더니, 담 너머 집으로 가자 씻은 듯이 그 버릇이 없어졌지 않았느냐는 쪽으로 와락 생각이 드는 것이었다.

하긴 그런 쪽의 관심만이 아니더라도 준오는 그전과는 달리 아침 저녁으로 담 너머 앞집이 자꾸 건너다 보이는 것이었다. 그리고 더러는 강아지도 그 집의 가난한 방문 앞에 앉아서 빠안히 이쪽을 마주 쳐다 보았다. 그 눈길은 그냥 무심해 보였고, 전쥔을 못 알아 보는 것 같았지만, 어떻게 보면 알아 보는 것 같기도 하였고, 이편을 야멸차게 보는 듯도 하였다. 다시 이렇게 사나흘이 지나서는 그 집에서도 이렇다는 별 소식도 없이 강아지는 없어져 있었다. 똑같은 연유였는지는 알 수 없지만, 아무튼 그 집에서 강아지를 다른 데 되넘겨 팔았는지 어쨌는지 그 점은 분명치 않았지만, 강아지는 없어져 있었고, 두 집 사이에도 다시는 담 너머로 마주 얘기를 한다든지 그런 일이 없어졌다. 강아지가 담 너머로 옮겨간 며칠동안에는 심심한 낮에 더러 안사람들끼리 그런저런 얘기도 나눈 것 같았다. 물론 준오 아내는 일절 그런 얘기를 비치지는 않았지만. 처음부터 그 집에서는 강아지를 싸게 사서 비싸게 되넘겨 팔자는 속셈이 있었는지도 모른다.

그냥 범상한 일만은 아닌 것 같은 느낌에서 준오는 헤어날 수가 없었다.

아내가 한구석 미심한 구석은 남아 있는 표정이었지만, 이제 한숨 돌렸다는 듯이, 조금 과장 섞어

"암튼 별 것이 다아…….. 그놈의 강아지도 강아지 팔자치고는 드세기가"

하고 웃었으나 준오는 마주 웃어지지가 않았다.

정작 강아지가 그렇게 완전히 눈 앞에서 없어져 버리자 준오는 그때부터 차츰 병적인 증상을 드러내기 시작하였다. 그것은 준오의 밝은 이성理性과 맑은 의지력으로서는 이미 어찌해낼 수 없는 그런 종류의 증상이었다.

우선 매일 밤, 꿈자리에 사나운 것이다.

마당 한가운데에 무덤을 파헤친 것처럼 커다란 구덩이가 파여 있고, 그 속에 그 강아지가 사지를 발딱 벌리고 애처롭게 죽어 있는 광경이라든지, 혹은 낯선 네 사내가 들것을 들고 먼 데서 왔다면서 대문 앞에 서 있다든지 그런 종류의 스산한 꿈이었다. 또 혹은, 달이 환한 밤중에 느닷없이 현관문이 벌컥 열린다. 화닥닥 놀라서 나가 보니 누군가가 마루에서 뛰어 나가 뒷곁으로 도망을 가고 있고, 텅 빈 마당은 달빛이 교교하다, 이런 식의 꿈이었다. 헌데 그 꿈마다 지금 이 시각에 떠올려도 등이 오싹해진 정도로 선연하고 분명하였다. 아무튼 밤마다 이런 꿈들에 시달려서 견딜 수가 없었다. 어떤 밤에는 느닷없이 집의 어디에선가 물 흐르는 소리가 들린다. 그리고 그것이 준오는 괜스리 무서운 것이었다.

악몽은 매일밤 엄습했고, 급기야 그것은 이상한 백일몽으로까지 연결되었다. 잠시도 공포에서 벗어날 수가 없었다.

결국 집을 파는 길밖에 없었다. 집을 팔기로 결단을 내리고 아내도 흔쾌히 응낙을 하자, 준오는 더욱 더 조바심스러워졌다. 하루라도 빨리 이 집에서 나가고 싶은 것이다.

그러나 인근 복덕방들에 특별히 후한 구전을 내겠노라고 하며 내놓았으나, 쉬이 팔리지가 않았다. 마침 때가 5·16 직후여서, 서울의 집 매매가 거의 올 스톱되고 있었던 것이다.

그러자 이런 사실까지 새로 껴들어, 이 모든 일이 더 더 불가항력이기나 한 듯이 여겨졌다. 그럴수록 조바심도 비례해서 커졌다.

이젠 할 수 없다. 종당에는 집을 그냥 버리고라도 떠날 밖에 없겠다고 생각하고, 집을 전세로 내놓았다. 매매가 없는 대신에 전세는 꽤 활기가 있어서 인근 복덕방들이 하루에도 몇 번씩 작자를 데리고 드나들었다. 전세값도 시세보다 훨씬 싸게 쳐서 내놓았지만 작자가 집 보러 올 때마다 준오 아내는 커피를 대접한다, 사과를 깎아 내놓는다 가진 서어비스를 다 하였다.

그러자 작자들 편에서 도리어 이쪽을 의심하고 들었다. 무슨 치명적인 흠이라도 있는 집이 아닌가 하고.

그렇게 전세로 내놓은 지 닷새만엔가 작자가 나서 부랴부랴 계약을 하고, 열흘 후에
는 준오 내외도 자하문 쪽으로 새로 전세를 얻어 이사를 하였다.

자하문으로 옮긴 후, 그 집의 일은 까맣게 잊어 버리고 있었는데, 일 년쯤 지나서 그
러니까 이듬해 봄 어느날이었다.

웬 노인이 찾아왔다. 처음에는 알아 보지 못하였으나,

"전세 사는 사람이외다"

하여, 비로소 준오도 알아졌다.

노인은 쓸쓸하게 지껄였다.

"며칠 전에 우리 안사람을 잃었쉬다. 허지만 장례도 시내 병원에서 치르고, 집으로는
들이지 않았지요. 전세를 나가야겠습니다"

순간 준오 내외는 똑같이 서로 마주 보았다. 그리고 똑같이 안도의 큰숨을 내쉬었
다.

부부라는 것이 일단은 다아 그렇고 그렇듯이, 그런 차원으로 말이다.

그뿐, 노인이 돌아간 후에는 준오 내외도 그 일에 관해서는 일언반구도 얘기를 나누
지 않았다. 그저 간단히

"어쩌지요? 또 전세를 들여요?"

"이참에 팔아 버리지 뭐"

"그러는게 좋겠군요"

이런 몇 마디를 나누었을 뿐이었다.

이튿날도 아내가 나가서 인근 복덕방에 집을 내놓았고 내놓은 지 열흘쯤 지나 복덕
방에서 작자가 나섰다는 기별이 와서, 아내가 다시 나갔다. 그렇게 집은 곧 팔렸다.

준오가 겪은 얘기란 대강 이러하였다.

원두막 바깥의 밤은 더욱 깊어졌고 빈 들판으로 지나가는 깊은 밤의 바람소리도 더 소슬하였다. 모든 것은 밤 속으로 녹아들어, 멀리 물러 앉은 야산들은 그만그만한 시커먼 덩어리들로만 보이고 유연한 능선만이 별이 반짝이는 하늘과 이어져 있었다.

개울 건너 마을도 띄엄띄엄 보이던 불빛이 완전히 밤 속으로 사그러들었다.

잠시의 침묵이 흐른 뒤, 내가 조심조심 물었다.

"지금도 자네는 그렇게 믿고 있나? 그 강아지의 짓이 맞았다고?"

그러자 준오는 어둠 속에서 비시시 한 번 웃었다.

"그 건(件)에 관해서만은 아직도 내 생각이 분명하지는 않아. 맞았다는지, 안 맞았다든지 그런 것은 말야. 왜냐 하면, 우연은 우연이었을테지만, 아무튼 맞아떨어지긴 한 셈이니까. 사람이 죽어 나갔으니까. 그러나 중요한 문제는, 그런 데 있지가 않지. 일단 일반적인 기준으로 돌아와야지. 사람 사는 집에서 사람이 죽는 건 당연한 일 아닌가. 요컨대 문제는, 그런 데에 그렇게 걸려든 나한테 문제가 있었거든. 거듭 얘기지만, 그런 종류의 일은 자기자신을 자연의 일부로만 쉽게 자처해 버렸던 데서 생기는 거야. 그 순간부터 사실은 인간의 인간다움을 잃게 되고…… 패배가 시작되거든"

"그러면, 자네는, 인간이 자연의 일부가 아니라고 보나. 그럼 엄청난 오기가 어디 있나"

"그야, 자연의 일부지. 이 우주 속의 모든 운행에 인간도 속해 있는 것은 사실이겠지만, 그렇게 자처하는 것으로만 끝나 버린다면, 인간의 가장 인간다움의 자리는 설 자리가 없어지고, 인간의 모든 창조력의 근거가 잃어지거든. 그것이 내 말은 패배의 시작이라는 거지. 강아지 한 마리조차 우주의 운행을 재현하고 있다고 보는 데서, 강아지는 이미 한 마리의 강아지가 아니라, 요물로 둔갑을 하여서 사람들 사는 질서 속으로 마구잡이로 쑥 들어오지 않았나. 물론 그 점은, 사실인지 사실이 아닌지는 아직도 나는 모르겠어. 우주라는 차원의 깊고도 큰 질서의 맥락이 사람이나 강아지를 통틀어서 그런 식으로 닿아 있는지 어떤지는 나도 모르겠어. 그러나 설령 그렇더래도, 그런 생각에 안주해 버리고 말 때, 인간의 사는 세상은 제대로 사람 사는 세상이 될 수 없이 뒤죽박죽이 되어 버린 것 아닌가. 인간은 자연에 속해 있으면서, 바로 그 자연을 극복하는 데에 인간의 가장 인간다움이서 질테니까 말야"

"그것이 왈曰컨대, 명지明智라는 것이겠지"

"사실은 그 차이는 실로 작으면서도 결과는 엄청나. 비끗 생각하는 향방이 조금 달라졌다 싶으면, 벌써 그 너머에는 그런 쪽으로 바다가 있고, 그 속에 흠뻑 빠져들어 버리거든. 모든 미세한 것을 미세한 것 그대로 존중하다가 보면, 끝이 없어지지. 미세함의 바다 뿐이라. 이때 목소리는 나지막해지고 점점 더 나지막해지고, 아편 먹은 것처럼 되어 버리거든. 기실 모든 것은 미세한 쪽으로 수렴收斂하려는 힘과 전체 쪽으로 확산하려는 힘이 같이 있는 것 같은데, 미세한 쪽으로만 향하는 것은 세련되기는 하지만 대체로 불건강해 보이더군. 반대로, 전체 쪽으로 향하는 것은 자칫 조악粗惡해지고 말야. 그때그때의 시대의 특질에 따라서 그 저울대의 향방이 그편으로도 기울고 이편으로도 기울고 하지만, 썩은 시대일수록 일반적인 풍조는 미세한 쪽이거든. 그리고 이런 시대의 창조적인 힘은, 그리고 비전은, 전체 쪽에 있는 거라. 우리가 흔히 역사라고 부르는 것도 그러한 지평이 아니겠어. 자연에 속해 있으면서 자연을 극복하는 바로 그 점이 인간의 가장 인간다움의 표상이라면 역사라는 것이야말로 바로 그러한 지평이지"

"자네는 지금 그렇게 열변을 토하지만 아무튼 시골 내려와서 불과 며칠 동안에 소슬한 자연에 감상적으로 오염이 되었을만큼, 우리는 아직 약하군"

"공해公害도 여러 가지가 있다구. 물론 이건 공해라는 것은 아닐테고, 무슨 이름을 붙여야 할지는 모르겠지만"

"요컨대 문제는, 그런 데 있지 않을까. 자네나 나나 우리가 하루하루 사는 사정이 아직 튼튼하지가 못하고 근거가 엷은 데에 있지 않을까. 엷으면, 생각이라도 더 더 적극적이어야 할 텐데, 그렇지도 못한 데에 ……"

"그러나…… 장막이 너무 두꺼운 건 사실이야. 너무 두껍다니까"

준오는 혼잣소리 비슷이 나지막하게 씨부렸다.

2부

1965년,
어느 이발소에서

부시장副市長 부임지赴任地로 안 가다

문이 열리더니, 마누라는 화닥닥 일어서 나왔다.

도시락 보자기를 받아들며,

"오늘, 학교에서 무슨 일 없었수?"

다짜고짜 성급하게 물었다. 불을 켜지 않은 어두운 방안에서는 라디오 소리가 혼자 왕왕거리고 있었다. 구들이 높고 천정이 낮은 좁은 방안이 흘낏 들여다보였다.

"왜, 무슨 소리야?"

"…… 잡으러 왔었어요."

"뭐, 어디서?"

"군인 셋이 왔었어요."

그 다음은 들으나 마나다. 규호圭鎬는 갑자기 두 다리가 휘뚱거리고, 온몸이 훌렁훌렁해졌다. 그 서슬에 골덴바지 밑으로 방귀가 뽕하고 나갔다. 여느 때 같으면 또 주먹으로 남편의 어깨를 치면서 까르르대고, 손으로 콧구멍을 틀어막는 시늉을 했을 극성꾸러기 마누라도 오늘 저녁은 그럴 경황이 없는 모양으로,

"어서 피하세요."

규호는 조금 침착을 회복하려 하며 툇마루에 걸터앉았다.

저 아래 거리의 소음이 아스란하게 밀려 올라오고, 건너편에는 깊숙한 5월 저녁의 바다가 안개 기운에 잠겨 있다. 안개 속에 부두의 불빛은 횅하게 부풀어서 제각기 공간에 떠 있는 것처럼 보이고, 붕 붕 좌르르, 붕 붕 좌르르, 항상 부두 전체의 윤곽에서 들려오게

마련인 그 육중하고 느린 저음이 오늘 저녁 따라 돋들렸다. 꼭 하늘만큼 넓은 삼태기가 규칙적으로 야금야금 자갈을 내리쏟고 있는 것 같은 소리다. 무슨 소리가 저런 모양으로 들리는 것인지 알 수가 없었다. 더더구나 안개 탓일까, 오늘 저녁 따라 돋들리는 그 소리를 중심으로, 혁명이라는 농축된 실감이 사방의 송곳이 되어 달려들고 있었다.

"아, 어서 피하라니까요. 뭘 그렇게 멍청히 앉았수?"

마누라는 맨발로 서서 어린애를 앞으로 돌려 안고 젖을 물렸다. 규호는 호주머니를 뒤져서 담배 꽁다리에 불을 붙이며,

"대관절 몇 시에 왔었기."

"조금 전이어요. 삼십 분쯤 되었어요."

하고는, 다시 한 손을 앞으로 내저으며,

"아이, 그 담뱃불 꺼요. 근처에 숨어 있을지도 모르는데."

재빠르게 지껄이고는, 집 좌우를 날렵하게 살폈다.

"어? 집 근처에?"

규호도 급하게 담뱃불을 끄며 화다닥 일어섰다.

"돈 좀 있지?"

배 안에서 꼬르륵 소리가 났다.

마누라는 다시 어두운 방으로 달려들어가 험하게 서랍 열리는 소리가 나더니 지전한 움큼을 쥐고 나왔다.

규호는 곧 그것을 아무렇게나 갈라서 이 호주머니 저 호주머니에 나누어 넣으며 문쪽으로 나섰다.

"어디에 가 있으려오?"

"글쎄, 나가면서 생각을 해야지."

"아깐 전라도에 농사 지으러 갔다구 했어요."

"……."

"하여간 무슨 수루래두 전화 걸어요. 요 앞 잡화상 집으루. 잡화상 전화번호는 아시지요?"

"알구 있어."

"그러구, 아이, 딴 준빈 머 없어두 되나. 아이, 여보, 꼭 전화 걸어요."

뒤에 서서 징징대고 있었다.

규호는 빠른 걸음으로 내리받이를 내려와 길이 꺾이는 목에서 돌아보니, 마누라의 모습은 어둠 속에 어슴푸레하게 보이고, 그 뒤로는 납작한 집채가 보였다. 잡화상 앞에는 불빛이 환하였다. 그 불빛이 비치고 있는 속을 건너뛰듯이 훌쩍 뛰었다. 그렇게 달리기 시작하였다.

어제는 지리 선생이 잡혀갔다. 여느 때는 무뚝뚝하지만, 술만 마시면 야금야금 마시다가 차츰 이놈도 죽일 놈, 저놈도 죽일 놈, 같이 술 마시는 사람이 아니면 다 죽을 놈이 되고, 험한 얼굴로 쾌속도로 술잔을 거푸 들고, 드디어 취하면 갑자기 폭발적으로 즐거운 얼굴이 되어 폭소를 터뜨리고, 접시를 두 손에 들고 쪼이나쪼이 쪼이나쪼이 곱사춤을 잘 추는 영감님이다. 빨갱이라면 치를 떨지만 교원들의 권익 문제가 나오면 세계 각국의 통계 숫자를 끄집어내고 항상 살기 띤 표정을 짓던 영감님이다. 어제 직원실에서 출두 명령을 받고 나갈 때는 그 누구에게도 간다는 인사말 한마디 없이 입술만 지그시 물고 있었다. 아직 제 소신에 요동이 없다는 표정이다.

"박 선생, 몸 조심하시우."

옆으로 가서 규호가 속삭이니까 힐끔 건너다보고는 퉁명하게 외면을 하고,

"강 선생이나 조심하시우." 하였다.

그저께 저녁에는 생물 선생과 고학년 수학을 맡은 권 선생이 잡혀갔다. 생물 선생은 출두 명령을 받고 생글생글 웃으며 이 사람 저 사람을 붙들고는 무슨 자랑거리나 생긴 듯이,

"자아, 이제부터 나도 비로소 사람 대접을 받는 모양인데, 이거 축주祝酒라도 한잔 나

누어야 할 건데, 미안하외다, 미안하외다, 미안 미안."

간들간들 손까지 흔들며, 간사를 떨고 있었다.

수학 선생 권 선생은 그러는 생물 선생을 아니꼬운 듯이 건너다보며 책상 위와 서랍 구석구석까지 깨끗이 정리를 하고 있었다.

"아니, 권 선생도 걸렸소?"

규호가 물으니까 그는 이상하게 발끈해지며,

"아니, 안 걸리는 게 이상하지. 나두 강 선생처럼 상이군인이 아닌 다음에야."

규호가 상이군인이라는 것을 야유하는 것이었다. 사실 권 선생은 어느 모로 보나 조금 이상한 구석이 있었던 사람이다. 적어도 지리 선생이 순수한 의분의 그것이었다는 점을 두고 거기에 비추어 보아서 말이다.

그리고 오늘 저녁은 규호 자기 차례인 것이다. 학교로 오지 않고 집으로 온 데는 그만한 이유가 있었을 것이다. 딴은 신성한 학원의 분위기를 고려해서, 약간 기술적인 방법을 취하였을 것이다.

어느새 규호는 내리받이를 마구 뛰어 내려가고 있었다. 어둡고 울퉁불퉁한 길이어서 발디딤이 고르지 않고, 그러나 용하게도 넘어지지는 않았다. 흡사 큰 곰이 뛰어내려가듯 뚜꺼덕뚜꺼덕 마른 땅이 울리었다.

이렇게 달리기 시작하자, 철철 땀이 흐르고 금방 누가 뒤에서 쫓아오기나 하는 듯 조바심이 피어오르고 급해지면서 발놀림은 가속도적으로 빨라졌다. 속으로는 개새끼들 개새끼들 이렇게 일정한 누구를 짚은 것은 아닌 소리를 내뱉고 있었다.

잡화상을 몇 개 지나고 복덕방 앞도 지나고 언덕길을 다 내려서자 비로소 규호는 다시 걷기 시작하며 이마의 땀을 닦아냈다.

바로 근처에서는 '반공을 국시의 제일의로 삼고……' 라디오 소리가 터져나오고 있었다. 그러자 화닥닥 놀라며 또다시 달리기 시작하였다. 달리면서도 옳은 소리지, 옳은 소리구말구, 스스로 새삼 확인이나 하듯 이렇게 중얼거렸다. 어느새 다시 또 걷고 이마의 땀을 손수건으로 닦아내고 뒤쪽을 흘끔흘끔 돌아보고는 하였다. 귓속에서 이상한 소리가 왕왕거리고 다시 슬금슬금 뛰었다 말았다 하며 어두운 길을 빠져나갔다. 이러면서 의식은 막연히 일정한 방향으로 농축되어 가고 있었다.

큰길에 나서자, 규호는 잠시 제자리에 섰다. 초저녁 거리의 그 짙은 소용돌이가 흐르고 있었다. 땀에 흥건히 젖은 호주머니 속의 지전 뭉치를 집히는 대로 꺼내보고는 한결 정신이 말짱해지며 비죽이 쓴웃음이 비어져 나왔다. 여느 때는 요놈의 것 한 장만 달래도 극성을 피우던 마누라였는데…… 하고 제법 한가한 생각을 잠시 하며 담배 한 갑을 사서 한 대를 빼어 물었다. 순간 정말 오기는 온 것이었을까, 마누라가 지레 겁을 먹고 잘못 알았던 것이나 아닐까, 아무리 원, 급한 고비이기로서니 퇴역 육군 중위인 자기를 잡아갈 이유라는 것이 무엇일까 따져들었다. 그러나 마누라가 잘못 보았을 리는 없다. 마누라인들 퇴역 육군 중위인 자기를 두고는 안심하고 있었을 터이니까. 그러나 아무튼 자세한 내용을 확인하지 못하고 나온 것이 실수라는 생각이 들었다.

규호는 담배를 꼬나문 채 중절모자를 바로 쓰려고 손을 가져가다가 맨머리가 잡히자 또 피시시 웃었다. 급한 김에 모자까지 툇마루에 놓고 그냥 나온 것이다. 맨머리 바람으로 그 내리받이를 뛰어 내려왔을 자기가 새삼 우습게 떠올랐다. 그러나 중절모를 썼다 해도 우습기는 매일반이다. 사십이 가까운 놈이 두 팔을 허우적거리며 캄캄한 속의 울퉁불퉁한 좁은 길을 뛰어 내려왔을 그 뒷모습. 규호는 손을 입에 가져다 대고 끼들끼들 혼자 조금 웃었다. 앞뒤를 조심스럽게 살피며 공중전화 복스 안으로 들어갔다. 촉수 낮은 불빛이 차가운 느낌을 주었다. 급하게 다이얼을 돌렸다.

"여보세요."

저편에서 잡화상 아주머니가 나오자,

"저예요. 뒷집 영학이 아버집니다. 네? 술집에 있어요. 웬걸요, 영학이 엄마 좀 불러주세요."

속도 모르고 경기가 좋댄다. 혁명이라는 것이 바로 이웃집 한가운데를 누비고 지나가는 것도 모르고, 팔자 좋은 소리만 한다.

곧 마누라가 나타났다. 숨이 찬 그러나 속삭이는 소리다.

"거기 어디에요?"

"거리야."

"웬일이에요?"

"아니 정말 오기는 왔었어?"

"아 왔으니까 왔대지요."

"대관절 짚이는 일이라곤 아무것도 없는데 이상하지 않아."

"글쎄 누군 그걸 모르우."

"더더구나 상이군인 육군 중위이구."

"……."

"그래, 좀 자세히 얘기해 보아, 와서 뭐래?"

"어이구우 답답이야."

하고는 한결 목소리가 낮아지며,

"셋이 왔습디다."

"그래서?"

"한 사람은 말뚱을 달았구 야전 점퍼 차림인데, 당신을 아는 듯이 이야기합디다만 벌써 서슬이 퍼렇던걸요. 그러구 둘은 헌병 완장을 달구 카아빈총을 메구."

"그래 어떻게 알은체를 합디까?"

"글쎄, 아는 건 아는 거구, 틀림없어요. 아, 그만 눈치 모를까 봐요. 참, 나간 다음에 생각이 났는데 오늘 저녁은 범일동 집으로 가세요."

수화기를 놓자 규호는 공중전화 복스에서 나오며 길가에 담배 꽁다리를 내던졌다.

범일동 집이라면 마누라의 언니 집이다. 동서 되는 사람은 해운 공사에 다니는데 자기보다 나이가 더 어리고, 따라서 나이가 많은 손아래 동서가 이런 경우를 짊어지고 가면 하룻밤 재워는 주겠지만 어떤 얼굴이리라는 것은 뻔하다.

그러구 보니 영 암담한 일이 아닌가.

시계는 벌써 여덟 시를 가리키고 있었다. 라디오에서는 또 행진곡이 터져나왔다.

무엇이 어떻게 됐다는 것인지 전혀 까닭을 알 수 없는 대로, 그리고 전혀 엄두가 안 나는 대로, 머릿속에서는 웬 꽝꽝꽝꽝 방망이소리 같은 것만 빠른 속도로 두드려대고 있었다. 어느새 처음 집의 툇마루에 앉아 들었던 부두의 육중한 저음은 이렇게 쾌속의 방망이소리로 변해 있는 것이었다. 아무렇게나 근처 왜식집에 들러 정종과 참새를 시켰다. 급하게 서너 잔 들이켜고 다시 한길로 나왔다. 나와서야 서서히 술기운이 전신에 퍼지고 있었다.

근처 잡화상에서 또 진로 한 병과 오징어 두어 마리를 사 차고 전차를 탔다. 전차는 모로 휘뚝거리는 낡은 전차였다. 건너편에 꼭 일본부인처럼 생긴 중년 여인이 신문을 보다가 힐끔 규호를 쳐다보고는 다시 신문지로 눈을 떨구고 있었다. 휘뚝거리며 달리는 전차 속에서 내다보이는 거리는 제법 혁명의 거리다운 가라앉음 속에 잠겨 있었다. 이따금 라디오 소리가 왈칵 부풀어 올랐다가는 찌렁찌렁거리는 전차소리에 가려서 수그러지고 있었다.

젊은 국어 선생인 서 선생은 일본 게다를 끌고 명주옷 차림으로 나오고 있었다. 은테 안경알 속의 눈이 어둠 속에서도 해죽해죽 웃고 있는 것이 알려졌다.

"아니, 강 선생 아니오? 이 밤중에 우리 집엘 다 찾아오구."

"왔어 왔어. 나도 그 생물 선생 말마따나 이제부터 사람 구실을 하나 봐."

대뜸 서 선생의 분위기가 달라지며 문간에 그냥 막아선 채 낮은 소리로,

"오다니, 무슨 소리요?"

"잡으러 왔다는 말이야."

"아니, 강 선생이 무얼 했다구."

"누군 무얼 해서 잡혀 가나. 흑백이야 두었다가 보구, 당장은 혐의만 있으면 긁어들

이자는 셈일 테지."

눈치가, 들어서는 것을 좋아하는 것 같지 않았다. 여전히 문 한가운데를 막고 서서 안 기척을 살피며 어리둥절해 있다. 범일동의 큰동서집이라면 벌써 요런 꼴을 못 보고 홱 돌아섰을 테지만, 서 선생의 요런 모습은 후일담後日譚이 재미있어질 것이라는 한가한 생각부터 든다. 원래 그런 후일담 종류가 많은, 새하얀 살결에 몸집이 작은 것처럼 마음도 겁으로 뭉쳐진 위인이다. 규호는 일순 이 작자에게 오기를 잘했다고 생각했다. 정작 겁이 많은 서 선생을 대하니 당사자인 자기는 약간 마음이 느긋해지는 것이 아닌가. 서 선생이 또 무슨 평계를 대기 전에 냉큼,

"아니 좀 들어갑시다. 못 들어갈 사람은 아닐 것이구, 서 선생까지 누굴 죄인 취급하려는 거요."

비로소 서 선생은 흐트러진 몸짓으로 문 앞을 비스듬히 비켜서며,

"주무시고 가려우?"

"네, 하룻밤 좀 신세를 집시다."

취한 체하며 내뱉고는 앞장을 서 걸었다. 건재 한약냄새가 코를 찔렀다. 서 선생의 아버지는 꽤 이름 있는 한의사에 건재 한약상이고 그는 그 외아들이다.

과연 방안은 자수성가해 가고 있는 규호의 집에 비길 바가 아니었다. 서너 평은 실히 됨직한 방안은 장판 구들부터 차악 가라앉아 있고 천정도 휘영청하게 높을 뿐더러 요즘 유행하는 텍스이고, 자개를 해 박은 이불장, 양복장, 그 밖에 이것저것이 있을 자리에 척척 들어앉아 으리으리하였다.

곧 안면이 전혀 없지 않은 사모님이 성장을 하고 나타났다. 성장이라지만 그렇게 보일 뿐이지 집안에서의 예사 차림인 모양이다. 관연 젊은 '사모님'이라는 호칭은, 차림도 저쯤 되어야 해당될 것이었다.

코오피잔이 놓인 소반을 내려놓고, 제 남편을 흘낏 한번 쳐다보고는, 금방 자리의 분위기를 짐작하고는 그 분위기가 벌써 전염된 뒷모습을 보이며 나가고 있었다.

"커핀 무슨 커피. 우리 술이나 한잔 합시다. 여기 진로병을 하나 꿰차고 왔는데, 안주도 이것이면 충분할 것이구."

술잔이 몇 번 왔다갔다하자 벌써 서 선생은 얼굴이 새빨개지며 긴장이 풀어지고 천진한 어린애처럼 얼굴이 피어나는 것이었다.

"내 그럴 줄 알았지요. 모두 미친 것처럼 날뛰는 꼴이. 그런데 참 이상하군, 강 선생이야 어디."

"글쎄 말이오. 지리 선생은 그 울뚝밸 때문에 그랬겠고."

하고, 서 선생은 또 계집아이처럼 한 손으로 입을 가리며 캬들캬들 웃었다.

"맞았어요, 맞았어. 그 영감님이야 울뚝밸 탓이지. 그 쪼이나쪼이 쪼이나쪼이, 곱사춤 추는 꼴은 캴캴캴캴, 캴캴캴 맞았어요. 순전히 그 영감님이야, 울뚝밸 탓이었지."

"생물 선생은 그 쫄랑거리며 연설하는 맛 좀 보다가 그리 됐을 게고. 어디서나 삐치기 좋아하고 내세우기 좋아하니까."

"맞았어요, 고 자식은 좀 이번 길에 버릇을 고쳐 놓아야."

서 선생과 나이가 비슷한데다 무슨 일에나 서로 헐뜯기부터 하는 라이벌 사이였다. 규호는 히죽이 웃으며,

"수학 선생은, 그건 진짜지. 원래 수상헌 녀석이었거든. 사람도 그만하문 실하구 그야말로 혁명깨나 하게 생긴 사람이었지."

"맞았어요."

서 선생은 반색을 하듯이 맞았어요, 맞았어요, 하고 맞장구만 친다. 제 주견이라는 것이 없고, 한약 건재상을 하는 아버지가 없으면 꼭 굶어죽기 알맞은 애송이다.

"근데 정말 강 선생은 뭘까?"

"역시 마찬가지로 교련敎聯 일이겠지."

"강 선생이 뭘 했나요, 내가 알기로는……."

"첫 무렵에 연설 두어 마디 했거든. 그때부터 어느 구석인가 수상쩍다 싶어서 난 딱

전제를 세웠다는 말이야. 이런 일이 어떤 불순분자에게 이용당하기도 쉽고, 또 그렇게 오인을 받을 우려도 있으니, 이 점은 각자가 신중하게 경계를 해야 한다구. 허지만 회의록이 있는 것도 아니구 뭘루 증명을 해. 그래서 첫 무렵 조직할 때만 열을 좀 내구 그 다음엔 꼴이 수상하게 뻗어가길래 싸악 손을 끊었거든."

서 선생은 또 쪼이나쪼이 지리 선생 영감^{서 선생의 아버지뻘은 될 것이다}이 떠올랐는지 생긋이 웃고는,

"그 무렵 왜 지리 선생 말이에요. 자국의 개인 소득 지수指數와 교원 대우의 비례 관계, 그리고 미불美弗로 환산한 교원 월급, 그걸 어디서 그렇게 주워 모았었는지 과연 대단합디다. 사실 지리 선생 말이 맞기는 맞지요. 뜨내기장사하는 놈들이나 호박을 만나는 세상이지, 이거 교원이야 백 년 가도……."

어느새 얘기는 이렇게 오순도순하게 뻗어갔다. 규호는 이런 집안에 와서는 으레 그러는 것이 편리한 것이지만, 약간 개차반의 서민풍을 내었다. 내일 저녁쯤 한약상 영감님이 외아들을 불러 앉히고 "그 나잇살이나 먹은 자는 무엇 가르치는 자냐?" "사회생활 선생이야요." "뭐, 게다가 사회생활? 옛적으로 치면 수신이나 도덕이 아니냐?" "네." "세상 꼴자알 되눈." 이편의 속도 모르고 이렇게 일방적으로 제멋대로 과장을 한들 어쩔 도리는 없다.

아홉 시 반이 지나자 방 바깥에는 수상한 기운이 떠돌고, 이젠 가라는 신호인 셈으로 배시시 문이 몇 번 열리고 닫히고 하더니, 드디어 서 선생이 나갔다가 드러내놓고 난처한 얼굴로 도로 들어오더니,

"자아 이젠 우리 잡시다."

하는 것이었다. 아무리 서 선생이 신혼이라지만, 이 방에서 같이 자려니 생각하고 옷을 홀렁홀렁 벗자니까, 그는 이불장에서 이불 하나를 꺼내어 들고는 그냥 입은 채로, 벗은 옷은 벗은 옷대로 들고 따라 올라오란다.

이층 골방 구석에 결국 혼자 처박혀졌다. 2조 반밖에 안 되는 좁은 방에 나무침대 하

나가 놓여 있을 뿐이었다. 술김에 기분이 안 좋은 대로 여하튼 첫날밤은 여기서 잤다.

이튿날 아침 깨어서 두 손으로 턱을 받치고 곰곰이 생각해 보아도 모든 일이 아리송할 뿐이고, 도대체 어떻게 된 영문인지 알 수가 없었다.

서 선생과 진수성찬의 조반을 같이 들고 나오자, 규호는 아침부터 단골 다방에 가 앉았다. 신문들을 훑어보고 다시 그곳을 나섰다. 이미 출근 무렵의 러시아워가 지나 거리는 한낮으로 가라앉아 있었다.

도대체 무엇이 어떻게 됐다는 것인지, 무엇을 어쩐다는 것인지 전혀 요량할 수 없는 대로 이집 저집 라디오에서는 '반공을 국시의 제일의로 삼고'가 터져나올 뿐이었고, 그럴 때마다 딴은 옳은 소리지, 옳은 소리구말구, 스스로 생각해도 좀 민망해질 만큼 아첨조가 깃든 소심한 심정으로 중얼거렸다. 대저 이런 식으로 한낮의 거리에 내팽개쳐져 있다는 것은 그야말로 공포의 질을 지닌 사건이다. 서너 군데 다방을 훑고, 엊저녁 술 탓으로 다방마다에서는 화장실부터 들어가 설사를 하고, 소오다수, 코오피, 홍차 따위 닥치는 대로 마셔 두고, 다시 단골 다방으로 돌아왔을 때는 겨우 오전 열한 시였다. 빌딩 사이로 내다보이는 바다는 과연 5월의 바다에 어울리게 짙은 남빛이었다. 규호는 또 집 앞 잡화상으로 전화를 걸었다.

하룻밤 사이에 마누라의 목소리는 그리움과 안타까움으로 젖어들어 있었다.

"거기 어디에요?"

"다방이야."

"엊저녁은 범일동에 갔었수?"

"아니, 국어 선생 서 선생 집에 갔었어."

"참, 오늘 아침 또 왔었어요."

"뭐?"

철렁하고, 그 서슬에 밑구멍에서는 또 푸석하고 소리가 나갔다. 이건 어째 방귀 같지가 않다. 설사 기운이 또 내돋친 것 같다. 영 지랄이다.

"오늘 아침에는 혼자 와서 언제쯤 돌아오느냐고 묻습디다."

"계급은 뭡디까?"

"쫄자에요."

"그래, 뭐랬어?"

"모른다고 했지요."

"옳지, 잘 했어."

그럼, 대답 그렇게 잘했지, 수화기를 놓자 가슴도 뛰었지만 뒤보는 일이 더 급하다. 화장실로 달려갔다. 공교롭게도 안에 누가 있었다. 탕탕탕탕 염치없이 연방 두드렸다. 레지는 나오더니 두 눈이 가로찢어지게 신경질을 부렸다. 내의에 설사 기운이 내돋쳐 있어, 엉거주춤히 서서 그것을 우선 휴지로 닦아냈다. 궁상맞고 한심한 꼴이라는 생각이 머리를 스쳤다. 앉아서 안간힘을 썼지만 젖은 바람기만 무엇 터지는 소리를 내며 나갈 뿐, 전혀 기척이 없다. 그러자 갑자기 배가 쓰려왔다. 그는 앉아서 오만상을 찌푸렸다.

근처 약방에 들러 구아니딘을 사서 먹었다. 그리고 다시 한길에 나섰다. 의식은 여전히 한 방향으로 농축 현상을 드러내고 있는 듯하면서도 전체적으로는 몽롱하였다. 왼쪽 배가 자꾸 뒤틀렸다.

오후 두 시경 어슬렁어슬렁 학교 근처로 가 보았다. 5월의 맑은 햇볕 밑에서 3학년 생들이 아래위 백색 차림으로 도수 체조를 하고 있었다. 풍경이 제법 청결했다. 체육 선생은 초록색 운동 모자를 쓰고 단 위에 서서 균형이 잡힌 모습으로 하나 둘 셋 넷, 하나 둘 셋 넷 바리톤 목소리를 내고 있었다. 그것을 구경하고 있으려니 무엇인가 단순하게 희한한 생각이 들었다.

이때까지 한 학교에 있으면서 저런 풍경을 전혀 보지 못했던 것이 의아스러웠다.

언덕을 내려와서 다시 아무 데나 다방으로 들어가, 이번에는 학교에다가 전화를 걸었다. 학교에도 군인이 찾아왔었다는 것이다.

무단결근 중이라고 했댄다. 잘했다. 암, 대담 잘했다.

일은 틀림없이 벌어진 일이다. 그러나 무슨 일이 어떻게 벌어졌다는 것인지 요량할 수 없는 대로, 그저 머릿속에서는 꽝꽝꽝꽝 방망이소리만이 더 크게 쾌속조로 울리고 있었다. 어느 새 그는 불혹 사십객답지 않게 어적어적 껌을 씹으며 전차에 올라타 있었다. 초량에서 내리는데 마침 건너편 라디오방에서 '반공을 국시의 제일의로 삼고'가 왈칵 터지고 있었다. 규호는 그 소리에 화닥닥 놀라면서 골목기로 달려들어갔다. '옳은 소리지, 옳은 소리구말구' 잠시 후에는 점잖게 속으로 중얼거리면서 호젓한 골목길 끝까지 오자, 손수건을 꺼내 이마의 땀을 닦아냈다.

오후 세 시경 규호는 어느 쓰레기통 옆에 오도카니 앉아 있었다. 자동차가 두어 대쯤 드나들 만한 널찍한 골목길이었다. 물기가 차게 가라앉아 있고, 양쪽에는 높은 벽돌담에 그 끝에는 삐죽삐죽한 쇠꼬챙이 화살까지 꽂혀 있어 근처의 분수를 넉넉히 짐작할 만한 곳이었다. 집집마다의 큰 문에는 '공견주의恐犬注意'라는 푯말이 붙어 있고, 대개 부자집들이 다 그렇지만 바깥문마다 닫혀 있어 그 완강히 폐쇄된 속의 안 세계는 짐작조차 할 수가 없었다. 배 안에서는 자꾸 꼬르륵 소리가 나고 이따금 뒤틀려서 그럴 때마다 규호는 또 오만상을 찡그렸다. 그러자 건너편 집에서 문이 열리며 육십 가까와 보이는 뚱뚱한 노인이 텁수룩한 개 한 마리를 데리고 나왔다. 처음에는 개의 털을 쓰다듬어 주더니 어느 새 개와 마주앉아서 장난을 하기 시작했다. 그 장난이라는 것이 매우 희한하였다. 노인은 개의 두 귀를 잡고 개의 눈알이 자기 쪽으로 똑바로 향하도록 강제적으로 요구를 하는 것이었다. 희한하다. 규호는 두 눈이 휘둥그레졌다. 한데 개도 사람의 눈을 한참씩 들여다보는 것은 민망하고 멋쩍은 듯 섬세하게 수줍어하고, 스름스름 눈알을 굴리면서 외면을 하였다. 이러면 노인은 더욱 기를 쓰면서, 개의 얼굴을 요리조리 돌려가며 개의 시선이 제 시선에 맞도록 기를 쓰는 것이었다. 그 키들키들 웃는 표정은 그로테스크한 열기까지 띠고 있었다. 차라리 개의 표정이 훨씬 담담하게 인간적이고, 그 야수적인 웃음을 흩뜨리는 노인의 표정이 짐승인 듯이 착각이 들었다. "이놈 제법 이리 수줍어하노." 노인은 어눌한 목소리로 끼들끼들 웃으며 이렇게 또 지껄이고, 계속 개의 눈알에 제 시선의 앵글을 맞추려 아등바등하였다. 그러나 이렇게 아등바등할수록 개는 툴툴거리면서 끙끙거리고, 잡힌 귀를 빼어내려고 몸을 뒤틀었다. 어느새 그러는 개의 눈길은 제대로 둔탁한 개의 표정으로 돌아와 있는 것이었다. 드디어 노인은 화를 내고 개의 두 볼을 후려때리며 놓아주었다. 놓여난 개는 골목길을 이쪽 끝에서 저쪽 끝까지 뛰어다니다가 쓰레기통 옆에 앉아 있는 규호를 보자, 어슬렁어슬렁 가까이 다가왔다. 바로 앞까지 와서는 규호의 설사기운 냄새를 맡은 듯 빤히 건너다보았다. 규호도 빤히 마주보다가 개의 눈길을 피하고 자기가 먼저 외면을 하였다. 노인은 아직 쓰레기통에 가려 있는 규호를 못 본 모양으로 개 이름을 부르고 있었다. 그러자 개는 그쪽으로 달려가고 있었다. 규호가 오만상을 찡그린 채 쓰레기통 옆에서 살짝 머리를 들고 내다보았다. 개는 주인 곁으로 가서 끙끙거리다가 다시 침착하게 가라앉으며, 이번에는 주인에게 놓여난 것이 슬퍼진 모양으로, 그리고 조금 전에 볼을 맞은 것이 서운해진 모양으로 주인의 눈치를 힐끔거리며 아양을 떨더니 그 앞에 번뜻이 눕는 것이었다.

비로소 노인은 번드르르하게 까진 이마까지가 반뜻하게 부드러운 표정으로 돌아가서 개의 등을 또닥또닥 두들겨주고 있었다. 저렇듯 괴어 있는 속의 무위를 견디지 못하고 있는 이 근처 집들의 세계에는 그 요란스러운 혁명이라는 것이 전혀 누비고 있지 않음이 확실하였다. 순간 노인과 눈이 마주치자 규호는 스르르 일어섰다. 그리고 노인도 일어서고 개도 일어서고 있었다.

개가 멍멍 짖어대면서 달려들려고 하였다. 규호는 한 손으로 배를 움켜쥐고 오만상을 찡그리면서,

"저 혹시 변소 좀 빌릴 수 없을까요?"

노인은 험한 얼굴이 되어 규호의 아래위를 훑어보고는,

"없어요."

한 마디로 잡아떼고는 개를 끌고 도로 들어가 버렸다. 문이 닫히자 그 완강히 폐쇄

된 속의 안 세계는 짐작할 수 없었다.

어느 새 규호는 골목길을 달려가고 있었다. 공중 변소나 다방 변소를 찾아 나가는 것이었다.

저녁이 되자 규호는 버스를 잡아타고 구포로 나갔다. 낙동강을 보니 조금 가슴이 후련하였다. 제법 의젓하게 서서 아까 낮에 본 그 체육 선생 모양으로 체조를 하고 심호흡을 하곤 하였다.

그날 밤 규호는 구포바닥의 어느 허름한 술집에서 아래위 분홍색으로 입은, 몹시 색 감적으로 생긴 술집 계집에게 반해 버렸다. 단둘이 엉망으로 술을 마시고, 술이 취하고서는, 자기는 지금 쫓겨다니는 혁명가라고 제법 그럴듯한 설득력도 있게 실토를 하고, 그리고는 그 여자를 끼고 잤다.

규호는 밤새도록 지랄발광을 하였고, 여자는 새벽녘이 되자 세상에 이런 지독한 남자는 처음 보았다고 혀를 내두르고 신경질을 부리고 하였다. 이미 초저녁에 들었던 혁명가고 뭐고가 없었다. 알고 보니 형편없는 남자에게 걸린 것이라고 생각한 것이었다. 화대花代구 뭐구 필요 없으니 어서 나가라고 고함을 지르는 것이었다. 규호는 기력이 낮은 전기불홍등이었다을 켜고, 피슥피슥 웃고 있었다.

일이 어쩌다가 이 모양이 됐는지 알 길이 없었다. 의식은 여전히 어떤 한 방향으로의 농축 현상을 드러내고 있었지만, 모든 것은 분명하지가 않고, 이것저것 사리가 닿게 따져 들어가기 시작하다가도 어느새 생각은 오리무중으로 꼬리를 감추고, 그러나 여전히 의식은 웬 열기운 속에 휘말려 있었다. 그 한 방향이라는 것도 어느 방향인지 종잡을 수가 없었다. 그저 처음에는 자기가 헛트림을 하며 집에 들어섰고, 그 다음 마누라가 문을 열고, 모자를 잊어버리고, 맨머리 바람으로 캄캄한 속을 달려 내려왔다는 생각뿐이었다. 그리하여 그 달리던 일부터는 모든 일이 웬 짙은 장막을 뒤집어쓰고, 흡사 안개가 자욱한 속에 여기저기 듬성듬성 돋아오르듯이 서 선생, 서 선생 사모님, 쾅쾅쾅쾅 뒤 볼일이 급해서 다방 변소를 뚜드리던 일, 초록색 운동 모자를 쓴 체육 교사, 그리고 그 부유촌 골목길의 노인, 공견^{짱犬}, '반공을 국시의 제일의로 삼고' 별로 실속은 없이 시장바닥 같은 거리바닥에 텅 비게 메아리져 가는 목소리 …… 들이 떠오를 뿐이었다. 대관절 무엇이 어떻게됐다는 것인지 알 수가 없었다. 규호는 호주머니에서 지전 뭉치를 꺼내 보며 또 극히 소박 단순하게 비죽이 웃었다.

해장국을 먹다가 또 변소로 가고, 구포바닥의 어느 다방에서 코오피를 마시다가 또변소로 갔다. 뱃속은 그냥 꼬르륵대었다. 촌구석 다방이고, 아침이어서 그렇기도 했겠지만, 다방에서는 라디오만 틀었다. 짜개지는 행진곡이 울리다가 또 '반공을 국시의 제일의로 삼고'하고 여자 아나운서의 목소리가 터져나오자, 규호는 또 깜짝 놀라서 마시던 코오피를 그냥 둔 채 헐떡헐떡 코오피 값을 치르고 층층다리를 달려 내려오며 쌍년 쌍년 하면서 그 아나운서의 욕을 하고 있었다. 어느 새 그는 반공에 쫓기고 있는 것이었다. 나는 용사여, 나는 상이군인이여, 제일선 김종오^{金鍾五} 사단장 휘하의 9사단에서 백마 전투를 겪은 퇴역 육군중위여, 누가 뭐래여, 이 나를 두고 어느 놈이 뭐라는 거여, 쾌속으로 이렇게 중얼거리며 먼지 풀썩거리는 층층다리를 콰당콰당 달려 내려오고 있었다.

동편에서 또 5월의 해가 떠오르고 있었다.

어느 새 규호는 다시 침착한 표정으로 좀 전의 다방 층층다리를 오르고 있었다. 그리고 한결 사리의 윤곽을 명백하게 잡은 그 분명한 표정으로 전화를 걸었다.

"어머, 어디 있수?"

마누라의 목소리는 이미 반 미쳐 있었다.

"구포야."

"어찌 구폰?"

"음, 친구가 있어서."

규호는 쓸쓸하게 비죽이 웃다가,

"그새 별일은 없었구?"

"엊저녁에 또 왔었어요."

머리끝이 쭈뼛하고 또 철렁하였다.

수화기를 잡은 채 납렵한 눈길로 좌우를 살펴었다. 눈까풀이 파르르 떨며 두 눈을 가늘게 오므리고,

"그래 뭐랬어?"

"아직 안 왔다구 했지요."

"잘했어, 대답 잘했어."

"근데 엊저녁엔 사복 형사였어요."

"색안경을 끼었웁디까?"

"뭐요? 이제 뭐랬수?"

규호는 정신을 차리며,

"아니, 아무것도 아니야."

"사복 차림의 형사가 혼자 왔는데, 매우 사근사근합디다."

그럴 테지, 아무렴 그랬을 테지, 그런 수를 썼을 테지 …… 몇 마디 이야기를 더 하고 수화기를 끊자, 규호는 또 쿵쾅거리며, 먼지가 풀썩풀썩 이는 다방 층층다리를 내려갔다.

자, 이제 어찌할 것인가. 그러자 급한 속에서도 점잖게 비시시 쓴웃음이 비어져 나왔다.

덮어놓고 버스를 타고 김해金海 쪽으로 나갔다. 덜컹거리는 버스 위에서 그는 끄덕끄덕 졸기 시작하였다. 이따금 화닥닥 놀라 눈이 뜨이면 옆으로 새뽀얀 먼지를 일으키며 부산행 버스가 와그렁와그렁 지나가고 있었다. 낙동강가의 들판은 5월의 그 밋밋하게 자라고 있는 전원풍경을 드러내고 있었다. 맨머리칼이 선들한 바람에 흩날리었다. 이상한 일이었다. 이렇게 덜컹거리는 버스 속에서 비로소 그는 웬 안정감을 회복하고 있었다. 안정감이라기보다 그 한 방향으로의 농축 현상을 드러내고 있었던 의식의 고양高揚 상태가 스르르 무너지고, 몸 안에서도 개울이 흐르듯이 가슴 속이 뚫려서 버스와 더불어 흘러가고

있는 것이었다. 그리고 그냥 잠에 곯아떨어졌다. 얼핏얼핏 꿈결에 그 공견꽞犬이 달려들고 있었고, 그때마다 화닥닥 눈이 뜨이면 옆으로는 부산행 버스가 먼지를 일으키며 지나가고, 그 와락 부풀어 올랐다가는 수그러져가는 소리에 어느 새 달려들던 공견도 번번이 수그러져 달아나곤 하였다.

김해에서 내리자 서슬 퍼런 칼날처럼 차고 선득한 분위기가 휩싸고 다시 와락 그 한 방향으로의 의식의 집중과 고양 상태에 휘말려드는 것이었다. 또 방귀를 뀌기 시작하고 배가 뒤틀렸다. 김해바닥이라 부산바닥과는 달리 변소 인심은 매우 후하였다. 널찍널찍한 변소 속에 앉아서 규호는 곧잘 혼자서 끼들거리면서 웃었다. 무엇이 무엇인지 알 수는 없었지만 여하튼 시뿌연 속에서도 자꾸 웃음이 나와졌다. 그것도 이렇게 변소 속에나 앉아야 그렇지 한길에만 나서면 다시 열 기운 속에 휘감겨드는 것이었다.

열두 시 오정 사이렌이 요란한 통에 눈을 떴을 때는 웬 여관방에 혼자 누워 있었다. 일어나 앉아 그는 쿨쩍쿨쩍 흡사 어린애 울듯이 조금 울었다. 다음 순간 일어서서 벽에 걸린 거울에 얼굴을 비쳐보면서 눈물을 닦는, 모로도 서보고, 앞으로도 서보고, 뒷모양을 보기도 하고, 그리고는 얼굴 전체를 가지가지로 찡그리며 오만가지 상을 다 해 보았다가 히쭉 웃으며, "가만 보자, 이발할 때두 됐지." 한마디 하였다.

점심을 먹고 오후 2시경 그는 김해 이발관에 앉아 있었다. 처음부터 끝까지 쿨쿨 자고 있었다. 수염까지 밀고 머리에도 포마아드를 싸악 칠하고 또다시 넓은 거울에 이모저모 살펴보고 뒷모습까지 확실하게 확인을 하고는 이발소 앞에 나와 앉아 구두를 닦았다.

구두 닦는 놈은 꽤 애교가 있었다. 생글생글 웃으면서 아양을 떨었다.

"아저씨 직업을 제가 맞힐게요."

"그래, 내가 뭐하는 사람 같으냐?"

어느 모로 보나 규호는 정상으로 돌아와 있었다. 얼굴이 좀 부성부성하게 부어 있을 뿐이었다.

"장사하는 건 확실한데 그죠? 장사 확실하죠?"

"예끼놈, 내가 겨우 장사꾼으로 보이냐."

"대낮에 이발하시니까 그렇죠. 안 그래요? 장사 아니에요?"

그러자 규호는 제법 두 눈을 부라리며,

"임마, 내가 혁명가다."

꼬마는 구두를 닦다가 말고 상을 찡그리면서,

"에에이 아저씨 공가알."

"임마, 왜 상판은 찡그려?"

"에에이 아저씨 공가알."

혁명가라는데 공갈이란다. 혁명가가 공갈이라는 뜻인지, 혁명가라고 하는 거짓말이 공갈이라는 소린지 잘 짐작이 가지 않는 대로,

"임마, 정말이야."

하였다.

저녁이 되어 버스에 몸을 싣자 다시 잠이 들었다.

이날 저녁 규호는 동네 온천장으로 들어가서 또 색시를 끼고 잤다. 색시는 열예닐곱 살밖에 안 된 애송이였다.

사흘째로 접어들던 날 저녁 규호와 군대동료였고 지금은 육군 중령인 최 중령이 찾아왔다. 물론 규호 마누라도 잘 아는 사이일 뿐만 아니라 허물없는 사이이다. 서울에 있었을 텐데 남편의 소식을 듣고 살리려고 내려온 모양이었다.

규호 마느라는 너무너무 반가와 눈물을 글썽였다.

가슴이 억해서 말은 못하고 어린애를 안고 울먹울먹거릴 뿐이었다.

최 중령은 약간 의아스러운 눈길로 규호 마누라를 건너다보고는,

"아니, 규호가 어딜 갔다구요?"

순간 규호 마누라는 왈칵 터지듯이,

"앙이, 최 중령까지 이러기요? 앙이 세상에, 최 중령도 그일 의심하오? 앙이 세상에 이런 법이 ……"

최 중령은 어리둥절해지며,

"의심하다니요, 아니 무슨 소리요? 대관절 규호는 어디 갔소?"

비로소 규호 마누라는 멀뚱히 최 중령을 건너다보다가,

"아니 ……" 하고는 침착하게 속삭였다.

"잡으러 와서 도망다니구 있어요."

"뭐요?"

최 중령은 한순간 기겁을 하듯이 놀라더니 대뜸 얼굴이 시뻘개지며 누구라도 쳐죽일 것 같은 표정이 되었다.

"이 쌍놈으쌔끼덜, 일들을 어떻게 하기 이 모양이야, 개쌍놈으쌔끼덜, 이눔으쌔끼덜." 하고는,

"그래 어딜 도망다니오?"

"앙이 그럼."

"지금 마산 부시장 자릴 정해 놓구 찾구 있는 판인데."

비로소 규호 마누라는 맨바닥에 앉아 울음을 터뜨리기 시작하였다.

"앙이 저걸 어쩌우, 저걸 어쩌우. 앙이 글쎄, 내가 지레 겁을 먹어 개지구 ……."

(웃을 일이 아니다) 어찌 울음이 안 터질 일이겠는가.

"그래 어딜 가 있소?"

"그제 아침께까지 전화가 있었는데 그 후는 전화두 없어요. 앙이 돈만 펑펑 쓰구 술만 처마실 테구, 앙이."

벌써 즐거운 엄살 기운이 완연하였다.

"골덴바지에, 모자까지 팽개치구 나갔으니 꼭 미친 사람일 텐데, 글쎄 어디서 찾주."

"아니 세상에 온 이런 법도 있나, 여하튼 그 쌍눔으쌔끼들, 이눔으쌔끼들 일을 어떻

게 하기……."

최 중령은 거듭거듭 부하 직원을 욕만 하고 있었다.

대관절 어찌 일이 이렇게 버그러졌을까.

그러나 구태여 애초의 연유 같은 것은 따지지 말기로 하자. 우선 사람을, 마산 부시장을 찾아내야 할 것이었다.

어느 새 규호 마누라는 부시장 사모님다운 행색을 갖추고, 잡화상 전화통 안에서 전화가 오기만 기다리고 서 있었다. (웃을 일이 아니다)

규호는 동래 온천장에서 색시를 끼고 또 하룻밤 자고는 그 이튿날 열한 시쯤까지 색시와 더불어 온천을 하고, 거들어지게 안마사까지 불러서 안마를 한 후 다시 버스를 집어타고 구포로 나갔다. 그저께 저녁의 그 술집에 들렀을 때는, 그저께 저녁 하룻밤을 같이 지낸 그 여자는 금강산 화투패를 떼다가 제법 익숙한 낯짝으로 달려나오는 것이었다. 서방님이 오신다고 법석을 피우고, 우르르 색시들이 쏟아져 나오고 하였다. 대낮부터 싸구려 화장품 냄새가 물씬거리는 방에 번듯이 누워 있자니 기분이 나쁘지는 않았다. 싸구려 여인들의 싸구려 농지거리도 그닥 싫지는 않았다. 당장은 모든 것을, 마누라의 일까지를 까마득이 잊어버릴 수가 있었다. 더러는 전화 걸 일이 생각나기도 했으나, 되도록 그런 방향으로 생각을 이끌어 가지 않을 요량이었다. 전화를 걸어서 그런 이야기를 주고받는다는 일조차 이젠 몸서리가 쳐졌다. "그 사이 별일 없었소?" "또 왔었어요." "저런." 철렁, 그리고 방귀, 그리고 설사…… 전화를 건대도 이미 마누라가 나타날 성싶지도 않았다. 일은 급속도로 확대되어 마누라까지 잡혀갔을지도 모른다. 아니면 집에 기다리고 있다가 마누라가 전화 받는 것을 옆에서 지키고 있을지도 모를 일이다. 어느덧 규호는 구포, 김해를 왔다갔다하고 있었다. 하루 저녁은 구포에서 술을 마시고, 이튿날 저녁에는 김해에서 술을 마셨다. 술집 색시들은 잔칫날 만난 듯이 흥청거리고 서어커스단이나 온 것처럼 수다스러워졌다.

규호는 이제 뭐가 뭔지, 어떻게 되어 가는 꼴인지 모르는 대로, 돈은 거의 바닥이 나고 있었으나 태평, 태평이었다. 술을 마시고, 코오피를 마시고, 설사를 하고, 변소에 누가 있으면 급하게 변소문을 쾅쾅쾅쾅 두드리고 하고 있었다.

일주일이 지나도 사람의 소식은, 부시장의 소식은 감감하였다.

드디어 거리는 발칵 뒤집혔다. 거의 한 부대에 해당할 만한 인원이 동원되기 시작하였다. 교통순경은 물론 여관, 삼류 숙박소에마다 인상착의 등등이 알려졌다. 심지어 순찰차까지 동원되었다. 맨머리 바람에 골덴바지 차림에 어깨가 조금 앞으로 구부러진 사나이라는 것이었다. 그런데 맨머리 바람에 골덴바지 차림에 어깨가 조금 앞으로 구부러진 사람은 왜 그리 썩어지게도 많은지, 거리마다 골목마다 꽉 차 있었다.

그런 사람은 모조리 불심검문에 걸리고, 덜컹 가슴이 내려앉고, 끌려가고, 그러나 금방 금방 놓여났다. 여기저기에 수색 지부가 마련되고, 흡사 혁명은 이 자를 잡기 위하여 일어나기나 한 듯이 모든 혁명적 열의는 한 방향으로 집중 현상을 드러내고 있었다. 규호 마누라는 잡화상 전화를 기다리는 데도 지쳐서 될 대로 되라는 셈으로 부시장 마나님 행세부터 하기 시작했다. 근처 아낙네들이 소식을 듣고 몰려왔다. 으레 이런 소식은 날개가 돋치게 마련이었다. 범일동 언니와 형부도 소식을 듣고 양과자 꾸러미를 들고 찾아오고 있었다. 학교도 대소동이 벌어졌다. '무단결근'은 '사고결근'으로 정정되고, 전 학생들에게도 사회생활 선생을 혹시 보면 모시고 오도록 지시가 내려졌다. 점심시간마다 목청 고운 여선생이 마이크에 대고 소리를 지르고 있었다. 사회생활 선생, 사회생활 선생, 사회생활 선생 사회생활 선생, 사회생활······ 학생들은 제각기 운동장에서 장난을 하다가도 신묘한 표정으로 마이크 소리에 귀를 기울였다. 군복 차림과 사복 차림이 번갈아 드나들고 사회생활 선생 사모님도 직원실로 들락날락했다.

결국 사람이 가 있는 곳을 알아냈다. 헌병 셋이 충무忠武바다의 어느 뒷구석 여관으로 급습을 했을 때, 규호는 위대한 충무공의 이름을 딴 충무시의 이름에도 영예롭지 못하게, 낮임에도 또 색시를 끼고 자빠져 있었다.

새까만 내의 바람으로 나오면 규호는 쓰디쓰게 웃었다. 드디어 올 것이 온 것뿐이었다.

"강규호 선생님이십니까?"

헌병 한 사람이 다가서며 묻자, 규호는 우락부락 소리를 질렀다.

"그렇소."

"모시러 왔습니다."

"뭐 모시러 와? 이 자식아, 입은 비뚜루 째져두 말은 똑바루 하랬어. 잡으러 왔으면 잡으러 왔지, 뭐? 모시러 와?"

"여하튼 가십시다."

"오냐, 이제 도망이야 가겠냐, 조금만 기다려."

들어가서 옷을 주워입고 나왔다. 과연 맨머리 바람에 골덴바지 차림에 어깨가 앞으로 좀 구부러져 있었다.

교통 세칙을 무시한 초스피드의 지이프 속에서 규호는 앞자리에 앉아 또 방귀만 뀌고 있었다. 막걸리와 코오피가 뒤범벅이 된, 몹시 구린 냄새에 뒤에 앉은 헌병들은 차마 말은 못하고 콧구멍만 벌름거리고 있었다.

"모시러 와? 왜 탁 터놓지 못하구 마지막까지 그 알량한 수를 부리냐? 잡으러 왔음 잡으러 왔다고 똑똑히 말을 못하고."

이렇게 지껄여대는 규호의 입에서는 연성 술냄새가 풍겨나오고 있었다.

지이프차에서 내린 규호는 어리둥절한 표정이었다. 최 중령이 다가와서 웃으면서 악수를 청해도 빵하게 쳐다볼 뿐 선뜻 손을 내밀지 않았다. 안으로 들어가서 최 중령의 얘기를 들으면서도 시종 표정이 없었다. 그러나 드디어 피시시 웃음이 비어져 나오고, 그 웃음은 차츰 실성한 사람처럼 끼들끼들거리었다. 또 방귀가 나오고 속이 메슥거리고 뒤틀렸다. 변소에 가 앉아서도 계속 웃었다. 다시 나와서는 최 중령을 마주보며 물었다.

"그래 내가 마산 부시장이라는 말이야?"

"……."

"난 못해, 내 양심으로는 못하겠어. 며칠 저녁을 무슨 짓하고 어떻게 돌아갔는지 아나? 자네가 아나?"

더이상 무슨 얘기를 지껄인다는 것은 더 고위층에 대한 모욕이 될 것이라고 생각하고 입을 다물었다.

어느 새 규호는 맨머리 바람에 골덴바지 차림으로 그곳을 나와 털러덕털러덕 집을 향해 걸어가고 있었다. 일순 혁명은 잠시 어리둥절해지고 닭 쫓던 개처럼 뻥해져 있었다. 다음 순간 어느 길가 점포에서 또 왈칵 '반공을 국시의 제일의로 삼고'가 터져나오고 있었다. 규호는 또 화닥닥 달리려고 하다가 다시 생각하고, 피시시 웃으며 땟국이 낀 손수건을 꺼내 코를 풀었다.

결국 1960년대의 혁명은 이렇게 엉뚱한 사람들의 엉뚱한 모서리를 누비며 지나갔을 뿐 모든 사람은 다시 제자리로 돌아가고 있었다. 한번 꿈틀하며 소용돌이는 쳤으나, 깊이 경화硬化되고 폐쇄된 이 바닥은 완강히 그 문을 닫고, 이를테면 그 육십 노인과 공견恐犬의 그로테스크한 심심풀이 장난은 추호도 상처를 입지 않았다.

어느덧 서서히 그 물굽이도 겉만 훑으며 휘돌아가고, 그 뒷자리에는 새로운 잡초들이 더욱 기승을 펴고 있었고, 국어 선생 서 선생 집의 한약 건재업도 어느덧 큰거리에 빌딩을 차지하고 근대화된 차림으로 날로 번창해 가고 있었다.

1965년, 어느 이발소理髮所에서

이발소 문이 열리고 또 손님 하나가 들어섰다.

"어서 옵쇼오."

가위질을 하던 박씨가 들어서는 손님을 거울 속으로 흘낏 보며 상투적으로 소리를 질렀다.

"어서 오십쇼."

문가에 서 있던 이발소 소년도 "어"자에 악센트를 주며 소리를 질렀다.

"빨리 됩니까? 빨리?"

들어선 자는 이발소 안을 휘둘러보며 댓자곳자 급하게 물었다.

"네에, 얼른 됩니다. 얼른입쇼. 앉으십쇼."

올백을 한 머리에 포마드를 뭉터기로 바르고 번들번들하게 영양이 좋게 생긴 박씨가, 역시 돌아보지도 않고, 가락을 띠워 음악적으로 하루하루 사는 것이 이렇게 즐겁기만 하다는 듯이 대답했다.

소년이 손님의 등 뒤로 가 서서 상의를 벗겨드리려고 했다.

"똑똑히 얘기해요, 똑똑히. 빨리 되는지, 빨리 될 수 있는지."

비로소 박씨가 가위를 든 채 돌아보았다.

맞은편 긴 소파에 양말 신은 두 발을 올려놓고 비스듬히 모로 누워 한 손으로는 발바닥을 주무르며 못 다 읽은 조간신문을 뒤지고 있다가, 어느새 신문지를 허공에 경중 든 채 깜박 잠이 들었던 주인도 눈을 떴다. 무슨 일이 일어났는지 정신을 차리려고 하며 두

발을 여전히 소파 위에 놓은 채 서서히 일어나 앉았다.

"사람이나 좀 쳐다보면서 똑똑히 얘기해요. 빨리 될 수 있오?"

그 자는 손을 들고 박씨 앞에 삿대질을 하며 또 거센 소리를 질렀다.

검초록색 잠바에 통이 좁은 깜장색 바지차림의 설흔 남짓 되어 보이는 사내였다. 짧게 깎은 앞머리가 가지런히 일어서 있고 손에는 올이 굵은 깜장 모자를 들었다. 칼칼하게 야윈 몸매지만 서슬이 선 눈매를 지녔고, 턱이 빠르고 얼굴색도 까므잡잡하다. 앞니에 금니 두개를 해 박았다. 구두가 인상적으로 써늘하게 생겼다. 구두방에 진열되어 있는 구두는 구두에 불과하지 만, 일단 사람의 발에 신켜지면 구두도 그 주인의 위인과 더불어 주인을 닮아가게 마련이다. 끝이 뾰족하고 반들반들 윤기를 내고 있다.

헤프게 사근사근하고, 민주주의적으로 물르고, 게다가 병역기피자인 박씨는 대번에 꺼칠한 얼굴이 되었다. 처음부터 나오는 품이 예사 손님 같지는 않다.

"글쎄 앉으십쇼, 빨리 해 드릴테니."

"얼마나 빨리 되오? 몇분에 될 수 있오?"

"허어, 이 양반이 참, 급하기도……"

"뭐? 이 양반? 엇다 대구 반말이야? 말 조심해요."

앉았던 손님 두엇이 거울 속에서 흘낏 쳐다보았다. 그리고 거울 속에서 그 자와 눈길이 부딪칠듯 하자 급하게 외면을 하였다. 세발대의 두 소년도 우루루 머리들을 이편으로 내밀고 구경을 하고, 손이 빈 민씨와 김씨도 구석쪽 빈 이발 의자에 앉아 묵은 신문을 보다가 말고 몸체만을 엉거주춤히 돌렸다.

청년은 다시 이발소 안을 둘러보다가 그 눈길이 주인에게 가 멎었다. 주인도 여전히 있는 양말 신은 두 발을 두 손으로 주무르면서, 마주 올려다보았다.

"당신은 뭐요?"

"주인이요."

"주인이면 주인이지, 그 앉아 있는 꼴이 뭐요? 도대체에, 이 사람들 정신 있는 사람들인가. 때가 어느 땐지도 모르고, 이 사람들이 ……"

술냄새가 약간 끼었었으나 옳기는 한 소리인 것 같아서 주인도 후닥닥 일어나 섰다.

보기 흉하게 몸체만 돌리고 앉았던 민씨와 김씨도 청년의 눈길이 그 쪽으로 돌아오기 전에 화닥닥 일어서고 세발대의 두 소년도 제 자리로들 돌아갔다.

기운 오후의 느슨느슨한 분위기에 잠겨 있던 이발소 안이 갑자기 써어늘해졌다. 펑퍼짐하게 모로 누워 있던 이발소 기구들도 삐죽삐죽 일어서진듯 하고 금빛 은빛 금속기구들이 사방에서 번쩍번쩍하였다. 맹렬하게 하품을 하던 사람들이 모두 정신이 번쩍 들었다.

주인이 나서면서 허리를 굽신하며 공손히 말하였다.

"여하간에 앉으십쇼, 급하게 해드릴 테니까."

"앉는 건 좋은데에 ……"

도대체 지금 세상이 어느 땐데 …… 이 이발소 안에는 못마땅한 것이 한두 가지가 아니라는 표정을 지으며, 마지못한 듯이 주인이 가리킨 자리에 청년은 앉았다.

그 옆자리에는 바로 박씨가 맡은 육십 가까운 관리로 보이는 한 사람이 앉아 있었다. 거울 속에서 청년과 눈이 부딪치자 관리는 슬그머니 눈길을 돌렸다.

이 관리는 사흘거리로 꼭 요 시각이면 나타나는 단골 손님이었다. 왜정 때 군정에도 있었고 M시 부정에도 있었고 도청에까지 올라갔다가 얼마 안 되어 해방을 맞았노라고 해방이 된 것이 무척 섭섭한 듯이 언젠가 말하는 것을 박씨는 들은 일이 있다. 그렇다고 현재 직업을 들은 일은 없다. 그러나 어느 모로 보나 관리임에는 틀림없어 보였다. 이 관리의 얼굴만 보면 우리나라가 정치적으로 경제적으로 문화적으로 안정되어 있다는 것을 실감으로건 착각으로건 느끼게 하였다. 숱이 적은 머리를 예쁘게 모로 빗어 올리고, 키가 작은 비대한 몸집에 늘 허여멀쑥하게 히멀건 얼굴을 하고 있었다. 들어설 때마다 고불통 담배를 물고 있고 목소리도 서양 사람처럼 잘 울리는 낮은 바리톤 소리였다. 사흘거리로 오후 요 시각만 되면 나타나는 이 관리는 딱히 이발을 하려고가 아니라, 이 이발소의 이를테면 민주주의적인 느슨느슨한 오후 분위기에 잠기고 싶어서, 이발의자에 앉아 거울 속의 영양이 좋게 생긴 자기 얼굴을 완상하며 맹렬하게 하품을 하고 싶어서, 그리고 한 삼십분씩 늘어지게 안마가 하고 싶어서 드나드는 듯 보였다.

"가만…… 앞머리를 조금 더 짜를까?"

청년의 눈길을 피한 관리는 약간 미간을 찡그리면서 갑자기 노인투를 내며 박씨에게 말하였다. 그 얼굴에는 박씨가 미안해질 만큼 조금 차거운 위엄이 살짝 어렸다. 물론 박씨는 이 말뜻을 알만 하였다.

청년이 들어서기 조금 전까지 이 관리는 박씨에게 왜정 때의 관리생활과 현재의 관리생활을 비교해서 지나칠만큼 솔직하게 자상히 들려 주며, 왜정 때가 훨씬 좋았었다는 얘기를 하고 있던 참이었다. 간접적이기는 하였지만 오늘의 관리생활에 경멸과 조소까지 보내면서. 그러나 이제 청년이 옆자리에 앉자 그 얘기는 이상 끝이라는 신호를 그렇게 기술적으로 표현했을 것이다. 물론 박씨도 알만 하였다.

그러나 그 퍽 자연스러운 표정의 가락에는 놀라울 만큼 적중한 것이 번득였다. 그리고 그것은 박씨의 눈에는 무척 소극적인 것으로 보였다. 그러나 그 소극성으로 보이는 표정의 저 뒤안에는, 세상이 험하면 험한대로 세상이 유하면 유한대로, 일정한 자기 분수를 지니고 그 분수의 틀을 정확하게 잡고 있는 완강한 자세, 삼십년쯤의 관리생활에서 절어든듯 싶은 더께가 앉은 완강한 자세가 있었다. 자기 분수의 외양과 타성에만 절어들어 있는, 그러나 살짝 바람만 불어도 어느 울타리를 화닥닥 오무려 닫는……. 그가 오랜 세월에 배워온 것은 실제에 있어서 자기방어밖에는 없는 듯하였다. 그리하여 바람이 세어지면 안으로 오무리는 강도強度도 세어지고 바람이 잔잔하면 살곰살곰 소극적으로 무리도 조곰씩 하며, 근무시간 중에 한 시간쯤 실례를 하여, 이발소에 나와 느슨느슨하게 거울이나 들여다보고 늘어지게 안마나 하고, 한 잠 자는 둥 마는 둥하게 자고……. 만일 관리 길로만 안 들어섰다면, 그 제법 남자다운 생김생김에 어울리게 남자다운 호탕한 사람이 되었을 것이다. 그러나 세상이 뒤치락 엎치락 어바뀌는 속에서 삼십년쯤 쉬엄쉬엄 관리길

을 유지해 오는 동안, 외모만 남자다운 모습일 뿐 사람이 싱거워지고 여성다워졌다. 살아
간다는 일에 대한 근원적인 타념이 전체의 살아가는 가락으로 되어, 이발소 사람과 자기
분수로써 지나치게 솔직한 얘기까지 하게 되고, 그러다가는 화닥닥 제 분수를 되찾아 그
늘지게 써어늘한 얼굴을 하고…… 물론 박씨도 알만 하였다.

민씨가 청년의 옆으로 와서 낮은 목소리로 물었다.

"앞머리를 더 짧게 짜르실까요?"

"그러시오."

거울 속에서 '이건 또 뭐야'하듯 험한 눈길을 하며 청년이 대답했다.

"삼부 정도로 할까요?"

"삼부? 삼부면 상고머리 아니야? 누가 삼부로 하랬오? 누굴 국민학교 아동으로 알
아? 이 양반들이 정말 정신이 있는 사람들인지 모르겠군."

민씨는 덮어놓고 끔벅끔벅하면서 사과를 하였다.

"네 네 알겠습니다."

"뭘 알어?"

"네, 알겠습니다."

"뭘 알겠느냐 말야?"

민씨는 처참한 얼굴이 되어 대답을 못 했다.

주인이 또 가까이 와서 두 손을 마주잡고 분명히 이유는 모르는 대로 여하튼 양해를
구했다. 덮어놓고 굽신굽신하고 수집은 표정을 짓고 사과하는 몸짓을 하였다.

"도대체에 모두 틀려먹었어요. 틀려먹었어. 지금이 어느 땐데, 모두 히멀게가지구,
말라 죽은 동태눈알을 해 가지구, 도대체에 정신들이 있는 사람들인지 모르겠군."

주인은 또 끔벅끔벅하면서 알겠다고도 모르겠다고도 않고, 알겠다고 하면 뭘 알겠
느냐고 또 소리를 지를 것 같고, 모르겠다고 하면 더 흥분을 할 것이어서, 한손으로 귀 뒤
를 서걱서걱 소리가 나게 긁으며 그의 소리를 액면대로 시인하는 표정만 지었다.

청년은 조곰 가라앉아졌다. 이발의자에 처억 기대어 두 다리를 중도에서 꼬아 한쪽 발을 경중 뜨게 하고 앉았다.

비로소 주인은 영 시끄러운 것을 건너다보듯이 청년의 뒷모습을 흘낏 보며 다시 소파에 가서 걸터앉았다. 순간 청년이 다시 홱 돌아앉았다.

"여보 주인."

그 서슬에 주인도 다시 화닥닥 놀라며 일어섰다.

"당신 이제 그 눈길이 뭐요?"

"뭐 말입니까."

"뭐어 마알입니까?! 당신 이제 내 뒷모습을 어떻게 보았지?"

"미안합니다."

주인이 더욱 겁이 난 얼굴로 처참하게 창백해지며 대답했다.

"미안해? 미안으로 통해? 도대체 이 사람들이, 앞으로는 굽신굽신하고 뒷구석으론…… 그 정신들이 틀려먹었어요, 틀려먹었어. 반성을 하려면 철저히 하고, 아니면 분명하게 맞서던지, 해야지 사람들이……"

"미안합니다."

"미안으루 통해? 안 통해, 우리에겐."

안 통하면 어쩐다는 것인지 알 수는 없는 대로 주인은 또 덮어놓고 우굴어든 얼굴을 하였다.

어느새 이러는 사이에 이 이발소에 있는 사람들은 모두가 써어늘하게 겁먹은 얼굴이 전염되어 갔다. 모든 짓은 이미 그렇게 기정사실화 되어 있었다. 손님들도 간이 콩알만해지고 세발대 소년들이나 면도하는 소녀들까지도 말조심하고 걸음걸이 조심하고 쉬쉬하는 표정이 되었다. 어떤 손님인지 확실하지는 않으나, 하여튼 예사손님이 아니라는 것만은 확실한 듯하였다. 그리고 헌법 형법은 멀고 떵떵 울러메는 이 자는 바로 눈앞에 있는 것이었다.

다시 거울을 향해 돌아앉은 청년의 머리에 민씨가 조심조심 가위를 들이댔다.

"도대체 사람들이 나빠요, 나빠. 정신이 안 되어 먹었어요, 안 되어 먹었어. 모두 비겁하기가……"

청년은 또 이렇게 거쉰 소리로 주절대다가 다시 거울 속에서 민씨를 건너다보며 물었다.

"당신 군대 갔었오?"

"네"

민씨가 화닥닥 놀라는듯 하다가 한참만에야 묻는 뜻을 알고 대답했다.

"언제 제대했오?"

"팔십칠년 오월에……"

"팔십칠년?"

"아니 저어 그러니까, 오시입……"

하고, 민씨는 한 손가락으로 재빨리 셈을 해 보고는,

"오시입사년 유월입니다."

그 표정이 우스웠던지 청년은 거울 속의 자기 얼굴을 보며 조곰 웃었다. 그리고 자기 얼굴이 새삼 잘생겼다고 확인을 한 모양으로 한결 부드러워졌다.

"제대까지 한 사람이 있으면서 왜 이 모양이야? 이 이발관은. 좀 빠릿빠릿하지 못하고, 도대체에 당장 빨갱이들이 나오면 어쩔려구."

천만 옳은 소리일 것이어서 민씨도 겸손하게 수긍하는 표정을 지었다. 그러나 자기도 제대 직후 갓 환도한 서울거리에서는 눈알에 쌍심지를 돋구고 빠릿빠릿하게 돌아가던 시절이 없지 않았다. 눈이 뒤집히고 금방이라도 환장할듯 하였다. 음식점마다 다방마다 술집마다 이발관마다 가는 곳 이르는 곳마다 한심하기가 짝이 없고 썩어 문드러지기가 한이 없었다. 도대체 도대 체 이래가지고서는 안 될 것이었다. 사회가, 세상이, 사람이, 이래가지고서는 안 될 것이었다. 가는 곳마다 눈알에 쌍심지를 돋구고 짓부수고 행패를 부렸다. 너 죽고 나 죽자아 너 죽고 나 죽자아 식이었다. 휴전선이 여기서 얼만줄 알아? 이 사람들아 이 환장을 한 사람들아, 정말 휴전선이 바로 얼마 안 되는 서울거리가 이래가지고서는 안 될 것이었다. 민주주의도 좋긴 좋지만 이래서야 어디 …… 안 될 것이었다. 그런데 십년 세월은 그 모든 것을 바래우고 젖어들게 하고 쉬이 늙게 하고 꼬장꼬장 살아가는 일에만 완전히 주저앉게 하였다. 그리고, 비록 넉넉한 살림은 못 되고 때로 가난에 쪼들리고 마누라가 신경질을 부리기도 하지만 '민주주의도 좋긴 좋지만'이 아니라 민주주의가 좋기는 좋은듯 하였다.

'너도 한 때지 이제 좀 더 지나 보아라. 세상물정 알 때가 올 것이니라.'

마흔 살이 된 민씨는 속으로만 중얼거렸다.

청년의 옆자리에 앉은 관리는 눈길을 어디다가 두어야 할지 몰랐다. 자칫 하다가는 그자와 눈길이 부딪칠 것이다. 부딪치면 시끄러워진다. 거울 속에서 눈길이 그 쪽으로 가다가도 깜짝깜짝 겁에 질려서 되돌아오군 하였다. 이러다가 드디어 어느 서슬에 눈길이 따악 부딪쳤다. 나이든 주제에 나이 값을 해야지 급하게 외면을 하기도 민망스러워서 멀뚱히 마주 쳐다보았다.

그러자 청년이 또 왈칵 물었다.

"왜 봐요?"

"저 말입니까?"

늙은 관리도 거울 속의 청년을 건너다보며 쾡하게 되물었다.

"그렇소. 왜 보느냔 말요?"

청년도 거울 속으로 또 되물었다.

"네에 그저……"

갑자기 늙은 관리는 비죽이 비굴한 웃음을 입가에 떠올렸다.

"웃기는, 누가 웃으랬오?"

"……"

늙은 관리는 또 허줄그레 웃었다.

"넉살이 엔간 아니군. 도대체 당신은 뭐하는 사람이요?"

"보다시피 늙은 사람이요."

늙은 관리는, 오랜 경험으로 자기보다 권력이 센 사람에게는 번다다하게 털털한 표정을 하고 필요 이상으로 늙은이 행세를 하는 편이 관대한 대접을 받는 것을 알고, 이렇게 넉살로 일부러 미련스럽게 대답했다.

"늙은 거야 보아도 알겠고…… 도대체 뭐하는 영감이요?"

"그저 이럭저럭 지냅니다."

또 늙은 관리는 일부러 복덕방 영감투를 부리며 토속적인 억양으로 대답했다. 세발대쪽에서 두 소년이 킬킬거리고 이발소 주인 박씨, 민씨도 씨겁게 웃었다.

청년도 그 가락에 슬그머니 전염이 되며 비죽이 웃었다.

"도대체 사람들이 이래가지구야. 아무리 민주주의가 좋다지만 그 앉은 꼴이 뭐요? 꺼부정히 추하게 앉아서, 좀 가슴을 펴고 앉아요, 펴고. 금방 죽어 넘어지드래두 정신을 좀 말짱하게 가져요."

옳은 소리일 것이었다. 늙은 관리는 일르는대로 화닥닥 가슴을 잔뜩 뒤로 젖히고 앉았다.

"옳지."

청년은 한결 부드러운 얼굴로 또 말하였다.

늙은 관리는 이거 관리체모에 좀 안됐다는 생각을 했으나, 한편으로는 이런 자격지심에 맹렬히 반발을 하였다. 요즈음 세월에 어른 어린애가 있나, 당하게 되면 별 수 없이 당했지.

결국 저런 청년은 저 놀고 싶은 대로 하고 싶은 대로 내버려둘밖에 없었다.

이발을 마친 손님이 하나 나갔다. 키가 크고 장대하게 생긴 사람인데 주인에게 돈을 내고는, 거스름돈도 제대로 못 받고 후덕후덕 도망을 하듯이 나갔다. 그의 뒤를 따라 이발소 소년이 웬 봉투를 들고 나갔다. 이발소 문 앞에서 건네어 주자, 그 손님은 쓰디쓰게 웃으면서 받고는, 길 건너편으로 달아나고 있었다. 손이 빈 김씨는 잠시 자리를 피하여 뒷문을 통해 늦점심을 먹으러 나갔다. 면도 하는 소녀 둘은 할 일 없이 명청히 서 있기가 겁이 나서, 빠릿빠릿하게 보이도록 두 눈에 힘을 주고, 윗입술로 아랫입술을 힘주어 앙물었다. 비를 들고 이발소 바닥을 쓸었다. 주인도 팔깍지를 끼고 서 있다가 벽시계와 자기 팔뚝시계를 비교해 보고는 나무의자를 가져다가 그 위에 올라서서 벽시계의 시간을 맞추었다. 되도록 서서히 태엽을 주었다. 이렇게 이발소 안은 갑자기 수런거리고 웬 건설의욕 같은 것으로 생기가 활발했다. "미안합니다. 안마는 못 해드립니다. 규정이 그렇게 되어 있습니다." 눈치가 빠른 세발대의 두 소년도 이렇게 이발 법규대로 움직였다. 이발을 마 친 손님들은 대강대강 세발을 하고, 대강대강 말리고, 대강대강 정발을 하고, 도망을 하듯이 나갔다.

그 청년의 말은 과연 천번 만번 합당한 말일 것이었다. 요즈음 세월에 모두 이러고 있을 때가 아닐 것이었다. 정신들을 차리고, 빠릿빠릿해 있어야 할 것이었다. 썩은 동태눈 알을 해 가지고 히멀겋게 뻗어 있어서는 안 될 것이었다. 휴전선을 사이에 두고 빨갱이와 마주 대결하고 있고 월남에 파병을 하고 간첩들이 활개를 치는 판에 도대체 이렇게 멍청하고 있을 때가 아닐 것 이었다. 사람들은 이렇게 논리적으로 따져서 수긍은 하면서도 무엇인가 써늘하고 무서워지는 것이 있었다.

이 때 또 문이 열리며 한 청년이 들어섰다.

"어떻게 된 거야? 아직 멀었어?"

이발소 안을 둘러보다가 좀 전의 청년에게 이렇게 물었다.

올이 굵게 짜진 깜장모자를 썼고, 역시 국방색 잠바를 자크를 턱 밑까지 바싹 올려 입고, 깜장색 통이 좁은 즈봉을 입었다. 얼굴은 펑퍼짐하게 살이 올라 유하게 생겼으나 눈에는 핏발이 서 있었다. 역시 반들반들 윤기가 나는 단화를 신었다.

"어떻게 된 거야? 아직 멀었어?"

그는 재우쳐 물었다.

앉은 청년은 거울 속에서 흘낏 쳐다보며,

"도대체, 이 사람들 말이 아니군" 하였다.

새로 들어선 청년은 벌써 말뜻을 알아듣고 금시 쳐죽일듯한 눈길로 이발소 안을 둘러보았다.

귀하신 분께서 또 한 분 이렇게 나타나자, 이발소 안은 두 곱으로 써늘해졌다. 모두 간이 콩알만 해져서 조마조마하였다.

"왜? 어쨌지?"

"도대체 사람들이 정신들이 덜 되어 먹었단 말야. 요즈음 세월이 어떻게 돌아가는지도 모르고 멍청해서들……"

"민주주의라는 것을 모두 일방적으로 오해를 해서 그렇지. 도대체에…… 민주주의라는 것을 그렇게 알면 곤란한데에."

이제 두 청년은 완전히 자기들 세상이 된 이발소 안에서 주거니 받거니 했다.

"맞았어 맞았어. 그놈의 민주주의가 사람 망치지 사람 망쳐."

"도대체 무슨 일이 있었지?"

들어선 청년은 이발 중에 있는 청년 뒤로 바빠 붙어 서며 낮은 소리로 물었다.

"무슨 일이 일어나나 마나 보면 몰라? 모두 동태 눈알을 해 가지고, 도대체에 사람들이 정신이 있는 사람들인지 모르겠거든."

이 자는 어떻게 된 셈인지 똑같은 소리를 똑같게 싫증도 안 내고 되풀이만 하고 있었다.

새로 들어선 청년은 또 그의 말대로 이발소 안에 있는 사람들의 눈알 생긴 것을 둘러보려고 하다가, 거울 속에서 막 이발을 끝내고 일어서는 늙은 관리와 눈길이 부딪쳤다. 그러자 덮어놓고 쳐 죽일듯한 빠릿빠릿한 눈길로 노려보며 물었다.

"당신은 뭐요?"

"보다시피……."

늙은 관리는 일부러 그러는 것이 완연하게 반 천치 같은 표정이 되었다.

"보다시피 뭐요?"

"노인입니다."

"뭐하는 사람이요?"

"그저 노인입니다."

"뭐하는 사람이냐 말야?"

"노인입니다."

"노인인줄은 누가 모르오?"

"글쎄 그저 노인이라니까요."

아직 우리네에서는 노인이라면 관대하게 보아주는 습성이 있는 것이다. 그 자도 이렇게 관대하게 보아 주기로 한 모양으로 눈길을 다른 곳으로 돌렸다. 그러나 잡힐 모서리가 없었던지 다시 거울 속으로, 앉은 청년을 건너다보며,

"모두 논산훈련소 같은 곳에 모아다가 한 두어달씩 되우 뚜드려 놓아야 하는데 민주주의랍시구 체모 차리고 이것저것 찾다가 보니……"

"맞았어어, 동감이야아."

"도대체에, 야단이야 야단."

"야단이구 말구 야단이지."

어느새 늙은 관리는 세발대에 앉아 세발을 하며 안마를 할까 말까 할까 말까 조금 궁리를 하다가 기어이 좋지 않을 것 같아서 그만두기로 하였다.

잠시 조용해졌다. 조용해지자 이발소 안은 더욱더 썰렁썰렁해졌다. 그 청년 둘이 왈각왈각하고 있을 때는 소근대는 소리로 얘기나마 할 수 있었던 세발대의 두 소년도 완전히 입을 다물어 버렸다. 금시 무엇인가 폭발된 것 같은 위태위태한 것이 잠긴 적요가 잠시 흘렀다. 이러자 청년들 자신도 이 적요가 못 견디겠던 모양이었다.

갑자기 일어서 있던 청년이 세발대 쪽을 향해 크게 소리를 질렀다.

"야야"

꼭 논산훈련소에서 육군졸병을 부르는 듯한 억양이었다.

늙은 관리의 머리에 허옇게 비누칠을 하고 대구 문지르던 소년과 그 옆에 손이 비어 있어 물 묻은 두 손을 마주잡고 있던 소년이 같이 돌아보았다.

"너 말이다, 너."

청년은 턱으로 하필이면 작업 중인 소년을 가리켰다.

"네?"

"이리 와."

소년은 비누칠을 해 두어, 눈을 감고 꺼부정히 추하게 앉아 있는 늙은 관리에서 선뜻 떠나갈 수도 없어, 잠시 미적미적 하였다.

"이리 오란 말야."

"네."

소년은 급하게 달려가 청년 앞에 차렷 자세를 하였다. 그 대신 손이 비어 있던 소년이 뒷일을 맡아 관리의 머리에 수도물을 틀어 놓았다.

"야야"

또 그 자가 이번엔 이 소년을 불렀다.

깜짝 놀라며 두 번째 소년이 또 돌아보았다. 한 손으로는 비누거품이 허옇게 일어 오르는 노인의 머리를 잡고 있었다.

"너두 이리 와."

결국 두 소년이 모두 그 청년 앞에 차렷 자세를 하고 섰다.

"너 몇 살이야?"

"열일곱입니다."

한 소년이 대답했다.

"넌?"

"열여덟입니다."

"그럼 너흰 소년이야 청년이야?"

열일곱살 먹은 소년이 용감하게 대답했다.

"대한의 청년이라고 생각합니다."

"돼앴어."

이 이발소로 두 청년이 들어선 이후 처음으로 만족스런 감탄사가 이 자의 입에서 흘러나왔다.

"돼앴어, 늘 그렇게 빠릿빠릿해 있어야 한다, 항상 준비태세로."

"알겠습니다."

이번에는 열여덟 살 먹은 소년이 대답했다.

"돼앴어."

늙은 관리는 비누거품을 머리에 일군 채 그냥 꺼부정히 내의 바람으로 앉아 있고, 이발소의 사람들은 차마 웃을 수도 없어 일부러 입술을 악물고 긴장한 얼굴을 하였다.

소년 둘이 다시 물러가자 곧 또 이발소 문이 열리며 교통순경 한 사람이 들어섰다. 정복을 입고 완장을 차고 가슴에서는 호각이 너들거렸다. 이발소사람들은 어서 오십쇼 소리도 하지 않고, 난처하고 위태위태하고 조마조마한 마음이 되었다. 그도 오랜 단골손님인 모양으로, 예사롭게 소파에 걸터앉아 구두끈을 풀다가 말고 맹렬한 하품을 한번 하였다. 저편 구석에 서 있던 이발소 주인이 쓰디쓰게 웃었다. 그 쓰디쓰게 웃는 이발소 주인의 표정으로 무엇인가 눈치를 차렸는지 교통순경은 하품을 급하게 끄고 이발소 안을 둘러보았다.

"저건 또 뭐야?"

앉은 청년이 거울 속으로 서 있는 청년을 보고, 거울 깊숙이 앉아 있는 교통순경을 눈짓으로 가리키며 물었다.

"도대체에 사람들이, 순경까지 저 모양이니."

서 있는 청년이 대답했다.

순간, 교통순경도 분명하게 써늘한 얼굴이 되며 거울 속을 흘깃 건너다보았다.

"뭘 봐? 보긴, 여보."

교통순경은 당황을 하였다. 이 사람 저 사람 둘러보려고 했다.

"보긴 뭘 봐? 여보 순경나리."

앉은 청년 뒤에 서 있던 청년이 거울 속에서 눈을 떼지 않고 또 이렇게 불렀다.

비로소 교통순경은 슬그머니 일어섰다.

"나 말입니까?"

"그렇소, 그래."

그 억양에는 벌써 결정적으로 고압적인 가락이 스며 있었다. 그리고 서로의 관계는 벌써 일순간에 결정적으로 되어 있었다.

"대낮에 무슨 일로 이발소에 들어오우?"

교통순경은 차렷 자세를 취할 몸짓을 하며,

"금시 교대했습니다."

대답했다.

"교대한건 좋은데, 그 하품이 뭐요?"

낮은 목소리로, 달래듯이, 그러나 여전히 고압적인 가락이 스민 억양이었다.

"......"

교통순경은 대답을 못하고 프르딩딩한 얼굴이 되어 다음 분부를 기다리는 듯한 자세였다.

잠시 후 그는 슬그머니 도로 나가고 이발소 안은 다시 조용해졌다.

앉은 청년은 면도를 마치고 어느새 이발 규정에 어긋나게 귓속을 후비고 있었다. 그리고 그 뒤에 서 있는 청년은 여전히 거울 속을 한눈으로 온통 부감하듯이 들여다보며 서 있었다.

　마침 네 시 뉴스가 울려 나왔다.

　자유센터 구내에서의 총격사건 뉴스였다. 수도 서울에 수도 서울에 무장 괴한 출현, 과연 과연……

　이발소 안의 사람들이 일제히 두 눈이 휘둥그레지며 두 청년 쪽을 바라보았다.

　귀를 후비우던 청년이 침착하게 내뱉었다.

　"저건 또 뭐야?"

　서 있던 청년이 역시 침착하게 받았다.

　"개새끼들."

　나타난 무장괴한이 개새끼들이라는 것인지, 아니면 여느 때는 민주주의 민주주의 하다가, 이런 일만 터지면 청천벽력이나 일어난 듯이 흥분을 하는 방송뉴스가 개새끼들이라는 것인지, 알쏭달쏭하였다. 뉴스는 어느새 서해안 피납 어부들의 소식이 감감하다는 것, 섬 주민들의 생활실태로 옮아 현지 녹음까지 곁들이고, 다음으로 "민중당 결국 분당"으로 옮아가고 있었다.

　귀를 후비우던 청년이 또 내뱉었다.

　"개새끼들."

　서 있던 청년도 내뱉었다.

　"개새끼들."

　잠시 후, 어느새 나갔던 늙은이가 한 사람을 데리고 들어왔다. 사복 차림인데 신분증을 내보이며 두 청년에게 불심검문을 하였다.

　그들은 신분증을 내보이고 비쭉비쭉 웃기까지 하며, 대한민국 일개시민임을 밝혔다. 이발소 안의 사람들은 여전히 겁에 질려 있었다. 그들 두 청년은 관명사칭도 하지 않았고 이렇다 할 월권도 한 것은 없었다. 그들은 모두 빠릿빠릿해지고 항상 준비 태세를 지니고 기강을 확립하자고 강조했을 뿐이었다. 강조하는 방법이 틀렸을지도 모르지만,

그런 것이 죄과에 해당될만한 법조문은 없는 듯하였다.

　그들은 일단 연행이 되었으나 곧 석방이 되었다.

탈사육자 회의脫飼育者會議

1

각 고을 멧돼지 대표들이 멧돼지 중앙 총본산인 이 깊은 골짜기로 모여들기 시작하였다.

제3기 제2차 멧돼지 종족 회의에 참가하기 위해서였다. 특히 이번 회의의 안건案件은 종족의 체모와 위신을 떨어뜨린 집돼지들을 어떻게 처리하느냐 하는 매우 중요한 문제였다.

집돼지들은, 조상 대대로 이어내려 온 종족의 계율과 규범과 위엄을, 나아가서는 종족 그 자체까지 버리고 사람들에게 굴복하여 하루하루 먹을 것 잘 것 걱정이 없고 비곗살만 쪄 가는 데다가 사람들이 제 잇속으로 쳐 준 울이 울타리로 느껴지지 않을 만큼 자존심도 무디어지고, 거칠고 호방하던 기운도 완전히 가시어졌다. 사방으로 규격이 분명하던 자유라는 뜻조차 이모 저모로 뜻을 부가하고 혹은 왜곡하여 본래의 뜻과는 엄청나게 다른 것으로 만들어 놓고 제 분수에 맞도록 타락을 시키더니, 결국 돼지 본래의 위험과 규범을 송두리째 버려, 느는 것은 낮잠과 먹는 욕심뿐이어서, 먹고는 자고 먹고는 자고 하는 사이에 날카로운 코끝도 뭉툭해지고 그 한가운데 볼품없이 두 콧구멍만이 뻥 뚫리고 아랫배도 밑으로 처지고 철사처럼 빳빳하던 강건한 털도 보숭보숭해졌을 뿐더러, 정기精氣에 차 있던 눈도 날로 게슴츠레해지고 목소리까지 금방 자다가 깬 것마냥 꿀꿀거리는 것이, 단순한 먹는 타령 이외에는 안하게 타락하고 퇴화해버렸으니, 종족의 위엄과 위신을 되찾기 위해서도 철저한 대책이 강구되어야 한다는 것이었다.

긴 이빨을 가진 늙은 멧돼지, 아직 이빨이 없는 젊은 멧돼지, 모두가 하나같이 근엄하고 진지한 얼굴로 사흘 밤낮을 토의에 토의를 거듭하였는데 처음부터 양론으로 갈리어졌다.

주로 젊은 멧돼지들은, 여러 소리 복잡하게 할 것 없이 대번에 판가름을 내어 집돼지들을 급습해서 멸종을 시키자는 것이고, 한편 늙은 멧돼지들은 그 젊은 혈기와 의욕은 가상하나 만사가 성급해서는 못 쓰는 법이고, 또한 목숨 지닌 중생을 사랑할 줄 알아야 할 것인즉, 되도록 서서히 설득하여 일깨워주고, 종당에는 우리 품으로 들어오도록 장기적으로 대어들자는 것이었다.

"아니, 민들민들하게 민숭해진 곳에 하늘을 향해 두 콧구멍만 뽕 뚫린 그것들을 다시 우리 품으로 안아들여요? 말도 안 되는 소리."

"그 콧구멍에서는 늘 진물이 흘러요."

"이미 그러기에는 너무 때가 늦었쉬다. 이미 그들은 그들 버릇대로 살아 오면서 생겨 먹은 것까지 판판 달라졌으니, 뒤섞어 놓으면 우리네 순종까지도 오염될 염려만 있게 될 것입니다."

"그 말이 옳습니다. 중생을 구제한다는 소리야 부처님이나 할 소리일 것이고, 중생을 구제한다고 입으로는 씨부리면서 사실은 중생도 구하지 못하고 이것저것 아무 일도 못하게 되기가 십중팔구지요. 그런 케케묵은 소릴랑 집어치우시오 집어쳐. 길은 오직 하나입니다. 그들 씨갈을 한 놈도 빠짐없이 사그리 싹 쓸어 없애버리는 길 이외에는 길이 없습니다."

이렇게 젊은 멧돼지들은 주둥아리를 하늘로 치솟구며 아직 핏대는 내지 않았으나 저저끔 지껄여대었다.

"참말로 어떻게 구제될 방법은 없을까잉?"

장로격인 늙은 멧돼지가 앞발로 턱을 괴고, 코 앞에 삐죽 나온 긴 이빨을 쳐들고 멧돼지 대표들로 꽉 찬 일장을 서서히 둘러보면서 마지막으로 물었다.

그러자 한결같이 "없습니다. 없구 말구요" 하고 우- 아우성 소리가 울리는 가운데, 안경을 썼고 지적으로 칼칼하게 생긴 젊은 멧돼지 하나가 앞발을 번쩍 들었다. 곧장 일어서서 연설을 시작하였다.

"이런 마당에 깊이 생각한다는 것은 아무것도 하지 말자는 얘기와 같은 것이기가 쉽습니다. 이 자리는 멧돼지 학자들의 연구 논문을 발표하자는 자리가 아니고, 해야 할 일을 적극적으로 하자는 자리입니다. 해야 할 일이 큰 윤곽으로 분명하게 앞에 있을 때에는 그 전제前提를 절대절명으로 접어두어야만 문제의 토의가 진행될 수 있고, 모든 일이 속도 있게 능률적으로 전진될 수가 있을 것입니다. 이 마당에 깊이 생각한다는 것은 한자리에 앉아서 제자리 걸음을 한다는 뜻이고, 비비튼다는 뜻일 것입니다. 깊이깊이 생각하다가 보면 결국 점점 더 복잡해지고 착잡해지고, 어려워지고 힘들어지고, 지엽말절만 과장되고, 그 속에 휘말려들어서 옴짝달싹도 못하게 될 것입니다. 정말 요긴한 것은 다 놓치게 될 것입니다. 옳은 일은, 생각해서 옳아진 일이 아니라, 누구의 눈에도 명명백백하게 당연하기 때문에 옳은 일인 것입니다. 당연한 일이면 두말없이 밀고 나가야 합니다. 팔자 늘어지게 골방 속에 처박혀 있는 학자들 경우에서는, 성급한 능률이라는 것이 운위될 수가 없는 것이겠지만, 도대체 학자들이란 됩니까. 백에 아홉 아홉은 제 재주타령이나 하는 작자들이 아닙니까. 근엄하고 엄숙하고 세상 고민은 다 도맡은 표정이나 짓지만, 사실은 제 얼굴 이쁜 타령이나 하게 마련인 그자들은 골방 속에 처박아 둡시다. 다시 말씀 드리자면, 지나치게 생각하는 것은 곧 회의주의의 문턱에 다다르게 되는 것이고, 범凡 자가 붙는 모든 돼지 족속의 살아가는 양태, 나아가서는 돼지 족속뿐만 아니라 범凡 자가 붙는 살아 있는 모든 것을 승인하지 않을 수 없게 될 것입니다. '나의 선택은 나 자신이 책임질 일이다. 너희들은 웬 간섭이냐.' 이쯤 고급 용어로 응해 올 준비를 그들인들 안 가지라는 법이 없을 것입니다. 더더구나 그자들은 간교한 사람들에게서 요런 못된 버릇만 많이 배웠을 것이고, 주둥아리만 까져서 간교하기 이를 데 없는 자기 변명책들을 가지고 있을 것이고, 파리약이나 아편과 같은 최면 무기를 가지고 있습니다. 예부터 이루어짐은 어느 지점에 선을 긋고 그 저편은 단호하게 잘라내는 데서만 가능한 일이었습니다. 간사한 인간들이 간사한 인간성이라는 말을 만들어 내서 얼마나 쓸데없는 고생들을 하고 많은 손해를 입고 있는가, 생각해 보십시오. 몸서리칠 일입니다. 한데, 이런 중차대한 마당에 '인간성' 못지않은 '돼지성' 운운하는 자가 있다면, 그건 미친 잠꼬대일 것이 틀림없습니다. 문제는 항상 선명하게 잡아야 할 것입니다. 집돼지들과 우리와 뒤섞여질 요소는 이미 한구석도 없습니다. 그렇다면 양단간에 사생결단을 내어야 하지 않겠습니까. 그들이 죽느냐, 우리가 죽느냐, 길은 두 가지 가운데 한 길밖에 없습니다. 이렇다면 오로지 그들을 습격하고 사그리 멸종시켜 완전 승리를 거둘 때까지 싸우는 길 이외에는 달리 길이 없을 것입니다."

옳습니다. 옳소, 천만 번 지당한 말씀이오 하고 젊은 멧돼지들이 모여 있는 근처에서 함성이 일어나고, 안경 쓴 멧돼지가 제자리에 돌아가 앉는 둥 마는 둥 는데, 다시 젊은 빗돼지 하나 벌떡 일어섰다. 그 돼지는 검은 테 안경 속으로 약간 느릿느릿하게 일장을 휘둘러보고는 점잖은 바리톤 목소리로 나지막하게 입을 열었다.

"방금 하신 말씀에 저도 적극적으로 동감이올시다. 여러분들도 아마 이의異議가 없으리라 믿고 싶습니다."

이렇게 처음에는 나지막한 목소리로 시작하더니, 갑자기 앞발 하나를 하늘로 치솟구며 열을 띠어 목소리가 높아지는 바람에 청중은 깜짝 놀랐다.

"동지들!"

이렇게 소리를 지르며 빽꼭 찬 청중을 끝에서 끝까지 둘러보았다. 그 눈길과 억양에는 이미 그 어떤 공포 분위기, 고압적으로 억누르는 기운이 서려 있었고, 솟구쳐 오르는 감정을 겨우겨우 억제하려는 듯한 그 표정에는 그럴수록 더 서슬 푸른 것이 감돌았다.

"다른 얘기 다 빼고, 이 사실 하나만 생각해 봅시다. '돼지'라 는 두 글자가 환기시키는 참을 수 없는 '이미지'를 여러분은 알고 있습니까, 모르고 있습니까? (여기서 탁자를 앞발로 탕 한 번 쳤다) 모욕입니다, 모욕. 모욕이에요, 모욕이란 말입니다. '돼', '지', 이것이 일반적으로 어떤 뜻으로 쓰이고 있는지 여러분은 아십니까, 모르십니까? 그것은 천하에 없이 게으르다는 뜻이며, 비위생적이고 불결하다는 뜻이며, 남이 먹던 찌꺼기나 받아 먹는다는 뜻이며, 먹곤 싸고 자고, 먹곤 싸고 자고, 먹곤 싸고 자고 한다는 뜻이며, 그뿐인 줄 아십니까?"

청중 및 돼지들은 하하하하 하고 폭소를 터뜨렸다. 그러나 다음 순간 새빨갛게 상기된 그 연사 멧돼지가, "웃어? 웃을 일이 아니에요, 동지들!" 하고 또 한번 탁자를 꽝 치고 청중을 무서운 눈길로 둘러보자, 웃던 멧돼지들은 대번에 웃음을 거두었다. 그리고 어느새 이 돼지의 서슬이 전염되어 자리는 썰렁썰렁해지기 시작하였다.

"울화가 치솟아서 차마 입밖에 내지 못하겠습니다만 자리가 자리이니만큼 말하겠습니다. 네 발을 묶고 생식기를 잘라내도 꽥꽥 하늘을 향해 헛소리나 지르고, 그 뒤에도 처먹고 처먹어서 비곗살만 찐다는 뜻입니다. 동지들, 돼지라는 뜻은 바로 이런 뜻이에요. 이걸 동족으로서 참을 수가 있습니까. 같은 이름을 가진 돼지로서 피가 끓지 않는다면 온전한 정신 가졌다고 할 수 있겠습니까. 우리는 다만 '멧' 자가 하나 머리에 붙어서 멧돼지입니다마는, 돼지라는 두 자가 풍기는 어감이 원체 엉망이기 때문에 우리까지 도매금으로 넘어가고 있는 것입니다. 이 사실을 다시 한번 명심해 보십시다. 동지들!"

과연 자리는 물을 끼얹은 듯이 숙연해지고 조용해졌다. 짤막한 연설이지만 매우 정곡을 찔렀다고들 생각하였다. 그러자 마지막으로 유난히 시커먼 털을 가진 중년 멧돼지 한 마리가 또 일어섰다. 이 자는 코끝에 새 이빨이 조금 나와 있었다. 그는 점잖게 청중을 둘러보고,

"대개 먼젓분들의 의견에 동감이올시다."

하고는, 또 갑자기 핏대를 올리며, (차츰 이렇게 연사마다 핏대를 올리는 것이 그 무슨 핏대 올리는 경주나 하기로 한 듯 보였다)

"그러나 요컨대,"

또 잠시 간을 두어, 이제 나오는 소리가 기막힌 소리라는 여운을 암시해 보이며,

"공론空論들입니다, 공론들. 공론들이에요. 이 자리는 돼지들의 본질을 매도罵倒하자는 자리가 아니올시다. 그건 이미 자명한 것입니다. 그것을 강조하고 다시 강조하는 것도 좋은 일이지만, 그건 일반 상대의 선동 연설에나 쓰일 일이지, 이 자리는 선택된 자들의 모임이올시다. 엘리이트의 모임이에요. 우리의 나갈 방향을 정하는 자리올시다. 입 끝으로 집돼지들을 심판하자는 자리가 아니라 실제적인 대책을 당장 강구하자는 자리올시다. 그렇다면,"

또 약간 간을 두고 적의에 찬 눈길로 둘러보았다.

"지금 당장 싸우러 가야 할 마당에, 싸울 것이냐, 안 싸울 것이냐로 왈가왈부할 수가 있겠습니까. 다시 한번 밝혀 두거니와, 우리가 이 자리에서 토의해야 할 문제는 싸우면 어떻게 싸우느냐, 즉 전략 문제요, 전술 문제일 터인데, 지금 우리는 전혀 엉뚱한 소리들만 늘어놓고 있습니다."

그 돼지의 목소리는 살벌하고 삐죽한 코를 올렸다 내렸다 하는 표정은 살기에 차 있었다.

"싸우러 나가기 전에 우선 먼저 대내적으로 할 일이 있는 것 같습니다. 무엇이냐, 대내정비올시다. 우리는 아직 철저히 싸워 나갈 준비가 안 되어 있고 숭고한 돼지로서의 자존 의식도 부족되어 있습니다. 이 자리에서 싸우느냐 안 싸우느냐의 문제조차 양론으로 갈릴 만큼 우리의 자세가 안 되어 있다면, 이것은 실로 한심한 일이라 아니 할 수 없습니다. 저는 이 자리에서 건의합니다. 다시 지도체제를 확립하고, 우리 대내 문제를 총정비하고, 조금이라도 희미한 요소가 있는 자면 가차없이 쓸어내어 완전한 한 덩어리를 이루는 일이야말로 첩경인 줄로 압니다. 그러니 이제부터 새로운 전쟁 수행 기구를 설치하여 전권全權을 그 기구에 위임할 것을 건의합니다."

자리는 더욱 숙연해지고 썰렁썰렁해졌다. 그러나 왼편쪽 젊은 멧돼지들이 앉아 있는 근처에서 다혈질적인 환성이 터져 올랐다. 좋습니다, 좋소오, 마땅히 그래야만 합니다 하고, 눈에 핏발이 서고, 이 건의에 이의異議를 제기하는 자는 알쪼다, 그런 자는 첫째의 처

단감이다, 이런 눈길이 번뜩이고 회오리바람 같은 찬바람이 일고 있었다

"옳습니다. 대내 정비에 착수합시다. 철저한 이념으로 무장하고 나서 ……."

함성이 계속 오르고, 핏대를 올리고, 그리고 난데없이 깃발이 나부끼며 군가 같은 노래가 터져 나오기 시작하였다.

늙은 멧돼지들은 어리둥절한 낯빛으로 일이 너무 성급하게 뻗어 간다고 생각하였으나, 이미 누구도 그 뜻을 입밖에 내지 못할 만큼 사태는 한 방향으로 결정적이었다.

어느덧 자리는 늙은 패와 젊은 패 두 패거리로 갈리어지고, 마음 약한 멧돼지들은 겁더에 질려서 이쪽 저쪽의 눈치를 살피고, 두 패거리로 갈린 돼지들은 제가끔 진짜의 적敵이 코가 뭉툭해 빠진 집돼지들인지, 혹은 저 자들인지 분간이 안 갈 만큼 피차에 살벌해졌다.

갑자기 하늘에도 먹구름이 몰려들고 번개가 치고 천둥이 일더니 소나기가 쏟아지기 시작하였다. 멧돼지 대표들은 소나기를 맞아 가면서 토의에 토의를 거듭하였다. 아니, 이미 토의가 아니라 싸움이었다. 그들은 어느새 서로가 대내 정비라는 명분 밑에 자파 확충에만 더 혈안이 되었다. 그리고 드디어 결판이 났다. 이런 경우에는 어차피 강경한 편이 득세를 하게 마련인 것이다. 바로 대내 정비를 주장했던 그 중년 멧돼지가 총지휘자로 부상浮上이 된 것이다.

어느덧 처음에 이 골짜기로 모여들 때의 화기애애하던 분위기는 간 곳이 없었다. 모두가 전전긍긍하고, 일정한 방향으로의 표정을 윤색하려고 애를 쓰고 연성 군가를 부르고 합성을 지르고 하였다.

드디어 골짜기는 시끌짹해졌다. 나팔 소리가 울리고 행진가 소리가 천지를 진동시키는가 하면, 바깥의 적보다 안의 적이 더 무섭노라는 구호가 아침 저녁으로 터져 나오고, 그렇게 멧돼지족 전체가 열에 떠 가고 있었다.

이렇게 십 년이 지나갔다. 드디어 늙은 멧돼지들은 지쳐서 죽어 가고, 자연사自然死로 죽어가고, 사태를 원점으로 돌려서 멧돼지 본래의 양식에 호소하는 간곡한 혈서를 남기고 죽어 갔다. 그러나 이미 사태는 그 자체의 논리로 무한정으로 뻗어 나가고 있었다. 모

든 멧돼지마다 눈에 핏발이 서고 그 무슨 사명감에 젖어 긴장된 나날을 보내고 있었는데, 정작 그들은 가장 요긴한 문제였던 집돼지의 일은 서서히 잊어가고 있었다. 결국 어떤 내용을 두고 이렇게 핏발이 서고 늘 왈강왈강거리는지조차 더러는 잊어먹을 정도로 긴장된 분위기가 일상화되어버리고 말았다 이렇게 되면서 제각기 연단에 올라서 지껄이는 연설도 차츰 알갱이는 없고, 열띤 가락과 핏대난 목소리뿐이고, 허황한 제스처로만 차 있을 뿐이었다

결국 멧돼지 사회 전체가 급속하게 경화해가고 있었던 것이다.

2

싫도록 자빠져 자다가 무거운 배들을 어기적어기적 쳐들며 일어난 집돼지들은 여물통에 담겨진 조반을 먹고 짚무더기 위에서 잠시 요가 운동이나 하고, 빠져 나간대야 바깥으로 그냥 트인 광장은 아니고, 멀리 목책木柵이 둘리워 있었다. 그러나 널찍하게 둘러진 그 울타리는 별로 부자유스러운 것을 모를 만큼 그들은 단조로운 일상에 늘 익숙해 있었다. 먹을 때가 되어 먹을 것 가져 오면 처먹고, 울타리 안의 널찍한 곳을 하품이나 하면서 오줌 똥을 아무 데나 갈기고, 너무 처먹어서 졸음이 으면 아무데나 자빠져서 낮잠만 자면 되는 것이다.

그들은 과연 자유스럽고 과연 매일매일이 흡족하였다. 먹고 자는 일 이외에는 특별한 욕심이 없어 특별히 신경쓸 일도 없고, 핏대 올릴 일도 없었다. 정 심심하면 울타리 안을 이리 뛰고 저리 뛰면서 한 놈은 좇고 한 놓은 도망하고 이런 장난이나 하며 시시덕거리고, 혹은 울타리에 기대어서 다리 하나를 들고 서억서억 등짝을 비벼대는 것이 고작이었다.

이 돼지들은 하나같이 울타리 바깥에 관심이라고는 없었고, 하물며 울타리 바깥으

로 나가 본다는 일은 꿈엔들 상상하지 못하였다.

그들 생각으로는 울타리 너머는 곧 허허벌판이요, 추운 겨울이요, 지옥이나 마찬가지였다.

그러나 이 집돼지들도 대강 구색을 갖추듯이 우두머리는 있었다. 처음에는 늙다리 돼지 하나가 우두머리로 뽑혔는데 이 돼지는 차츰 우두머리 맛을 들이며 갖가지 어거지를 부리기 시작하였다. 입으로 하는 말과 몸으로 하는 짓이 판판 달라지는 것이었다. 세상에 악덕 악덕 해도 남을 짓밟으며 저 잘난 맛을 맛보려고 하는 권력지향의 악덕만큼 악질적인 악덕도 달리 없는 법이다. 늙은 노망도 곁들여, 그의 어거지는 차츰 무지막지하게다 못해, 사육당하는 주제이면서도 제 욕심으로만 길길이 날뛰어 사육사들까지 골머리를 앓게 한 것이었다. 그대로 내버려둘 리가 없었다.

기어이 어느 날 그 우두머리 돼지는 우두머리 자리서 쫓겨나고 말았다. 그러나 쫓겨나면서도 눈물 콧물을 흘리며 그럴 듯한 좋은 소리는 다 지껄였다.

"내가아, 참 민주주의라는 것을 잘 해 보려고 노심초사 평생을 애써 온 터에 오늘날 본의 아니게 이 지경이 된 것은 애오라지 사람을 못 만난 탓이고오, 나 자신의 부덕의 소치로서, 참 우리 돼지족의 진면목과 긍지를 위해 그 전의 못된 사육사들과 싸워온 것이 허사가 되었음을 가슴 아프게 느끼는 바이올시다. 더구나 오늘날 바로 지척거리에서 멧돼지들이 호시탐탐 기회를 엿보고 있는 마당이올시다." 운운.

이러자 정작 그 늙은 우두머리를 그 자리서 쫓아낸 돼지들도 정작 일이 이 지경이 되자 같이 눈물 콧물을 흘리며 소위 왈 인간 세상의 인간성과 맞먹는 돈성豚性을 마음껏 발휘하여 저저끔 안녕히 가시라며 바이 바이 하고 손들을 흔들었다. 한편, 그 늙은 우두머리 돼지도 그 자리서 쫓겨나는 주제이면서도 고급 승용차 속에 떡하니 앉아, 창 밖에다 대고 중절모자를 살살 흔들었다.

그 뒤, 울 안의 돼지들은 선거니 뭐니 하며 한바탕 법석을 피웠다. 저저끔 새 우두머리가 되고 싶어서 파당을 만들고 패거리를 이뤄 이리저리 설쳐대었으나, 끝내는 사육사들의 교묘한 조작操作과 부추김에 따라 그들 의중意中의 돼지가 새 우두머리로 뽑혔는데, 이 돼지는 물러빠지고 착해빠진 소위 엘리트 돼지였다. 여느 돼지 같지 않게 늘 경건하고, 울타리 안을 이리 뛰고 저리 뛰면서 쫓고 쫓기며 품위 없는 장난을 친다거나, 울타리에 기대 어 서서 다리 하나를 들고 서억서억 등짝을 비벼대는 볼품없는 짓은 하지 않았다. 아침 저녁으로 성경책을 읽고 기도를 드리고 하였다. 이 새 우두머리 돼지는 원체 착해빠 저서, 모두가 울타리 안에서 편안하게 걱정 없이 먹고 사는 터에, 괜히 긁어 부스럼 만들 듯이 우두머리 노릇 하기도 성가신 일이어서, 한구석에 앉아 노상 하느님에게 기도만 올렸다. 권력 맛 보는 일에는 애시당초에 흥미가 없어, 그야말로 드문 호돈好豚임에는 틀림없었지 만, 그 대신에 도무지 돼지 사회 질서가 제대로 잡히지가 않았다. 늙은 돼지, 젊은 돼지, 아기 돼지 할것없이, 그리고 수돼지, 암돼지 할것없이, 저저끔 제가 잘났다고 제멋대로 이리 뛰고 저리 뛰곤 하여 사육사들도 정신을 차릴 수가 없었다. 안경 낀 돼지고, 안경 안 낀 돼지고 할것없이, 어디고간에 말만 무성하여, 그야말로 백화난만이었다. 그런저런 정치 이념과 갖가지 주의主義들도 제 세상 만난 듯이 천지로 널려져서 활개를 쳤다. 그러나 그러거나 말거나, 새로 뽑힌 그 호돈 우두머리 돼지는 천하 태평이었고, 밤이고 낮이고 하느님에게 기도만 올렸다.

보다 보다 못하여, 드디어 어느 봄날 역시 사육사들의 은밀한 부추김과 성원을 받은 칼자루 잡은 몇몇 실력가 돼지들이 의논 끝에 전광석화로 손을 써, 그 우두머리 돼지도 그 자리서 간단히 들어내고 말았다. 그리곤 계엄령을 선포, 깜장색 안경 낀 독종 돼지 한 마리가 스스로 우두머리를 자처해 나서며, 그동안의 흐트러진 질서를 바로잡고, 새 기강紀綱을 세운다며, 이리저리 설쳐대던 돼지들을 모조리 잡아 가두었다. 난데없이 공포 분위기에 휘말린 돼지들은 하나같이 겁에 질려서 꼼짝도 못하고 울타리 안은 일거에 쥐 죽은 듯이 조용해졌다.

그러나 다시 시일이 지나는 동안에 슬슬 돼지들 본래의 버릇을 되찾으며, 매일매일의 단조로운 일상에 익숙해져 갔고 피둥피둥 살이 쪄갔다.

먹을 때가 되어 먹을 것을 가져 오면 처먹고, 울타리 안의 널찍한 곳을 하품이나 하면서 오줌 똥을 아무데나 갈기고 너무 처먹어서 졸음이 오면 아무데나 자빠져서 낮잠이나 자면 되는 거였다. 먹고 자는 일 이외에는 특별한 욕심이 없어 특별히 신경쓸 일도 없고 핏대 올릴 일도 없었다. 저엉 심심하면 울타리 안을 이리 뛰고 저리 뛰면서 한 놈은 쫓고 한 놈은 도망하고 이런 장난이나 하며 시시덕거리고, 혹은 울타리에 기대어서 다리 하나를 들고 서억서억 등짝을 비벼대며 기분 좋게 꿱꿱거리는 것이 고작이었다. 명실상부하게 본래의 돼지들로 되돌아갔던 것이다. 이렇게 되자, 그 깜장색 안경 긴 새 우두머리 돼지도 차츰 아랫배가 나오며 속살이 찌기 시작하고, 권력 맛도 권력 맛대로 보면서 슬슬 주색 잡기 쪽으로나 재미를 붙여 갔고, 한편으로 사육사들에게 앙탈을 부리며 이 돈, 저 돈 마구잡이로 끌어들이며 소위 왈 근대화라는 것에 손을 대기 시작하였다.

이러던 어느 가을날이었다. 돼지 한 마리가 며칠째 보이지 않았다. 그러나 어쩌다가 목책 바깥으로 나갔다가, 더러 잔뜩 놀림만 받고 들어오는 일도 없지 않았던 터여서 그러려니만 생각하였다. 사실 그날그날 먹고 싸고 자고 먹고 싸고 싸고 자고 팔자가 늘어진 이 돼지들은 보통 일 가지고는 놀라지도 않고, 당장 죽인대도 눈만 껌벅껌벅거릴 만큼 물러빠져 있었고, 심지어 어떤 돼지는 모든 방향 감각마저 송두리째 마비되어 있었다. 어쩌다가 목책 바깥으로 나가는 돼지도 대개는 방향 감각이 마비된 이런 축이었다.

그런데 이번 경우에는 어찌 된 셈인지 한 달이 지나도 안 돌아 왔다. 이런 사고가 나도 목책 바깥으로 찾아 나선다는 것은 그야 말로 혁명적인 생각이고, 혁명적이라는 말만 들어도 백리 바깥으로 도망하고 싶은 이 돼지들이라, 오면 오고, 말면 말고, 그까짓 것 그냥 내버려 두었다.

두 달쯤 지나 가을도 다 갈 무렵, 드디어 그 없어졌던 돼지가 나타났다. 그러나 여느 돼지들은, 그 돼지가 없어져도 놀라지 않았듯이, 이제 이렇게 돌아와도 놀라지들을 않았다. 이리 뛰고 저리 뛰던 돼지, 혹은 한 다리를 들고. 울타리에 가려운 등을 석석 문지르던 돼지들은, 그저 뻥하게 입을 벌리고 다시 나타난 이 돼지를 건너다만 볼 뿐, 인삿말 한마디 던지지 않았다. 왔으니 왔나 보다, 이 정도로만 생각하고 있었다.

울 속에서 낮잠 찬잠 잘 자면 깜장색 안경낀 돼지 우두머리도 마침 햇볕 한 줄기가 눈에 들이비쳐 눈이 부신 김에 눈을 떴다. 다시 나타난 돼지를 보고는 일순 눈을 그냥 뜰 듯하다가, 왔으면 있겠지 싶어, 도로 눈을 감으려는데,

"제가 돌아왔습니다."

하고 그 돌아온 돼지가 아뢰었다.

"오냐, 돌아온 건 금시 보았고, 돌아오면 돌아왔겠지, 새삼스럽게 보고를 하고 할 것은 뭐람. 안하던 짓 하는구면. 남 자는데 시끄럽게끔."

깜장색 안경 낀 우두머리 돼지는 그냥 눈을 감은 채 짜증을 내며 말하였다.

"다름 아니오라."

비로소 우두머리 돼지는 깜장색 안경 속에서 죄끄만 눈을 살그머니 뜨고 올려다보았다.

"그래, 뭐냐?"

"습격을 올 것 같습니다."

"누가?"

여전히 별로 놀라지도 않고 우두머리 돼지는 천천히 일어나 앉았다.

"멧돼지들이 습격을 올 것이라누만요."

"왜?"

"글쎄 모르겠습니다."

"오면 왔지, 그래서?"

"……."

이편에서는 할 말이 없었다.

"오면 쫓으면 될 것 아닌가. 쫓으면 도망갈 것이고요. 어차피 목책 안으로는 못 들어올 것이고요. 감히 들어 올 수가 있겠는가."

"그걸 누가 보장합니까?"

우두머리 돼지는 어이가 없다는 듯이 건너다보았다.

"이놈이 나가 있다니 환상을 했다? 아, 그것두 보장 못해? 우리를 누가 지켜주는지 자넨 몰라서 그런 소릴 하는가. 아, 쫓으면 도망가는 건 세상 자리가 아닌가."

"허지만, 이건 보통 일이 아닙니다."

"무엇이 보통 입이 아니야? 쓸데없는 걱정일랑 말게. 이래뵈도 나도 나대로 우리 실속은 깊이 생각하고 있으니 염려일랑 말게."

"예에, 알았습니다"

그 돼지는 물러갔다. 그러나 그 뒤부터 그 돼지는 서서히 회의주의에 빠지기 시작하였다. 모든 돼지들이 먹고는 싸고 자고, 먹고는 싸고 자고, 혹은 목책 안을 이리 뛰고 저리 뛰고 시시덕거리기나 하고, 혹은 울타리에 등을 석석 문지르고 하는 동안, 이 돼지는 한 구석에서 앞발로 턱을 괴고 이것 저것 생각에 잠기었다. 식욕이 떨어지고, 생각하면 생삭할수록 골머리가 복잡해질 뿐이었다. 이렇게 그는 혼자서 고민에 빠져 들기 시작하였다.

이러던 어느 가을도 늦은 오후 한나절이었다. 새끼 돼지 한 마리가 울타리 근처에서 오줌을 누다가 채 누지도 못하고, 숨을 헐떡거리면서 질질 오줌을 갈기면서 울 속의 우두머리를 찾아왔다.

"두령님 큰일 났습니다. 큰일 났어요."

주색잡기에 곯아 슬슬 허리가 쑤셔 울 속에 모로 자빠져 있던 우두머리 돼지도 의아한 눈길로 마악 달려온 새끼 돼지를 건너다 보았다.

"아니, 큰일이라니. 왜 이리 덤벼, 덤비길 ……. 무슨 일이냐?"

"울타리 밖에 이상한 자들이 찾아와서 우리를 넘보고 있습니다."

그제야 우두머리 돼지는 깜장색 안경을 집어 쓰며 천천히 일어섰다.

"이상한 자들이라니? 우리를 구경하러 오는 자들이야 늘 있었던 터인데, 새삼스러운 일이 아닐 터인데."

"아니올시다. 제가 그 구별을 못하겠습니까. 우리하고 비슷하게 생긴 자들입니다. 헌데 눈알이 삼 년 굶다가 먹을 것을 본 것처럼 험하게 시뻘겋구, 입이 삐죽하게 앞으로 삐져나왔구, 살은 안 쪘지만 체대도 우리보다 커서 기운도 세 보이구 더 날렵해 보입니다."

우두머리 돼지는 비아냥거리듯이 비죽이 웃으며 옆의 칼자루를 집어 들었다.

"자넨 어려서 처음 보았을 테지만 그게 멧돼지들이라는 거네. 허허벌판에서 고생을 하는 것을 우리 조상들이 늘 가슴 아프게 생각했었지. 원체 세월이 오래 지나 놓으니까 자네 세대에서는 알아보지도 못하게 되었군. 헌데, 그건 그렇구, 그 사촌들이 새삼스럽게 무슨 생각으로 이 근처엘 왔을까."

하고, 우두머리 돼지는 앞발로 이마 밑을 가리고 깜장색 안경 속의 눈을 가늘게 떠 아득한 울타리 너머로 시선을 주었다.

과연 그 근처에는 울타리 안의 돼지들이 새까맣게 모여 서서 바깥쪽을 향해 서 있고, 그 바깥에 웬 것이 꾸물거리는 것이 보였다.

울타리 안의 여느 돼지들도 무슨 큰일이나 생긴 듯이 떼를 지어 그쪽으로 몰려가고, 일부는 떼를 지어 이쪽으로 몰려오고 있었다. 도시 아무 사건이라곤 없이 지나오던 판이어서, 돼지들은 모두 놀라 있는 듯하였다.

"모두 수선 멀지 말구 얌전히들 있게, 무슨 큰일 났다고 이리 뛰고 저리 뛰고들 하는가."

여전히 깜장색 안경에 말총 채찍을 든 우두머리 돼지는 이렇게 적잖게 타이르고, 종종걸음으로 그 편으로 발걸음을 옮겼다. 그가 그쪽을 향해서 가까이 가자, 옹기종기 모여서 목책 바깥을 내다보던 돼지들도 말 없이 양옆으로 자리를 내주었다.

짐작대로 울타리 밖에 와 있는 것은 여남은 마리의 멧돼지들이 틀림없었다. 모두 누르끄름한 털에 긴 이빨이 앞으로 삐죽 나온 것이 늙은 멧돼지이고, 두어 마리만 젊은 멧돼지였다.

이편에서 우두머리 돼지가 가까이 가자 근처에는 아슬아슬하게 교교한 고요가 감돌

왔다.

잠시 뒤, 저편에서 대표인 듯한 자가 앞으로 가까이 걸어오더니 목책木柵에 삐죽한 코를 쑤셔박고 킁킁거리며 섧다는 듯이 눈물부터 흘리었다.

"목이 막히고 가슴이 막혀서 말이 안 나오오. 기가 막혀서 말이 안 나오오. 반가운 마음, 서러운 마음 뒤범벅이요."

하였다.

그러자 이편에서도 볼품이라곤 없는 대로 그래도 위의威儀를 갖추고 섰던 우두머리 돼지가 성큼성큼 그 쪽으로 맞받아 나아갔다. 목책 바깥으로 뭉북한 코를 내밀려다가 내밀려지지 않자 킁킁킁거리며 같이 눈물을 주르르 흘렸다

"이게 얼마만의 상봉인가. 생물학자, 역사학자 들이나 동원시켜야 알게쯤 됐으니 오메에, 피차 이게 무슨 꼴이요. 그동안 허허벌판에서 먹을 것 없어 얼마나들 고생이었소? 오죽 고생했으면 눈만 그리 초롱초롱 빛을 발하겠소. 먹을 것을 찾아서 헤매었겠으니 눈만 반짝반짝하는구려. 배는 그리 홀쭉하고, 먹을 것이 없으니 서로 성깔만 험해졌을 것이어서 얼굴까지 그리 험상이 되었구려. 코도 그리 삐쭉삐쭉 앞으로 내솟고, 아아, 가슴 아픈 일이오이다."

울타리 안에 둘러섰던 돼지들도, 태어난 이후 처음으로 코끝이 찡해 오고, 목이 막혀 소리 없이 콧물, 눈물을 흘리었다.

울타리 바깥의 멧돼지들은 잠시 할 말이 없고 어안이 벙벙하였다. 자기들은 목책 안의 저쪽이 불쌍해서 눈물이 나왔는데, 저쪽에서는 이쪽이 불쌍해서 눈물이 나온댄다.

"그게 아니라, 우리가 찾아온 것은 매우 중요한 용건으로 왔소이다"

하고, 바깥에서 멧돼지 대표가 또 말하였다.

그러자 울타리 안의 돼지들이 쑤군쑤군거리더니 잠시 후 우두머리가 또 바깥쪽을 향해 말하였다

"용건은 용건이고, 우리가 불찰했소이다. 우선 안으로 모시기부터 했어야 옳았을 터

인데 너무 뜻밖의 일이어서 그만……."

그러나 저편에서는 단호하게 머리를 설레설레 저었다.

"아니올시다. 절대로 그리로 들어갈 수는 없는 일이고, 한꺼번에 얘기하기가 벅차긴
합니다만, 이렇게 만나보아 감격이 되어서 기쁨, 슬픔이 얽힌 눈물부터 흘렸습니다만, 용
건은 다름이 아니올시다."

하고 긴 얘기를 늘어놓았다. 얘기인즉,

십여 년 전에 멧돼지족의 전체 회의에서 당신들 집돼지 문제가 안건으로 올랐었다.
거기에서의 일치된 결론이, 집돼지들은 종족의 계율과 규범과 위엄을, 나아가서는 종족
그 자체까지 버리고, 사람들에게 굴복하여 하루하루 먹을 것 잘 것 걱정이 없고, 비곗살만
쪄 가는 데다가, 사람들이 제 잇속으로 쳐 준 울이, 울타리로 느껴지지 않을 만큼 조상 대
대로 물려 받은 우리 돼지족의 긍지와 자존심도 무디어지고, 거칠고 호방하던 기운도 완
전히 가시어졌다. 사방으로 규격이 분명하던 자유라는 뜻조차 이모저모로 뜻을 부가하고
혹은 왜곡하여 본래의 뜻과는 엄청나게 다른 것으로 만들어 놓고 제 분수에 맞도록 타락
을 시키더니, 결국 모든 돼지 본래의 위엄과 규범을 송두리째 버려, 느는 것은 낮잠과 먹
는 타령뿐이어서, 먹고는 자고 먹고는 자고 하는 사이에, 날카롭던 코끝도 뭉툭해지고, 그
가운데 볼품 없이 두 콧구멍만이 뻥 뚫리고 아랫배도 밑으로 처지고, 철사처럼 빳빳하던
강건해 보이 던 털도 보숭보숭해졌을 뿐더러, 정기에 차 있던 눈도 게슴츠레 해지고 목소
리까지 꿀꿀거리는 것이 단순한 먹는 타령 이외에는 안하게 쓸모가 없이 퇴화해 버렸으
니, 종족의 주체를 되찾기 위해서도 철저한 대책이 강구되어야 한다는 것이었다고, 줄줄
책을 외듯이 말하였다.

이쪽에서 듣고 있던 깜장색 안경 긴 우두머리는 코끝을 씰룩씰룩거리다가 한마디
툭 던졌다.

"할 짓이 없으면 남의 간섭 말고, 방귀나 뀌고 앉았을 것이지, 세상이 어디 제 소견대
로만 생겨먹은 세상인가."

"하여간 얘기를 마저 들으시오."

울타리 바깥의 멧돼지는 위엄이 늠름해서 그 뒤의 자초지종을 모두 설명하였다.

그래, 이 타락한 집돼지들을 어떻게 처리하느냐, 토의에 토의를 거듭하였는데, 의견이 적극론과 소극론으로 양론이 갈리었던 일, 그리고 어찌어찌 하는 사이에 양론이 서로 핏대가 올라 목소리가 높아지면서 양파兩派로 갈리고, 그 다음에는 대내 정비라 는 구실 밑에 소극론파消極論派가 패배하고 쫓김을 당한 일, 결국 일은 이상한 국면으로 뻗어가고 온전한 정신으로는 그 속에서 살 수가 없이 되어, 이곳으로 찾아오기는 찾아온 것이로되, 자기들 생각도 애초의 생각엔 변함이 없노라, 즉 집돼지들의 현재 처지에는 참을 수 없는 모욕을 느끼고 있는 것인즉, 우리끼리 협상을 통하여 잘 수습이 되면, 저 악독한 자들은 완전히 무의미해지지 않느냐 하는 점에서 찾아왔노라고 하였다.

대충 얘기를 들고난 우두머리 집돼지는 점잖게 한마디 되물었다.

"우리 코가 이렇게 뭉툭한 것이 어쨌다구요? 자존심이 없구 비굴해빠져서 이렇다구요?"

"그런 줄로입니다."

멧돼지 대표가 또 대답하였다. 그러자 이편의 우두머리 돼지는 껄껄 웃었다.

"팔자가 너무 좋아서 이렇습니다. 자존심 조금 죽이구 실속만 차려서 팔자가 너무 좋아서 이렇소이다."

"……?"

"그리구, 털이 이렇게 보숭보숭해진 것도 무엇이 어떻다구요? 영양이 너무 좋아서 이렇게 보숭보숭하오. 알아 듣겠소?"

"……."

"그러구 또 뭐? 꿀꿀거리는 것이 밤낮 먹는 타령이라구요? 어림없는 소리 마시오. 먹는 문제가 걱정이라곤 없으니, 늘 기분이 좋아서 노래를 부르는 소리요. 알아듣겠소?"

"……?"

"그편이야말로 허허벌판에서 먹을 것 해결해 가려고 오죽들이나 고생들을 했겠소. 당신들 생긴 것 보니 그 정상이 훤히 짐작은 되오."

울타리 밖의 멧돼지들은 잠시 어안이 벙벙하였다. 도대체 서로 얘기가 잘 안 통하고, 생각하는 발상의 근본부터 이렇게 원천적으로 다른 데야 어쩔 것인가.

그리고 사실 생각했던 것보다 이들이 모두 하루하루 만족하고 있는 듯한 점에 은근히 놀랐다. 자기들이 멧돼지 사회에서 핏대를 올리고 흥분을 하면서 집돼지론을 펴던 것도 사실은 집돼지들의 실제와는 그닥 관계가 없는 것이나 아니었던가 하는 생각이, 이들을 대하자 드는 것이었다. 이들도 이들 나름으로 잘 살아가는가 보다 생각되었다. 백문百聞보다 역시 일견一見은 일견인가보다. 결국 늙은 멧돼지들은 울타리 안으로 모시어졌다. 그리고 며칠 밤낮을 뚱땅뚱땅 잔치가 벌어지고 가지가지 꿀꿀이죽 성찬이 베풀어졌다. 제 세상에서 쫓겨나 이곳으로 찾아온 썩은 멧돼지들은 먹던 찌꺼기건 뭐건 가려볼 틈도 없이 평생 들어 보지도 못하고 먹어 보지도 못한 여러 성찬을 앞에 하자, 모든 것이 얼음 녹듯이 스르르 풀어지고 말았다. 무엇이 어쩌고 저쩌고 해도 당장 편하고 당장 좋으면 좋은가 보았다. 그들은 이때까지 진지하게 굳은 표정으로 어쩌고 저쩌고 하던 일이 아득하게 넘겨다 보일 만큼, 당장은 배가 터지도록 부른 것이었다. 결국 멧돼지들은 이때부터 집돼지들 사회에 모시어졌다. 그리고 집돼지 우두머리는 자신만만하게 떵떵 지껄였다.

"괜히 이것저것 쓸데없는 생각을 만들어 가지고 고민들 하지 마시오. 고민하기 위해서 태어난 것도 아닐 것이겠고, 왜 뭐가 답답해서 남의 일까지 사서 고민을 하고 있는 것이요? 먹고 사는 문제가 해결된다는 것은 우선은 만사가 해결된다는 뜻이 아니겠소. 그 해결방법에 관해서는 당신들이 왈가왈부할 권리가 없는 것이요. 당신들이 그런다고 우리들 돼지가, 돼지 아닌 것으로 둔갑을 할 리도 없는 것 아니겠소. 누가 뭐라든, 당장 편하고 당장 좋으면 좋은 것이요. 좋은 것이 좋은 것 아니겠소. 자존심, 계율, 규범, 그러구 어쩌구 저쩌구, 그런 건 쓸데없는 허수아비들이요. 하여간 이제부터는 여러분께서도 늘막에 얼마 안 남은 생애 편안히 먹고 자고 싸고, 먹고 자고 싸고 하시오. 이 이상 더 좋은 일 이 또 어디 있겠소. 그리고 이왕 죽는 것, 목숨 지닌 것은 죽기 마련인 것, 이래 죽으나 저래 죽으나 마찬가지인데, 골치 아프게 따질 것도 없는 것이고."

이렇게 제법 그 나름으로 똑똑한(?) 소리를 하였다.

멧돼지들은 당장 배부르고 편해서 좋기는 하면서도, 그의 얘기가 기막힌 허무주의요, 쩔어든 노예 근성이군 싶으면서, 새삼 떠나온 고토故土 멧돼지 고장 생각이 굴뚝 같고, 미안한 마음과 배반했다는 죄책감에서 헤어날 수가 없었다. 그들의 집돼지에 대한 생각은 여전히 멧돼지 사회에서 통용되던 그 일반적인 생각에서 한 치도 벗어져 나올 수가 없었다.

이러면 이럴수록 그들은 악에 받쳐서라도, 현상태에 파묻혀 들려고 하였다. 밤낮 뚱땅거리고 술 처먹고, 젊은 암돼지 두엇씩 옆에 끼고,

에헤라 좋다

지화자 좋다

배부르니 좋을시고

좋으니 좋을시고

젊어서 못논 것

늙어서나 놀아 보세

젊어 노나 늙어 노나

좋으면 좋을시고

에헤라 좋다

꿀꿀이죽 꿀꿀이죽

기름기가 좋을시고

매사 잊고 놀아보세

잊으니 좋을시고

좋으니 좋을시고
에헤라 좋다
지화자 좋다.

3

그리고 그 뒤, 기묘한 일이 일어났다.

이쪽으로 넘어온 그 늙은 멧돼지들은 당장 잘 처먹고 편해서 좋기는 하면서도 차츰차츰 하나같이 우수에 잠기고 웬일인지 집 돼지들처럼 비곗살은 오르지 않았다. 차근차근 따져서 생각하면 이미 경화되어 버린 이념이라는 것을 붙안고 소음 투성이가 되어 있는 고향이, 생각할수록 몸서리가 쳐지기는 했지만, 형용할 수 있는 회한의 감정에 사로잡히게 되었다. 때로, 여기서 넘겨다보이는 고향은 다이나믹한 생명력의 고장으로 막연히 넘겨다 보이기도 하는 것이었다. 그들은 아무리 현재에 젖어들려고 해도 완전히 젖어들 수가 없었다.

더욱 기묘한 일은, 그 뒤, 멧돼지들은 그들이 오랜 세월 살아온 이념는 전혀 차단되어 있던, 이 코가 뭉툭한 집돼지 사회에 먹고 싸고 자는 문제 이외의 여러 가지 생각해 볼 씨앗을 본의든 본의가 아니든 뿌려 놓고 있었다. 집돼지들 가운데서도 차츰차츰 과연 고민하는 돼지들이 하나 둘 불어나기 시작한 것이었다.

그들은 멧돼지는 왜 저렇게 생기고 집돼지는 왜 이렇게 생겼느냐, 집돼지는 왜 코가 뭉툭하냐, 저 둘러진 목책木柵의 뜻은 뭐냐, 그 바깥에는 어떤 세상이 있느냐, 꿀꿀이죽은 과연 영양이 있는 것이냐, 그것은 어떤 종류의 칼로리냐, 먹고 자고 싸는 것은 무슨 뜻이냐, 영양이 좋은 것은 덮어놓고 무작정 좋은 것이냐, 실속 있는 삶은 과연 어떤 종류의 삶이냐, 돼지 사회 전체의 의미는 무엇이며, 돼지라는 뜻은 과연 모든 선입견先入見이 없다면 어떤 뜻이냐, 사는 데 있어서 이것저것 생각해 본다는 것은 좋은 일이냐 나쁜 일이냐,

돼지란 과연 살고 있는 것이냐 사육飼育 당하고 있는 것이냐, 살고 있다는 것과 사육을 당하고 있다는 것은 어느 점이 어떻게 다르냐, 사육을 당하는 외양을 이용해서 실리實利 있게 살 수도 있기는 있는 것이냐, 숨은 코로 쉬느냐 입으로 쉬느냐, 심지어는 하늘색이 왜 저리 푸르냐, 저런 것이 아름답다는 것이냐 더럽다는 것이냐, 돼지 존재의 기본 문제는 뭐냐, 운운.

고민하는 돼지들은 갑자기 식성食性이 까다로와지고, 먹는 양이 줄고 처지던 아랫배가 홀쭉해지기 시작하였다. 그리고 서서히 도덕적인, 혹은 자존심 챙기는 표정을 지을 줄도 알았다. 그러나 저저끔 생자한다는 것은 저저끔 나름이어서 별의별 해괴망측한 생각을 다하고, 개중에는 황당무계한 생각도 없지 않았다. 생식기를 자를 때 고함을 지르는 것은 왜 고함을 지르느냐, 아파서 고함을 지르느냐 좋아서 고함을 지르느냐, 그저 심심해서 고함을 지르느냐, 이런 쓸데없는 생각까지 하는 돼지도 있고, 더러는 좋아서 고함을 지른다느니 심심해서 고함을 지른다느니 이런 결론을 자못 심각하게 퍼뜨리는 돼지도 있었다. 그러나 요긴하게 생각할 줄 아는 돼지들은, 생각하는 것도 요령을 발휘하고 경제적으로 하여, 생식기는 누가 어떤 잇속으로 자르느냐, 그 피차의 관계는 어떤 종류냐, 이렇게 단도직입적으로 문제를 제기하는 돼지도 개중에는 없지 않았다. 그러면 저편에서는 이편을 상식취미라고 공박하고, 이편에서는 저편을 해괴취미요 사변취미라고 육박지르기도 하였다.

어쨌든 이런 종류의 호기심은 이제까지 전혀 호기심이라곤 없이 먹고 싸고 자고, 먹고 싸고 자기만 하던 이 돼지 사회에 여러 가지 호기심들을 더욱 더 날이 갈수록 일깨워 놓았다. 그것은 언뜻 보아서는 화음이 잘된 합창소리가 아니라, 저저끔 제소리로 꽥꽥 고함을 지르는 수라장 한가지였다. 그리고 그 수라장으로 보이는 속에서 굵은 줄기 한 가지가 서서히 서서히 형성되어 가고 있었다.

요컨대 그들은 다른 종류의 생활도 있을 수 있음을 깨달아 가고 비교하는 법을 배우기 시작하였다.

한편 멧돼지 사회도 그 사회 성원을 노상 들볶아대어 하나같이 반짝반짝 윤이 나게 알갱이로 차 있다 못해 차츰 송두리째 그 이념의 이끼가 덕지덕지 끼고 경화되고, 소음투성이기만 하던 분위기가 서서히 서서히 변모를 겪기 시작하고 있었다.

그동안 멧돼지 사회는 날이 갈수록 여러 천 마리가 사는 멧돼지 사회가 아니라 오직 한 마리만 사는 세상처럼 되어 가고 있었던 것이다.

이거냐 아니면 저거냐, 모든 문제는 이렇듯 이원론적二元論的으로만 제기되었고, 그 두 가지 중의 이편이냐 아니면 저편이냐로 낙착이 나고, 이 밖에 다른 방법으로 자기 나름으로들 생각해 본다는 것은 철저히 봉쇄되고 말았었다. 모든 문제를 다시 한번 생각해 본다는 일은 가장 무거운 죄 취급을 당하였다. 결국 당연한 것을 당연하게 접어둔다는 상식까지도 경화 현상을 노정시키고, 상식이 경화해 버릴 때 가장 무서운 사태가 벌어지게 되는 것이다.

멧돼지는 모두가 하나같이 덮어놓고 충성스러운 표정, 진지한 표정, 근엄한 표정, 도덕적 표정, 열정적 표정, 그럴 만한 자리에서는 열광적 표정, 또 그런 만한 자리에서는 분노의 표정만 짓게 되었고, 정작 속은 텅 비어 갔었다. 그걸 참지 못하고 지친 끝에 도망을 나온 늙은 돼지들도 정작 나와서는, 버릇이 된 소음적인 연설로 멧돼지 사회의 동맥 경화를 소리소리 지르며 공격하고, 그러나 결국은 모두가 이상스러운 염세주의로 곧 떨어져 갔다.

어차피 한 몸으로 두 세상을 살기는 어려운 것인가 보았다. 그들은 모두가 충동적인 성격을 지니고 있었고 신경질적이었다. 소리 높이 연설을 하다가 일단 단하壇下로 내려오면 열병을 앓고 나서 쇠약해진 듯한 파리한 표정을 짓고는 하였다.

돼지 사회는 가지각색으로 복잡해져 가기 시작하였다. 먹곤 싸고 자고, 먹곤 싸고 자고 하기만 하던 단조로움에서 천천히 벗어나고 있었다.

어떤 놈은 생각에 생각만 거듭하여 대갈통만 더 커져 갔다. 그렇게 지나치게 생각하는 돼지들은 저만은 벌써 여느 돼지와는 다른 중뿔난 돼지라고 생각하고 있었고, 겸허한 표정 속에 건방진 오만이 들어앉고, 돼지족 전체를 경멸하려 들었지만, 그 돼지의 생각이라는 것은 어느덧 너무 전문적으로 들어가 깊어져서 보편성이 없었다.

어떤 놈은 여전히 둔해 빠져서 주위에서 어떤 변화가 일어나건 아랑곳없이, 그냥 비곗살만 쪄가고, 방귀만 뀌고, 목책에 근질근질한 몸을 석석 문지르기만 했다. 어떤 놈은 어느 시기에 가면 도살屠殺당한다는 것도 모르고, 덮어놓고 오래는 살고 싶어서 낮이나 밤이나 요가만 하였다.

어떤 놈은 여전히 이리 뛰고 저리 뛰면서 철딱서니없이 시시덕거리기만 하였다.

그러나 날이 가고 달이 갈수록 대다수의 멧돼지들은 하나같이 차츰차츰 야곰야곰 달라져 갔다. 그리고 그 저저끔 달라져 가는 양태는 개개적인 국면에서는 다른 것이었으나, 큰 윤곽에서는 한 방향을 이루고 있었다. 그리고 그 방향이란 어떤 방향인지 어느 누구도 전체적인 윤곽에서는 잡지 못하였다. 이런 윤곽이 성급하게 잡혀진다면, 그것은 수월히 소신所信으로 변하고, 관념화하고, 그리고는 금방 완강해지고, 고집불통이 되고, 그 다음에는 이끼가 끼고, 경화 현상을 노정시킬 것이다.

모두 하나같이 성급하지 않고 조심스러웠지만, 소심하지는 않았다. 서로 어긋나더라도 서로 조심스럽게 존중해 주고, 쉽게 단정적으로 상대편을 규정짓는 것을 피하고, 덮어놓고 유식有識 바람이 좋은 것만이 아니라는 것을 알고 있었고, 쓸모없는 유식은 장돌뱅이 무식보다 못한 경우가 왕왕 있다는 것을 터득해 갔다.

돼지 사회의 호기심을 더욱더 높아가고 그 호기심은 점점 일정한 방향으로 형태를 이루기 시작하고, 그러자 울타리 안의 그저 돼지에 불과하던 그들도 종래와는 다른 돼지 나름의 위엄을 지니기 시작하였다.

그새 울타리의 목책은 다시 높아지고, 고쳐지고 있었다.

어느 날 드디어 이 새로 변모해 가고 껍질을 벗겨 가던 돼지족 가운데 이미 뭉툭한 코가 어느 정도로 뾰족해진 듯이 보이는 비교적 살갗도 희고 잘생긴 돼지 한 마리가 침착하게 낮은 목소리로 말하였다.

"이젠 모두 모여서 저지끔 앓던 것을 털어놓고, 공동으로 철저히 토의한 때가 온 것 같은데, 모든 선입견과 미리부터 정한 가설이 전혀 없이, 우리의 문제를 토의할 때가 온 것 같은데."

그러자 그 핏대 올린 목소리가 아니고, 속삭이는 듯한 목소리는 서서히 모든 돼지들에게 스며들 듯이 퍼져갔다.

그들은 말 없이 어슬렁어슬렁 모여들기 시작하였다.

이미 그들은 멧돼지 사회에서의 일을 직접 겪은 자도 있지만 대강들 알고 있는 터이었다. 그리고 어차피 성공이든 실패든 똑같은 일의 되풀이는 있을 수 없었다. 그들은 여하튼 모여들기 시작하였다.

3부

밀려나는
사람들

먼지속 서정

'청량리 홍능 가요오' '청량리 홍능 가요오' '청량리 홍능 가요오' 이렇게 고함을 지르던 광석이, 문득 정신을 차리고 보니 저만큼 앞에 앞차장 순발이는 그냥 두 손을 오그려 쥐고 입술에 침을 발라가며 고함을 지르고 있는데 어떻게 된 셈인지 뻐스가 없어졌다. 애초에 땅거미가 질 무렵의 동대문 뻐스 정류장이란 데가 난장판이다. 을지로 종노에서 두 눈을 부릅뜨고 어깨를 들석거리며 윙윙 몰려오는 뻐스들은 흡사 제 세상 만난 듯이 거드럭거리며 악을 쓰다가 밀리고 밀리우며 먼지를 일으키고 혹은 먼지를 들쓰며 서성대고 다시 중량교로 홍능으로 답십리로 정능으로 고려대학 앞으로 윙윙 내달리는 것인데 이 각 각의 뻐스에 매달린 차장들은 또 미친 듯이 신명이 나 있고 거쉰 목소리를 내 지르는 것이다. '청량리 중량교 가요오' '청량리 홍능 가요오' '청량리 답십리 가요오' '신설동 돈암동가요오' '신설동 정능 가요오' '신설동 고려대학 앞 가요오 ……'. 사람들은 어느 틈서리에서들 비비적거리며 초췌하고 피로한 낯작들로 풀이 죽어 있기가 십상이다.

이런 속에서 광석이와 순발이는 그만 제 뻐스를 잃어버린 것이다.

두리번 두리번 둘러보았으나 제 뻐스 있던 자리엔 어느새 '신촌-중량교' 뻐스가 닿아있는 것이 아닌가.

순간 광석이는 "야 이것 바라" 이렇게 생각하며 두 눈이 휘둥그래졌다. 그냥 이리 뛰고 저리 뛰면서 '청량의 홍능 가요오'를 되뇌이고 있는 순발이를 저만큼 건너다 보며 갑자기 어이가 없고 드디어 우스워지기 시작했다.

'노온다 논다 지랄병 한다, 저 등신 좀 보게, 저 등신, 얼씨구 지랄병 한다' 이렇게 홍

먼지속 서정   257

얼조로 생각하다가,

"야야, 순받아, 대관절 어찌된 셈판이야" 키들키들대며 웃음이 터졌다.

순간 순발이의 산발한 뒷머리가 휘딱 뒤로 제껴지더니 대뜸 얼굴이 찌그러지며,

"쟨……?"

뭐 그러구 서 있느냐는 투다.

"대관절 어찌된 셈판이냔 말야. 뻐스가 없어졌단 말야."

"애개…… 정말! 어찌된 셈판이야?"

"……."

"……?"

마주 보는 들이 다 웃지도 않고 일순간 별나게 고요하고 쓸쓸한 표정들이었다.

"애개 별 일이다, 어쩌니……?"

순발이가 즐비해 있는 뻐스 행렬을 돌아 보며 이렇게 말했다.

"……."

광석이는 히쭉 웃었다.

"얘, 웃을 일이 아니야 얘"

순발이는 이렇게 악을 썼으나 제 김에 깔깔대고 웃었다. 그리곤 또 법석을 떨면서,

"아이 어쩌니? 뻐스가 혼자 달아났구나."

"……."

"정말 별 일이다 얘,"

이렇게 순발이는 그냥 수선을 떨었다.

광석이는 이런 경우 괜히스리 퉁명하고 우락부락하게 서둘고 싶어지는 것이었다.

"하여튼 어디 가서 짜장면이나 한 그릇씩 먹구 보자마,"

이렇게 내뱉았다.

"캔……? 미쳤어."

이렇게 말은 하지만 키들키들한 표정이 순발이도 전혀 싫지는 않은 눈치였다.

자, 이 일을 어쩌면 좋은가, 홍능 종점까지 터벅터벅 걸어갈수도 있긴 있다, 둘이 장난이나 하면서, 안암동 다리께에 가선 비록 흙탕물이라도 흐르는 강물이나 같이 구경하면서, 순발이의 먼지 낀 머릿칼 내음새라도 마음껏 맡아 보면서……. 참 여자의 머릿칼 내음새는 구수한 맛이 나더라, 강꼬답지 않은 강이지만 명색이 강이니까 물이야 흐를테지, 제법 바람이 셀꺼라, 순발이의 머릿칼도 제법 흩날릴꺼라, 가만히 있자 우리 어머니가 몇살이었 더라, 마흔 몇 살이었더라, 이거 야아단 났군, 어머니 나이조차 잊어버렸으니……. 하여튼 어머니 생각이라도 마음껏 하면서……. 그러다가 되돌아오면 만나지, 그까짓꺼 욕 좀 먹기로서니……, 그러나 실상 따지면 맛은 이 편만이 아니다. 차장을 잃어버리고 떠나가는 뻐스가 첫째의 실수다. 운전수 양반이 첫째의 실수다. 물론 다음 홍능행 뻐스를 타고 가면 종점에서 만나긴 하리라. 그러나 그것은 정말 쑥스러운 것이다. 누구에겐지 모르게 미안스럽고 창피하고 민망하다. 차장이 뻐스를 잃어 버리다니 될 말이야? 이렇게 사람들이 웃을 것 아닌가, 사람들이……. 참 사람들이란 제 멋대로들 되 먹은 것이니까……, 돈은 있겠다, 먹구보자…….

이렇게 생각하며 광석이는 어쩐지 호젓하고 쓸쓸한 기분이기도 했다.

순발이는 핼끔 광석이의 눈치를 살피곤 그냥 수선을 떨었다.

"아이 정말 어쩌니?"

그러나 별로 걱정하는 눈치는 아니고 그저 그래보는 것일 뿐 차라리 재미 있어 하는 눈치다. 그냥 싱글빙글 했다.

"글쎄 잔 말 말구 날 따라와"

이렇게 광석이는 위엄까지 부리며 말하곤 포켙에 두 손을 찌르고 앞장을 서 걸었다.

"쟨……? 정말 짜장면 먹으러 가는거야?"

"글쎄 잔 말 말고 따라 오라니까."

할 수 없이 못 이기는체 하면서 순발이도 뒤를 따랐다.

갑자기 순발이는 광석이 곁으로 차악 붙어 서며 목소리를 좀 낮추어 아양조로,

"주책이다 참, 아저씨^{운전수} 말이야, 글쎄 어쩌자구 혼자 달아나니? 미쳤지 뭐니? 아 이 참 속 상해 죽겠다. 어쩌니? 이 일을 어쩌니? 정신 빠진 사람이지 뭐니? 정말이야, 얘, 밤 낮 사고 투성이지 뭐니? 아이참"

"거짓말 말아, 배가 고프면 솔직하게 배가 고프다고 말해, 괘니 체하지 말구, 뭣이 속 이 상하구 뭣이 아이참이야? '다른 놈들 같아 보아라 얘, 그 분풀이를 차장들에게 하려 들 지 않나, 운전수 아저씨 하난 잘 만났지 뭐니?' 이렇게 지껄일 땐 언제구……? 뭐? 주책? 정신 빠진 사람? 아양 떨지 말어, 재수 없게…….' 광석이는 이렇게 생각했다.

순발이는 다시 광석이의 눈치를 핼끔 살피곤 좀 풀이 죽으며 더 목소리를 낮추었다.

"허지만 말야, 사실 노골적으로 너니까 말이지만 사람은 괜찮은 사람이야 얘, 안 그 렇니? 그지?^{그렇지?} 그지? 어쩐지 불쌍해 보이는 사람이야 얘, 그지? 아깐 말야, 내가 이렇 게 물었었어 얘, '대개 피둥피둥 살이 찐 사람이 욕심이 많은 법인데 아저씬 그렇게 생겼 으면서두 통 욕심이 없는 사람같아요. 왜 그래요?' 이랬드니 또 씨익 웃군 얘, 생각할 꺼 리가 없는 사람은 많은 것처럼도 띄우는 법이잖니? 우리 아저씨^{운전수}가 그래 얘, 그지? 그 지? 얜? 왜 그리 툭명해 있니?"

"……."

광석이는 슬근히 쓸쓸한 생각이 치밀어 오르는 것이었다.

어느새 둘은 을지로 쪽으로 건너가는 다리를 건느고 있었다. 춥다. 꽤는 쌀쌀해진 날 씨다. 중천엔 초일햇달이 걸렸다. 순발이는 별 생각도 없이 하늘을 올려다 보곤 하품을 하 였다.

"정만 이젠 추워졌어 얘, 어쩌니?"

"……."

광석이는 말 없이 팔짱을 끼었다. 그리곤 힐끔 순발이를 곁눈질해 보며, '요것이 제 법……' 이런 생각을 했다.

노점露店상인들이 까스불을 켜고 웅숭구리고 서서들 왁작지껄이다. 까스불 행렬을 해치며 둘은 걸었다. 빼꼭 차게 사람을 실은 전차가 우르릉대며 카아브를 돌아 을지로 쪽으로 둘의 옆을 지나갔다. 순발이는 깜짝 놀라며 광석이의 한 팔을 잡았다. 다음 순간 한 손으로 입을 가리고 킬킬대고 웃으며,

"아잇 깜짝이야, 내가 주책이구나…… 아아이 정말 사람들이 너무 많아 얘, 넌 그런 거 생각해본 일 없니? 정말이다. 너무 많잖니? 어디 가나 사람들 사람들 투성이잖니? 으득뿌득거리구 아득빠득거리구, 뭐가 뭔지 모르겠드라. 참 건방진 생각이지? 허지만 정말이야 얘, 난 그런 것을 자꾸 생각하면 괜히스리 이상해질 때가 있어 얘, 어쩐지 신명이 나지 않구…… 아아이 내가 별 소릴 다 지껄인다."

"……."

다시 또 목소리를 한결 낮추어,

"그런데 말이다, 아저씨운전수 있지 않니? 오른 쪽 귀 밑 있잖니? 한치가량이나 퀭하게 패운구멍 있잖니? 솜으루 틀어 막았어 얘, 그런데 그 솜을 말이다. 교묘하게 살갗빛과 똑 같게 염색을 했드라. 얼핏 보아서 몰라 얘, 정말 신기해 얘, 미안해서 물어 볼 수두 없구 곰곰히 그걸 생각하면 꽤니 측은해져 얘, 그지? 그지? 하여튼 실성한 사람 같아 얘, 그지……?"

"……."

광석이는 그냥 무뚝뚝하다. 그러나 좀 전과는 달리 순발이의 역양이 차분히 겨드랑이에 감쳐오는 것을 느꼈다.

그리고 둘이 다 어느새 저의들 뻐스에 관해서는 신묘할만큼 까마득히 잊어버리고들 있었다.

그러나 막연히 둘이 다 슬픈 생각이 치밀었다.

…… 뻐스는 어느 곳을 헤메고 있을 것인가. 두 눈을 부릅뜨고 어깨를 들석거리며 어느 곳을 헤메고 있을 것인가. 악쎄레터는 밟혀지고 운전대를 쥔 손은 놀고 달리는 궤도

먼지속 서정　　261

는 마포-홍릉 사이인지 어느 이름 모를 골짜기로 이어진 어느 언덕인지, 차라리 개선가를 부르자, 덮어놓고 개선가를 부르자……

이런 멋들어진 생각 하나 없이 둘은 그저 쓸쓸한 생각일 뿐이었다.

결국 '春雅園'이라는 중국집에 둘은 들어갔다.

광석이는 어투는 여전하면서도 표정은 어쩐지 좀 붉어지며,

"어쩔까, 방으로 들어가지."

"아무데면 어떠니?"

순발이도 훤한 불빛 밑에 오자 갑자기 얼굴이 좀 붉어지며 패니 짜증을 부렸다. 어쩐지 광석이의 얼굴을 맞바로 볼 수가 없어지는 것이었다. 그러나 벌써 광석이는 신을 벗고 있다. 순발이도 신을 벗었다. 둘이 다 때국이 낀 맨발이 저윽 창피했으나 이층 방을 잡고 마주 앉았다.

광석이는 어깨를 한번 치슬르곤 순발이를 보며 힛쭉 웃었다. 그리곤,

"시장헐덴데…… 빵 겉은 것 부터 좀 먹으까……"

"맘대루 시키려므나"

순발이는 그냥 외면한 채, 어쩐지 쩔쩔 매며 이렇게 말했다.

"사실 네 말이 맞아, 우리가 운전수 아저씨 하난 잘 만났어, 있다 이제 봐라. 또 히-하구 웃구 말지 않나."

광석이는 좀전과는 달리 팔 소매까지 걷어 올리고 싱글벙글 하며 꽤 기분이 흐뭇한 모양이었다.

"누가 안 그렇대니?"

"……."

"……."

광석이는 불현듯 느닷없이,

"이렇게 마주 앉으니까…… 어쩨 너같지가 않구나."

하곤 좀 부끄러운듯이 서운하게 웃었다.

"쟤, 별 소릴 다 하누나, 듣기 싫어 애,"

순발이는 화들짝 놀라듯 악을 쓰고 고개를 푹 숙이고 만다.

실상 이건 순발이 편에서도 마찬가지였다. 이렇게 마주 앉으니까 어쩐지 여느 때의 광석이 같지가 않았다. 뻐스가 옆에 있거나 뻐스 속에 있을 땐 둘이 다 무작정 활발하고 덮어놓고 안심스럽고 분에 겨운 장난쯤까지도 예사로웠는데 전혀 그렇지가 못했다. 순발이 너는 앞차장, 광석이 나는 뒷차장, 이런 의식이 전제되어 꽤는 사이가 좋고 양해성 있고, 아침 점심 저녁밥 같은 것을 아저씨랑 어울려 한데 먹을 땐 제법 반찬을 양보해 가기도 했는데 전혀 그렇지가 못했다. 어석버석하고 창피하고 어쩐지 말할 꺼리가 없어지는 것이었다. 광석이는 상에 양 팔굽을 받치고 으젓히 앉은채 천연스럽게 또 지껄였다.

"난 노골적 말이지, 네 생각 좀 헌다, 새벽 눈이 뜨일 때라든가 잘 때…… 그런데 고건 고 때 뿐이구 다아 잊어버리구 만다"

"집어치어 애,"

순발이는 또 악을 썼다.

광석이는 눈을 디룩 거리며,

"진짜다, 농담이 아니란 말야, 넌 어떤지 모르지만 난 그렇단말야, 진짜란 말야."

순발이는 깔깔대고 웃었다. 이렇게 한바탕 웃으니 다시 좀 마음이 편해지는 것이었다. 순발이는 일부러 여느때의 그 농조弄調를 부리며,

"근데 악은 왜 쓰니? 애두……"

하곤 다시 외면을 해버리고 말았다.

마침 짜장면이 들어왔다.

광석이는 요란스럽게 고추가루를 뿌리고 짜장면을 뒤적이고 퍼먹기 시작했다.

그러나 순발이는 좀 전까지만 해도 그렇듯 시장했었는데 도시 먹힐 것 같지가 않았

다. 속이 뿌듯하게 차@왔다. 그리고 잘도 퍼먹는 광석이의 모습이 좀 원망스럽기까지 했다. 어찌 저렇듯 잘도 퍼먹을 수 있을까, 이제 금시 그런 얘기를 하고서 …… 남자들이란 아마 저래서 무섭다는가부다…….

광석이는 한참을 퍼먹다 말고 그냥 앉아 있는 순발이를 건너다 보며 두 눈이 휘둥그래졌다. 그리고 까닭은, 대강, 알 수 있을 것 같으나,

"어? 안 먹어?"

비로소 순발이도 젓가락을 들었다. 다시 젓가락을 놓으며 차분히 가라앉은 소리로,

"광석아 애, 우리가 이러구 앉아 있는 것이 어쩐지 무서운 것 같다 애"

순간 광석이도 멀뚱하게 호젓이 순발이를 건너다보다가 다시 우락부락해지며,

"쓸데 없는 소리 말어, 무섭긴? 체"

"아니야, 정말이야 애, 난 어쩐지 무서운 것 같다. 이상하잖니? 이렇게 마주 앉아 있는게 ……"

광석이는 히죽하게 웃음이 비어져 나왔다.

"흥 바보같은 소리두 헌다. 무엇이 무섭단 말야? 그래, 내가 무섭단 말야?"

"아니, 네가 무섭다는게 아니구 어쩐지 …… 그런 것 같으다."

"그럼 어디 아까 물은 거 대답해봐, 넌 어쩐지 대답해 보란 말야"

순발이는 고개를 갸웃하게 모로 돌리며 맑앟게 웃곤 낮은 목소리로,

"…… 얘두 참, 뭘 그러니? 난 우리 엄마가 나만 낳구 돌아가셨어. 아부지가 이붓엄마를 얻었는데, 그러니까 이붓동생이 넷이나 된단다. 그리구 아부지도 돌아가셨어, 그래서 난 뻐스 차장이 됐지 뭐니, 아이 내가 별소릴 다 하누나"

광석이도 먹던 젓가락을 놓았다. 그리고 어쩌다가 이런 얘기가 나왔을까 싶다. 쓸데 없게스리, 이러구 보니까 여간만 아니게 난처하고 쑥스럽다.

순발이는 차츰 활기를 회복하고 생글생글 웃기까지 하며,

"정말 너에게 처음으로 얘기구나, 이런 얘긴 ……. 어쩐지 이상하잖니, 전혀 그런 걸

몰랐다는 게. 서루 그렇잖니? 아이참 우습다 애, 그렇게 이상하게 보지 말아 애."

순발이는 또 깔깔대고 웃다가 비로소 젓가락을 들고 뜨적뜨적 먹기 시작했다. 다시 목소리를 더욱 낮추어,

"난 말이야, 하루 중에서 젤 좋은 때가 어떤 땐 줄 아니? 종점에 닿아서 잠시 한가할 때 있지 않니? 바께쓰에다 물을 떠다가 뻐스 바닥을 축이구 창문을 닦구 할 때 있지 않니? 그런 때가 젤 좋아 애, 그런 때 넌 늘 창문 밖에 머리를 내밀구 노랠 하잖니? '사랑해선 안될 사람을' 어쩌구 할 때 말이다. 그런 때 …… 정말 내가 이상한 소릴 다 하는구나"

"……."

"아이 난 어떻거문 좋을지 모르겠다, 정말이야, 내가 어떻게 돼가는지 어떻게 될른지 …… 새벽에 눈이 뜨일 때라든가 밤에 잠 자리에 들 때, 잠시 생각해 보긴 하지만, 금방 잠이 또 들구 말아 애, 애가 넌 뭘 그렇게 씨무룩해 있니? 빨리 먹어라 애, 식기 전에 ……"

광석이는 깜짝 놀란 듯이 짜장면 그릇을 내려다 보곤 힛쭉 웃으며,

"창문 열까?"

"……."

"어쩐지 더운 것 같으다"

"아무려나 좋을대로 하자마"

광석이는 선뜻 일어서서 뒷창문을 열었다. 그리곤 그냥 선 채 바깥을 내다 보았다.

"야하 굉장히 복잡하구나 바깥이 ……"

이렇게 말했다.

"애두 참 수선이다. 뭘 바깥을 내다 보구 야단이니?"

이러면서 순발이도 일어서 광석이 곁에 섰다.

참 바깥은 복잡하다. 둘이 다 을시년스럽게 춥다. 광석이는 하늘을 올려다 보며 하품을 하였다. 참 뭔지 기분이 좋았다. 순발이는 두 손을 입에 갖다대고 호호 불었다. 참 바깥은 복잡하다. 무엇인가 철물같은 것이 흐르듯이 흐르고 있다. 육중하게 뒤틀며 더덕더덕

한 것이 서서히 흐르고 있다. 그리고 둘은 어처구니 없게 잠시 떨어져 나왔다. 어딘가 엉뚱한 이역異域같은 곳에 떨어져 나왔다. 그리고 참 기분이 좋다. 호젓하고 가볍고 쓸쓸하고 적당히 구슬프면서도 좋다.

"이젠 눈 올 때두 됐구나이"

이렇게 광석이가 말했다.

"정말! 참, 눈이나 내렸으면 좋겠다. 아이 정말이다, 애, 눈이나 내렸으면 좋겠다, 안 그러니 애,"

"서울에선 눈이 내려두 곧장 곧장 녹아버려서 재미가 없어, 찔꺽찔꺽해지구 고작해야 흙탕물이나 튀구, 소용이 별루 없어"

"그래두 그렇지 않아 애……"

"……"

"……"

둘이 다 잠시 말이 없었다. 갑자기 광석이는 툭툭 내던지 듯

"난 안마하는 사람이 되구 싶으나, 기술을 배웠거든. 어디서 배운 줄 아니? 너니까 얘긴데 누구한테두 얘기하지 말어, 유치장 속에서 배웠어, 두 달 밖에 안 있었지만 완전히 배워두었어, 참 재수 없게 걸렸댔어, 그렇지만 이젠 안심해, 법에 걸리는 일은 세상 없어 두 피하기루 했으니까, 세상에 법이 젤 무서워, 하여튼 기술 하난 배웠어,"

"그게 뭐 기술이야? 청승맞다 애, 비-비-하는 거 말이지? 듣기두 싫다 애,"

"그러구 보니까 너두 나하구 비슷하구나. 난 어떻게 이 세상에 태어났는지두 몰라. 무슨 안갯속 같다. 내가 어느 어머니의 뱃속에 잠기던 저녁은 어떤 저녁이었을까. 참 아름다웠을 것 같애, 어떤 저녁이었을까, 어떤 밤이었을까, 안타까운 일이야. 하여튼 먼 들판을 가르며 지나가는 기적소리 같은 것이 있었을 것 같애. 안개가 끼었거나 눈이 내렸구, 그리구 아부지하구 어머니는 안개에 흥건히 젖어 있었거나 눈속에 잠겨 있었거나 했을 것이구, 참 이상두 허다. 난 우리 어머니를 모르면서도 어머니 생각은 해. '가만히 있자,

우리 어머니가 몇 살이더라, 마흔 몇 살이었더라, 이거 야아단났군, 어머니 나이조차 잊어 버렸으니 ……' 이런 생각을 하군해. 요란법석하게 이런 생각을 하면 금방 어머니가 느껴 지군해. 뜨듯하게 느껴진단 말이야, 실지루 느껴진단 말이야, 정말이다, 어떤 밤이 있었을 까, 내가 어느 어머니의 뱃속에 생기던 밤은 어떤 밤이었을까 ……"

광석이는 그냥그냥 자꾸 이렇게 지껄이고 싶은 모양이었다.

어느새 순발이는 입술을 지긋이 깨물고 소리 없이 눈물을 씻었다.

"어? 울어? ……"

그러나 이렇게 말은 하지만 광석이도 그냥 외면을 했다.

잠시 후 그는 전혀 시치미를 떼며,

"이거 뭐야, 괜하게 건방졌군, 어이 순발아, 자 앉아, 짜장면이 다 식었다 야"

그제야 순발이도 해쭉 웃곤 다시 광석이 뒤를 따라 제 자리에 와 앉았다.

"어때? 순발아, 난 너허구 결혼하구 싶으다, 어때?"

"……"

"어떠냔 말야? 결혼하구 싶은데 어떠냔 말야?"

"애개 ……"

순발이는 얼겁결에 천치처럼 손으로 얼굴을 가리곤 손가락 사이로 광석이를 건너다 보며 이렇게 말했다. 그리곤 정말인지 거짓말인지, 여기서만 통할 수 있는 말인지 언제나 통할 수 있는 말인지, 분간이나 하려는 듯이 조심스럽게 살폈다.

잠시 후, 순발이는 깔깔대고 웃음이나 웃듯이,

"아이 좀 기술적으루두 할 수 있잖니? 무섭다 얘, 그렇게 눈을 부라리니까 얘,"

광석이는 그냥 툭명한 채,

"농담이 아니란 말야, 이 바보야"

"……"

"……?"

둘은 그렇게 눈이 마주쳐 있을 뿐이었다.

뻐스는 어느 곳을 헤매고 있을 것인가, 광석이와 순발이를 잃어버리고 어느 곳을 미친듯이 헤매고 있을 것인가, 핏끼 짙은 두 눈을 부라리고 으르렁거리며 어깨를 들석거리며 씽씽 악을 쓰며 어느 곳에서 울부짖고 있을 것인가. 빼꼭 사람들이 탔을 것이다. 내일來日을 살아야 하는 온전한 사람들이 탔을 것이다. 신바람 나는 잠도 속에서 괜히 요란해 보고 싶고 우락부락해 보고 싶을 것이다.

운전수의 발과 손은 놀고, 눈 앞엔 번쩍 번쩍 지나가는 저 아득한 나날들의 편린片鱗들 걷잡을 수 없는 소요騷擾, 바로 앞에 나타난 큼직한 얼굴을 향해 두 눈을 부릅뜨고 쏘아젖힌 경기관총, 그 때 그 부서져 날아가던 얼굴, 통채로 으스러져 날아가던 얼굴, 어처구니없게 묘한 어린애 울음소리 같은 것, 순간 순간의 고요, 그렇다, 중대장은 사람이 좋았다, 六一九야드 고지에서 마지막 목숨을 거두었다, 사람이 좋았다, 덮어놓고 사람이 좋았다, 덮어놓고 좋다는 것은 우습고 쓸모없는 일이지만 그러했었다, 죽어가는 중대장의 피를 빨던 그 기묘한 충일감, 일순간 부서져 날아가던 의식, 새까맣게 칠흑으로 변해가던 하늘, 중대장은 사람이 좋았었다, 사람이 좋았었다, 그래서 빨았을 뿐이었다, 그 다음 그 다음 그렇다, 개선가를 부르자, 개선가를, 이미 죽은 혼들과 죽다가 남은 혼들을 위하여 개선가를…… 그리고 먼 것인지 가까운 것인지 분간할 수 없는 도시 이역異域같은 사람들 소리, 손님들 소리, 뒤에 탄 손님들 소리, 좀 구성지게 들리는 것도 같고 안들리는 것도 같은 차장의 목소리, 순발이 우는 목소리, 울부짖는 목소리, 파출소 앞, 신설동, 안암동, 성동역 앞, 청량리…… '오라잇' '스토옵' '오라잇' '스토옵' '오라잇' '스토옵' 오늘따라 왜 이리 웃음소리가 들리는 것일까, 웃음소리가 들리는 것일까……

뻐스는 핏끼 짙은 두 눈을 부라리고 미친듯이 어깨를 들석이며 윙윙 내달리고 있었다.

그리고 갑자기 흐리고 모든 것을 적시우는 찬 비가 내리기 시작했다.

'春雅園' 처마 밑에서 비 멎을 때를 기다렸으나 비는 멎지 않았다.

"어마 어쩌니? 야단이구나"

순발이는 이렇게 말했다.

둘이 다 문득 돌아간다는 생각이 뚜렷히 의식됐다. 동시에 어느 일정한 곳, 이를테면 홍능 종점이라든가 동대문 뻐스 정류장이라든가 이런 분명한 장소는 전혀 떠오르지 않고 운전수의 얼굴과 뻐스가 떠오르는 것이 아닌가. 그러자 굉장히 막연스레 골치가 아프다고 생각됐다. 어디로 돌아갈까, 분명 뻐스는 있는 곳으로 돌아가야 한다.

"우리가 좀 오래 있었지?"

툭명하게 광석이가 말했다.

"어디?"

"여기 말이야"

"글쎄 한 시간쯤 있었을까"

이렇게 말하고 순발이는 조심스럽게 무엇인가 살피듯이 또 광석이를 건너다 보았다. 좀 전의 그것은 전혀 꿈같은 것이 었을까. 전혀 가망이 없는 것이 었을까, 실상 뻐스와 운전수가 겹쳐 다가오면서 그 현실감이 좀 전의 모든 것을 간단히 날려 보내는 것이었다. 순발이는 다시 애걸하듯 광석이를 건너다 보며, 조용히 목소리를 가다듬어,

"정말이니? 얘, 아까 말한 거 ……"

이러고는 창피감이 휩싸아와 두 손으로 또 얼굴을 가렸다.

"뭐? 뭐 말이야?"

"……"

"에잇 말할 놈의 비 …… 대관절 어디루 가야 하는 것야?"

광석이는 또 퉁명하게 이렇게만 말했다.

순발이는 정말 그제야 뜨겁게 비어져 나오려는 눈물을 입술을 악물듯 참아내면서부터 요란스럽게 법석을 떨었다.

"홍능으루 가야지, 어딜가니? 아이참 주책이다, 아저씬, 글쎄 어쩌자구 혼자 달아나니? 미쳤지 뭐니? 아이참, 속상해 죽겠어 얘, 짜장면은 또 뭐 지랄같은 짜장면이니 글쎄, 정신 빠졌지 뭐니? 누가 짜장면 먹겠댔지? 아이참 어쩌니?"

광석이는 무엇에 후들겨 맞은 듯이 정신이 뻥해지며,

'어렵쇼, 대관절 이게 어찌된 셈판이야? 뭐이 굉장히 판판 달라졌구나, 어렵쇼 어렵쇼……'

이렇게 생각했다.

비는 그냥 퍼붓는다. 할 수 없이 둘은 양 손에 신짝을 들고 빗 속으로 내달렸다. 그리고 뚜렷하지는 않으나 어디론가 돌아간다는 의식, 이를테면 그런 상투적인 의식은 분명한 윤곽을 이루어 도사리고 있었다.

"에이 망할 놈이 빈……"

"글쎄나 말이다."

"……."

"뭐이 참 우스워지는구나, 정말이야 얘, 참 우스워지는구나"

순발이가 이렇게 말하고 깔깔 웃자, 남자란 역시 여자보다는 우직愚直하고 고지식한 것이어서 광석이는 툭명하게,

"체 우습긴…… 지랄병하구 자빠졌네"

"내일이 몇일이니?"

순발이는 악을 쓰듯 이렇게 묻는다.

"알거이 뭐야"

광석이의 대답이다.

둘은 어느덧 다시 동대문 뻐스 정류장에 닿아 있었다. 그리고 그 소용도리 속으로 자연스럽게 젖어 들었다.

드디어 쥐새끼들처럼 흠뻑 젖은 광석이와 순발이, 홍능 종점에 다다르자 여전히 아

무일도 없었던 듯이 활기가 만만해서

"대관절 어찌된 셈판이요?"

아니나 다를까, 그냥 운전대에 붙어 앉아 있던 운전수는 어처구니 없는 웃음을 씽긋 한 번 웃을 뿐 아무 대꾸도 없는 것이었다.

여벌집

C동洞에서 또 연락이 왔다면서 아내는 신경질스럽게 상을 찡그렸다.

"전세를 나가겠다면 어쩌지요. 복덕방 구전이나 또 들 테고"

"C동에서?"

하고 나도 슬그머니 미간을 찌푸렸다.

"연락이라니 전화로?"

"네에, 아무려면 또 속달 왔을까봐요"

"나가겠음 전화로 나가겠다고 하였을 텐데"

"그러게 말이에요. 그런 소시는 일체 없어요"

하고 아내는 다시 나를 흘끗 쳐다보았다.

"전세 사는 주제에 오라 가라. 꼴 보아서 이 참에 나가랄까봐요"

"나가게 되면 복덕방비만 또 생돈 들꺼 아냐"

"복덕방비뿐이 아니지요. 그전의 수리비 이만여 원까지"

"참 그렇군"

"이참에 한 오만 원 올리지요 뭐. 삼십오만 원이면 너무 싸요."

언제부터인가 C동에서 연락이 왔다고만 하면 아내는 말 씀씀이부터 벌써 저렇게 오기傲氣를 떤다.

사실 재산이라고 여벌로 집 한 채 있는 것이나마 관리해가자면 어느 정도 신경은 쓰이는 것이다. 그러나 가만히 두고 보자니 아내는 그렇게 골치는 썩이면서도 그런대로 색

다른 재미를 느끼는가 보았다. 하긴 그 점으로 말한다면 나도 전혀 예외는 아니었다. 비근한 예가 봄, 가을로 재산세를 내야할 때도 그렇다. 여벌로 장만하고 있는 그 재산을 까맣게 잊어 먹고 있다가도 재산세 고지서가 나왔다고 전화연락이라도 오면 나는 나대로 아내는 아내대로 세금 낼 걱정은 하면서도 갑자기 신이 나는 것이다. 어서 팔아치워야지 철마다 세금 내는 것은 헛돈 내는 것이 아니냐느니 전세 갈릴 때마다 속썩는 일도 썩는 것이려니와 복덕방 구전도 번번이 생돈 드는 것이 아니냐느니 터의 넓이가 백 열평에 벽돌 양옥 열다섯 평이면 시세時勢로 치더라도 이백오십만원은 너끈히 받을 수 있을 것이라느니 아니 팔아서 그 돈을 은행에 적금하든지 믿을만한 곳으로 굴리면 그 이자벌이가 더 나을 것이라느니 부부사이에 설왕설래가 벌어지는 것이다.

까맣게 잊어먹고 있던 그 여벌 재산을 이렇듯 새삼스럽게 기억해 내고 새삼스럽게 되씹어 보는 그 맛. 이런 때의 아내의 표정. 전세 내주고 있는 그 집을 우리들의 분명한 여벌 재산으로 새삼 의식하고 싶어하는 여느 때의 담담하던 아내와는 판판 다른 그 오기 번뜩이는 아내의 표정.

정작 나는 끝머리에 가서는 그 무슨 무안을 당하는 느낌, 쩨쩨하다는 느낌에 휘감기우지만 C동의 그 집을 여벌재산으로 새삼 의식하고 싶은 충동만은 번번이 아내나 매한가지였다.

헌데 여벌로 있는 그 재산은 갈수록 말썽만 부렸다. 그냥 재산의 형태로 얌전하게 있어준다면 제일 좋겠는데 그게 그렇지는 못하였다.

지금 세 들고 있는 사람은 지난 봄에 들었다. C동의 시장에서 지물포를 하는 서른살 안팎의 아주머니였다. 아니 정확하게 말하면 지물포를 하는 것이 그 아주머니인지 아주머니의 남편인지는 알 수가 없다. 계약할 때부터 끝전 치를 때까지 그 아주머니가 표면에 나섰고 계약 당사자의 이름도 아주머니의 이름인지 그녀의 남편 이름인지 처음부터 분명치가 않았다. 아무튼 과수댁이 아닌 것만은 어느 점으로 어떻게 명확하다고 쏘옥 집어낼 수는 없지만 확실해보였다. 젊은 과수댁이란 대체로 사내를 보는 첫 눈길부터 다른 것이었다. 헌데 이 아주머니는 과수댁으로 보기에는 지나치게 생활적生活的이고 그런 쪽으로만 드러내놓고 극성스러워 보였다. 이런 극성꾼을 만나면 웬만한 사내는 흔히 여자의 그늘에 가려져서 있는지 없는지조차 희미해져 버리는 것이다. 첫 눈에도 그런 유형의 아주머니로 보였다.

이사 들어간 이튿날 아침엔가 전화가 걸려왔다. 전화 소리가 피차에 멀어서 고래고래 악을 쓰듯이 지껄이는데 안방의 방골이 빠져있다는 것이었다. 현관문도 말을 잘 안 듣고 여닫을 때마다 삐걱삐걱 소리를 낸다는 것이고. 유리 하나가 빠져 있으니 그것도 끼워 줘야겠고 벽도 페인트 칠을 새로 해줘야겠고 목욕탕도 손을 보아 주어야겠노라고 늘어놓고는

"내일이라도 급히 나와 주셨으면 좋겠어요오. 네에, 꼭 좀 나와주세요오. 네에, 네에, 꼭요오. 아저씨가 직접 좀 나오세요오. 네에, 네에"

하고 극성을 부렸다.

"끝전 치를 때는 아무 소리 없다가 지금 와서 갑자기 왜 저러지, 미친년, 유리창 깨져서 흰 종이 오려다 붙인 건 전에도 보았을 텐데. 전세 사는 주제에 무슨 페인트 칠이고 목욕탕이고, 그냥 내버려 둡시다."

아내는 한마디로 잘라 말하였다.

그 후 며칠 동안 감감소식이 없어서 그냥 넘어가는가보다 싶었는데 일주일쯤 지나서 속달편지 한 장이 날아들었다. 급하게 뜯어보던 아내는

"어머머 이런 법이. 원 이럴 수가."

하고 흥분을 하였다.

그 속에는 자세한 계산서와 청구서가 들어 있었다. 시멘트 값 얼마, 페인트 값 얼마, 방골 고치고 페인트칠한 인부삯 얼마, 이런 식으로 자세히 적어 놓고는 한구석에다가 추신追伸 비슷이 도배와 장판도 얼마 얼마 들었는데 이것은 상례대로 저들이 감당하겠노라, 그러니 총 합계 이만 이천 오십오 원에서 우수리 오십오 원은 떼고 나머지는 내일이라도

당장 내보내 달라는 것이었다.

"이건 횡포로군."

"도대체 우리를 어떻게 알고 이러는 거지요. 이런 건 돈이 썩어나도 내줄 수 없어요"
하고 아내는 곧장 오기가 나서 시퍼러둥둥해지며 옷을 들쳐 입었다. 본때 있게 집 퀀 행
세를 해볼 기회가 왔다는 듯이 그렇게 부랴부랴 나가더니 어럽쇼, 저녁 늦게 돌아온 아내
는 그게 아니었다. 맥이 타악 풀려있었다.

"점심에다 저녁까지 얻어먹었어요. 어찌나 붙드는지. 돼지고기 김치찌개가 그렇게
나 맛이 있더군요. 종일 화투까지 치고. 이백삼십 원이나 땄어요"
하고는 스스로도 어이가 없고 기가 막힌다는 듯이 외출복 차림 그대로 아랫목 병에 느슨
히 기대어 앉는 것이었다.

"그러구, 그 돈은 후에 전세 값에서 까기로 타결을 보았어요. 집이 여간 깨끗해지지
않았습디다"

나는 나도 모르게 비시시 쓴웃음이 비어져 나왔다.

멋모르고 험한 판으로 껴들었다가 밑천도 못 건지고 껍데기까지 몽땅 벗기운 채 돌
아온 것처럼 아내는 그렇게 맥이라곤 없었다.

그러고 나서는 몇 달 소식이 없었는데 오늘 또 연락이 왔다는 것이다.

"무슨 일일까?"

"글쎄요"

"나가겠다면 그 전의 이만 이천 원은 생돈 내야 하는 거 아냐. 거기다가 또 복덕방비"

"이번엔 오만 원쯤 올려요. 사십만 원으로."

"아무튼 내일 나가보구려. 또 돼지고기 김치찌개에 녹아나지는 말구"

"아무리"
하고 아내도 조금 무안스러운 낯색이 되더니

"못을 단단히 박아 두었어요. 앞으로는 우리가 직접 공사를 하겠다고"

"그럼 대체 뭘까. 전화로도 대강 못 물어봤어?"

"물어볼 틈이나 있었어야지요. 공중전화로 제 얘기만 늘어놓고 탁 끊어버리던걸요."

하긴 그 아주머니이니 그랬을 성도 싶었다.

애초에 시내로 나올 때는 아예 팔아치우기로 작정했었는데 그 무렵이 바로 1·21사태 직후여서 매매가 통히 없었다. 그런데로 이 복덕방 저 복덕방에서 작자를 끌어들였지만 원체 흠을 잡히자면 한 두 가지 흠이 아니었다. 남향집에 드나드는 정문이 북쪽을 향해 나 있는 점, 마당이 네모반듯하지 못하고 삐뚜름하게 이등변 삼각형 꼴이 되어 있는 점, 길에서 막다른 끝집이라는 점, 터는 넓고 조망도 괜찮지만 한쪽에 축대가 있는 점 등등 흠이라는 흠은 골고루 다 갖추고 있는 집인 것이다.

할 수 없이 전세로 내놓았다. 그러자 하루에도 작자가 대여섯씩 밀어닥쳤다. 그렇게 그물에 걸리듯 처음에 걸려든 사람은 평북 삭주에선가 나왔다는 다부지게 생긴 노인이었다.

"자식이 하나 있는데 인천서 중학교 선상을 하댔는데, 이번에 전근이 됐디요. 왕십리에 있는 여학교루다. 그래 할 수 없이 시내로 들언왔는데. 인천서 전세 뽑아가지고는 시내에서는 어림도 없우다레. 천상 이 근처까지 나와야 하겠기에"

하고는 자기가 얼마나 깐깐한지 전세를 살더라도 제 집 이상으로 아끼고 가꿀테니 두고 보라고 거듭거듭 강조를 하고는 다시

"우리 며눌아기도 선상을 하디요. 근데 그게 야단이웨다. 고양군 벽제면에 있는 초등학교라서 이거 통근할라면은 보통 일이 아닐껀데. 그 점이 야단이웨다"

하면서 아무리 그럴망정 친자식 편한 쪽으로 택하지, 며느리 편한 쪽으로야 택하겠느냐고 능청까지 떨던 것이었다. 그런대로 맞춤해 보였다.

그렇게 전세를 내주고는 봄, 가을 재산세 물 때만 아내가 나가서 잠깐씩 들여다보곤 하였는데이때부터 이미 아내는 집 쥔 행세하는 맛을 솔솔 느끼기 시작했는가 보다 이듬해 봄인가 시내 쪽으로 옮

기겠으니 집을 내놓겠노라고 연락이 왔다.

이때도 아내가 혼자 나가서 부랴부랴 복덕방에 내놓았다. 곧 새 작자가 나섰다. 충북 청주에선가 갓 올라왔다는 사람이었다. C동 어귀에서 시멘트 블록공장을 차리고 있고, 큰 아들은 시장 어귀에서 전기기구 점포를 내고 있다는 것이었다. 그 후 말썽이라곤 없이 예닐곱 달을 까맣게 잊어먹고 있었는데 급하게 전화연락을 받고 또 나갔다가 온 아내는 펄펄 뛰었다. 그새 전세든 사람이 바뀌어 있더라는 것이었다. 뿐만 아니라 집도 두 토막으로 쪼개어져서 두 살림이 들고 있더라는 것이다. 본시 건넌방은 지하실에서 불을 뜯게 되어 있는데 그 아궁이도 막아버리고, 저의들 마음대로 건넌방 앞의 베란다를 깨부수고 마당 쪽으로 거지같은 새 부엌을 또 하나내고 있더라는 것이었다. 알고 보니 일은 그렇게 되었던 모양이었다. 그 시멘트 블록공장인가 하던 사람은 두서너 달 지간에 왕창으로 망해버려서 본전까지 다 까먹고 올 데 갈 데 없이 경황이 없게 급하게 집을 내놓았던 모양이었다. 그러니까 그 사람은 제 전셋돈 뺄 일만 급하여서 얼렁뚱땅 역시 시골에서 갓 올라온 어느 늙은 과수댁에게 내주고 건넌방은 날품팔이 하는 늙은 내외에게 십만원에 내주었다. 그렇게 제 돈 삼십오만 원만 빼서 나가버렸고 새로 전세 든 사람들은 그 사람이 집 쥔인줄로만 알았더라는 것이다. 베란다를 부수고 그쪽으로 부엌을 낸 것도 그 사람이 그러라고 하여서 그랬더라는 것이다. 계약서도 노트 장에다가 아무렇게나 엄지손가락만 눌렀더라는 것이다. 그러다가 하루 벌어 하루 사는 사람들이 대개 그렇듯이 건너방의 그 날품팔이군이 갑자기 방을 비우게 되었다. 그러나 작자가 쉽게 나서지를 않아서 안달이었던 모양이었다. 하니 작자는 있는데 법^法 절차를 밟아서 정식계약을 바라는 사람들뿐이더라는 것이다.

이 노인네는 방 값 내고 들어올 줄만 알았지 이런 일이 법^法 동네와 상관이 된다는 것은 미처 생각하지를 못했다는 것이다.

비로소 당황하여 저편 계약 당사자인 그 블록공장인가 하다가 망한 사람을 찾아갔다. 그 사람은 전기기구 점포를 하는 큰 아들에게 엎혀서 살던 것이었다. 이리하여 저의들끼리 실갱이가 벌어졌던 모양이었다.

이십오만 원 내고 안채를 얻어든 사람도 비로소 집 권은 따로 시내에 살고 있다는 것을 알아차리고 혹시는 제 전셋돈 떼이지나 않을까 하여 불안에 떨기 시작하였다.

아내는 마치 그 여벌로 있던 재산이 그새 제 마음대로 술에 취해서 추태를 부리기라도 한 심정이었던 모양이다. 결국 별 탈은 없이 새로 온 채로 전세를 내놓았다.

이참에 팔아버릴까도 싶었지만 광주대단지가 생기고 어쩌고 해서 앞으로는 이 C동 근처가 물자物資의 집산지集散地처럼 되어 그냥 두면 전망이 괜찮을 것이라고 아내는 적극 만류를 하였다.

사실은 아내의 경우에서는 이 여벌 재산의 그 여벌 맛을 놓치고 싶지가 않았었는지도 모른다. 요만한 정도의 여벌 재산일망정 그 여벌의 맛. 그것을 놓치기가 아까웠던 모양이었다.

그렇게 새로 들인 사람이 그 지물포를 한다는 아주머니인 것이다.

아닐 밤 나는 그 C동 집에 대하여 혼자 곰곰이 생각해보았다.

우리 경우에서는 그것이 봄, 가을 재산세 낼 때만 우리 것으로 의식되는 여벌 재산이지만 그 C동 집의 실체實體는 우리와는 상관없이 험한 생활의 한가운데 들어 앉아 있는 느낌이었다.

삭주에서 나왔다는 그 노인네는 이 집에 사는 동안 안간힘을 써서 급기야는 며느리도 통근하기 편리한 곳으로 시내 쪽으로 나앉았을 것이다.

그리고 그 후에, 시골서 있는 돈, 없는 돈 탈탈 긁어가지고 뜬소문만 믿고 올라왔던 그 사람은 이 집을 근거지로 하고 블록공장을 하다가 왕창으로 망했다지 않는가.

다시 그 후에 안채에 들었던 과수댁과 건넌방에 들었던 날품팔이군. 그들도 불과 짧은 기간이었지만 명색이 집 권이라는 나보다도 이 C동 집과는 더 피부로 밀착되어 있었을 것이었다. 집이란 그때그때 쓸모가 있어서만 집이요, 소용이 닿는 정도만큼 집인 것이다.

지하실 아궁이를 막고 조망대 비슷이 해놓았던 베란다를 깨부수고 그 자리에다 부억을 내달고 할 때는 바로 그만큼 집이요, 바로 그만큼 그 사람의 집이다. 모르긴 몰라도 날품팔이 하는 사람이었다니까 남의 손을 빌릴 것도 없이 제 손으로 그 일을 치르어냈을 것이다. 타일을 까내고 벽돌을 까내고 했을 것이다.

그런 때 그 사람이 느꼈을 단순한 충족감. 먼 조망이나 감상하자고 품을 들여 조망대를 내달던 때의 나 자신을 그와 비교해본다. 이런 것이 나의 감상感傷일까. 그냥 센치한 감정일까. 그렇게 보자면 그렇게 볼 수도 있다. 왜냐하면 사실상 모든 사람들은 모든 사람들이 이때까지 기대어서 살던 그 모든 사람의 버릇을 그냥 좇아서 살고 있기 때문이다.

그 버릇의 근거에 대해서는 더 이상 따지고 자시고 않는다. 따지고 자시고 하는 것부터가 주제넘거나 한가한 짓이다. 그럴까. 그렇기만 할까. 하긴 그렇다. 아무리 따지고 자시고 해도 그 집의 법적法的인 소유주는 여전히 나임에 틀림이 없고 따지고 자시고 하는 차원으로는 그것은 전혀 요동이 없다. 당장은 철벽같은 것이고 곧 체제體制다. 그러나 당장은 그 집을 까부수어내고 거기다가 하루 밥 세끼 해먹을 부엌을 내달 때는 그 집은 역시 그 당장은 그 사람의 집인 것이다.

…… 여기까지 생각하다가 나는 혼자서 비시시 웃었다. 이게 무슨 주제넘은 관념의 장난인가. 남은 몇백 억 갖고도 끄떡도 않는데 고작 집 한 채 있는 것 갖고 이리 비틀고 저리 비틀고 사람이 이렇게 쩨쩨하게 생겼는가 싶은 것이다. 아닌 말로 이나마 여벌로 있는 것이 사실은 얼마나 마음 든든한 일인가 말이다. 아 그것이 없었더라면, 만일 그것이 없었더라면 그 결핍감缺乏感, 불안, 초조감, 요컨대 C동의 그 집은 여전히 내 생활의, 나의 현재 생활의 든든한 보루堡壘처럼 되고 있는 것이다. 애초에 없었더라면 모르지만 있다가 없어지는 것은 불안한 일이다. 언제라도 여차할 때 팔아버리면 금방 현금이 되는 것이다.

아침에 늦잠에서 일어나보니 아내는 벌써 나갈 채비를 하고 있었다. 으레 또 아내 혼자 나가겠거니만 싶어서 꾸물꾸물거리는데

"당신은 뭐 하실려우? 또 혼자 염불이나 하지 말고 웬만하면 같이 나가봅시다. 바람

도 쏘일 겸. 어서 세수하고 진지 드시고" 하고 아내는 약간 비양거리듯이 말하였다.

"그럴까"

하고 나도 약간 무안을 느끼면서 선뜻 일어섰다. 아내 쪽에서는 별 깊은 생각 없이 쓴 말일테지만 나는 어쩐지 화닥닥 놀라지는 느낌이었다.

염불이라는 말이 비수처럼 가슴 한가운데 꼬나 박히는 것이었다. 어젯밤의 내 눈치를 아내도 아내대로 대강 냄새를 맡았던 것일까.

그러나 그것은 아니었다. 아내는 평상시 비교적 담박한 편이어서 특별하게 영뚱한 술수를 쓴다거나 복잡하게 복선伏線을 깔고 든다거나 그러지를 않는다. 그 점, 나는 늘 다행으로 천행으로 여기고 있는 것이다. 그 담박한 표정. 그러나 이것이 그냥 담박하기만 할까. 아내는 역시 C동의 그 집을 지금 재산으로서 새삼 의식하고 있고 집 쥔이라는 입장에서 저렇게도 기분이 달떠있는 것이었다.

"우선 복덕방에 들러 봅시다. 삼백만 원쯤 나간다면 이참에 팔아버리지요 뭐"

"그럴까. 그래도 무방하지 뭐"

나는 창밖으로 멀리 내다보며 시큰둥하게 받았다.

"그게 나을지도 몰라요. 은행에 정기예금으로 넣든지, 아니면 믿을 만한데 맡겨서 굴리든지"

또 그 타령이다. 늘 그 타령이면서 정작 팔자고 들면 번번이 아쉬워하면서.

"삼 년쯤 잘 굴리면 원금元金만큼 불어날 거에요. 잘만 굴리면"

"그러다가 떼일 수도 있다면서"

"설마. 은행도 그렇지요. 예금통장만 갖고는 어쩐지 섭섭할 거에요. 더구나 보통예금 통장은 제법 묵직하게 생겨 있기라도 하지만 정기예금 통장은 어째 더 무게가 없습디다. 어째 얄팍한 것이 패신머리가 없어요. 역시 집으로 부동산으로 그냥 두는 것이 제일 나아요. 기분으로는 제일 낫대두요."

"아무튼 복덕방에 들려 보지 뭐. 시세가 얼마쯤 나가는가도 알아보고"

C동에 닿자 아내는 허겁지겁 하듯이 먼저 내렸다. 그렇게 촌놈 하나 끌고 가듯이 전부터 익숙한 복덕방으로 나를 끌고 들어갔다. 잠바차림의 복덕방 사내는 문을 열고 들어서는 우리를 번갈아 쳐다보더니 잠시 아내 쪽으로 눈길이 고정되었다. 그러더니

"옳지 이 아주머니구먼. 오랜만이외다, 아주머니"

하고 이북 사투리를 내비치더니

"아주머니. 참 사백구십번지 그 집 도시계획 드신 거 아신지요"

하는 것이 아닌가.

"네에? 도시계획이라니요?"

하고 일순 아내는 질리는 낯색이 되면서 나부터 한번 돌아보았다. 아도 나대로 가슴이 철렁하여졌다.

"도시계획이라니요?"

"이 아주머니, 소식이 깡통이구먼"

"아니, 안 들었던 도시 계획이 갑자기도 드나요?"

"그럼 안 들었던 것이 드는 게 도시계획이지. 이 아주머니 지금 무슨 소릴 허나"

사내는 어이가 없다는 듯이 시일시일 웃었다.

'그랬구나. 그래서 어제 연락이 왔었구나'

하고 나는 생각하는데 사내는 서서히 일어서면서 말하였다.

"이참에 팔아버리세요. 내가 좋은 작자를 물색해드릴테니까. 일심오만 받겠다면 당장 오늘로 현금 다 낼 사람이 있어요."

"일삼오요? 일삼오라니요?"

"백 삼십 오만원요"

"택도 없는 소리 마세요. 거기가 평당坪當 얼만데. 이 분이 정말로"

아내는 굉장한 모욕이나 받은 듯이 정말로 핏대를 세웠다.

"모르는 소리 마슈. 싯가時價야 그렇지요. 싯가로 치면야 평당 이만원씩 쳐서 백평만

잡아도 이백만원에 건물 값 있고. 허지만 실지 거래야 그렇게 되나요. 그 뒷집 말이외다. 뒷집도 요즘 내놓았는데 일오^{백오십만원}에 내놓았는데도 여섯 달이 지나도록……"

"그 집은 평수가 작지 않아요?"

"도시 계획에 든 마당에야 평수 작고 크고가 어디 있어요"

아내는 벌써 콧등에 땀을 송송 내돋치면서 옆의 막의자에 털썩 주저 않듯이 앉았다. '이런 변고를 보겠다. 청천벽력도 분수가 있지' 싶은 낯색이다.

그래서 어제 연락이 왔었구나, 하고 나는 새삼스럽게 한숨 쉬듯이 생각하였다. 이때까지의 내 상식으로는 도시계획에 들게 되면 그 즉시로 통고通告가 오는 줄로만 알고 있던 것이다. 사리로 따지더라도 그래야 당연할 것이다. 그렇게 지금 전세 들고 있는 아주머니가 그 통고장을 받아가지고 이런 일을 차마 전화로는 얘기할 수 없어 나오라고 기별을 한 것이구나. 이걸 어쩐다, 그만 나도 암담한 느낌으로 아내 옆에 비실비실 앉아버렸다.

드디어 아내는 서서히 표정부터 영악해지기 시작하였다. 그리고 조금 정신을 가라앉히자 이 점은 나도 약간 이상스럽게 여겼었는데 아내도 매한가지였던 모양이었다.

"대체 집을 내놓는 일도 없는데 작자가 나섰다는 것은 무슨 얘기지요? 도시계획에 들건 안들건 내놓아야 작자도 붙는 거 아니에요? 일삼오니 뭐니 그런 소리는 어디서 나온 소리지요?"

하고 영악스럽게 따져들자 사내는 일순간이지만 살짝 당황의 빛이 어리더니 비시시 웃었다.

"그저 그렇다는 거지요. 도시계획에도 들었고 하니 그렇게라도 파시겠다면 팔아드리겠다는 얘기지요. 이 아주머니가 왜 이렇게 흥분은 하실까. 복덕방이라는 게 다아 이래서 장사가 아닙니까"

"그렇다면 작자는 누구에요? 어떤 사람이에요?"

"요 안에 시장에서 포목상을 하는 분인데 아마 일사^{백사십만원}까지는 받을 수 있을 겁니다. 자알 하면 계약이고 뭐도 없어요. 몫돈 한꺼번에 치르겠다는 분이니까."

"도시계획에 들었다는 건 알테지요?"

"그러문요. 그러니까 일삼오 아닙네까"

나는 속으로 잘 한다 잘 해, 싶으면서도 '그만두지 그냥 나가지 복덕방 장이가 무슨 죄가 있다고 그렇게 들볶듯 하지' 싶게 위태위태한 느낌이기도 하였다.

"알았어요. 이건 조금 이상하군. 아무튼 다시 들르지요"

아내는 결연하게 말하고 일어섰다.

그러자 일순 복덕방 사내의 표정에는 다시 한 번 당황의 빛이 슬쩍 지나갔다. 뚜렷하게 낭패를 느끼는 얼굴빛이었다.

C동에만 나오면 늘 저런가. 아내는 마치 싸움판에 들어온 병사처럼 허겁지겁 하였다. 그렇게나 마음속으로 아끼고 가꾸어오던 그 여벌재산이 하루아침 사이에 도시계획에 들었다는 것이 통히 믿어지지가 않는가 보았다. 그러나 그런 일이란 믿어지지 않는대서 그렇게 되지 말라는 법도 없는 것이었다. 안면 있는 다른 복덕방으로 다시 나를 끌고 들어갔다. 그러나 틀림이 없었다. 사백 구십번지에서 우리 집과 뒷집 다시 그 뒷집이 가즈런히 도시계획에 들어있다는 것이다. 아 이 때의 그 우리 집이라는 느낌. 그것은 자못 절실하고 간절하였다. 이때까지는 늘 여벌 재산으로서 막연히 넉넉한 것으로 저만큼 물러선 것으로만 느껴지던 것이었는데 그것이 한꺼번에 무너져 내리는 마당에는 제법 우리 집이라는 실감으로 새삼스럽게 되살아 오르는 것이었다. 아내는 다시 다른 복덕방으로 나를 끌고 들어갔다. 여전히 같은 대답이었다. 틀림없이 도시계획에 들어있다는 것이다. 아내는 이젠 독毒오른 표범이 되어 있었다.

나는 조심조심 말하였다.

"그거야 그 집에 가 보면 알 것 아니겠어. 도시계획에 들었는지 안 들었는지 통고장이라도 나왔을 테고"

"이 분이 무슨 소릴 하고 있는 거에요"

하고 아내는 대번에 나에게도 생판 남남에게 하듯이 와락 신경질을 부렸다.

"모르면 가만히나 계세요"

"모르다니?"

"통고장이 무슨 통고장이에요. 그런 게 어디 있대요"

"……"

나는 그만 머쓱해지고 말았다.

"이건 틀림없이 무슨 농간이 끼어 있어요. 도시계획에 든 건 틀림없지만 그러고 나서 분명히 무언가 있는 거에요. 아까 그 복덕방 사람 표정 보았지요? 당황하는 거 못 보았어요? 시장에서 포목상하는 사람이 달려든다는 것도 이상한 일 아니에요. 더구나 그런 사람이 한꺼번에 몫돈 다아 내겠다는 것도. 집이 없다면 왜 하필 도시계획에 든 집을 사겠으며 게다가 그런 장삿꾼들이라면 돈도 이자 따지면서 계산하는 사람들 아녜요. 우리가 몰라서 그렇지 여기엔 틀림없이 뭐가 있어요. 아무튼 다방에라도 가서 잠시 쉽시다. 아이 목 타"

나는 다시 머쓱한 표정이 되고 말았다. 듣고 보니 과연 그렇기는 하였다. 너도 두루 뭉술하게나마 그 점이 약간 이상스럽기는 하다 싶었지만 아내처럼 이렇게까지 쏘옥 집어내지는 못했던 것이다.

다방으로 들어가자 아내는 시원한 쥬스로 한 잔 마시더니 다짜고짜 제 핸드백에서 돈 이천 원을 꺼내놓았다. 당장 구청에 나가보세요. 택시 타고. 그렇게 대지증명을 떼어봅시다. 그러면 확실하게 알아질 테니까"

하고 말하는 아내의 표정에는 어느듯 약간 밝은 빛이 서려 있었다. 그러더니

"뒷집은 그게 칠십여 평인가 되는데 일오에 여섯 달이 걸려도 안 팔린다? 그런데 똑같은 도시계획에 들었는데 그 집은 안 달려들고 엉뚱하게 우리 집만 눈독을 들이는 건 뭐지?"

하고 혼잣소리 비슷히 또 말하였다.

그 길로 나는 아내의 명령을 좇아 구청으로 달렸다. C동은 원체 변두리여서 구청출

장소만 나와 있는 것이다. 어느새 나도 괜히 흥분이 되고 조마조마해졌다. 구청 안내계로 가서 허겁스럽게 물어보니 요 앞의 대서로가 게딱지처럼 떨거지들 늘어서듯이 즐비하게 늘어서 있었다. 간판이나마 조금 큰 집으로 달려 들어갔다. 여기서 대지증명 떼느냐니까 그렇댄다. 몇분이나 걸리느냐니까 서너시간 걸린다고 하였다. 좀 빨리 뗄 방법은 없느냐 니까 삼백 원인가 더 내면 빨리 된다고 하였다. 그럼 삼백 원 더 내면 얼마나 빠르냐니까 삼십 분은 걸릴 것이라고 하였다.

'삼십 분이라'

나는 비로소 가슴을 조금 가라앉히고는 주소 성명을 써서 신청해놓고 그냥 한 옆의 꾀죄죄한 소파에 앉았다. 이런 곳은 대개가 하나같이 소파의 용수철이 뻑따귀 솟아있듯이 송두리째 솟아 나와 있는 것이다. 그렇게 속이 아무렇게나 드러나 있는 너저분한 소파의 귀퉁이에 앉았다.

옆자리에서는 웬 사람들이 바둑을 두고 있었다. 칠이 엉망으로 벗겨진 낡은 바둑판이어서 옆에서 보기에도 궁상맞았다. 바둑알도 형편없이 모자라서 마지막에는 서로 먹은 알을 교환해가다가 그것도 모자라서 성냥개비를 끊어 놓고 혹은 재떨이에서 담배 꽁초를 주워서 놓고는 하였다. 바둑판이나 바둑알이나 새로 하나 장만을 하든지 아니면 바둑을 두지 말든지 하필이면 저런 식으로 둘 것은 뭐냐고 나는 괜히 조바심 섞어 신경질스럽게 생각하였다. 그러나 다시 생각하면 이런 점포에는 저렇게 생긴 바둑이 어딘가 어울려 보이기도 하였다.

나는 바둑 구경을 하다가 말고 이따금 청사진 뜨는 소년에게 묻곤 하였다.

"아직 멀었겠지? 나올 때가 되지 않았을까"

소년도 처음에는

"웬걸요. 벌써 나왔을라고요"

하더니 마지막에는 저도 귀찮아졌는지

"그렇게까지 급하시면 구청 안의 담당계 앞에서 기다리고 계세요. 다 되면 그 앞에

다 내놓으니까요"

하였다.

나는 다시 곧장 구청 안으로 뛰어 들어갔다.

그렇게 겨우 나온 대지증명은 언뜻 보아서는 별 것이 아니었다. 이때까지의 내 생각으로는 대지증명이라는 것은 자기가 신청한 집을 포함해서 그 근처 일대의 지형이 일목요연하게 나타나 있고 길이 났다면 어디서 시작해서 어느 쪽으로 뻗어 간다는 것까지 훤히 알 수 있을 줄 알았는데 그것이 아니었다. C동 일대의 지도 가운데서 우리집 위치만 델렁 집어내서 길이 나 있는 표지가 그어져 있었다. 그 길의 넓이가 하나는 8미터, 하나는 그냥 소로小路로 붉은 볼펜 글씨로 적혀 있다. 그리고 이것이 천 이백분지 일의 축도라는 표시가 한구석에 청사진 뜬 글씨로 나와 있었다.

나는 그것을 들여다보는 순간 새삼스럽게 가슴이 철렁하였다. 길 하나는 마당 한가운데로 들어와있고 가로 뻗은 8미터 길은 집채를 왕창 잡아먹으면서 지나가고 있는 것이다. 도시계획에 들어있다는 것은 미리 들어서 알고 있었지만 이렇게 두 길이 얼기설기 얽히면서 집 한 채가 잡아먹힌 것을 보니 가슴이 무너지는 듯하였다. 나는 그 자리에 얼어붙은 채 자세히 자세히 들여다보고 또 들여다보고 하였다. 집 뒤는 급경사 진 축대인데 그러니까 그 축대도 온통 풍지박산을 내면서 8미터 길이 구렁이 기어 넘어오듯 넘어오는 것이었다. 그렇게 우리 집과 그 뒷집 또 그 뒷집까지 잡아먹으면서 그 건너 야채밭 한가운데를 뚫고 건너가게 되는 모양이었다. 그리고 소로는 8미터 길과 마주쳐서 십자가로 이루는데 그것이 바로 우리 집 마당 끝에 해당하는 것이었다.

나는 맥이 타악 풀려서 다방으로 들어섰다. 아내는 두 귀를 쫑긋 세우고 구석자리에 앉아 있더니 소스라치게 놀라는 얼굴이다.

"틀림없어. 도시계획에 들어도 보통으로 들지가 않았던데. 보라고"

하고 나는 털썩 앉으면서 아내 앞에다가 퉁명하게 도면을 내던졌다. 아내도 허겁스럽게 달려들 듯이 도면을 낚아챘다.

한참동안 도면을 찬찬히 들여다보던 아내는

"그러면 그렇지. 이러니까 그 녀석들이 달려들었겠지 글쎄"

하고는 비시시 웃는다.

"여보, 그러니까 우리 마당이 로타리가 되는군요. 그러구 로타리 옆집으루 두 채 분이 나와요. 보세요, 그렇게 되지 않겠나. 이 총 평수가 일백 십평이라는 것을 알아야지요. 8미터 길도 우리 집 축대 위를 지나가다 한 모서리로만 우리 집을 다 치고 지나가네요. 그러니까 이거 좀 자세히 보세요. 요쪽과 요쪽으로 네모 반듯하게 사오십 평이 날 수 있지 않아요. 이 전체 면적과 비교해보세요. 사오십 평은 되겠는데. 전화위복이로구만."

나도 어안이 벙벙해지면서 들여다보았다. 따는 생각해보니 그렇게 될 것 같았다. 도시계획에 들었다고만 하면 다 망하는 줄로만 알았지 이런 횡재도 더러 있다는 것을 모르고 있었던 것이다. 드디어 아내는 또 숯불 피어나듯이 서서히 흥분되기 시작하였다.

"아이 목 타. 그 녀석 때문에 괜히 속을 썩혔군. 아니 그보다도 그 녀석이 눈치를 보였기 망정이지. 어쩔 뻔 했어요. 술 한 잔 사줘야 할까봐요. 그건 그렇고 쥬스 한잔씩 더 합시다"

하고는 새로 벌어진 이 사태를 두고 벌써 별별 오만가지 상상을 다 털어놓았다.

"내가 뭐랍디까. 놓아두기만 하면 언제 와도 한번은 기회가 온다지 않습니까"

그 자리에게다는 마주 보고 삼층 빌딩을 두 채 짓자느니, 그렇게 이발소에 미장원에 다방을 내자느니 잡화상을 내도 좋겠다느니, 또 하나의 빌딩도 그런 식으로 점포를 내자는 둥, 도대체 현재의 그 근처 꼬라지로 미루어 보아서는 황당무계해보이는 계획을 입 놀려지는대로 아무렇게나 털어놓았다. 그러나 말죽거리인들 제 3한강교 너머인들 그렇기는 다 마찬가지였던 것이다.

우리는 곧 다방을 나서서 의기양양하게 복덕방으로 향했다. 복덕방 바로 뒤의 함흥냉면집이 바야흐로 와글바글 와글바글 끓고 있었다. 좀전의 복덕방 사내는 냉면집에서 마악 나오면서 이쑤시개로 이 틈을 쑤셔파더니 호들갑스럽게 달려드는 아내를 지긋이 건너다보았다.

"아주머니 더두 말고 삼백은 굳었웨다. 제 덕에 삼백은 굳었에요. 작으만치 삼백"

"어머머 일삼오에 내놓으랄 때는 언제고요?"

아내는 금니를 내보이면서 연성 싱글벙글하였다.

전세 사는 아주머니는 반색을 하면서 아내의 두 손을 마주잡더니 아내 뒤로 따라 들
어서는 나를 보자 금방 아내를 한옆으로 젖혀 놓고

"어쩜 그렇게 한 번도 안 나오시지요? 번번이 아주머니만 내보내시고"
하고 굉장히 익숙한 투를 부렸다. 순간 나는 약간 어색해지면서 아내를 처다보았다. 그렇
게 아내의 눈치를 살펴야 했을 정도로 아주머니는 나한테 허겁지겁 달려들고 내 곁으로
바싹 붙어 와서 횡설수설하기 시작하였다. 하수도가 막혀서 물이 빠지지 않는다는 것이
다. 며칠 전의 장마에는 밤중에 지하실로 물이 콸콸 들어차서 한 잠도 못 잤다는 것이며
부엌은 물론이려나와 하마터면 방에까지 찰 뻔하였다는 것이다. 이튿날 아침 다행히 비
가 멎어서 지하실 물은 퍼냈지만 그 후부터 물이 당최 빠지지가 않는다는 것이다. 이 소
리를 너저분하게 늘어놓고는,

"토사土砂가 막혔나 보지요. 딴 집은 다 괜찮다는데. 유독 우리 집만 그래요 우리 집만"

그 "우리 집"이라는 낱말이 일순 신경에 거슬렸다. 그러나 막무가내로 아주머니는
내 옆에 바싹 붙어서서 잠시도 떠나지를 않았다. 아무리 피하려고 해도 쫄쫄 따라다니는
것이다. 이 사이 아내는 마당 끝에 저만큼 물려 서서 이상스러운 눈길로 이쪽을 쳐다보고
있었다.

비로소 나도 급하게 그쪽으로 걸어가서 아내 옆에 바싹 붙어 섰다. 그러자 비로소
아주머니는 잠시 머뭇거리더니 더 가까이 다가오지 못하고 저만큼 그냥 섰다. 일순 나와
아내를 번갈아 쳐다보면서 무척 서운해하는 기색이 어리다가 슬퍼졌다. 그리고는 다시
제 가락을 되찾아 횡설수설하는 것이었다.

요컨대 하수도를 고쳐 주어야겠다는 것이었다.

이놈의 하수도는 그전에 우리가 살 때부터 말썽이더니 기어이 또 말썽인 것이다.

본시 이 근처 집들은 집 장사가 지었는데 그때만 해도 이곳은 허허벌판이나 매한가지여서 제대로 하수도가 있을 리 없었다. 그런대로 신식 문화주택이랍시고 집집마다 구색 비슷이 파이프를 묻기는 하였다. 그래야만 당장당장 팔아먹기가 쉬운 것이다.

그런데 우리 집은 맨 밑쪽이어서 괜찮지만 축대 위의 집들은 올라가는 길이 원체 가파른데다가 길 한 가운데에 하수도관을 묻어서 큰 비만 오면 토사가 쓸려 내려가 그 관이 그대로 드러나곤 하는 것이다.

어떻게 생긴 놈의 하수도인지 비만 왔다 하면 하수도로 흘러빠지는 물보다 길 한 가운데로 콸콸 흘러가는 물이 더 많은 것이다. 이러니 비만 왔다하면 집집마다 연락해서 한 번씩 북새를 떨어야 하였다. 흙을 파온다, 가마니 짝을 구해온다, 야단법석이었다. 이뿐이 아니었다. 그나마 하수도는 큰 하수도로 연결이 되는 것이 아니라 파이프 끝은 엉뚱하게도 남의 감자밭 머리로 아가리를 벌리고 있는 것이다. 이러니 그 감자밭 주인인들, 골치가 아닐 수 없다. 가뭄 때라면 거름삼아 쓸 수도 있지만, 큰 비라도 오면 감자밭은 한 번씩 풍비박산이 나는 것이다. 이리하여 싸움이 붙었다. 그러나 싸움은 처음부터 승패가 뻔하였다.

처음에 공사할 때 말이 없다가 이제 와서 누구헌테 시비냐는 것이다. 하긴 그 감자밭 주인 경우에서도 그랬을 것이다. 집 여나문채를 지으니 짓나보다 그런 정도로만 알았지 그 집집마다의 오물이 제 감자밭으로 모이리라고는 생각도 못했을 것이었다. 큰 시멘트 파이프가 감자밭 머리에 허옇게 아가리를 벌이고 있어도 그저 저런 것이려니 하고 무심하게만 넘겼더라는 것이다.

그렇게 감자밭 주인은 늘 혼자서 꿍얼꿍얼거리기만 하고 있었는데 언젠가 한번은 저영 속이 상했던 모양이었다. 밤중에 하수도 아가리에다가 큰 돌 하나를 막고 진흙으로 땜질을 해두었다. 집집마다 퀴퀴한 냄새가 나고 하수도 물이 안 빠진다고 푸념들이었다.

집집마다 그렇다는 것은 아무래도 이상스러운 일이었다.

드디어 여론이 들끓고 나흘만엔가 하수도 끝이 막혀 있다는 것을 발견해냈다. 몇이 동원되어서 그것을 들어내자 며칠 동안 막혔던 오물은 역한 냄새를 피우면서 감자밭 머리로 퍼다하게 퍼져 들었다. 이때 저 건너 초가집에서는 그 감자밭의 쥔 노인네가

"이 녀석들아아, 이 녀석들아아. 저런 늠의 새끼들을 보겠나. 저런 죽일 놈들"

하고 오금을 폈다 오무렸다 두 팔을 들었다 놓았다 하면서 고래고래 소리를 지르고 있었다. 차마 가까이 다가올 배짱은 없었던가 보았다.

이런 하수도다. 지금도 이렇기는 마찬가지였다. 그 노인네는 작년엔가 황병으로 죽고설마 농담이겠지 요즘은 그 아들이, 어쩌면 그렇게도 지 아범을 그대로 닮게, 늘 감자밭 머리에서 꿍얼꿍얼거리고 있다는 것이었다.

"고쳐야지요. 네 고쳐 드려야지요"

나는 슬금슬금 아내의 눈치를 살피면서 소극적으로 말하였다. 그렇게 지하실로 들어가 보았다. 아내도 내 뒤를 따라 들어서는 듯하더니 쪼르르 다시 나갔다.

잠시 후 내가 나와 보니 아내와 아주머니는 막상막하로 수다스럽게 지껄어대고 있었다.

"어머, 저걸 어째 횡재하셨네. 그럼요, 사오십 평이면 넉넉하구 말구요"

"삼층 빌딩쯤은 넉넉할 거에요"

"그럼요. 지하로 깊이 파기만 하면 사오층도 문제가 없을 거에요"

"도둑놈들, 이글 글쎄 일삼오에 내놓으라니"

"전문적으로 그런 것만 눈독을 들이는 자들이 있다나봅디다. 도시계획 도면을 놓고 전문적으로 그것만 연구해서"

"어머나, 그렇기도 하겠군요. 아무튼 별별 직업이 다 있대니까 그것도 재미 붙이면 괜찮기는 할 거에요"

"그럼요. 싸게 사서 금방 파는데 세금이 있습니까, 뭐가 있습니까. 살 때는 도시계획

에 들었습네 하고 얼렁뚱땅 싸게 사서는 팔 때는 제 값 다 받아먹자는 수작이지. 나쁜 새
끼들"

"말이 났으니 말이지만 요즘은 뒷구멍으로만 돌아다니는 그런 장사밖에는 할 짓이
없대요. 그런 장사가 실속은 최고지요"

그야말로 둘이 다 막상막하였다. 아내는 집 쥔으로서의 오기 저편은 전세 들어있다
는 사람의 비굴, 그 점만 조금 다를 뿐 어딘가 무척 같은 구석이 있어보였다.

하수도 공사도 아내가 혼자 나가서 치르어냈다. C동 현지에서 인부를 사서 한다는
것이었다. 아내는 C동만 생각하면, 심심하다가도 갑자기 심심하지가 않고, 왈칵왈칵 의
욕과 용기가 나는가 보았다. 두 개의 빌딩을 지을 꿈으로 부풀어 있고 당분간 그 꿈을 가
꾸어 갈 모양이었다.

그러나 최근 여기저기서 풍문에 듣자니까 그전의 도시계획은 모두 백지화한다는 소
리를 들리고 있다. 변두리 지역에 한해서는 그렇다는 것이다. 그렇다면. 나는 그 소식을
못들은 셈 잡고 아내에게는 아직도 한마디도 발설을 하지 않았다.

밀려나는 사람들

가령 정순구 씨라는 사람을 두고, 애초부터 서울에 잘못 올라온 사람이며 서울서 살아내기는 싹부터 그른 사람이라고 한 때, 그런 사람이 못 살아낼 그 '서울' 혹은 '서울에서의 사람들 삶'이란 대저 어떤 것일까.

실상 이 대답은 어려워서 한두 마디로는 말할 수 없다. 그것은 넓은 시야의 비교로서만 비로소 가능해지는 어떤 것이다. 가령 파리, 로마, 워싱톤, 도오꾜오에서의 사람들 삶과 비교한 서울과 그 속의 사람들 생활, 혹은 상해, 북경, 모스크바, 바르샤바, 프라하 등과의 비교, 혹은 뉴델리, 카라치, 자카르타, 상파울로, 카이로 등과의 비교. 그러나 무엇보다도 같은 한국 사람이 사는 평양이나 연변 한인지구나 소련의 우즈백 근처에 몰려 산다는 소연방 한인지구나 LA의 한국인촌과 비교한 서울, 서울생활 그런 쪽의 시야에서만 그 진면목은 어느 정도나마 제대로 부피있게 떠오를 터이다.

그러고 보면 새삼 기억나는 일이 한 가지 있다. 몇 년 전 인도의 뉴델리에서 마침 몇 개 나라 상품전시회가 있어 호기심에서 구경한 일이 있다. 각국이 주로 인도로 수출 가능한 물품들을 진열해 놓았는데 미국, 일본 등은 아예 빠져 있는, 원체 몇 나라 안되는 출품국 가운데 다행히 한국도 껴 있었다. 자동차를 비롯, 양말 짜는 기계던가, 그런저런 등속이 진열되어 있었고, 우리네 전통음악이 왕왕거리는 속에 곱게 한복 치마저고리를 차려입은 우리 아가씨들이 입구에서 상냥스럽게 인사를 하곤 하는 게 처음부터 여간 뜨겁게 와닿지 않았다. 그리고 나는 이 자리에서 비로소 우리나라 경제의 진면목과 대할 수 있었던 것이다. 비록 몇 나라 안되지만 사회주의권 나라 서넛도 껴 있는 그 속에서 정작 우리 경제의 모습은 뭔지 천덕스럽게 야하고, 그리고 뿌리가 극히 엷어 보였다. 중공이나 북한은 그나마 낼 만한 것이 없었던 모양이고 소련의 경우는 수력발전소 플랜트에, 안내원들의 무거운 분위기며, 역시 장중한 북국적 음악이며, 입구에 붙어 있는 스키 타는 모습의 커다란 사진이 인상에 남아 있지만, 그런 나라들과 비교한 우리나라 경제의 적나라한 모습이 비로소 흘긋 드러나보이던 것이었다. 여러 소리 복잡하게 들을 것이 없는 것이다. 요컨대 이런 식으로 보이는 것이 진짜배기 모습이다.

이런 기준에서 우리가 매일 그 속에 함몰되어 살아가고 있는 이 서울, 서울 생활이란 과연 어떤 것일까. 그리고 처음부터 정순구 씨를 두고 서울 생활하고는 애초부터 거리가 멀다고 정하고 드는 내 생각은 어떤 관점의 것일까. 이런 사람이, 뿐만 아니라 이런 종류의 사람이, 어째서 오늘날 이 서울에서 이런 식으로만 살고 있어야 하는가. 서울에 살 수 없다면 달리 어떤 길이 있을 수 없겠는가. 이런 사람이 이 서울에서 이렇게밖에 살 수 없는 그 이유는 무엇인가. 이런 사람이 이렇게밖에 살 수 없는 서울이라는 곳의 구조는 대체 어떻게 생겨먹은 것인가. 물론 이런 질문에 대한 제대로의 해답은, 다시 말하거니와 넓은 시야에서의 전혀 다른 식의 사람들 사는 세계와의 비교에서만 가능해질 터이다.

앞문을 피하고 우선 옆댕이로 돌아 양천판매기 틈으로 안을 들여다본다. 구석에 루핑 지붕의 바라크 건물 하나가 대충 담벼락에 붙어 서 있을 뿐 안은 휑하게 공지였다. 그리고 그 한쪽에 빈 사과궤짝, 라면상자를 비롯, 갖가지 허섭쓰레기들이 산더미로 쌓여 있다. 다시 정문 쪽으로 돌아온다. 큰 문은 빗장이 걸려 있어 한 구석에 붙어 있는 쪽문을 밀고 들어선다. 맨들맨들한 시골집 마당 같은 황토흙 공지다. 곧장 바라크 건물 쪽으로 다가간다. 루핑 가옥인데 어느 쪽으로 어떻게 들어가야 정문 쪽인지 분간이 안 간다.

그러나 어느 구멍에서 어떻게 나왔는지 아주머니는 벌써 내 앞에 서서 여간 반가와하지 않는다. 마치 시골서 마악 올라온 시아주버니라도 대한듯이 싱글벙글하고 "아이 어쩌지유. 원체 누추해서" 하고 어쩔 줄 몰라한다.

정순구 씨네는 달 가웃 전에 우리 이웃에서 과일가게를 하다가 이곳으로 밀려나왔다. 요즘의 서울생활에서 더더구나 서로 하루하루 살아가는 분수가 전혀 다른 이웃끼리 이웃간의 정의情誼를 나누며 살아가기란 무척 드문 경우인데, 그 댁이 G촌으로 나앉게 될 거라는 소릴 처음 들었을 때 나는 가벼운 충격을 느꼈던 터였다. 아니 충격이란 것도 없었다. 솔직하게 말하면 글 써서 먹고 사는 사람의 가벼운 직업의식 같은 것이라는 게 더 옳겠다. 그러나 과연 그것뿐일까. 이 점은 뒤에 다시 살펴보기로 하겠거니와, 아무튼 그 소리를 듣자마자 나는 평소의 나답지 않게도 그 길로 아내를 앞세우고 그 댁을 찾아갔던 것이다.

새로 선 목욕탕 건물에 껴붙은 이발소와 미장원을 지나 그 옆으로 이십 여 년 전에 지은 국민주택 불럭 담벼락이 붙어 있고 바로 그 다음 집이었다. 아니 집이 아니라 길가로 휑뎅그렁하게 아가리를 벌리고 있는 간막이 진 시멘트 구멍이라는 쪽이 옳겠다. 밤이 늦으면 그대로 셔터가 내려지는 것이지만 그런대로 낮에는 활기찬 장사가 벌어지는 곳, 소위 왈 점포인 것이다.

사실 지난 1년 동안 이 B동 일대는 그런 난리가 없었다. 금년 안으로 길이 넓어지고 지하철이 개통되면 노선버스는 이쪽 안 길로 다니게 된대서 집집마다 갑자기 개축, 신축, 삼거리 지점에는 3층의 우람한 목욕탕도 새로 서고, 길보다 훨씬 지대가 높은 집들은 마당 한구석을 왕창 파내어서 길 쪽으로 시멘트 상자곽 같은 점포를 한 집에 하나나 둘, 더러는 욕심을 부려 셋씩도 낸 것이었다. 60년대의 차락차락 가라앉은 낡은 국민주택 분위기는 이렇게 일거에 무너지기 시작하고, 집집마다 길 쪽으로 난 불럭 담벼락부터 뭉개뜨렸다. 그럴만한 자력과 의욕이 없는 집들은 후한 값을 받고 팔아 복덕방도 한동안 흥청거렸다.

별안간 이런 횡재가 없고 난리가 없었다. 땅 파내는 차들과 콘크리트 섞는 레미콘 차들이 연일 끊어지가 않았고, 온 이웃이 시골덤벙했던 것이다. 그러나 정작 자세히 들여다보면 그 들뜬 분위기의 규모는 극히 얇고 부박하였다. 국민주택 안동네나 산동네는 전혀 요동이 없이 60년대의 조용조용한 주택 분위기에 그대로 안주해서 오랜 잠 속에 그대로 빠져 있었고 같은 국민주택이라도 길가의 오른쪽 집들은 별안간의 횡재로 들떠서 신이 났지만, 왼쪽 집들은 그게 아니었다. 아닌말로 엿을 먹었다. 12미터 도로로 넓어지면서 길가에 바싹 내지은 그쪽 집들은 통째로 헐려야 하거나, 한구석을 뜯어내거나, 그것도 아니라면 마당이라도 잡아먹히게 되어 있는 것이다. 벌써 몇 년째 소문으로 떠돌 때만 해도 오른쪽이 먹힌다느니 왼쪽이 먹힌다느니 종잡을 수 없이 설이 분분했는데, 드디어 지난해에 확정 고시되어 지가地價보상금까지 타먹었고, 금년 초봄 안으로 공사 착수가 된다던 것이었다.

이리하여 불과 한 달 남짓 동안에 인근은 몰라보게 달라졌다. 우선 삼거리 지점의 우람한 3층집 목욕탕을 비롯, 그 건물에서 세놓은 이발소와 미장원, 집집마다 마당을 파내서 만든 그 점포들인 과일가게, 잡화상, 야채가게, 쌀가게, 일반행정서사 아무개 아무개라는 푯말 옆에다 '출생' '결혼' '사망'신고, '호적정리' '내용증명' 어쩌고, 바닷빛 유리창에다 백발로 삭여넣은 대서방 겸 복덕방에 '라면' '호떡' '오뎅' '튀김' '떡볶기'라고 즐비하게 적어놓은 중학생 상대 음식점 등등이 갑자기 하늘에서 떨어진 듯이 생겨났고, 그 다음은 번듯한 새 건물 1층에 어엿하게 차려놓은 푸줏간, 약국, 카페트, '소파 세탁 출장'이라고 써붙인 세탁소, '세탁기 수리' '조명기구' '전기전공사'라고 곁다리로 써붙인 TV·전기·철물 취급의 전파사 그리고 가스집 등등.

작금에 우리 신문에도 자주 오르내리는 중공의 소위 경제특구라는 것이 어떤 것인지 자세히 알 수는 없으나, 필경은 이런 분위기의 연장이 아닐까. 그리고 그런 한에서 모택동이 등소평을 주자파走資派로 공격한 것은 옳았다. 어느 게 옳고 그르고 한 것은 차치하고라도 더구나 나같은 것이 껴들 계제는 아니지만, 모택동의 예상과 관점은 빗나가지 않았다. 그런 식으로 사람들이 이상해지기까지 하면서 잘먹고 잘살기는 싫다는 생각이었을 것이고, 최소한의 인간다운 품위는 잃지 말자는 생각이었을 터이다. 그야 등소평인들 기본적인 생각에서는 다르지 않았겠지만 원체 당장 처한 중공의 당면 문제가 급한 마당에야 어쩔 수 없다는 생각일는지도 모르는 것이다.

　어쨌든 B동의 분위기는 그와 엇비슷한 것 같았다. 하여 갑자기 여러가지가 다 편리해졌지만, 특히나 우리 집의 길 건너 옆집이 새로 선 목욕탕이어서 내 아내부터도 여간 싱글벙글해 하지 않았다. 요컨대 사람이란 크건 작건 자기 잇속에 들어서는 약한 것이다.

　"우리 집 목욕탕이나 진배없네요. 목욕탕 가까운 데 살아봤으면 했더니 원 요렇게도 정통으로 들어맞게 될 줄이야"

　목욕탕을 개업하던 날, 가까운 이웃들에 돌리는 고사 지낸 뒤의 콩고물 없은 찰떡 접시를 받아들고 마수거리로 하나 집어먹으면서 "아이, 맛있게도 했다" 하며 아내가 하던 소리였다. 목욕탕 주인은 경찰 출신이라고 하였다. 나란히 80여 평짜리 국민주택 두 채를 갖고 있었는데, 이 참에 세 주었던 집을 내보내고 두 집을 한데 헐어 합쳐서 3층 흰 타일 건물을 올렸고 살림집 겸 목욕탕을 경영하면서 따로 이발소, 미장원 등에 세를 놓아먹고 있는 것이다.

　중고차 포니 자가용을 몰고다니는 그의 아들은 지난해에 장가를 들었는데, 물론 신방도 그 목욕탕의 맨 꼭대기층에 차렸다. 활달하고 이웃간에도 인사성이 밝은 그 젊은이는 방송국의 개그맨 쪽으로 나가려고 한다고 했다. 결혼 피로연 때도 낯익은 개그맨들과 코미디언들이 거리로 들이닥쳐 동네의 아낙네들과 아이들이 여간 신이 나 하지 않았다. 게다가 그들도 텔레비전 화면에서 보던 때와는 너무나도 다르게 하나같이 의젓하고 근엄하고 점잖아서 보는 사람들로 하여금 쑤군거리며 낄낄거리기는커녕 뭔지 어색한 느낌과 일말의 쑥스러움, 그리고 외경감 비슷한 느낌을 자 아냈다. 그들인들 처자권속 거느리고 먹고 살기 위해 늘 그런 싱거운 짓을 하고 있었구나 하고. 요컨대는 직업인들이었다.

　말이 났으니 말이지만, 한동안 집집마다 고사떡 접시깨나 부지런히 드나들었다. 특히 미장원과 이발소의 고사떡 접시는 허벅지까지 드러낸 흰 가운 차림의 묘령의 아가씨들이 돌렸는데, 그러고도 몇 달이 지난 바로 얼마 전에야 나는 처음으로 약간의 호기심 섞어 그 이발소를 찾아갔었다. 그리고 이들 나름대로 도심에서 이 변두리로 밀려나온 인

생들이라는 것을 뒤늦게 알았다. 아니, 이 경우는 밀려나왔다는 말이 정확치는 않고 차라리 '야망을 품고'가 맞을 것이다. 애 하나 달린 부부로 남편은 이발사, 아내는 면도사, 게다가 일터이자 바로 코앞이 살림방이어서 어두컴컴한 방안에선 네 살쯤 된 사내아이가 혼자서 뒤뚱뒤뚱거리며 놀고 있었다. 남대문 근처 백화점 지하실 이발소에 고용이발사로 있다가 이쪽으로 독립해서 나왔노라는 것인데, 첫눈에도 이 서울바닥에서의 앞날이 꽤나 싹수가 있어 보였다. '친절봉사'에 '기술본위'라는 문귀도 단순한 헛소리는 아니었다. 앉은자리에서 세발할 수 있는 시내 이발소의 그 포근한 분위기에 비한다면야 어림도 없이 조촐한 구식 이발소였지만, 깔끔한 것으로 치면 구석구석 빈틈이 없었다. 싱그러운 바닷냄새가 나는 파아란 위생상자며, 비록 연탄난로이긴 할망정 미끈하게 내단 연통 모양이며, 공기 내뿜는 환풍기 장치며, 지금은 가동되지 않지만 대형 에어콘이며, 어느 구석 하나 신경이 미치지 않은 곳이 없었다. 젊은 이발사도 묻지 않은 말까지 술술하여 벌써 이쪽의 환심을 금방 샀다.

"전세 6백인데, 물론 내부시설은 우리가 다 했지요. 열 달이 지나니까 조금 자리가 잡혀가누만요. 사실 까놓고 말씀이지만 이런 주택가에서 될까 하고 처음엔 꽤나 망설였지요. 시내 이발소처럼 야하게 꾸몄다간 금방 쫓겨날 거구요. 어디까지나 실질적으로 가야 하는데, 그 실질이라는 게 말이 쉽지 감잡기가 힘들더군요. 노골적인 말이지만 십 년 전과 비하더라도 모두 생활수준은 높아졌다 이겁니다. 실질 위주로 너무 가다가 보면 궁상맞다는 소릴 듣기가 쉽겠구요. 최소한 앉은자리에서 세발해 드리는 시설은 갖추어야 하지 않을까도 생각했지만 바닥동네 말고, 요 웃동네를 한바퀴 돌아보니까 역시 그래서는 안되겠더군요. 앉은자리에서 세발을 즐길 층은 뜻밖에 없어 보이더라 이겁니다. 저 웃동네, 산동네 사람들은 그런 시설엔 지레 겁을 먹을 거라 이겁니다. 저 에어콘도 무척 망설이다가 우리 형편에 무리를 무릅쓰고 달았지요. 사실 더운 여름날의 저 맛은 어쩌다가라도 한번 맛보면, 실질 쪽으로 작용이 갈 꺼다 이겁니다. 앞 간판에다 '머리 캇트 1천 5백 원'이라고 붙인 것도 일단 마음을 놓도록 유도하자는 것이었구요. 이런 얘긴 혹 실례가 될는지 모르겠지만, 선생님만 해도 바로 코앞에 사시면서도 근 열 달 만에야 우리 집엘 처음 찾아온 것은 솔직하게 말씀드려서 저 '1천 5백원'이라는 액수 때문이 아니었을까요. 자존심 상한다는 생각이 부지불식간에 없지 않으셨을 겁니다. 암튼 겪어보시고 앞으로 애용해 주십시오"

적어도 서울바닥에서 장사해먹고 살자면 최소한 저쯤은 되어야 하는 것이다. 나는 이미 내심으로 한 번 이발에 만 원 한 장은 거뜬히 달아나는 시내의 단골 이발소를 일말의 아쉬움과 함께 마음속으로 끊어내고 앞으로는 이곳을 단골로 애용하리라 하고 정하고 있었거니와 그리고 보면 '친절 봉사'라는 면에서도 시내의 모모하다는 이발소에 비해 실질로 따져서 그다지 격차가 지는 것도 아니었다. '친절봉사'의 주종목인 안마라는 것부터도 그러했다. 첫 개업 때 고사떡 접시를 돌리던 그 아가씨가 바로 손톱깎기와 안마 그리고 마무리 화장 담당이었는데, 추호도 야한 구석이 없이 안마 기술은 시내의 한다하는 이발소의 그것들보다 못하기는커녕 실질적으로 한 수 위이던 것이었다.

거듭 장담하거니와 소 발자국에 빠져죽을 정도의 개좆 같은 천운만 타고나지 않았다면, 이 맞벌이 젊은 이발사 부부의 앞날은 대충은 틀림없었다. 서울서 장사해 먹고 살자면 최소한 저래야 하는 것이다. 아니, 어찌 서울뿐이겠는가.

헌데 그 이발소 다음다음의 시멘트 웅덩이 속, 과일가게 점포를 하는 정순구 씨네는 그나마도 제대로 감당 못하고 다시 G촌 쪽으로 밀려나간다니 어찌 된 속인지 알 수가 없었다. 아니, 알 수가 없는 것이 아니라 뻔할 뻔자였다.

바로 어제까지도 배며 사과며 곶감이며 홍시며 생율이며 별로 규모는 없으나마 길가에까지 내달아 쌓여 있었던 것 같은데 어럽쇼, 가게 안은 벌써 어두컴컴하게 텅 비어 있었다. 아니, 텅 비어 있는 게 아니라 개 잡아먹은 뒷자리마냥 어수선하였다. 그리고 보면 어떤 물건으로서든간에 가게를 제대로 차려놓고 있을 때는 형광등 하나마저 그렇게도 아기자기하고 깨가 쏟아지게 행복해 보였는데 일단 손을 털고 가게를 때려치우고 나니까 그 이상 멋대가리 없을 수가 없었다. 대낮에 아가리를 벌리고 있는 깊숙하고 어두운 시멘트 웅덩이일 뿐이었다. 그 기묘한 생소함, 허구감.

"어머, 웬일이셔유. 어머, 아저씨까지"

정순구 씨네가 이사를 한다는 말을 듣고 우리 내외가 구멍가게를 기웃거리자 이미 이사갈 채비로 대강 꾸려 싸놓고 있는 짐덩어리 하나 위에 멍히 앉아 있다가 아주머니가 일어서고 있었다. 누구에게나 찰지게 착착 들러붙는 맛은 없는 대로, 그러나 까무잡잡한 납작얼굴에 늘 생글생글 웃음은 잃지 않고 있던 아주머니도 오늘만은 씁쓰름하게 억지웃음을 웃고 있었다.

"아니, 또 뜨세요? 이번엔 어디로?"

아내는 얼결에 소리치듯이 묻고 있었지만, 이들 내외와 아내만큼은 이웃으로 익숙해 있지 않던 나는 일순 와락 무안을 느꼈다. "아니, 이사하세요? 갑자기 어디로?"가 아니라, '또 뜨세요?'에 '이번엔 어디로?'라니, 그런 무례한 말이 어디 있더란 말인가.

그러나 아주머니는 선 채로

"아이 워쩐대유. 모처럼 아저씨까장 들르셨는디 앉을 자리도 마땅찮구 일루라두 걸치셔유"

하고 등받이 없는 빈대떡만한 걸상을 내밀고는 아내를 돌아보며 나지막하게

"과일가게가 조 밑에 또 하나 생기지 않았남유. 파출소 앞에다. 그런디 우리 하나두 근근했으니 되것시유. 게다가 손님도 그쪽으로 더 몰리고 허니. 해보는 수가 없구먼유"

"어이구우, 싸워서 이길 생각 좀 하세요, 이길 생각. 암튼 이 댁은 아저씨까지 기막힌 한 셋트로 만났다니까. 무한정 착하기만 하고. 참 아저씬 나가셨구면"

"아니유"

하고 아주머니는 흘끗 내 쪽을 한번 쳐다보곤

"술 한잔 마시고 안이서 주무시유. 왜유? 깰까유?"

"아니 아니, 그럴 건 없어요. 화가 나서 술 드셨나보군"

"아녀유. 이런 일로 화라두 날 분이면, 이 지경까장 됐겠남유"

"어머, 아주머니 철드셨네. 아주머닌 이제 화가 나셨다, 이거구면"

"워디유. 저두 피장파장 매한가지지유"

비로소 아주머니도 제 본색을 어쩔 수 없이 드러내며, 사세가 이 지경임에도 싱글벙글 웃고 있었다.

충남 사람들은 조그마한 가게를 하더라도 가령, 어느 아이가 와서 "해태껌 하나 주세요" 하면 가게 주인은 버젓이 눈앞에 껌을 놓고도 "없다 딴 데 가봐라"하고 퉁명하게 받는다는 것이다. 그리하여 이쪽에서 "어? 껌 거기 있네요" 하면 "그건 롯데껌이지 해태껌 아니다. 딴데 가봐라" 하고 튕긴다는 것이다.

충남 사람들이라는 게 원체 무뚝뚝하고 곧이곧대로 생겨먹었다곤 하지만 설마 그 지경까지이기야 하랴 하고 웃어넘겼는데, 아닌게 아니라 정순구 씨를 보면 그 말이 전혀 지나가는 한담만도 아니었다는 걸 뒤늦게 알 수 있게 된다.

훤칠한 체대에 첫인상부터 흙내가 물씬 풍기게 농사꾼으로 생겼지만 말하는 것이며 하는 짓이며 영락없는 충남 사람이었다.

"우린 넘더러 사시오 사시오 허는 장사는 못 해먹겄더먼유. 애초에 종자가 닮은 것 같슈"

"그러면 남더러 사시오 사시오 하지 않는 장사도 있답더까. 장사로 생겼으면 다아 그런 게지"

"왜유 있기야 있지유. 사시오 사시오 안해두 삽시다 삽시다 허구 뎀벼드는 장사야 쌨지유"

몇 마디 오고가다보니 벌써 이렇게 말 나오는 뽄새부터가 이 서울바닥에서 견뎌내기엔 애초에 그른 사람이었다.

"예 예 맞어유. 현충사가 바로 저만침 근너다뵈는 둥네지유. 5대 이상으로 올라가면 충청북도인 모냥인디, 본시는 뼈골깨나 있었다나봐유. 이를테면 양반이지유. 성님은 지금도 그곳에서 땅마지기나 하고 선산을 지키면서 사시지유, 땅마지기래봤자 성님네 식구 풀칠허기도 근근허쥬만"

　사실 이 택의 경우, 먹을 식食자 입 구ㅁ자 '식구'라는 한문자는 그 이상 절실하고 적나라할 수가 없다. 2천 년대를 바라본다는 작금의 서울바닥에서 이 댁은 지난 십수년 동안을 애오라지 먹는 일에 허위허위대며 온갖 안간힘을 써온 것이다. 큰 애가 국민학교 4학년에 작은 애가 2학년, 단 네 '식구'이다.

　요즘 서울생활에서 어차피 이웃간이라는 게 그런 것이지만, 바깥사람끼리보다는 안사람들끼리 먼저 인사를 트게 마련이다. 반상회도 그렇지만 서로의 내왕도 그런 쪽으로 시작된다.

　우리가 정순구 씨네와 이웃끼리 남달리 친하게 된 것도 애초에는 그렇게 됐던 거였다. 과일가게를 차렸다곤 하지만 목욕탕이나 이발소, 미장원, 푸줏간들처럼 고사떡 접시를 돌렸던 것도 아니었다. 몇 달간 이웃으로 지내면서 아내 눈에 남달리 보였던 모양인데 그 '남달리'라는 대목인즉, 바로 부부가 다 너무너무 착하고 네 식구 먹고사는 데 매일 허위적대며 온갖 안간힘을 쓰고 있는 게 꽤나 애처로왔던 모양이었다.

　이 댁과 나와의 관계로 말할 것 같으면 대강 이러했다.

　그러니까 작년 추석 열흘쯤 전이었다. 나로서는 원고지 칸 메우는 게 이를테면 먹고사는 길이어서 그날도 꼭이 쓸거리가 있어서보다는, 아무튼 책상 앞에 마주앉아 있어야 무슨 생각이라도 떠오를 것이어서 멍청히 그렇게 앉아 있었는데 바깥에 사람 온 기척이 들렸다. 오전 열 시나 됐을까, 우체부 올 시간으론 너무 일러서, 또 예수 믿으라는 극성장이 선교꾼들이 왔나보다 하고 울컥 짜증부터 나는데, 뽀르르 대문까지 나갔다가 들어오는 아내의 발짝소리가 예사롭지만은 않았다. 내가 방문을 돌아다본 것과 아내가 내 방문을 배시시 연 것은 거의 동시였다.

　"누구야? 누가 왔어?"

　아내는 조금 미적미적거리더니 마당 쪽을 흘끗 한번 쳐다보곤 목소리를 낮추며 방

안으로 들어온다. 온 사람은 아직도 마당 끝에 서 있는 눈치였다.

"요 앞 과일가게 아주머닌데, 돈 있음 이십만 원이나 삼십만 원이나 한 달만 빌려달라는구먼. 추석 대목 앞두고 물건 좀 들여놓아야겠다나요. 사람들은 아주아주 착한 사람들이에요. 되도록이면 도와드리고 싶은데 부부 다아 착한 점으루다 한 셋트라니까요. 어쩌까요? 없다고 하나?"

없진 않다. 나도 줄창 돈을 쟁여놓고 사는 처지는 못되지만 마침 그 전날에 뜻하지 않게 모 출판사에서 인세로 받은 현금 삼십만 원을 갖고 있던 참이었다. 아내도 그 눈치를 알고 저렇게 나온 터였다.

아내는 목소리를 더욱 낮추며 거의 속삭이듯 하였다.

"사람들은 둘 다 법 없이도 살 사람들이에요. 부부가 같이 저렇게 살아 보려고 으등부등 애쓰는 거 안스럽긴 한데. 어제 출판사에서 온 그거 있잖아요"

"그러지 뭐. 우리야 당장 쓸 데가 있는 것도 아니고"

하고 벌써 나는 서랍을 열고 돈을 꺼내고 있었다. 봉투째로 아내에게 넘겨주었다. 마당 쪽 창문으로 흘끗 내다보니 낯설지 않은 아주머니 하나가 벌써 황감해서 어쩔질 못하고 있다.

"그 댁, 살아가는 거 보문 정말 만화 같다니까요. 서울에 사는 사람들 치고, 어느 댁이고간에 그 뒤안 속을 들여다보면 터무니없고 우습긴 매 일반이긴 하지만"

하고 아내는 문밖까지 배웅을 하고 들어오며 그 정도의 선심을 쓴 게 꽤나 기분좋은 듯이 갑자기 신을 내었다.

과일가게를 차렸다곤 하지만 실은 주업종이 그것도 아니라고 한다. 바깥 쪽은 가게이고 그 안의 깊은 굴 속 같은 방 하나에서 네 식구가 먹고 자고 한다는 것인데, 취사 일체도 부엌이 따로 있는 것이 아니어서 아침 저녁으로 가게 한구석에서, 혹은 여름에는 연탄 화덕을 길가에다 내놓은 채 끼니를 끓인다는 것이다. 그래서 때로는 가게 안에서 시어터진 김치 냄새도 난다. 그뿐이 아니라 살아가는 것이 도무지 만화 같고 농담 같은데, 그러나 가만히 생각하면 함부로 웃을 수도 없는 무언가 적나라한 인생이 거기엔 있다.

바깥양반 정순구 씨는 여간 부지런하지 않다. 헌털털이 짐차 하나를 갖고 새벽부터 밤까지 닥치는 대로 돌아간다. 새벽 3시 기상. 우선 대리점에서 나누어주는 우유를 배달 아주머니들이 대기하고 있는 일정한 장소까지 날라다주고 아주머니들에게서 운반수고료를 받는다. 그 우유를 배달아주머니들은 장난감 같은 밀차에 싣고 집집마다 돌린다. 그 시간이면 정순구 씨는 과일 도매시장으로 가서 자기 가게에 필요한 물건들을 떼어온다. 그렇게 과일가게는 주로 안사람에게 맡겨놓고 다시 닥치는 대로 이리저리 돌아간다. 가령 이런 식이다. 봄철이던 벽제 쪽으로 나가서 호박, 가지, 고추, 무우 모종을 떼어다가 김포 쪽으로 나가서 약간의 이문을 남기고 넘겨 판다. 어째서 그런 일이 벌어지는지 본인도 딱히는 모른다. 어쨌든 벽제 쪽에 나가면 그런 것들이 지천으로 많고 반대로 김포 쪽엔 그런 것이 드물어서 쉽게 되넘길 수 있다는 것만 알 뿐이다. 물이 흐르듯이 경제라는 것도 필요와 수요를 따라 흐르게 마련이니까 사방으로 휘뚜루 막뚜루 돌아가다보면 어느 쪽에 무엇이 남아나고, 어느 쪽에 무엇이 부족한지 금방 알 수가 있는 것이다. 생선시장, 야채시장으로 가서 용달산업 단속반의 눈을 속이며 살짝살짝 불법영업을 하기도 한다. 그밖에도 비공식으로 이삿짐 나르기, 이웃의 이불집전문적으로 주문받아 고급이불을 만들어서 팔고 있다의 완성품 날라주기, 꽃철에 꽃모종을 상자 떼기로 떼어다가 시장에다 넘겨팔기, 그야말로 닥치는 대로 걸리는 대로 한다.

"정말이에요. 열심히 사는 것으로 친다면 그이들 이상 가는 사람도 힘들 거예요. 근데 어디 일정하게 소속되는 곳도 없고, 같은값이면, 어떤 연줄로건 이어져서 큰덩어리에 째어들어야만 이 서울바닥에서 그런대로 안정감이 있을 것인데, 그렇질 못하니 매일 두 눈 부릅뜨고 사방으로 일거리를 찾아다닐 밖에요. 자동차 운전기술 하나만 밑천으로 삼고 말이지요. 저 덕원약국 밑에서 잡화상 할 때부터 가다오다 늘 유심히 살펴보았는데, 가도가도 저 타령이니 글쎄, 이번에 우리가 둘러준 돈으루다 왕창 재미나 보았으면 좋으련만"

그 집의 저간의 경위를 아내에게서 뒤늦게 들으며 비로소 나도 차츰 호기심이 일었다. 그 과일가게라는 것도 가다오다 관심있게 들여다보았다. 그러고 보니까 아닌게 아니라 사람으로 친다면 우둘투둘하게 생긴 정순구 씨를 고대로 닮은 헌털털이 짐차 하나가 더러는 가게 앞에 서 있기도 하였다. 그리고 가게 꼴은 어느 구석이 꼭 어떻다고 집어낼 수는 없지만 깔끔하지가 못했다. 큰 양푼 몇 개에다 되는 대로 가뜩가뜩 괴어놓은 과일들 진열해놓은 솜씨도 꽤나 엉성하고, 같은 사과에, 배에, 홍시도 어쩐지 며칠씩 묵은, 반 썩은 것처럼 보이고 신선해 보이지가 않았다. 그리고 그런 것들도 어쩐지 그 부부의 사람됨의 일단을 내보여주고 있었다. 그지 없이 착하고 남달리 부지런하긴 한데 도무지 잇속이라곤 없이 착해빠지고 부지런한 것도 전혀 요령이라곤 없이 종일 녹초가 되도록 산지사방으로 싸돌아다니기만 하는 사람이라는 느낌이었다.

나는 그 앞을 가며오며 내 돈 30만 원이 그러저리 잘 있는지, 어떤지, 잘 굴러가고 있는지, 신통치않게 돌아가고 있는지, 유심히 살펴보곤 했다. 아무리 뜯어보아도 신통하게 돌아가고 있는 것 같지는 않고 비실비실해 보였다. 추석 대목 앞두고 물건을 많이 떼어오려는 것이 돈 빌려간 핑계였는데, 어느 모로 뜯어보아도 물건들 쟁여 있는 꼬락서니는 그저 그 타령이고 이렇다 할 자취가 보이지 않았다. 가게도 하필이면 정서향正西向이어서 오후 시간이 되면 쨍한 햇볕 속에 내동댕이쳐진 채 과일들마다 뜨거워서 아우성을 치고 있는 것이 마치 내 돈 30만 원이 비명을 지르고 있는 듯이 안스럽게 보이기도 하였다.

"어째, 꼬락서니가 뻔해 보이는군. 그 사람들 어느 구석으로 뜯어보아도 장사할 사람들은 아니군. 같은 과일들도 어째 그 댁 것은 그렇게 문드러져 보이지?"

"그렇지요? 암튼 그 댁은 장사는 못 해먹을 사람들이라니까. 둘 다 사람이 실팍하긴 한데 알로 까진 구석은 눈을 씻고 보자 해도 없으니, 알로 까진 사람들만 모여사는 이 서울바닥에서 제대로 살긴 싹이 글렀지 뭐" 하고 아내는 덧붙였다.

"단지 이웃간에서 듣자니까 언제 갚아도 갚는 건 틀림없는데, 좀 느리다나 봅디다. 약속한 제날짜를 지키지는 못 한다드면요. 원체 충청도 사람들이라······."

그 점도 아내 말대로였다. 한 달 가량 쓰마고 가져갔는데 한 달은커녕 두 달 열흘이 되어가는 데도 소식이 없었다. 내심 궁금하기는 했지만 자발머리없이 채근하기도 그렇고

오며가며 가게 꼴을 안 보는 듯 들여다보곤 했으나 여전히 노상 그 타령이었다. 정순구 씨는 안 보이고, 더러는 가게 한 구석에서 아주머니 혼자 라면을 끓여먹다가 흠칫 놀라곤 하였다. 그쪽도 그쪽대로 가며오며 들여다보는 내 눈길을 직감으로 알아차리며 미안해서 어쩔 줄을 몰라하였다.

그러고 보면 엎친 데 덮친 격이었다. 추석을 불과 이삼 일 앞두고 근처에 과일가게 하나가 또 생긴 것이다. 이쪽 가게에서 삼십 미터 거리나 될까, 그러니까 파출소 앞의 삼 거리로 전에 세탁소를 하던 자리였다. 그 세탁소는 새로 지은 2층 건물의 아래층을 푸줏 간과 나란히 나누어 들어, 원 세탁소 자리가 과일가게가 된 것이었다. 첫눈에 보기에도 비실비실한 정순구 씨네 가게를 라이벌로 의식, 의욕적으로 대어드는 것 같았다. 향도 정동 향인데다 길보다 약간 낮아 아늑한 맛을 주었고 좌판에 벌여놓은 과일들도 꽤나 신경을 써서 청포도 송이며 사과며 여간 싱그러워 보이지 않았다. 게다가 형제로 보이는 젊은 사내 둘이 가게 안팎에서 정력적으로 뛰고 노상 마른수건으로 닦아, 사과며 포도송이며 밤알이며 늘 참기름을 처바른 듯이 아른아른하게 윤기를 내고 있었다. 그 집은 가게를 차리자마자 벌써 재미를 보고 있었다. 심지어는 우리마저 생돈 30만 원이 들어가 쟁여 있으니 같은 값이면 의당 정순구 씨 가게에서 과일을 사다 먹어야 마땅함에도 불구하고 부지중에 저편 가게 쪽으로 마음이 동하곤 하는 거였다. 정순구 씨 가게가 왕창 사양길로 들어선 건 너무 당연하였다. 저편 가게 앞을 지나와서 다시 정순구 씨네 가게 앞을 지날라치면 별 이유도 없이 내 쪽에서 되레 슬그머니 무안해지고 쑥스러워지려고 하였다. 오후의 가을볕에 좌판도 아니고 큼지막한 양은그릇에 아무렇게나 쟁여져 있는 과일들이 불쌍사납고 불쌍해질 지경이었다. 그 과일들도 같은값이면 왜 이쪽 가게로 와서 저 괄시를 받는가 싶었다.

약속 날짜에서 대강 두 달 보름쯤 지나서야 나 없는 사이에 돈이 돌아왔다. 이자도 못 드리는데 하다못해 과일 몇 알로라도 인사를 못 챙기는 것을 거듭거듭 여간 미안해 하지 않더라고 하였다. 나로서는 그만하기가 다행이었다. 섭섭한 점이라면 모처럼 빌려준

돈 30만 원이 제대로 제구실을 못한 점이었다.

　그런데 그 얼마 뒤였다. 그러니까 원금이 돌아오고 나서 나흘이나 지났을까, 근처에 교통사고가 일어났다고 했다. 원체 밤 열한 시나 되어 일어난 사고여서 우리는 까맣게 모르고 있었지만 공교롭다면 꽤나 공교로왔다. 정순구 씨가 밤늦게 차를 몰고 돌아오다가 하필이면 골라골라 새 과일 가게를 왕창 들이받았다는 것이다. 음주운전도 아닌 맨정신으로서였다. 본인 말은 원체 피곤해서 순간적으로 깜박 졸았었다는 얘기인데 동네 사람들은 비쭉비쭉 웃고들 있었다. 일단 본인 말을 믿어야 옳겠지만, 그럴리만은 없다는 것이었다. 오죽이나 미웠으면 저랬을까, 순간적으로 깜박 조는 속에서일망정 에라 한방 왕창 먹어라 하는 뚝심 섞인 저의가 없지 않았을 거라는 판단들이었다. 저쪽 과일가게는 두 형제가 나와서 길길이 뛰었다. 한밤중에 이게 웬 날벼락이란 말인가. 헌털털이 차는 유리창 문을 부수며 대가리를 디밀어 좌판이 통째로 짓뭉개지면서 홍시며 사과며 배며 한데 범벅이 되었고 더러는 한길까지 굴리굴 굴러나가 꼴이 말이 아니었던 모양이다. 잠자리에 들었다가 내의 바람으로 나온 젊은 형제는 상대가 상대라 그대로 넘길 리가 없었다. 이건 우연한 사고가 아니고 분명히 감정 먹은 것이라는 것이었다. 이를테면 법문자로 '미필적 고의'가 아니라 '기필적 고의'라는 것일 터였다. 어느 모로 뜯어보고 누구에게 물어 보아도 우연히 생긴 사고라고는 볼 수가 없었다. 원체 밤늦게 벌어진 일이라 우리는 이 현장을 보지는 못했거니와, 뒤늦게야 그 수습처리 방안까지 아울러서 듣게 된 것이었다. 파출소의 개입 밑에 원만히 합의에 이르렀는데 그 합의라는 건 보나마나 뻔했을 것이었다. 원체 이쪽에서 백퍼센트 잘못한 일이었으니 완전히 일방적인 것이었다. 피해본 과일들을 포함 깨끗이 원상복구되도록 보상을 해주고 정순구 씨 쪽에서 과일가게를 그만둔다는 것이었다.

　정순구 씨네는 결국 이 B촌 너머 그린벨트로 묶여 있는 공지로 옮겨 나앉았다. 고물장사를 한다는 모양이었다. 86아시안게임, 88올림픽을 앞두고 도심지의 고물수집소는 몽땅 변두리로 나오게 될 거라는 것인데, 그것을 염두에 두고 이를테면 대형 고물중개상을 차리는 셈이었다. 자세한 내용은 알 수 없지만 언뜻 보기에도 남들은 첨단기술이다. 유전공학이다 컴퓨터다 하는 판국에 과연 정순구 씨답게 착상부터 고리타분하였다. 라면 상자, 사과궤짝을 비롯한 각종 과일궤짝, 비닐, 유리병들, 파지, 그밖에도 쓰다버린 갖가지 중고품 폐품들을 취급할 거라는 것이다.

"츰에 알려지기가 어렵지 조금만 알려지면 앉아서 거저먹는 장사지유. 요즘은 읎어졌지만, 그전에 넝마주이, 재건대원들이 줏어온 것들을 차떼기로 받자 이건디유. 말허자문 넘더러 사시오 사시오 허는 장사가 아니라, 저쪽에서 사시오 사시오 하는 것을 못 이기는 체 사서 얼마 있으면 물건 아쉬운 사람들이 찾아와서 파시오 파시오 하고 차떼기로 가져간다 이거지유. 꿩먹고 알먹는 장사 아닌감유. 언뜻 보기엔 별거 아닌 것 같지만 터만 잡아놓으면 저절로 굴러가는 장사다 이거유. 우린 그저 가만히 앉아 있기만 하면 되는 거지유"

세상에 그런 장사도 있는가 싶었지만 듣고본즉 전혀 허무맹랑한 소리도 아닌 것 같았다. 게다가 정순구 씨로서는 서울로 갓 올라왔던 옛날에 한 번 해본 일이라는 것이다.

"얘기를 허자면 길어지는디유. 가만, 워디서버터 애기를 해야 좋디야. 지가 서울로 올라온 건 61년이었구먼유. 맞아, 5·16나던 해니께. 처음엔 남산 밑의 움막에 살던 고모집에 얹혀 있으면서 스텐그릇 공장엘 다녔구먼유. 열 여덟 살인가 그랬지유. 고향은 충남 아산군 염치면이구유. 그러다가 64년인가, 그 왜 한바탕 철거소동이 있었잖어유. 남산밑 후암동, 해방촌, 영등포구 대방동, 여의도 비행장 근처, 동대문구 숭인동, 용산구 이촌동, 대강 그렇게 기억되는디 우린 그때 후암동이었지유. 판잣집덜을 모두 철거시켰잖어유. 그때 쓰레기 치워지듯이 몽땅 목동으로 나갔구먼유. 지금도 마찬가지지만 그 무렵에도 나는 꽤나 미련스렀던 것 같으유. 혼잣몸이라 시내에서 배겨내자면 어떤 방법으로든지 버틸 수가 있었을 텐디 철거되는 고모네 식구를 따라서 목동까지 나갔으니 말여유. 고 지식허기가…… 고모부도 우리 고장 사람이라 저허고 피장파장이었구유. 이렇게 되면 혼잣몸이니 너 갈 데로 가거라, 젊은 놈이 어디 가선들 혼잣몸 건사 못허겠느냐 허들 않"

고 기신기신 쫓아가는 걸 내버려두었으니 말여유. 고모부는 지금까장도 공사판의 방수기 능공으로 일하고 있시유. 고모는 그때나 이때나 시장에서 맷돌로 콩을 갈아 파는 되비지 장사를 하고 있구유. 그때는 후암동 시장에서 했지만, 지금은 영등포 시장에서 하고 있구 면유. 그 무렵, 목동은 무한정 배추밭입디다. 우선 뚝방 위에 천막을 쳤지유"

그러고 보면 나도 새삼스럽게 그 무렵이 돌아다 보인다. 1950년대 말 남산 밑의 후 암동과 해방촌 일대는 무허가 주택, 무단점유 주택, 밀집지대, 즉 속칭 판자촌 꼬방동네였고, 이북 피난민들이 많이 살고 있어 여러 번 드나들었던 것이다. 고 이범선의 「오발탄」의 무대이기도 하다. 그런데 도시 미관과 개발에 밀려 1963년부터 강제 철거, 이주가 시작되었다. 이를테면 양성화할 것은 양성화하고, 태반의 판잣집들은 강제 철거당하여 외곽지대로 이주 정착시킨다는 것이었다.

그러나 대개 막노동이나 행상으로 연명해가는 판자촌 주민들을 생활 근거지에서 갑자기 떼어놓아 적지않은 무리가 따랐다. 특히 1964년의 철거는 서울시 전역에 걸쳐 대규모의 본격적인 것이어서 일종의 사회 문제로 부상되기도 했었다.

"후암동을 떠나는 날 남대문 경찰스장이 와서, 여러분이 지금버텀 가는 곳은 살기 싫을 때까지 아무 간섭도 안 받고 맘껏 살 수 있는 곳입니다 하고 장담을 하더면유. 그렇게 실려간 곳이 목동이란 데여유. 처음 쓰레기차에 실려가서 보니께 그 일대는 온통 황량한 벌판이더먼. 끝없는 배추밭이었고, 저쪽 멀리 공장 몇 개가 보이더면유. 늦가을이라 금방 어두워집니다유. 둘러봐도 불빛 하나 읎구, 이게 혹시 스산 앞바다 쪽이나 아닌가 착각이 들 정도였시유. 우선 밥은 먹어야겠어서 멀리 떨어진 공장에 가서 물을 길어다가 밥을 해먹었는디, 다음날 아침에 보니까 누우런 기름이 둥둥 있는 못 먹을 물이었이유. 기가 막히드면"

정순구 씨는 새삼 기가 막히다는 듯이 입맛을 쩍쩍 다신다.

"시에서는 집집마다 8평에서 15평의 대지를 대여 또는 분양해 준다고 했지만, 이 주민들의 불만이 원체 거세니까 숫제 코메기도 안 내밀드먼유. 게다가 벌써 약삭빠르게 구청이나 동회직원들을 끼고 농간을 부리는 자들까장 나타나고유. 생판 보지도 못하던 깡패

같은 녀석들이 갑자기 무슨 추진위원장이다 뭣이다 하고 설치고 돌아가면서 땅을 몇 개씩 잡고 뒤늦게 들어오는 사람에게 팔아먹거나 이 구실 저 구실 붙여 돈을 뜯고, 아주 개판이드먼유. 그럭저럭 땅을 파고 그 위에 천막을 쳐서 잠자리는 마련했지만, 워낙 사람 살던 자리가 아니라서 식수를 비롯해 이것저것 갖춰져 있는 것이라곤 하나도 없었시유"

그게 그랬을 거였다. 그 당시의 철거정책이라는 게 도심지대의 판자촌 주민을 무작정 외곽으로 실어다놓는 데 주안이 있었으니까. 심지어 정책 입안자들 중에는 노골적으로 사람은 한군데 모아놓으면 저희들 끼리끼리 무슨 수를 써서라도 살아갈 궁리를 하게 마련이라는 철리를 편 사람조차 있었다고 하니까. 1971년의 광주대단지지금의 성남시사건도 같은 맥락에서 보아야 할 것이다.

"쓰레기차로 실어다만 놨지 당국에서 해준 것이라곤 아무것도 없었지유. 식수만 해도 그랬구먼유. 나는 그 직후에 불행중 다행히 영장받고 군대엘 나갔지만 뒤에 듣자허니 그랬다는구면. 그 많은 사람들이 옮겨와 사는데도 처음 1년은 공동수도 하나 없었다는 군유. 저도 군대 나가기 전, 한동안 겪었지만 거기서 한참을 가면 신정동 쪽에 원래 살던 사람들 동네가 하나 있어서, 거기서 뽐뿌물을 걸어다 먹었시유. 그런데 원체 사람이 한둘이라야지유. 뽐뿌 주인들이 우리만 가면 마치 흉노족 내쫓듯 아예 들어오지도 못허게 하고, 심지어 뽐뿌자루를 빼다 감추곤 하드먼유. 사실 그이들로서야 그럴밖에 없었겠지유. 1년이 지나서야 통마다 하나씩 공동수도가 가설됐고 집집마다 수도를 단 것은 요 얼마 전이라고 하드먼유. 그러니까 십수 년 동안을 공동수도에서 물지게로 져다 먹었지유. 전기사정이고 교통사정이고 어슷비슷했시유. 오목교가 생긴 것이 1975년이니까 그 전까지는 비가 조금 와도 시내로 나가기 위해서는 배를 타야 했시유. 그나마 비가 많이 오거나 바람이 세서 배가 못 뜨면 지금 등촌동 쪽의 염창다리로 몇 시간을 돌아다녀야 했시유. 우리 고모댁은 원체 질긴 충청도 사람이 아니랄까봐 여직도 거기 눌러앉아 살고 있어서 줄곧 드나들 고 있는디, 요즘 또 난리드먼유. 금년 4월까지 철거하라는가 봐유. 평생 살 자리로 이주시켜 주겠다더니 20년 만에 다시 뜨라 이런 모냥인디, 이 사람들은 이제 어디로 뜬다는 거지유"

이야기가 엉뚱하게 목동의 철거민 처지가 된 고모댁 쪽으로 흘러 나는 다시 본가닥
으로 돌아오자는 생각에서 물었다.

"그러니까 선생은 군대 갔다온 덕분에 그 동네에서는 빠져나온 셈이군요"

그러나 그게 아니었다.

"천만에유. 군대 간 덕분에 목동에서는 빠져나왔지만, 철거민 형편이긴 저도 마찬가
지였시유. 군대에서 나와서 저는 처음에 천막장사를 했는디, 녹번동에다 자릴 잡았지유.
판잣집이었구먼유. 무허가 판잣집이지만 무허가만큼의 액수로 거래가 있었구먼유. 양성
화되면 값이 뛴다 이것인디 그러니까 운수소관에다 한번 걸어보는 거지유. 양성화되면
땡을 잡고 철거되면 따라지다 이거지유. 78년인가, 결국 따라지로 결판이 났시유. 구기터
널이 뚫리고 요즘의 신흥로가 생기면서 그 양옆의 무허가 판잣집들은 철거 바람을 맞았
시유. 저는 옛적에 고모댁에 얹혀서 겪어본 일이 있어 이번엔 속지 않았지유. 채권 입찰
없이 아파트를 분양받을 수 있다는 소위 '입주권'이라는 건 적당한 값에 넘겨팔고 남의
집 세를 살면서라도 악착같이 이 근처에서 돈다, 이거에유"

제대해서 처음엔 그렇게 녹번동 산언덕에다 판잣집 하나를 장만, 천막 장사를 했다
는 것이다. 이 집 저 집 찾아다니며 주문을 받아, 남대문시장이나 평화시장 등지에서 원단
과 파이프를 사가지고 집에서 재단한 뒤 공업용 재봉틀로 차양을 만드는 일이었다. 이렇
게 만든 차양을 손수 운반하여 주문받은 집이나 가게에 설치해주는 것이다.

"그런디 그것도 쉽지가 않드먼유. 버젓이 점포를 차리고 있으면 그나마 괜찮은디, 그
렇질 못하니까 노상 여러 동네를 누비고 돌아다니문서 길가 점포나 개인주택을 막론하고
차양이 있어야 하겠다고 보이는 곳이면 무작정 들어가서 주문을 받아내는디, 저라는 사
람이 원래 말주변이 있어야지유. 땀깨나 뺐구먼유. 게다가 버젓이 점포 갖고 하는 사람들
헌테 당해낼 재간두 없구유. 그이네들은 바로 그 점포에서 전화로 재료를 주문하고 필요
한 사람들의 주문을 받고 하기 때문에 훨씬 유리한 밖에유. 결국 뒤에 가서는 어떤 점포

와 계약을 맺고, 그 점포에 들어온 주문 중에서 일부를 하청 맡아서 해주기도 했는디 결국은 때려치웠시유. 그 다음은"하고, 정순구 씨는 말을 이었다.

"그 다음은 중고품 곤로수리와 그 판매를 하는 고물상을 차렸구먼유. 시장어귀에 만물상사라는 판매장이 있었는디, 이 쿼이 군에 있을 때 상관으로 있던 분이어서 도움을 받아 그 옆에다 조그맣게 차렸시유. 그러니까 이 만물상사 판매장에서 중고품 곤로계통을 사들인 다음, 빠진 부품만 청계천5가 곤로부품 전문상에서 사들여 수리를 해서 신품의 반값 정도로 파는디, 그런대로 재미가 쏠쏠하드먼유. 그 만물상사 사장은 이런 물품을 어떻게 얻느냐 하면 화물운수회사에서 6개월이 지나도 찾아가지 않는 물건은 공개입찰을 했는디 만물상사 사장이 직접 가서 입찰을 하고 사들였에유. 그이도 그이대로 이문 조금 남겨먹고 나한테 넘기구유. 근데 그 일도 얼마 지나니까 물건이 읎드먼유. 제품이고, 유통이고, 차츰 고도화되면서 그런 물건이 생기들 않드먼유. 때려치우고 결국은 지금 이 일의 전신인 고물처리장을 차렸시유"

고물처리장은 어느 아파트 옆에 위치하던 공터로서, 새벽 4시경 그 아파트로 가서 손수레로 폐지, 비닐 등을 실어나르고, 다시 저녁에는 청소회사에 가서 폐품을 실어오곤 했다는 것이다. 이것을 품목별로 차곡차곡 정리해 놓으면, 오후 4시경 중간상인이 와서 한 차당 얼마씩 지불하고 가져간다. 한편 정순구 씨가 그 아파트와 청소회사에서 폐지와 비닐을 걷어가기 위해서는 아파트 관리사무소나 회사에 1년 계약금을 선불해야 하였고, 중간상인은 중간상인대로 차량을 갖고 소정의 영업허가를 얻어야 하는데 이들은 그 수집된 물품들을 제지공장, 비닐공장, 유리공장 등에 넘기는 것이었다. 그런데 백날가도 그 타령이고 돈이 모아지지 않더라는 것이다. 우선 청소회사와 아파트 관리사무소 그리고 땅 주인에게 계약금, 사용료로 들어가는 돈이 너무 많고 반면에 중간상인에게서 받는 돈은 그닥 많지 않은데 그 점은 그럴만한 이유가 있었다. 제지공장이나 비닐공장 등에서 중간상인들에게 제때에 돈을 지불하지 않고 어음 같은 것으로 지불을 늦추기 때문이었다. 그나마 종이는 물론 폐지마저 외국에서 수입해 들어오면서 상대적으로 시장이 좁아져서 그 일도 때려치웠노라는 것이다.

　정순구 씨가 이 일을 하게 된 것도 서울로 갓 올라와서 한때 넝마일을 해본 경험에서 였다. 그 무렵 한때는 재건대원 스무남은 명까지 거느리고 넝마일의 십장이 되어보기도 했었다. 그러나 재건대원들이 사고를 저지르면 그들을 빼내주기 위해 이리저리 돈을 써야 했고, 더러는 우락부락한 재건대원들이 돈을 울궈내기도 해서 걷어치웠다는 것이다.

　막걸리와 보시기에 담긴 깍두기가 얹힌 상이 들어오고 있었다. 라면상자 같은 것은 하나에 40원이나 50원에 떠맡는데 상치나 꽃모종 담는 상자로 쓰이며, 다시 넘길 때는 70원이나 80원쯤 받는다고 한다. 사과궤짝 같은 것은 하나에 백 원에 맡아 삼백 원, 잘 받을 때는 사백 원도 받는다고 한다. 그밖에 파지 같은 것은 근으로 달아 넘겨받고 역시 근으로 떠 넘기는데 철따라 값이 다르다. 그밖에도 별별 것이 다 들어온다. 연락을 받고 차로 가질러 가기도 하고, 혹은 연락을 받고 주문대로 가져다주기도 한다. 그래서 전화는 꼭 필요하다. 아닌게 아니라 막걸리 한잔 마시는 둥 마는 둥 해서 전화가 걸려오고 있었다.

　"네? 네? 거기 워딘디유? 내일 가문 안되겠읍니까유? 오늘은 시골 좀 다녀올 일이 있는디유. 그럼 내일 가지유. 열한 시께유. 알았시유, 염려 마셔유"

　제법 흥청거리는 분위기였다. 이나마 남이 좀체로 거들떠보지 않는 업종이어서 일종의 독점기업이라나 어쨌다나, 아울리지 않게 문자까지 쓰면서 정순구 씨는 비시시 웃는다. 사실 정순구 씨 내외에게나 알맞는 그 무슨 사각지대 같은 업종이었다.

　"그건 그렇고 이 공지는 그린벨트인 모양인데 이런 식으로 활용하는 건 괜찮나요?"

　"워디유, 주거는 못하게 되어 있지유. 사업에 달려서 휴식처 비슷하게 방 하나 정도 꾸미는 건 묵과하지만 살림집은 안된다 이것인디, 우리 처지로 할 수 있남유. 애들 방하고, 방 두 개에 부엌 하나, 이렇게 꾸몄구먼유. 그러구 겉보기에는 전혀 살림집으로 보이지 않도록 나름으로 신경을 썼는디, 들어오는 입구가 워딘지, 문이 워디 붙어 있는지도 모르게 말이지유"

　허지만 세간살이 하나하나, 방안의 꾸밈새 하나하나는 구석구석마다 여간 암광지고 깔끔하지 않았다. 이불장 옷장도 벽에다 박아넣었고 애들 방엔 동화책이 그들먹했다. 그 런대로 사는 재미가 쏠쏠 나게 꾸며져 있었다.

나는 조금 어안이 벙벙해지면서 문득 정신이 차려졌다. 도대체 지금 나는 어째서 정 순구 씨의 저런 너저분한, 재미라곤 없는 얘기를 억지로 참아가며 반 어거지로 듣고 있는 것일까. 남들은 잘사는데, 저렇듯 허위허위대며 이렇게 저렇게 고생하며 살아왔다는 것 이 뭐 그다지나 할 만한 얘기이고 들을 만한 얘기겠는가. 가난하게 산다, 그리고 가난하게 살았다는 그 자체가 미덕일 수는 없을 것이다. 남들은 잘사는데 자기만 계속 못산다는 것 은 사람이 그만큼 못났다는 것밖에 안된다. 그러나 그게 반드시 그렇기만 할까. 잘사는 사 람이 그만한 능력이 있어서 잘사는 것은 틀림없겠으나, 못사는 사람이 너무 못살고, 잘사 는 사람이 문드러지도록 과하게 잘사는 데에는 구조적으로 문제가 없을 수 없는 것이다. 그 무슨 '사회의 건강도' 어쩌고 하는 문자를 쓰지 않더라도, 너무 잘살아도 사람이 사람 다와짐을 잃어버리고 너무 못살아도 사람이 금이 가고 매사에 주눅들게 된다.

정순구 씨라는 사람은 이미 그렇게 이상해져 가고 있는 사람일까. 물론 그렇지는 않 다. 사실 솔직하게 말해서, 내가 이 G촌으로 정순구 씨를 찾아나선 것은 나의 직업적 호 기심이라는 면도 전혀 없진 않았겠지만 그보다는 그 부부의 '사람됨'에 무언지 향수 비슷 한 것을 느꼈던 것이었다. 저렇게 그지없이 착하고 정신없이 부지런한 사람이 계속 변두 리 쪽으로만 밀려나고 있는 데에 일말의 안스러움과 가슴 아픔을 느꼈던 터였다. 아닌 말 로, 우리 이웃에다 새로 차린 그 젊은 이발사 부부의 경우 이 서울바닥에서 앞날에 대한 싹수를 인정해 주고 그 능력과 눈치, 요령과 감각을 마음 속으로 사주기는 하면서도 이웃 간에 인간적으로 가까이하고 싶지는 않은 사람이었다. 저 살대로 살고 나 살대로 살면 그 뿐이었다. 서로 따뜻하게 닿는 구석은 거의 없었다. 요컨대 알로 까진 사람이었고, 그 알 로 까진만큼은 앞으로 이 서울바닥에서 제 힘으로 배겨내고 굴러갈 사람이었다.

그러나 이 정순구 씨 부부에게서 물씬 풍기는 구수한 인간미, 재래형의 농촌적 인간상에 슬그머니 끌리고, 굳어졌던 마음 한구석이 스르르 풀리면서도, 그의 그 지겹게도 못 나게 살아온 타령에는 울컥 욕지기가 나고 지리해지는 거였다. 정작 그와 얘기를 나누면 서 나는 마음속의 이런 분열로 짜증스러워지기 시작했고 그리하여 나는 짓궂은 마음 섞 어 불쑥 물었다.

"우리끼리니까 솔직하게 다시 물어보겠는데요. 그날 밤, 파출소 앞의 그 과일가게를 차로 들이받은 것은 진짜로 고의가 조금도 없었나요?"

정순구 씨는 술기운이 어지간히 퍼진 속에서일망정 화닥닥 놀라고 있었다.

"글쎄, 그렇게 딱 집어서 물어오니께, 저도 잘은 모르겠시유. 아무튼 며칠 동안 그 댁 이 미워서 잠도 못 자겠드라니께유. 누구에게 내색을 할 수도 없고. 하필이면 코앞에다 같 은 가게를 차릴게 뭣이래유. 사람들이 야박하기가…… 이쪽 사는 형편을 모른다면 모를 까, 뻔히 아는 터수에 …….'

"그러니까, 분명히 마음먹고 한 짓은 아니지만 아무튼 고의적으로……"

정순구 씨는 여기서 조금 뜸을 들였다.

"뒤에 결과를 놓고 정황을 따져보니께 그렇게밖에 결론이 나들 않긴 허겠드먼유. 조 금 졸았던 건 사실이고. 그래, 맞아유. 지금 다시 분명히 그 순간의 일이 생각나는데, 차가 오른쪽으로 지나치게 휘이는 것 같아서 갑자기 운전대를 왼쪽으로 틀었는데, 그때 바로 그 과일가게가 보이드먼유. 그러구, 그 다음은 모르겠시유. 그저 와장창 하는 소리에 확 기분이 상쾌하고 열나게 좋기만 하드먼유. 세상 하나가 온통 무너지는 듯이, 그렇게 기분 이 좋을 수가 없드라니께유. 뒤엔 삼수갑산에 잘망정, 그 당장은 그 놈들이 잠자는 안방으 로까지 차 대가리를 디밀어넣고 싶더구먼. 결국은 그렇게 되질 않았지만"

나는 나지막하게 다시 말했다.

"따져보면 그이네도 피장파장이 아닙니까. 오죽하면 그렇게라도 살아보려고 했겠 어요. 뻔히 이쪽 형편을 알면서도, 생각다 못해 그렇게 과일 가게를 또 차렸을 것인데, 그 점은"

"물론이지유. 그 점을 저라고 어찌 모르겠읍니까유, 허나"

"허나, 어쩔 수 없었다는 얘기인 모양인데, 그러니까 평소에 시야를 조금 넓혀서 생각하셨어야지요. 없는 사람끼리 그럴 것이 아니라, 실은 문제는 그보다는 크게 보아야 하지 않겠읍니까요. 막말로, 기왕에 그렇게 차로 들이받을 바에야 새로 많이 올라서는 이십여 층짜리 빌딩이나 뭐 그런 데를 한번 들이받지 그랬어요. 물론 이건 그저 지나가는 농담으로 들어주십쇼만"

정순구 씨는 술취한 속에서도 갑자기 생소하고 떨떠름한 낯색이 되었다.

"그래본들, 그쪽은 끄떡도 않고 저만 깨지지유. 괜히 남들 웃음거리나 될 티고"

"바로 그거에요. 혼자서만 그러면 그런 꼴 되기 십상이지요. 그러나 여럿이, 아니 여럿이 아니라 비슷하게 사는 사람들이 서로 짜고 한꺼번에 일어나면 ……"

"그러면 그건 ……" 하고 정순구 씨는 갑자기 두 눈을 커다랗게 벌려 떴다.

"선생님이 다년간 반ㅌ 뭐라나 그런 속에 껴계셨다는 소린 더러 이웃 풍문으로 들었읍니다만, 지금 그런 말씀 하시는 것도 그런 셈판으로 하는 말씀입니까유?"

이번엔 내 쪽에서 깜짝 놀라며 황급히 가로막았다.

"아니요. 그저 한번 해보는 소리였다니까요"

그러면서 나는 생각했다. 이 사람이라고 그런저런 것을 모르는 건 아니다. 알고 있다. 소위 문자로서 혹은 이념이라는 형태로서, 그렇게 관념의 형태로서는 모를망정, 문제의 핵심은 나름대로의 직감으로서 알고 있는 것이다.

그리고 그에 대한 이 사람 나름의 반응은 요컨대 농민적이다. 농민적 교지와 엉큼스러움이 뜻밖에도 도사려 있다. 미리 자위 본능부터 발동되고 있다.

나는 갑자기 당혹스러움을 느끼며 못 피우는 담배를 한 대 피워물었다. 소위 운동권 사람들의 지나친 선명도 위주의 행태나 대중과의 괴리, 그들 발상법의 일종의 메카니즘과 관념화, 저들끼리만 통하는 협량한 신호로서의 언어들 등이 일단 새삼스럽게 떠올랐지만 그보다는 이 사람, 정순구 씨 쪽에 역시 더 문제가 남아 있겠다는 생각이었다. 그리고 그 점은 그럴밖에 없었다. 지난 20년 동안 갖은 고생을 해왔다고 하지만 정순구 씨는 그저 서울이라는 사막 속에 내던져진 하나의 모래알로 이 구석 저 구석에 끼여서만 아슬아슬하게 딩굴어온 사람인 것이다.

나는 정순구 씨의 집을 나와 큰길에 가까와져서야 혼잣소리로 나지막하게 중얼거렸다.

아직도 농민이군. 소농적 속성을 그대로 지니고 있어. 저런 속성은 도시로 편입될 때, 처음엔 변두리 서민으로 껴들어서 차츰 소시민으로 함몰되어 버리거든. 요컨대 아직도 농민들이야. 개개로 흩어져 있는 사사농민. 역시 사람들은 그 사는 사정만큼의 의식이나 발상에서 멀리 벗어져 나오기는 정녕 힘든 것인 모양인가. 설령 벗어져 나온다고 하더라도, 그때는 또 금방 현실과 괴리된 아집이나 관념으로 치닫기나 하고.

아니, 지금 나 자신부터가 그런 꽉꽉한 틀에 매어가고 있는 거나 아닐까. 현실에 접근하는 대충의 시작과 그에 기초한 큰 테두리의 관점이 있을 뿐이지, 분명하고 정연한 해답은 금방 경색되고 도식으로 떨어져버린다. 해답은, 끝내는 결과로서만 나타나는 어떤 것이다.

그렇다. 이러고저러고 생각하는 것은 결국은 생각이다. 끝내는 사람들 사는 구체적인 현장으로, 싱싱한 현장으로 돌아와야 한다. 그리하여 결국은,

'현실이야말로 가장 엄정한 존재이고 정확한 표현'인 것이다.

그러나 이것으로 끝나는 얘가냐 하면 그렇지 않다. 실은, 여기서부터 시작인 것이다. 그런 기준에서라면, 정순구 씨는 나로서 잘못 찾아온 사람이다. 차라리 요즘 뜨겁게 불타고 있는 목동木洞 현장으로 가보는 것을, 그 현실에 접했다면 훨씬 활기찼을 것을.

이호철이 걸어온 길, 떠나간 길

고향, 끝나지 않은 이야기

고봉준(문학평론가, 경희대학교 교수)

1. 생애와 이력

이호철은 1932년 함경남도 원산에서 출생하여 한국전쟁 때 월남한 월남 작가이다. 그는 한국전쟁 발발 직후 인민군으로 징집되어 참전했다가 양양 부근에서 국군에게 붙잡혀 포로가 되었다. 포로가 되어 이송되던 중 강원도 흡곡歙谷 부근에서 당시 청년회 활동을 하던 자형姊兄의 도움을 얻어 풀려난 후 고향으로 돌아갔다. 하지만 중공군의 참전 소식이 들려오자 1951년 1·4후퇴 때 미군 군용선인 LST를 타고 혈혈단신으로 월남했다. LST를 타고 부산에 도착한 이후 피난민 수용소를 거쳐 부산항에서 군수 물자를 나르는 부두 노동을 하면서 생계를 유지했다. 하지만 곧 당시 성황을 이루던 제면소를 거쳐 1951년 7월부터는 미국 중앙정보국CIA 소속 주한합동고문단Joint Advisory Commission in Korea, JACK 경비원으로 근무했다. 이 무렵 경비원으로 근무하면서 단편소설 「오돌할멈」의 초고를 써서 당시 해군 정훈국에 근무하던 염상섭에게 보내어 긍정적인 반응을 얻기도 했다. 1952년 11월 소집영장이 나오자 주한합동고문단 경비직을 사직하고 상경했다.

이호철은 주한합동고문단 경비로 근무하던 중 우연히 문예지 『문학예술』의 신인작품공모 안내문을 발견하고 잡지를 발행하던 문학예술사를 찾아갔다. 당시 이 잡지의 편집 책임자는 시인 박남수였고 소설 분야 심사위원은 황순원이었다. 이들은 모두 월남 문인이라는 공통점을 갖고 있었다. 박남수는 습작 원고를 들고 찾아온 이호철에게 심사위원인 소설가 황순원을 찾아가라고 일러주었고, 이호철은 그 길로 황순원을 찾아가 「B양

고향, 끝나지 않은 이야기　　317

과 고아」^{이후「권태」로 개제改題} 원고를 보여주었다. 그 후에도 이호철은 황순원에게 「오돌할멈」과 등단작 「탈향」의 전신인 「어둠 속에서」 등을 보여주었는데, 어느 날은 황순원이 그 작품들 가운데 「어둠 속에서」를 문학예술사에 보내라고 했다. 그 작품은 『문학예술』 1955년 7월호에 「탈향」으로 제목이 바뀌어 황순원 추천으로 발표되었다. 그리고 『문학예술』 1956년 1월호에 두 번째 작품인 「나상裸像」이 황순원 추천으로 발표되면서 본격적인 작가의 길을 걷기 시작했다.

전쟁 체험과 탈향 의식에 기대어 작품활동을 하던 이호철은 1960년 4·19를 경험하면서 분단과 통일 문제에 본격적인 관심을 갖기 시작했다. 그는 이 무렵 새롭게 등장한 젊은 문학인 단체인 '전후문학인 협회'의 대표 간사를 맡기도 했다. 1961년에 발표된 「판문점」은 냉전적 사고가 지배하던 시대에 통일이라는 민족적 문제를 제기하여 높은 평가를 받았으며, 이 작품으로 제7회 현대문학상을 수상했다. 또한 그는 1963년에는 남북 문제를 비유적으로 표현한 「닳아지는 살들」을 발표하여 제7회 동인문학상을 수상했다. 1960년대 중반에는 미국 유학을 마치고 귀국한 비평가 백낙청을 만나 『창작과 비평』의 창간에 참여하였고, 『창작과 비평』 창간호에 5·16 이후 한국 사회를 짓누르고 있던 권력의 실체를 비판적으로 형상화한 「1965년, 어느 이발소에서」를 발표하기도 했다.

이호철은 1970~1980년대에 유신 체제와 신군부의 군부독재에 맞서 민주화 운동에 적극적으로 참여했다. 1973년 민주수호국민협의회 시국 성명에 가담했다가 김지하 등과 함께 체포된 것을 시작으로, 1974년 1월에는 '61인 문인 시국 성명'을 주도했다가 간첩으로 몰려 '문인 간첩단 조작 사건'의 피해자가 되었고, 1980년 5월에는 자유실천문인협의회에 참여했다가 '김대중 내란 음모 사건'에 연루되어 옥고를 치르기도 했다. 이 외에도 1985년에는 자유실천문인협회 대표, 1987년에는 민족문학작가회의 고문을 지내는 등 민주화 운동과 진보적 문학 진영의 핵심으로 상당한 활동을 했다. 이호철은 2016년 9월 18일 향년 85세로 별세하기까지 약 60년 동안 100여 편의 단편소설과 30여 편의 중·장편소설을 남겼다.

2. 1950년대 문학 탈향과 인간성 상실 비판

이호철은 1955~1956년 『문학예술』에 황순원의 추천으로 「탈향」과 「나상」을 발표하면서 등단했다. 1950년대 이호철이 발표한 소설들은 모두 한국전쟁과 직·간접적인 연관성을 갖고 있다. 「탈향」과 「나상」에서 나타나듯이 이호철의 초기작들은 작가의 전쟁 체험을 다양한 방식으로 변주한 것들이다. 이호철 소설의 리얼리티는 이처럼 개인의 체험에서 비롯된다. 일반적으로 이호철에게는 분단문학의 거장이라는 평가가 따라다닌다. 약60년에 걸쳐 소설을 창작하면서 분단과 남북 문제를 한순간도 외면하지 않았다는 점에서 이러한 평가는 당연한 것이다. 하지만 전쟁과 분단의 문제를 바라보는 작가의 시각은 4·19를 기점으로 분명하게 구분된다.

등단작인 「탈향」을 살펴보자. 소설의 주요 인물들인 나, 광석, 두찬, 하원은 중공군이 참전한다는 소문을 듣고 엉겁결에 LST를 타고 월남한 동향同郷 청년들이다. 엉겁결에 부산에 도착한 이들은 부두 하역장에서 일용직 노동으로 생계를 유지하고, 거처를 마련할 형편이 되지 못해 정차된 화차에 숨어 들어 잠을 자면서 살아간다. 이들은 궁핍하고 열악한 현실에도 불구하고 고향 생각, 즉 고향에서 내리던 눈, 어머니에 대한 기억, 잘 웃던 이웃집 형수 등을 떠올리면서 하루하루를 버틴다. 하지만 전쟁이 불러온 참상과 고단한 피난지의 삶으로 인해 이들 사이에는 조금씩 틈이 생긴다. 결국 이들의 관계는 서로를 귀찮은 존재로 여기는 방향으로 흘러가고, 급기야 광석이 화차에서 실족하여 사망하는 사건을 계기로 이들의 관계는 급속하게 멀어진다. 광석의 죽음 이후 남은 세 사람은 얼마간 양심의 가책을 느끼지만, 두찬은 남은 두 사람들 버리고 도주하고 열아홉 살의 '나' 또한 한 살 아래의 동생인 하원을 버리고 도망갈 궁리를 한다.

이호철의 또 다른 등단작인 「나상裸像」은 한국전쟁 당시 국군으로 참전했다가 북한군의 포로가 되어 북으로 끌려가는 두 형제 이야기이다. 이 소설의 주요 인물은 형은 스물일곱 살이고 동생은 스물두 살이다. 이들 형제의 성격은 정반대이다. 형은 "조금 모자란 사람"인 반면 동생은 눈치가 빠르고 명민하다. 이들은 1951년 가을 각각 북한군의 포로

가 되어 이송되는 과정에서 우연히 만나 함께 북한으로 끌려간다. 형은 어리숙하고 둔감하여 전쟁이라는 극단적 상황에서는 불리한 존재이지만 특유의 순수성과 동생을 위하는 마음이 지극하여 동생에게 헌신적이다. 평소 동생은 "조금은 모자란 사람"인 형을 탐탁지 않게 여겼으나 이송되는 과정에서 형이 보여준 헌신적 태도로 인해 조금씩 마음을 열게 된다. 예전부터 다리에 담증이 있던 형은 이송 과정에서 자신의 다리에 문제가 생긴 것을 발견하고 동생에게 자신에게 무슨 일이 생기더라도 모른 체 하라고 당부한다. 그리고 마침내 형이 걷지 못하는 상태가 되자 경비병이 형을 사살한다. 반면 동생은 포로수용소에 갇혀 있다가 포로 교환 때 풀려나 남쪽으로 돌아온다. 이 작품은 현실에 순응하는 삶을 살아온 한 인간^{동생}의 삶에 대한 회의를 통해 '어떻게 살아야 하는가'라는 질문을 던지는 동시에 형의 헌신적인 모습을 통해 근원적인 인간성의 소중함을 강조하고 있다.

이처럼 1950년대 이호철의 소설은 전쟁의 비극성과 그로 인해 고향으로부터 강제로 분리되어 낯선 공간에서 생존을 위해 몸부림쳐야 하는 탈향脫鄕한 존재의 모습에 초점을 맞추고 있다. 고향과의 분리, 인간성을 존속하기 어려운 현실적 상황 속에 던져진 인물들의 비극적 삶을 작가의 체험, 그리고 전쟁이라는 상황과 연결하여 형상화하고 있으나 이러한 문제의식이 분단에 대한 총체적 인식이나 민족 문제, 특히 통일에 대한 지향으로 확장되지는 않는다.

3. 1960년대 문학 '판문점'과 '소시민'으로 대표되는 두 경향

1960년대 이호철 소설은 '분단' 문제를 중심으로 한 경향과 '일상'을 소재로 한 경향으로 구분된다. 1961년에 발표된 그의 대표작인 「판문점」이 전자를 대표하는 작품이라면, 1964~1965년에 발표된 『소시민』은 후자를 대표하는 작품이라고 말할 수 있다. 이호철의 대표작으로 평가되는 이 작품들이 모두 1960년대에 창작되었다는 것은 그의 작가적 이력에서 1960년대가 갖는 의미가 특별하다는 의미이기도 하다. 이호철의 1950년대 작품들이 주로 고향을 상실하고 방황하는 인물을 그렸다면, 1960년 이후 '분단'을 소재로 한 소설들은 전쟁과 분단 문제를 개인적인 비극이 아니라 사회구조와 체제의 문제로 바라보고 나아가 분단 극복의 의지를 드러내고 있다고 평가할 수 있다. 「판문점」1961은 이러한 경향의 출발점이라는 점에서 이호철의 문학의 원점으로 평가된다.

　　한국 분단문학의 대표작으로 평가되는 「판문점」은 분단 현실을 망각한 채 속물화되는 소시민의 시각을 비판적으로 보여주는 동시에 인간의 본성을 통해 분단 현실의 극복 가능성을 타진하고 있는 작품이다. 이 작품은 4·19 직후 월남 이후 처음으로 판문점에서 북한 사람을 만난 직접적 체험에 바탕을 둔 작품이라는 점에서 체험에 기반한 리얼리티라는 이호철 소설의 특징이 잘 드러나는 소설이기도 하다. 이 소설에는 '분단'에 대한 몇 가지 태도 유형이 등장한다. 먼저 주인공 진수의 형 부부는 분단이라는 현실에서 무관심한 채 자신들의 안락하고 평온한 일상에만 관심을 쏟고 있다는 점에서 소시민들이라고 말할 수 있다. 다음으로 진수가 판문점에서 개최되는 회담을 취재하기 위해 탑승한 버스 안에서 만난 외국인들의 태도이다. 이들에게 분단이나 판문점은 이국적인 현실의 신기한 볼거리에 지나지 않는다. 분단을 바라보는 이들의 태도는 관광객의 시선이라고 말할 수 있다. 마지막으로 진수의 태도이다. 기자인 진수는 회담을 취재하기 위해 찾은 판문점에서 우연히 북한의 여기자를 만나 대화를 주고 받는다. 그리고 그 과정에서 그들은 서로를 이념이 아닌 이성적 존재, 즉 인간적 관계로서 경험한다. "판문점은 분명 '板門店'이었고, 이 나라 북위 38도선상 근처에 있었던 해괴망측한 잡물이었다. 일테면 사람으로 치면 가슴패기에 난 부스럼같은 거였다. (…중략…) 이럭저럭 세월이 지나는 동안 정작 당사자도 부스럼 여부는 까마득히 잊어버리고 멀쩡한 정상인의 행세를 시작했다"라는 진술에서 드러나듯이 작가는 주인공의 목소리를 통해 분단이 "해괴망측한 잡물"이며 인간다운 삶을 가로막는 "부스럼" 같은 것이라고 표현한다.

　　한편 1960년대 이호철 문학의 특징적인 면은 『소시민』1964과 『서울은 만원이다』1968 등의 사회비판적인 작품을 통해 산업화에 따른 물신주의와 자본주의적 삶에서 비롯되는 이기심을 고발했다는 점이다. 이호철이 분단문학의 거장으로 평가됨으로써 그동안 그의 사회비판적인 작품들이 상대적으로 덜 주목되는 경향이 없지 않다. 하지만 한국 사회에서 1960년대가 갖는 경제적, 정치적 의미를 생각하면 1960년대를 배경으로 자본주의적 삶의 질서가 안착하는 과정에 대한 문학적 증언, 그리고 5·16 이후 권력의 폭력성을 풍자적 방식으로 비판한 이호철의 소설이 갖는 시대사적 의미는 결코 무시할 수 없다. 특히 1966년 2월부터 『동아일보』에 연재된 『서울은 만원이다』는 산업화와 그로 인한 이촌향도를 배경으로 한 당대 최고의 대중소설로 평가된다.

『소시민』은 1964년 7월부터 1965년 8월까지 『세대』 지誌에 연재된 장편소설이다. 이 소설은 한국전쟁 시기 부산의 한 제면소를 배경으로 다양한 인물들이 변해가는 모습을 통해 한국 사회의 구조적 변화를 폭로한다. 가령 이 소설의 중심인물 가운데 한 사람인 김씨는 과거 적색노조 활동가였으나 지금은 "별의별 쌍놈의 짓 다 해서 돈만 벌면 그날부터 양반도 될 수 있는기라"라고 생각하는 지극히 현실주의적인 인물이다. 이러한 철학에 기초하여 그는 과거의 이념을 모두 버리고 현재는 미군 물품을 빼돌려 부를 축적하는 데 혈안이다. 천안 색시 역시 마찬가지이다. 그녀는 시골 출신으로 인정이 많은 사람이었으나 지금은 도시적 생존 방식을 체득하여 막대한 부를 축적하고 부유하게 살아간다. 이들만이 아니다. 스스로 자신을 진취적인 존재라 여기는 인물 또한 '장사'가 최선의 삶이라고 생각하며, '돈'을 위해서는 이승만 정권의 관제 데모에 기꺼이 참여하기도 한다. 작가는 모든 가치를 '돈'을 환원하는 이들 삶의 궁극적 도달점은 소시민의 세계로 제시하는데, 한 마디로 그곳은 윤리가 사라지고 대신 물신주의가 지배하는 세계라고 말할 수 있다. 이호철의 회고에 따르면 이 작품은 1964년 한일회담반대투쟁이 전국적으로 확산하던 시기에 집필되었다. 하지만 소시민에 대한 이러한 비판에 4·19에서 정점에 이른 시민의식의 영향이 있었음을 추측하기는 어렵지 않을 것이다.

이호철의 1960년대 작품 중에는 5·16 직후의 폭력적인 정치 현실과 불합리한 현실을 작품들도 다수 존재한다. 가령 「1965년, 어느 이발소에서」[1966]는 이발소에 나타난 군인 느낌의 청년들을 막강한 권력을 가진 군인으로 오인하여 그들에 순응하는 사람들의 모습을 통해 5·16 직후의 폭력적 현실을 보여준다. 우화소설로 분류되는 「탈사육자 회의」는 1966년 10월 『주간한국』에 발표된 작품으로 발표 당시의 제목은 「피사육자회의」였다. 실향민 문제를 우화적인 방식으로 표현한 이 작품의 등장인물은 멧돼지와 집돼지로서 이들은 각각 북한^{공산주의}과 남한^{자본주의} 사람들로 의인화되어 있다. 돼지 종족의 위신을 떨어뜨린다는 이유로 집돼지를 모두 제거해야 한다고 주장하는 멧돼지 사회와 사육사에 의해 철저하게 길들여져 울타리 바깥의 세계에 무관심한 채 오직 울타리 안에서의 자유로운 생활에 만족하는 집돼지의 모습을 통해 작가는 분단 현실이 남북한 사람들에게 부정적인 영향을 끼치고 있음을 고발한다. 이 작품들 외에도 13년 동안의 하사 생활을 마치고 상사로 제대한 상호라는 인물을 통해 허세와 잇속이 지배하는 사회를 풍자한 「퇴역선임하사」¹⁹⁶⁵, 육군 장교 출신의 교사인 규호가 공석이 된 부시장 자리를 맡기러 자신을 찾아온 군인들을 오인하여 도피하는 모습을 통해 반공주의가 체제 유지의 이데올로기에 불과하다는 사실을 고발하는 「부시장 부임지로 안 가다」¹⁹⁶⁵ 등도 1960년대에 발표된 사회비판적인 경향을 대표하는 작품들이다.

4. 1970년대 이후의 문학 통일 지향과 인간성의 회복

이호철은 1970~1980년대에 반유신·반독재 민주주의 투쟁의 중심에서 실천적인 활동을 하면서도 꾸준하게 작품을 창작했다. 1970년대 이호철 문학을 대표하는 작품으로는 「이단자」 연작^{1972~1974}과 「문」¹⁹⁷⁶을 꼽을 수 있다. 자전적 성격이 강한 「이단자(1)」은 황해도 출신의 강씨라는 이주자가 동네 주민들에 의해 강제로 내쫓기는 모습을 통해 집단화된 소시민주의가 약자에게 행사하는 폭력을 비판한 작품으로 '소시민' 문제에 대한 작가의 관심이 뚜렷하게 드러나는 소설이다. 「문」은 『창작과비평』 1973년 봄호에 단편으로 발표되었다가 1988년 동명의 장편소설로 출간됨으로써 이호철 문학에서 두 시기의 연속성을 확인시켜 주는 작품이라고 말할 수 있다. 1976년에 발표된 단편 「문」은 작가의 문인간첩단사건¹⁹⁷⁴ 경험에 근거하여 법의 폭력성을 비판한 작품이다. 어느 겨울날 한 사내가 이유도 알 수 없는 상태에서 방에 감금된다. 정체를 알 수 없는 방에 감금된 그는 시간이 지나면서 자신을 감시하고 있는 인물이 소지하고 있는 T자형 열쇠에 신경을 곤두세우게 된다. 그러던 중 나흘 만에 문밖으로 나갔다가 되돌아온 사내는 어느덧 그곳에서 고향 같은 편안함을 느낀다. 칠 일째 되는 날 사내는 옆방 사내로부터 반찬을 받고 이웃이 생겼다고 생각하게 되는데, 그 순간 불과 얼마 전까지 신경을 곤두세우던 열쇠에 대해 냉담해지는 자신을 발견한다. "사내는 비로소 간 마음이 든든해지는 것이 아니었고 바로 그 순간부터 사내는 그렇게도 아동바동 신경을 곤두세웠던 키이 쪽에는 전혀 냉담해지는 것을 느꼈다."

이호철은 1988년 자신의 감옥 경험을 바탕으로 「문」을 개작하여 장편소설 『문』을 출간했다. 이 소설에 등장하는 다음 구절은 '문''의 의미가 개인에게 민족 전체로 확대되었음을 보여준다. "문은, 남북이 열리는 문은 달리 열리는 것이 아니라, 남북의 구치소 문이 같이 열리는 데서부터 비롯되어야 할 것입니다." 이 소설에서 굳게 닫힌 구치소의 문은 체제의 문, 나아가 분단의 문을 상징한다. 따라서 문이 열린다는 것은 체제의 닫힌 문이 열린다는 것, 즉 통일을 의미하는 것으로 이해할 수 있다. 이 작품 외에도 이호철은 1980~1990년대에 자전적·체험적 요소가 가미된 분단소설 「남에서 온 사람들」[1984], 「밀려나는 사람들」[1985], 「남녘 사람 북녘 사람」[1996] 등을 발표하였다. 이들 작품을 두고 체험에서 사회로 확대되었던 관심이 체험으로 되돌아왔다는 평가가 지배적이다. 하지만 이 작품과 관련하여 더 중요한 사실은 현재의 '나'가 과거의 포로 생활을 회상하는 방식의 서술을 통해 전쟁이라는 극한의 상황에도 불구하고 이데올로기로 설명할 수 없는 인간적 본성이 존재한다는 사실을 강조하고 있다는 점이다. 이러한 시각이야말로 이념보다 사람이 더 중요하다고 생각하는 이호철의 문학 정신이 선명하게 드러나는 지점이라고 말할 수 있다.

초출 및 개작일람 _ 이 책에서는 작가 생존 시 개작한 작품을 정본으로 삼았다

제1부 닳아지는 살들

1. 탈향

   초판: 『문학예술』, 1955.7. | 개작: 『나상』, 사상계사, 1961.

2. 나상

   초판: 『문학예술』, 1957.1. | 개작: 『나상』, 사상계사, 1961.

3. 탈각

   초판: 『사상계』, 1959.2. | 개작: 『한국문학』, 1999 겨울.

4. 판문점

   초판: 『사상계』, 1961.3. | 개작: 『판문점』, 범우사, 1977.

5. 닳아지는 살들

   초판: 『사상계』, 1962.7.

6. 큰산

   초판: 『월간문학』, 1970.7.

7. 이단자

   초판: 『한국문학』 1, 1973.1.

8. 무너앉는 소리

   초판: 『현대문학』 103, 1963.7.

제2부 1965년, 어느 이발소에서

1. 부시장 부임지로 안가다

   초판: 『사상계』, 1965.1. | 개작: 『판문점』, 범우사, 1977.

2. 탈사육자회의

   초판: 「피사육자회의」, 『주간한국』, 1966.10. | 개작: 『탈사육자회의』, 정음문화사, 1987.

3. 1965년, 어느 이발소에서

   초판: 『창작과비평』, 1966.1.

제3부 밀려나는 사람들

1. 먼지 속 서정

   초판: 「중간동물」, 『사상계』, 1959.12. | 개작: 『나상』, 사상계사, 1961.

2. 여벌집

   초판: 『월간중앙』 46, 1972.1.

3. 밀려나는 사람들

   초판: 『실천문학』 봄호(통권 6호), 1985.